DANS LE MIROIR DE VALERIA

CHEZ LE MÊME ÉDITEUR
LA SAGA VALERIA

Dans les pas de Valeria (t. 1).
Dans le miroir de Valeria (t. 2).

À paraître

Les Hauts et les Bas de Valeria (t. 3).
Passionnément Valeria (t. 4).

ELÍSABET BENAVENT

DANS LE MIROIR DE VALERIA

traduit de l'espagnol
par Catherine Delaruelle

ARCHIPOCHE

Ce livre a été publié sous le titre
Valeria en el espejo
par SUMA, département éditorial
de Penguin Random House, Barcelone.

Notre catalogue est consultable à l'adresse suivante :
www.archipoche.com

Archipoche
34, rue des Bourdonnais
75001 Paris

ISBN 978-2-37735-828-1

1
Vacances

Je sortis sur le balcon de l'hôtel et allumai une cigarette. Je venais de prendre une douche, je me sentais zen. Le regard perdu dans les volutes de fumée, je me dis qu'il était temps d'arrêter la clope et, en passant, de faire quelques économies. Mais j'avalai une taffe qui me chatouilla jusqu'aux orteils. Encore une bonne résolution qui passait à la trappe ; ça devenait une habitude, chez moi.

Je m'appuyai à la balustrade sans aucun désir de revenir à la réalité. La lune projetait des éclats scintillants sur les vagues, tout était calme et beau. Zéro tracas, rien que du bonheur. Si seulement cette nuit avait pu durer une éternité ! Je ne me sentais pas du tout prête à affronter ce qui m'attendait.

Au début, tout le monde avait pensé que ces vacances étaient une mauvaise idée : me retrouver dix jours toute seule après ce qui s'était passé, c'était la déprime assurée ! Dans ce genre de situation, mieux vaut éviter de trop gamberger. J'étais tombée amoureuse d'un de ces mecs avec lesquels ça ne marche jamais et j'avais fichu mon mariage en l'air. J'avais demandé la séparation. Bref… j'aurais mieux fait de réfléchir avant de ruer dans les brancards.

Contre toute attente, j'avais adoré ma solitude dès que j'étais montée dans le train. Au fond, je ne regrettais pas mes décisions. J'avais manqué d'élégance, mais si ça avait été à refaire, je n'aurais rien changé, seulement fait preuve d'un peu plus de jugeote.

Dans mes valises, j'avais aussi emporté quelques questions qui méritaient réflexion. Victor. Ce mec avait une fâcheuse tendance à occuper toutes mes pensées.

« Valeria, j'attendrai que tu m'appelles… mais pas éternellement. » Il m'accompagnait jusque dans mes rêves, et, dans mes rêves, j'appelais toujours au mauvais moment.

Je n'avais pas de nouvelles de lui depuis le baiser échangé à la porte de son agence et, même si j'étais plutôt contente d'avoir réussi à garder mes distances, je me demandais s'il allait se manifester ou si nous allions en rester là.

Victor ! J'étais toujours envahie d'un frisson quand je me rappelais son corps nu sur le mien, me faisant gémir de plaisir jusqu'à l'étourdissement. Il avait ce pouvoir, et pas seulement au lit. Mais n'empêche, je culpabilisais de le désirer autant. Je venais tout juste de quitter mon mari.

Adrian, lui, m'avait appelée plusieurs fois pour me demander comment j'allais, et quand mon livre allait paraître.

Ah oui… mon livre. Ce roman où je parlais de moi et de mes copines. Ce bouquin allait faire du bruit. Beaucoup s'y reconnaîtraient, ils ne s'attendaient pas à ça ! Pourvu qu'il se vende bien, parce que depuis qu'Adrian était parti je ne pouvais compter que sur moi-même. Est-ce qu'il comprendrait le portrait que je dressais de lui ? Il m'avait demandé de changer son nom, mais personne ne serait dupe parmi ceux qui nous connaissaient.

José, mon agent, avait téléphoné le jour de mon départ en vacances pour m'annoncer qu'on avait décidé de le publier dès que possible. La maquette était prête, déjà en cours de correction. Tout cela s'était fait en quelques semaines. Incroyable !

J'avais laissé l'affaire entre les mains de mon éditeur et décidé de m'en désintéresser dans la mesure du possible. Raconter ma vie dans un livre… j'avais vraiment perdu la tête !

Je me remis à penser à Victor. Je n'étais pas sûre qu'il m'attendrait plus d'une demi-journée. Si ça se trouve, en ce moment même il était en train d'embrasser une fille ravissante. Embrasser ou pire encore. Peut-être qu'il était allé puiser dans son stock de « régulières », celles qu'il avait laissé tomber pour moi, et qu'il était en train de baiser allègrement, l'échine en sueur et la respiration haletante. Nom d'un chien, pas avec elles ! Avec moi !

Victor était le péché fait homme. Mais il fallait garder espoir, et surtout ne pas se précipiter.

Je fermai les yeux ; il me semblait sentir encore sa langue explorant tous les recoins de mon corps.

J'avais envisagé de lui écrire pendant mes vacances, un simple message de courtoisie. Mais il aurait vu clair dans mon jeu. Maintenant que j'étais libre, je craignais de ne plus l'intéresser. Toujours la même chanson : quand tout devient possible, le désir n'est plus au rendez-vous. Il n'avait pas sauté de joie quand je lui avais annoncé que je quittais Adrian. Rien à voir avec les films romantiques où le héros torse nu renonce à tout pour pouvoir serrer sa bien-aimée entre ses bras sur une plage de sable blanc. Dans la vraie vie, c'est nettement moins cool.

Si je voulais savoir ce qu'il en était sans faire le premier pas, le plus simple était de demander à Lola, qui le voyait régulièrement, mais je ne voulais pas qu'elle se rende compte que j'étais accro à Victor. Le moment fatidique des aveux approchait. Je n'étais pas prête. Autant attendre la parution du bouquin, Lola saurait tout. Pas très glorieux, mais voilà ce qui se passe quand on décide de déballer au grand jour ses aventures érotiques.

Rien qu'à imaginer la réaction des gens qui me connaissaient, je me couvris le visage des mains. Chez mes parents, le livre serait interdit de séjour. Et si je prenais un pseudonyme ? Trop tard. Ça m'apprendrait à vouloir jouer les filles libérées !

Le portable vibra sur la table de nuit. Un message. Je finis ma cigarette en me demandant de qui il pouvait bien venir. J'avais parlé avec Lola l'avant-veille. Ça faisait une semaine que j'avais téléphoné à Nerea et à Carmen. Le matin même, j'avais appelé ma mère, puis ma sœur pour savoir comment se passait sa grossesse. Dans l'après-midi, Adrian avait laissé un message me demandant de le rappeler. Je ne lui avais même pas dit que je partais.

Et si c'était Victor ? Il ne m'en fallait pas davantage pour m'assurer une nuit de rêve. Et un retour en top forme. Enfin… ça dépendait du message. J'écrasai le mégot et quittai le balcon en essayant de me calmer : c'était peut-être un texto de l'opérateur, pas la peine de s'emballer. Je pris le téléphone en respirant profondément comme une karatéka qui s'apprête à casser une brique, et… Et je lus :

Je n'ai pas oublié que c'est toi qui dois appeler mais je m'attends à te voir débarquer un de ces jours sans prévenir... Quelque chose me dit que tu le feras. Mon lit est nostalgique de toi. Victor

Je le relus une bonne dizaine de fois au moins ! La passion torride, c'était nouveau pour moi. Il me fallait déchiffrer le sens de chaque mot, comprendre le message caché. Victor était un as de l'énigme. Bon, je lui manquais, mais quoi ? Il voulait seulement mon corps dans son lit ? C'était quand, le bon moment pour réapparaître ? Quel signal m'envoyait-il avec ce fichu message ?

Être une célibattante, ce n'est pas de tout repos !

Je me mis à penser au bouquin, Victor et mon bouquin… bonjour la galère ! Qu'est-ce qui m'avait pris de vendre mon journal intime à un éditeur ? Tout y était décrit par le menu, gestes, sentiments, états d'âme, bref, tout ! Vas-y Victor, lis-le et n'en perds pas une ligne !

De nouveau, je me couvris le visage des mains.

2
Retour à la réalité

J'entrai dans mon appartement comme à reculons. J'avais l'impression que j'allais trouver Adrian allongé sur le lit en train de classer des photos dans son ordi. Je laissai échapper un soupir. Il allait falloir que je m'habitue. Au fond, je l'avais cherché, non ? On a ce qu'on mérite.

Je devais rester positive. Comme disait Lola, au moins, maintenant, j'avais tous les placards à ma disposition. Pour fêter mon célibat retrouvé, elle m'avait offert un lapin vibromasseur, un babydoll super sexy et une bouteille de gin qui m'attendaient sur la table basse du séjour. C'était ça, ma vie, désormais ? Des orgasmes mécaniques dispensés par un morceau de caoutchouc qui ne te prend pas dans ses bras après l'amour, et un verre en solo…

Non. Je préférais Victor.

À propos…

Je n'avais pas encore trouvé l'énergie pour répondre à son message. Je voulais le faire, mais bien. À la fois naturelle et drôle, un rien énigmatique, sexy, enfin vous voyez le genre… Et puis surtout, désinvolte. Totalement cool. Qu'il n'ait pas la moindre idée que tous les soirs en me couchant, je ne rêvais que d'une chose, qu'il m'attache à son lit et fasse de moi sa chose.

Pas si simple de passer pour la nana idéale. Je me sentais comme une funambule amateur qui essaie de rester en équilibre sur son fil. Qui me dit que Victor ne va pas s'enfuir à toutes jambes quand il comprendra que je ne veux pas seulement une aventure ? Il y a une différence entre les choses qu'on murmure dans le feu de l'action et ce qu'on dit à tête reposée, quand tout s'est calmé. Déjà qu'il n'avait pas trop bien réagi à l'annonce de ma séparation…

Je m'assis par terre, allumai la clim et pris mon portable. Je ne sais pas si c'est parce qu'il faisait chaud ou que penser à Victor m'enflammait, en tout cas j'étais en nage. Pas très sexy. Qu'est-ce qui avait bien pu lui plaire chez moi ?

Après trois vaines tentatives, je me jetai sur le lit et me mis à penser à toutes les femmes qui s'étaient trouvées dans la même situation que moi avec Victor.

Il avait sûrement reçu des messages sur tous les tons: enflammé, humoristique, sophistiqué, cool… Mon style à moi, c'était quoi ?

Finalement, j'optai pour la sincérité ; je devais exprimer ce que je ressentais. De toute façon, il allait bientôt pouvoir tout lire dans le bouquin: comment je m'étais détournée peu à peu de mon mari; comment il avait commencé à m'obséder, au point que je n'arrivais plus à me le sortir de la tête. On y va ! Droit au but:

> Ton message m'a fait très plaisir. Je débarquerai au moment où tu t'y attendras le moins, mais dis à ton lit que… non, je préfère lui dire moi-même, si tu n'as rien contre.

Je relus mon texto, fermai les yeux et appuyai sur la touche « envoi » sans me donner le temps de réfléchir.

Je laissai le portable enfoui sous une montagne de coussins et pris le téléphone fixe. J'appelai ma sœur, histoire de m'occuper, puis me préparai un café. Quand je récupérai le portable, il affichait une réponse. Je souris instantanément comme la dernière des idiotes.

> J'ai envie de te voir. Ta présence m'obsède, je la sens partout chez moi. J'ai envie de toi, seulement de toi. Il faut que je te voie, t'embrasse, te caresse, te déshabille. Ne me fais pas attendre. Je débloque ? Viens me remettre la cervelle en place.

Je détachai les yeux de l'écran, pensive.

On se calme. Qu'est-ce que tout ça veut dire exactement ? Il sonne le coup d'envoi ? C'est un signal pour que je l'appelle ? J'ai laissé passer assez de temps ? Il veut vraiment être avec moi ou il a seulement envie de s'envoyer en l'air ? Mais pour ça, il a toute une bande de meufs qui ne demanderaient pas mieux…

Je mourais d'envie le voir. Je m'étais pris la tête pendant des heures à essayer de comprendre si Victor n'était pour moi qu'un bon coup, un très bon coup, ou s'il y avait quelque chose de plus entre nous. En tout cas, j'étais complètement obsédée par lui ; ça au moins, c'était clair. Il était encore temps de dire stop, de l'éloigner définitivement et de l'oublier. Je savais à quel genre de mec j'avais affaire. Et j'avais compris depuis longtemps qu'on ne change pas un homme. Enfermer Victor dans la monogamie ? Ça sentait la mission impossible. Mieux valait répondre par le silence et réfléchir un peu.

La sonnerie du téléphone interrompit mes cogitations. C'était Lola qui appelait du bureau.

— T'es rentrée ?

Pas de « salut », pas de « ça va ? ». Du Lola tout craché. Je ne pus m'empêcher de sourire.

— Oui.

— Contente de retrouver ton nid douillet ?

— Bof, pas sûr. Je ne m'y reconnais plus.

— Normal. Un appart de célib', trop cool, ma belle, tu vas pouvoir en profiter. Si tu t'ennuies, on peut aller faire un peu de shopping.

C'était sa réponse à tout. Lola en mode pilote automatique.

— T'es au boulot, Lola, et tu prends tes vacances dans quelques jours ; mets tes plans en réserve et, quand tu seras libre, je suis tout à toi.

Lola répondit par un miaulement suggestif.

— On croirait que t'as viré de bord ma choute. Le bouquin sort quand ?

— Demain.

— Tu feras des interviews ?

— Non, il y a une campagne de pub dans la presse. Je te montrerai les articles.

— J'ai vu Victor hier soir. On s'est croisés dans un bar.

Vlan dans les dents ! Sans crier gare ! Elle est trop, Lola ! Elle ne pouvait pas trouver une entrée en matière, du genre : « Au fait, tu ne devineras jamais sur qui je suis tombée hier ? »

— Oui... On s'est... il m'a envoyé un texto, répondis-je pour exciter sa curiosité.

— Je sais. Il m'a dit que ça faisait un moment qu'il voulait t'appeler mais qu'il préférait te laisser de l'air, bref, que vous étiez d'accord pour attendre que la situation se décante un peu. Et tout un blabla romantique. Tu sais, ça fait franchement bizarre d'entendre Victor parler comme ça. Pour moi c'est clair, il est raide dingue de toi. J'avais l'impression qu'il bandait rien qu'à entendre ton nom.

Victor qui bande... immédiatement une vision torride me revint à l'esprit. Sur la table de sa cuisine, si vous voulez tout savoir.

— Val ?

Lola se demandait si j'étais toujours là.

— Oui, oui, je t'entends. Au fait, et tous tes conseils du style « te prends pas la tête, rien à attendre de ce mec » ?

— Tant va la cruche à l'eau qu'à la fin elle est pleine !

— Ce n'est pas tout à fait comme ça qu'on dit.

J'éclatai de rire.

— Rien à foutre, on se comprend. T'as envie de le voir ?

— Oui, mais on se calme. Je ne veux pas qu'il ait l'impression qu'il n'a qu'à siffler pour que j'accoure à fond de train. Et puis il y a Adrian. C'est un peu tôt, non ?

Je n'en pensais pas un mot. Je n'avais qu'une envie, et c'était précisément d'accourir à fond de train, de me jeter sur son lit et qu'il me prenne dans ses bras.

— Il faut que tu parles avec Victor.

— Avec lui, impossible d'avoir une discussion…

Je regrettai aussitôt cette remarque et détournai la conversation…

— C'est quoi, cette campagne de pub pour Victor ?

— Je ne fais pas sa pub, c'est juste que l'histoire avec Adrian m'a flanqué un coup. Il m'a anéantie ; c'était le seul mec auquel je faisais confiance. À cause de lui, j'ai perdu ma foi dans le genre humain, enfin, le genre mâle.

Je me passai une main dans les cheveux. Merde, j'avais toujours autant de mal à aborder le sujet.

— Moi aussi, j'ai été assez nulle.

— Je pense que Victor a été plus courageux.

— Que moi ou qu'Adrian ?

— Que tous les deux. En tout cas jusqu'à maintenant.

— Il les avait complètement à zéro quand je lui ai annoncé que je me séparais. Pas très glorieux, non ?

— Donne-lui un peu d'air. Je ne connais même pas la moitié de l'histoire, enfin, la moitié la plus intéressante…

Je ne répondis pas. Mieux valait ne pas réagir à la provocation de Lola. Me lancer dans un récit circonstancié de mes parties de jambes en l'air avec Victor, avec tous les détails qu'elle allait quémander, s'annonçait épuisant… et il fallait que je pense à autre chose. Les pulsions qui m'envahissaient dès que j'avais Victor en tête étaient sûrement pathologiques.

Lola changea de sujet. Ouf !

– On sort ce week-end ? Carmen et Nerea sont partantes. Entre nanas. Pour fêter ton retour, la sortie du livre, et pour se marrer un peu… parce que nous le méritons bien.

– Cool, ça marche.

– On m'a parlé d'une boîte qui a l'air super, grave branchée. On se fera offrir des verres par quelques beaux mecs. On pourrait aussi saouler Nerea et la mettre aux enchères, non ?

– T'es une vraie salope. Au fait, et le plan Sergio ?

– Il n'y a pas de plan Sergio.

– Arrête ton char.

– Je n'en ai rien à foutre de ce mec. Il paraît qu'il s'est remis avec sa meuf. C'est un enfoiré qui se la joue, point barre. Minable. Bon, je note vendredi dans mon agenda, comme ça tu ne pourras pas te défiler.

Hum, on dirait que pour Lola aussi il y a des sujets brûlants.

– Aaargh, le pouvoir impitoyable de ton agenda rouge, dis-je en prenant une voix de film d'horreur.

– C'est lui qui commande, ma biche. C'est la Bible.

Elle raccrocha sans même un « ciao », comme d'hab.

J'allumai une clope et croisai les doigts en repensant à mon livre. Et merde ! Pourvu que mes lecteurs aient un peu d'humour !

3
Ce qu'il en coûte de parler de soi dans un livre

Le livre sortit un mercredi. Nerea fut la première à le terminer. Le jeudi soir à minuit, elle m'envoya un mail où elle me félicitait. Ella avait aimé, mais elle se posait des questions sur son personnage.

> Je suis vraiment aussi coincée ? Il faut que je me lâche. Val, tu dois franchement m'adorer parce que, dans ton bouquin, je suis mille fois plus belle qu'en vrai.

Le mail me fit sourire. Au moins, Nerea prenait la chose avec humour. Elle ne s'était pas offusquée de mes remarques pas toujours bienveillantes sur l'éducation qu'elle avait reçue. Je n'avais jamais caché l'antipathie que sa mère m'inspirait, elle le savait depuis longtemps et ne voulait pas se fâcher pour ça.

Elle concluait en me remerciant d'avoir fait d'elle un personnage de roman.

> C'est génial, personne ne saura que c'est moi, comme si j'étais vraiment une héroïne.

Puis ce fut le tour de Lola. Elle avait lu le livre d'une traite, l'avait terminé à six heures du matin et n'était pas allée bosser en prétextant une insomnie. En fait, elle avait passé la nuit à se tordre de rire. Elle m'appela à l'aube pour me dire qu'elle devait faire gaffe : désormais, elle risquait de voir le moindre de ses propos reproduit par « cette salope de journaliste ». La salope de journaliste, en l'occurrence, c'était moi. Mais elle avait adoré que je la décrive comme une femme fatale et que je cite ses reparties géniales.

Carmen et Barto firent la course à qui terminerait le bouquin en premier. Ce fut Barto. Il était flatté que je le dépeigne comme une sorte de Humphrey Bogart, et peu lui importait que Nerea l'ait critiqué au début. Barto était assez adulte pour ne pas dépendre du jugement des autres.

Carmen, en revanche, était un peu mal à l'aise. Elle avait beaucoup apprécié son personnage, mais aurait préféré que Barto ne sache pas certaines choses. Et elle ne parlait évidemment pas de sa passion « inavouable » pour Facebook, qui n'était un secret pour personne.

Carmen est une nana plutôt réservée, ce qui ne me gêne pas, bien au contraire. Du coup, je me sentis coupable. De quel droit étalais-je au grand jour ses liaisons amoureuses ? Elle me passa un savon, pas méchant. Puis elle me promit de se joindre à nous le soir même. Elle apporterait le bouquin pour que je le lui dédicace.

Bon, j'avais au moins vendu quatre exemplaires. Pourvu que ça ne s'arrête pas là. J'étais passée à la banque, l'état de mes comptes me donnait envie de me jeter sous un train. J'allais devoir me serrer la ceinture, et comment ! Ou trouver un boulot.

Adrian et Victor me préoccupaient plus que mes problèmes de fric. Adrian allait recevoir un coup de poing à l'estomac en lisant le compte rendu détaillé de mes ébats avec Victor. Si ça se trouve, il ne voudrait plus jamais me revoir. Peut-être y avait-il chez moi comme un désir de vengeance, mais quelque part, je refusais de me sentir coupable. Il y avait une Valeria plus bravache qui m'encourageait et me convainquait que ces pages disaient la vérité et rien que la vérité.

Si Adrian ne voulait pas savoir, il n'avait qu'à fixer un mur ou carrément se bander les yeux. Quand même, j'y étais allée un peu fort en décrivant le naufrage de notre mariage. Limite cruelle. Cela signifiait probablement que j'étais encore blessée.

Je ne savais toujours pas s'il m'avait menti au sujet de sa relation avec Alexandra. Ce que j'avais écrit dans le livre, c'était ce que j'avais imaginé. Leur escapade à Almería pouvait être le premier ou le dernier de leurs plans baise, ou un parmi tant d'autres dans une relation beaucoup plus stable que je ne croyais. Je n'en savais rien, et il fallait bien que je m'y résigne. Adrian n'allait sûrement pas tout raconter dans un bouquin pour que je l'apprenne ! Pour ça, j'étais carrément seule.

Mais ça allait. Carmen, Nerea et Lola étaient de mon côté, et je me préparai à sortir pour inaugurer la suite de mes aventures, que je ne manquerais pas d'écrire – et de publier, si tout allait comme je l'espérais…

4
Des sushis, du vin et un top très sexy

À neuf heures, à peine sortie de la douche, je reçus la visite impromptue de Carmen, Nerea et Lola, sapées pour notre soirée. Trop belles, surexcitées, ravies. Ça faisait des siècles que nous n'étions pas sorties toutes les quatre ensemble.

Elles avaient voulu me faire la surprise pour fêter la parution de mon livre et elles débarquaient chargées de sushis et de bonnes bouteilles. En les voyant, je hurlai de joie, une vraie gamine. Après les embrassades de rigueur, nous nous mîmes à sauter ensemble comme des supporters de foot. Sans avoir encore ingurgité la moindre goutte d'alcool. Olé !

Je passai à la salle de bains pour me sécher les cheveux, et quand je ressortis, les filles avaient déjà tout disposé sur la table basse, y compris quatre verres de vin bien remplis. Elles jacassaient sur le dernier traitement pour les cheveux. Je ne pus m'empêcher de sourire. Parfois, les choses les plus simples et les plus frivoles peuvent nous apporter un bonheur parfait.

Nous nous installâmes par terre sur des coussins et fîmes passer les baguettes, la sauce de soja et le wasabi. Les filles parlaient du livre avec animation, rigolant sur telle ou telle anecdote. Moi, je me demandais combien de temps il allait leur falloir pour aborder le sujet qui les intéressait vraiment. On se connaît trop bien, et je sais que ce ne sont pas les détails scabreux qui leur font peur, bien au contraire… Quant à Carmen, qui en savait plus que les autres, elle mourrait d'envie d'entendre les détails.

Lola en eut marre la première de tourner autour du pot. Interrompant Nerea qui était partie sur l'épisode de Maruja Limon, elle lança :

— Bon, Val, même si Nerea pense que ce n'est pas un sujet à aborder à table, je crois qu'il est temps que tu nous expliques ton chapitre très sexe.

— Hé, je suis en train de parler, interrompit Nerea.

— De quoi ? Des grosses bites qui font jouir ? répliqua Lola en fronçant les sourcils. Allez, réponds…

— Non…

— Alors laisse la parole aux grandes et ouvre bien les oreilles. Valeria… le chapitre chaud, s'te plaît…

— Quel chapitre ? dis-je en faisant l'idiote et en avalant une gorgée. Celui sur toi avec Sergio ?

— Allez, Val, tu te l'es tapé trois fois en une nuit, et t'as rien à nous raconter ? demanda Carmen, vexée.

— Trois fois ? Douze pendant un week-end, si j'ai bien compté. Tu devais avoir le feu à la…

J'interrompis Lola :

— Licence poétique !

— … poétique mon cul ! répliqua Lola en gloussant.

— Qu'est-ce qui te fait croire que ce n'est pas imaginé ?

— D'abord parce que t'as pas assez d'imagination – elle éclata de rire. En tout cas, pas ce genre-là. Ensuite, parce que c'est lui tout craché, mon cœur.

— C'est ça. Victor, le Superman de la baise.

— Ma fille, avec la bite qu'il a, pas besoin d'être Superman !

Nous éclatâmes de rire et moi, comme d'hab, je m'étranglai et me mis à tousser comme une malade. Carmen me tapota le dos. Quand j'eus repris mon souffle, elles revinrent à la charge.

— Valeria, allez vas-y, supplia Nerea.

Si même Nerea insistait, c'était un cas de force majeure.

— Bon – je soupirai et posai mon verre sur la table. Qu'est-ce que vous voulez que je vous dise ? Tout est vrai, évidemment !

— Tout ? Même la scène dans son bureau ?

— Oui, répondis-je en me cachant le visage dans les mains.

— La suiiiite ! demandèrent-elles en chœur.

— Si tu ne veux pas nous donner de détails, on pourra toujours lui demander quand il aura fini de lire le bouquin, suggéra Lola.

Je soupirai de nouveau. J'avais été capable de décrire toutes ces scènes intimes dans un livre, je pouvais me confier à mes meilleures amies, non ?

– Tout est vrai : les mots, les baisers, le cul, tout ce que je raconte. Tout. Victor, ce n'est pas juste un coup d'un soir.

– Oui, oui, j'ai bien lu, douze coups en un weekend – ça c'est Lola avec un sourire en coin.

– Je kiffe Victor et… je ne sais pas où j'en suis. Je meurs d'envie de le voir parce que ça a été… pfff, fort. Super fort. Vous ne pouvez même pas imaginer.

Après le dîner, je me préparai dans la salle de bains pendant que les filles se servaient un verre et mettaient de la musique. Je les entendais rigoler, chantonner et encourager Lola qui, probablement, s'était mise à danser sur la table basse. Je mis des plombes à me maquiller. Avec ce qu'on avait bu au dîner et les filles qui me faisaient marrer… j'arrêtai juste avant de ressembler à Cruella De Vil.

Je portais un jean *slim fit* et un top noir avec un décolleté en cœur, très échancré. Les copines en restèrent bouche bée. Bon, un peu pétasse, mais pourquoi pas ? Maintenant que j'étais séparée, elles s'attendaient à ce que je me fringue comme une veuve inconsolable ? J'en étais encore à me demander si ce côté de moi me plaisait ou pas. J'enfilai des sandales de cuir noir cloutées à talon haut et empoignai mon sac.

– On y va ?

– Dis donc, le célibat te va bien, t'es trop sexe !

Carmen me lança un regard admiratif. Je lui envoyai une bise accompagnée d'un clin d'œil charbonneux.

Il y avait foule devant l'entrée du club. Visiblement, Lola n'était pas la seule à en avoir entendu parler. Il était une heure du matin et on se serait cru à l'ouverture des soldes au *Corte Inglés*. Je n'osais même pas imaginer comment c'était à l'intérieur. Dixième cercle de l'enfer, nous voici !

Après avoir poireauté patiemment au milieu d'une foule bavarde et chaotique, nous finîmes par entrer, moyennant une somme qui me parut à peu près équivalente à un aller et retour pour New York en première classe.

À l'intérieur, curieusement, ce n'était pas bondé. Obscurité, musique plein pot, normal pour un club. Je me sentais étrangère, ça faisait longtemps que je ne sortais plus dans ce genre de boîte. Même si je m'étais sapée exprès pour l'occasion, j'aurais mille fois préféré être à la maison en train de boire un verre avec Victor. Je n'en dis rien, évidemment. Une soirée entre nanas, non ?

Nous allâmes commander au bar avant de passer sur la piste de danse.

Lola repéra un petit groupe de mecs franchement mignons, plus ou moins de notre âge, et elle s'approcha d'eux comme notre ambassadrice. Pendant que nous commentions leur look, Lola s'accrocha au bras de l'un, s'assit sur les genoux d'un autre et défia un troisième au bras de fer tandis que le dernier nous commandait des verres. Quelques minutes plus tard, les présentations étaient faites.

Bon, ils étaient sympas et vraiment *cute*. Ça m'aurait sans doute fait du bien de me laisser draguer par celui qui me matait grave et me demandait comment une fille comme moi pouvait être seule. Mais… j'ai vraiment besoin de vous dire à qui je pensais ?

Je ne voulais pas brancher un mec, je voulais Victor. Et peut-être que lui, en ce moment précis, était justement en train d'en draguer une autre.

Un peu plus tard, et même s'ils continuaient de nous offrir des verres et de nous couvrir de compliments, je regrettai d'avoir laissé Lola se brancher avec ces mecs. Celui auquel je plaisais semblait décidé à repartir avec ma culotte dans sa poche en guise de trophée. Quand il commença à me gonfler, je fis un signe à Carmen et lui demandai de m'accompagner aux toilettes. Nerea se joignit à nous. Lola, elle, n'avait aucune envie de bouger.

– Putain, relou le mec ! laissa échapper Carmen en soupirant. Je n'aurais jamais cru que je détesterais autant me faire draguer dans une disco. Il m'a répété trois fois que pour Noël, il veut mettre son visage entre mes nibards. Texto ! En plus, il a ajouté : « Te laisse pas mettre la pression, ma biche. Les rondes aussi, elles sont bonnes. » Je rêve ! Va te faire foutre, pauvre con !

Nous lui conseillâmes de laisser tomber. Carmen est sublime. Parfois, les mecs sont carrément aveugles.

En regagnant la salle, j'aperçus du coin de l'œil un truc qui me fit stopper net. Nerea et Carmen se cognèrent contre moi.

– Qu'est-ce qui se passe ? demandèrent-elles à l'unisson.

Je scrutai les visages autour de moi, essayant de comprendre pourquoi mon cœur battait si fort. Est-ce que je me mettais à le voir partout comme une obsédée ? Je commençais à me calmer lorsque… je le vis. C'était bien lui !

– Merde !

Je sentis le sang quitter mon visage.

Nerea me regarda en coin en essayant de comprendre mon expression. Victor était là, à quelques mètres de moi. Un verre à la main, il portait un jean et une chemise noire dont il avait retroussé les manches. Et il était avec une lolita blonde qui se collait à lui tant qu'elle pouvait.

— Allez, on se casse, dit Nerea immédiatement.

— Pas question, c'est le moment de savoir si c'est un enfoiré, oui ou non. Si c'est oui, vous les filles vous vous tirez et moi je reste pour m'expliquer avec lui, répliqua Carmen, péremptoire.

Blondie le colla encore plus pour lui susurrer quelque chose à l'oreille. Il se pencha vers elle et la laissa lui passer un bras autour du cou. Une vague de rage m'envahit, qui me prit au dépourvu.

Quand elle eut fini de lui confier ses petits secrets, il la regarda en arquant les sourcils, l'air amusé. Il fit « non » de la tête, et elle reprit son manège. Une vraie sangsue, celle-là. Je tâchai de rester cool.

Bon, ce n'était qu'un mec au fond, un mec comme les autres. L'aventure avec lui, la séparation, c'est moi qui avais tout décidé. Je ne l'avais pas fait pour lui.

La lolita ouvrit son sac et lui plaqua une carte de visite sur la chemise. Victor mit sa main dessus pour la maintenir tandis que la meuf tournait les talons et se barrait en secouant ses longs cheveux. Avant de disparaître, elle se retourna pour le regarder. Il lui fit un clin d'œil accompagné de son sourire le plus sexy.

J'étais sur le point de dire aux copines qu'il était grand temps de se tirer. On texterait Lola. C'est alors que Victor fit un geste totalement inattendu : il tapota l'épaule d'un mec qui était derrière lui et, avec un sourire narquois, lui refila la carte de la blonde.

— Hé, il est trop mignon, observa Nerea

— Mignon mes couilles! intervint Lola. C'est un enfoiré, mais un enfoiré qui sait s'y prendre.

L'autre regarda la carte de visite d'un air étonné. Victor lui indiqua de la tête la fille qui s'éloignait et ils se serrèrent la main en rigolant.

— Tu vas lui faire la bise ? demanda Carmen, surexcitée.

— Non.

Je secouai la tête pour que ce soit clair.

— Bien sûr que non, confirma Nerea en faisant la moue. Il penserait que tu lui cours après.

— Qu'est-ce que c'est que ces conneries? Elle fait ce qu'elle veut!

Carmen montait sur ses grands chevaux.

Je levai les yeux au ciel. J'essayai de les entraîner vers les toilettes pour continuer la conversation, mais Carmen et Nerea s'étaient lancées dans une grande discussion sur la libération de la femme.

— Ça ne fait pas un pli, ma Carmen-chou. Quand vous serez mariés, évidemment que Barto arrêtera de bosser pour s'occuper des mômes.

— C'est ça pour toi? Ils se marièrent et eurent beaucoup d'enfants? Qui te dit que j'ai envie de me marier? T'es shootée à Disney, ou quoi?

J'en avais un peu marre d'attendre. Je me dirigeai vers les toilettes quand je sentis des doigts frais qui me saisissaient le bras. J'écartai mes cheveux pour voir d'où ça venait. Je manquai de m'étrangler quand je tombai sur les yeux de Victor plongés dans les miens, à quelques centimètres.

— Salut...

Mon filet de voix était à peine audible.

Victor me saisit la taille d'une main, et de l'autre entrelaça ses doigts dans les miens. Il resta quelques instants sans rien dire. Une éternité. Puis il me murmura à l'oreille :

— Te voilà…

Avant que j'aie le temps de dire « ouf », ses lèvres s'étaient posées sur les miennes et il m'étreignait avidement. Sans poser de questions, je me laissai aller à ce baiser, à sa langue qui jouait avec la mienne.

Dans d'autres circonstances, ce baiser aurait duré des heures… Nous aurions trouvé un banc dans la nuit et nous serions embrassés à perdre haleine comme des ados. Mais nous n'étions ni dans une ruelle obscure, ni chez lui, ni chez moi. Disons que nous étions simplement contents de nous retrouver, et tout autour, il y avait la disco.

Ses potes se mirent à siffler. Quand nous reprîmes nos esprits en échangeant un sourire, nous vîmes Carmen et Nerea qui nous mataient, bouche bée.

— Salut les filles.

Il les gratifia d'un sourire éblouissant.

— Salut, répondirent-elles en lui faisant signe de la main.

Victor éclata de rire et appela ses potes.

— Des collègues, expliqua-t-il.

Il les présenta un à un, mais je n'écoutais pas. Seule comptait pour moi la pression de sa main sur la mienne.

Je les saluai poliment. Carmen et Nerea avaient disparu comme par enchantement. Je les aperçus, les chiennes, qui couraient vers Lola pour tout lui raconter et chercher du renfort.

— Une vieille amie ? demanda un des potes de Victor. Te connaissant, tu n'es pas du genre à te précipiter sur la première venue. Trop cool pour ça.

Il me présenta avec un sourire à tomber à la renverse :

— Valeria.

Là, je kiffai : visiblement, ils avaient tous entendu parler de moi. Donc, pour lui, j'existais. Quelque part, j'étais présente dans sa vie. Il fallait que je comprenne ce que ça signifiait. Valeria, la femme de sa vie ? Ou Valeria, une conquête parmi tant d'autres ?

Tout d'un coup, j'eus la nausée et me mis à flipper. Les copines n'avaient pas refait surface, les amis de Victor nous regardaient et moi, je voulais juste faire « clic » et m'effacer de la scène. Apparemment, Victor était sur la même longueur d'onde.

— Elle doit prendre un peu d'air. Je l'accompagne.

Il m'empoigna comme un sac de vieilles hardes et m'escorta vers la sortie. Je saluai ses potes et l'implorai en pleurnichant de me lâcher. À la porte, le mec de la sécurité nous dit :

— Un peu de tenue, sinon allez ailleurs.

Nous décidâmes d'aller ailleurs.

Avec Victor, j'avais le droit d'avoir mon âge, et ça me plaisait.

La nuit était merveilleuse, d'une douceur qui donnait envie de se balader sans fin, même avec des sandales à talon. Nous marchâmes sans but précis, quasiment sans parler, collés l'un à l'autre.

Sans crier gare, Victor s'arrêta et plongea ses yeux dans les miens.

— Quelle coïncidence, hein ?

— Mouais. J'aurais tendance à penser que Lola n'y est pas pour rien. Tu la connais…

— On s'est croisés la semaine dernière, je lui ai dit que j'avais envie de te voir. Il faut qu'on se parle, toi et moi.

— Houla, ça a l'air sérieux. Je dois appeler mon avocat ?

— Qui sait ?

Il me fit un clin d'œil.

— Crache le morceau.

Je pensais qu'il allait me reprocher le bouquin, mais pas du tout :

— Ça fait presque un mois… et je n'ai aucune nouvelle de toi.

— Je t'avais dit que j'avais besoin d'un peu de temps.

Je regardai par terre et shootai quelques cailloux.

— Je pensais que tu appellerais au bout de quelques jours – il se pencha et chercha mon regard. Si tu voulais jouer au plus fort, bravo ! Tu as gagné.

— Mais non, pas du tout ! Bon, il faut que je te dise. Je ne suis franchement pas douée pour ces petits jeux, avouai-je, penaude. Je suis hors circuit depuis un bail, au cas où tu l'aurais oublié.

Victor me caressa le visage. Du bout des doigts, il descendit le long de mon cou jusqu'à l'épaule. Je levai le visage vers lui et le regardai dans les yeux. Val, courage ! Tant pis si tu passes pour une idiote. Je finis par répondre :

— Et puis, ce n'est peut-être pas une bonne idée.

— Qu'est-ce qui n'est pas une bonne idée ? répondit-il en me prenant par la taille.

— Ça, toi et moi.

— Toi et moi ? C'est-à-dire ?

– Ne fais pas l'idiot, murmurai-je en réprimant un ricanement.

— Écoute, Valeria, je peux me barrer tout de suite si tu me le demandes. Mais j'ai franchement du mal à croire que c'est ce que tu veux.

— Mais non, ce n'est pas ce que je veux.

J'espérais que l'obscurité cachait mes joues en feu.

— Moi non plus. Et Adrian ?

Adrian ? Qu'est-ce que j'en savais ! J'avais carrément omis d'inclure mon mari dans l'équation de ma nouvelle vie. Je répondis la première chose qui me vint à l'esprit :

— C'est compliqué…

— Tu vas me planter là dans quelques mois pour revenir vers lui ?

Quelques mois ? C'était déjà pas mal ! Enfin, pour Victor. Parce pour moi, plus de doute possible, j'étais raide dingue de lui.

— Je viens de me séparer. Qui sait ce qui m'attend ?

— Tu portes encore ton alliance.

Je regardai ma main. Je l'avais oubliée, celle-là. Il continua :

— Même si j'ai du mal à l'avouer, je ne sais pas trop où j'en suis. Qu'est-ce qu'on fait ? Je meurs d'envie qu'on s'embrasse… et toi aussi, non ?

En un éclair, je me dis que c'était juste un plan baise qui se terminerait dès que l'un ou l'autre aurait perdu l'appétit, mais ça ne me dérangeait pas. Jouer l'inaccessible, prétendre que je ne crevais pas d'envie de rentrer à la maison avec lui pour une séance de travaux pratiques n'aurait eu aucun sens et, de toute façon, c'était un pur mensonge. Nous avions fait l'amour quatorze fois en quatre jours, je n'allais pas me mettre à jouer les saintes-nitouches.

— Oui, embrasse-moi.

J'avouai ma défaite.

— C'est bon, on s'est tout dit.

Nous entrâmes chez moi avec un peu d'hésitation. Il fallait qu'on se parle, au calme, mais je doutais qu'on y arrive s'il y avait un lit à proximité, ou n'importe quelle surface horizontale… La verticalité avait aussi son charme, d'ailleurs, si je me souvenais bien. Je devais laisser Victor entrer dans ma maison et dans ma vie. Imaginer ce que ça pouvait donner dans la journée, au quotidien.

Je fis un saut à la salle de bains. Quand j'en sortis, Victor était assis sur le rebord de la fenêtre. Je m'approchai de lui. Il me prit le poignet et m'attira entre ses jambes. Ce simple geste me mit dans tous mes états.

Mon *self-control* était resté sur le palier. Loin de calmer le jeu, j'approchai mes lèvres et nos bouches commencèrent à se caresser, presque innocemment. Puis Victor prit le contrôle de la situation et me gratifia d'un de ces baisers profonds et intenses dont il a le secret. Lorsque je repris mon souffle, il appuya son front contre le mien et me regarda.

J'aurais préféré qu'il se jette sur moi et que ça se termine par une bonne baise dénuée de sentiments. Je ne voulais pas commencer à me faire un cinéma pour ensuite me prendre une méchante claque. Je ne savais toujours pas ce qu'il y avait entre nous, ni, surtout, où tout ça allait nous mener.

Il m'assit sur ses genoux, défit mes sandales et nous continuâmes de nous embrasser langoureusement. Ses joues piquaient, la classique barbe de trois jours, et ses cils me chatouillaient le visage. Il soupira et murmura :

— J'ai trop pensé à toi. Je suis un con ?

Je me contentai de rire sans répondre. Pour l'instant, mieux valait le laisser dans le doute.

Il se leva et nous nous dirigeâmes vers le lit sans arrêter de nous embrasser. J'adorais l'odeur de Victor. J'adorais son goût. J'adorais sentir sa peau sous mes doigts. J'adorais le timbre de sa voix et ses yeux verts. Nous nous jetâmes ensemble sur le matelas.

— Je viens de finir ton livre.

Il me sourit en s'allongeant sur moi, appuyé sur les avant-bras.

— Euh… Et ton verdict ?

Je jouai avec ses cheveux.

— Disons que ça met les choses au clair.

— Trop au clair ?

— Pas du tout. J'avais l'impression de lire *Valeria, mode d'emploi*.

Ça me fit rire mais je piquai un fard.

— Ça t'a plu ?

— Beaucoup. C'est marrant et tendre en même temps. Et puis sexy.

Il se cala entre mes jambes.

— Ah bon ?

Mes mains coururent le long de son dos.

— Tu m'as fait bander comme un fou – il se leva et déboutonna sa chemise, sans se presser. On dirait que ça t'a toujours plu avec moi, non ?

Il prenait son temps pour se déshabiller, une vraie torture !

— L'orgueil est un vilain défaut, mon cher Victor.

— Et la luxure, un péché capital !

Il balança sa chemise sur la table de nuit et entrepris de déboutonner son jean. Il avait un corps parfait et il le savait. Muscles impeccablement dessinés, abdos en tablette de chocolat, de ceux qu'on ne croit voir que dans les pubs pour after-shave. C'était ça, Victor.

M'arrachant à ma contemplation, il me tira par le bras pour me faire descendre du lit et me demanda à l'oreille comment mon top s'enlevait. Je défis le zip qui était sur le côté et le retirai, dévoilant le soutien-gorge bustier que je portais en dessous. Puis je déboutonnai mon jean.

— Orgueil, luxure… on est mal barrés, murmurai-je.

J'avais envie de m'amuser un peu avec lui.

— Dans le bouquin, il me semblait qu'il n'y avait pas que ça.

Il baissa mon jean d'un coup. Je l'aidai à le retirer complètement.

— J'ai été trop explicite à ton goût ?

— Non, affirma-t-il en continuant de se déshabiller – il s'approcha de moi. Tu aurais pu l'être encore plus. Tu as omis quelques détails dont je garde un souvenir… attendri.

— Quoi, par exemple ?

— La première fois qu'on a baisé… Il s'interrompit, puis : Tourne-toi s'il te plaît.

Je m'exécutai. Victor m'installa à genoux sur le lit et dégrafa mon soutien-gorge.

— La première fois, je t'ai léché tout le dos. J'avais l'impression que tu ne détestais pas.

Je sentis sa langue remonter depuis mes reins jusqu'à ma nuque, où elle s'arrêta quelques instants. Puis il me fit tourner le visage et prit ma bouche dans un baiser intense et fougueux. C'en était fini de moi. Nous nous écroulâmes sur le matelas. Son corps collé contre le mien, ce ne furent plus que caresses, étreintes, gémissements. Les sous-vêtements volèrent sur le plancher. Victor nu, dans toute sa splendeur, prêt à me faire mourir de plaisir. Qu'est-ce que je pouvais faire ? Lui dire d'arrêter là et lui proposer une tasse de thé ? Et puis quoi encore !

J'ouvris les jambes, m'arrimant à ses hanches. Son sexe effleura le mien et je laissai échapper un gémissement.

— Avec quelques détails de plus, ton bouquin était à ranger dans la catégorie porno, murmura-t-il, haletant. Mais c'est mieux comme ça, on garde le meilleur pour nous !

Puis, sa bouche tout près de mon oreille, il me demanda à voix basse où je rangeais les préservatifs.

Zut, je les avais complètement zappés, ceux-là ! Je le regardai en secouant la tête.

— Je n'en ai pas.

Étonné, il se redressa à demi.

— Adrian les a tous emportés ?

— Victor, je dois te poser une question, mais ne crois pas que je te demande des explications. Est-ce que… tu baises avec d'autres ?

— En ce moment ? Non, la dernière fois, c'était avec toi. Je voulais…

Je sentis que son érection avait un peu faibli. Je le caressai et il se tut.

— Je n'ai pas de capotes, Victor, je prends la pilule. Mais il faut que tu sois sincère. Je ne veux pas prendre le risque de…

Il me cloua le bec d'un baiser profond puis, ayant retrouvé le sourire, demanda :

— Tu as confiance en moi ?

— Oui. Je pense que oui. Je lui caressai le visage. J'ai tort ?

— Non. Je n'ai jamais baisé sans capote. J'ai toujours fait super gaffe.

— Sinon, t'as qu'à me le dire, ce n'est pas grave.

— Je sais, mais c'est vraiment la première fois que ça m'arrive.

Nous avions déjà atteint ce degré d'intimité ? *Attends un peu, Val, tu le connais à peine !* Bon, et alors ? Je n'avais aucune envie d'écouter la voix de la raison, vraiment aucune.

Victor s'allongea sur le dos. Je me mis à califourchon sur lui. Il souleva les hanches et je sentis son sexe palpiter contre moi. Mon corps tout entier céda et se tordit de plaisir dès qu'il me pénétra. Laissant échapper un gémissement, Victor saisit mes seins aux mamelons durcis.

— Waouh… c'est vraiment différent… la sensation.

Il ferma les yeux et se mordit la lèvre inférieure.

Je remuai et il émit un râle grave qui accentua mon excitation. Je me déhanchai sur lui, consciente de mon pouvoir. Pour la première fois depuis longtemps, je me sentais érotique, désirable, forte.

— Valeria, qu'est-ce que tu me fais…

Il me regardait, la bouche entrouverte, haletant. Ses mains me guidaient et m'accompagnaient en rythme tandis qu'il entrait en moi de plus en plus profondément. Je sentis ses doigts m'agripper avec force.

Levant les hanches, il me fit basculer à la renverse et s'allongea sur moi. Son sexe me pénétra légèrement, puis ressortit. Il répéta le manège. Je n'en pouvais plus.

— Tu es pressée de finir ?

Il me retourna sur le ventre, puis il m'attira vers lui et me mit à genoux.

— Écarte les jambes, ma biche.

Il me prit la taille et, dans un gémissement, entra en moi d'une seule poussée.

– C'est ta position préférée, hein ? Comme dans ton rêve…

Je laissai échapper un cri. Il avait touché ce point sensible que nous avons toutes, même si nous n'avons pas toujours la chance de le ressentir. Je ne sais pas comment il s'y prit mais je jouis très vite, sans crier gare. C'était pour moi une sensation totalement nouvelle. Je m'abandonnai à cet orgasme qui envahissait toutes les cellules de mon corps. Quand je repris enfin mon souffle, je n'étais pas calmée, loin de là. J'en voulais encore.

– Tu as joui ?

– Oui. Ne t'arrête pas, continue, continue, mon cœur !

Je me redressai et me laissai tomber contre son torse. Je sentais ses muscles se contracter dans mon dos. Il donna un coup de reins qui me fit crier sans retenue. J'agrippai le drap et me laissai entraîner par son rythme, le frottement de sa peau contre la mienne et son sexe qui m'ouvrait et m'emplissait de plus en plus. Victor laissa échapper un râle guttural.

– Je vais jouir…

– Oui, viens, viens !

– Je jouis, tu le sens ?

Mon excitation redoubla en l'entendant. Haletante, j'arquai le dos et sentis un nouvel orgasme qui explosait en moi. Victor colla son front à ma nuque, ses doigts agrippèrent mes hanches et il éjacula longuement.

J'éprouvais une sensation bizarre, à la fois nouvelle et totalement familière. C'est comme si j'avais gardé mon intimité pour Victor, alors que j'avais toujours cru que c'est à Adrian que je l'avais donnée. Désormais, elle était à Victor, et seulement à lui.

Nous nous laissâmes tomber sur le matelas. Victor appuya sa tête contre mon ventre. Sa main se posa avec douceur sur un de mes seins et il la laissa là, tandis que je lui caressais les cheveux. Nous reprenions haleine. Je me demandais si nous allions parler, s'il allait se rhabiller et partir ou s'il resterait avec moi. J'eus rapidement la réponse: il s'endormit sans un mot. Autant pour la conversation!

J'allai à la salle de bains et me douchai rapidement avant de me recoucher à côté de lui. Je sentis son bras m'entourer la taille et nous nous endormîmes enlacés.

Les questions pouvaient attendre.

5
Questions en suspens

J'ouvris un œil. Calme total: aucun bruit, pas le moindre mouvement... et la sensation que je n'avais plus de bras gauche. Je le remuai pour chasser les fourmis. J'étais seule dans mon lit. Je m'allongeai sur le dos, tirai le drap et laissai échapper un soupir. Voyons. Sauf si Lola avait mis du LSD dans mon verre hier soir, j'avais bel et bien retrouvé Victor.

Merde, les copines! J'avais filé sans rien leur dire! Il fallait que je les appelle.

Mais bon... Victor. Il portait une chemise noire trop cool qui lui allait à merveille. L'étiquette *Carolina Herrera* ne m'avait pas échappé.

Il était venu chez moi et nous avions fait l'amour. Pas vrai? J'en frissonnais encore de plaisir. Je jetai un coup d'œil autour de moi. Il n'y avait plus aucune trace de lui. Il s'était sans doute levé et était parti pendant que je dormais du sommeil du juste. Je fronçai les sourcils. Ça ne me plaisait qu'à moitié.

Puis j'entendis du bruit dans la salle de bains. Victor était toujours là.

Quelques instants plus tard, il émergea de la salle de bains en boutonnant sa chemise. Me voyant réveillée, il me sourit, ses yeux comme deux fentes sous ses cheveux en bataille.

— J'adore les photos de toi accrochées dans la salle de bains.

— Je t'ai déjà dit qu'elles remontent à un bail, répondis-je d'une voix encore ensommeillée. Comme t'as pu le constater, j'ai pas mal changé.

Il s'appuya contre la fenêtre, croisa les bras, et nous échangeâmes un regard éloquent. Nous y voilà ! Le moment des explications. Je me mis à rire.

— Tu penses que j'ai envie de te poser des questions ? demanda-t-il d'un ton charmeur.

— En tout cas, cette nuit, c'est l'impression que tu donnais.

— Bon, c'est vrai. Il y a quelque chose que j'ai envie de savoir.

— Vas-y, je suis prête.

— Tu as quitté Adrian à cause de moi ?

— Et merde !

Il m'aurait jeté un seau d'eau glacé à la figure que ça aurait eu le même effet. Victor y allait plein pot. Il aurait quand même pu attendre que j'aie bu un café ! Mais bon, au moins on y était. Je me tournai et remontai le drap, histoire de lui montrer mon visage plutôt que mes seins. Mieux vaut éviter d'avoir les nibards à l'air pour affronter ce genre de conversation.

— En fait, non. Je ne l'ai pas quitté à cause de toi.

— Vraiment ?

— Absolument. T'inquiète.

— Et pourquoi je m'inquiéterais ?

— J'en sais rien. Moi, je n'ai pas de mode d'emploi en ce qui te concerne. T'es un mec, et donc ce genre de situation ne peut que te faire fuir.

— Tu n'as pas quitté ton mari à cause de ce qu'il y avait entre nous ? demanda-t-il une nouvelle fois en plissant les yeux.

— C'est tout le contraire, si tu veux savoir.

Il arqua les sourcils et mit les mains dans ses poches. Ma réponse semblait ne pas trop lui plaire, ce qui m'étonna. Pensait-il que je racontais n'importe quoi, ou s'était-il attendu à une déclaration ? Du coup, j'avais envie d'en savoir plus.

— T'es déçu ?

— Un peu, oui. Je pensais que je t'intéressais.

Il se mordit la lèvre.

— Ce qui m'intéresse avec toi, c'est la baise. Point barre.

Il leva les yeux au ciel et vint s'allonger à côté de moi. Il souleva le drap et me regarda.

— T'es trop sexy avec ton string.

— Il faut vraiment que tu partes ? demandai-je en détournant la conversation de mes dessous, que j'avais naturellement choisis avec soin la veille avant de me recoucher.

— Oui, je déjeune avec mes parents. Sinon… tu t'en serais déjà rendu compte.

— Si tu commences déjà avec les excuses à la noix, on est mal partis !

— Qu'est-ce que tu racontes…

Il passa une main sous le drap et la glissa entre mes cuisses, me caressant du bout des doigts.

— Adrian me disait sans cesse « si ceci ou si cela… tu t'en rendrais compte », et je ne me rendais jamais compte de rien !

— C'était donc ça ! répondit Victor avec un grand sourire.

Il tira le drap d'un coup sec et me prit dans ses bras. Je me débattis en riant.

— Allez, vas-y donc, chez tes parents !

— Ne t'imagine pas que tu peux me comparer à ton ex et t'en tirer à si bon compte.

Il se leva en me portant dans ses bras, et me déposa sur la table qui servait de bureau. Il défit son pantalon, glissa ses doigts sous mon string et tira. Le fragile sous-vêtement se déchira.

— Brute ! m'exclamai-je en riant.

— Tu ne crois pas si bien dire…

Il me fit cambrer, tira sur mes jambes et me pénétra d'une poussée dont la force m'arracha un gémissement.

— Tu es toujours aussi prête ? demanda-t-il en se mordant la lèvre inférieure.

— Pour toi, oui, articulai-je d'une voix rauque et sexy que je ne reconnus pas.

Victor me souleva et me plaqua contre le mur. Il continua d'aller et venir en moi pendant plusieurs minutes. Mes voisins devaient être hallucinés. Trois ans sans entendre le son de ma voix, et tout d'un coup, voilà que je gémissais comme une star du porno.

Victor poussa un grognement. Il bascula dans un fauteuil, m'agrippa les hanches pour me maintenir sur lui et, continuant ses poussées de plus en plus profondes tout en me caressant, il me fit jouir comme une folle.

— Cette fois je m'en vais, dit-il après s'être douché et rhabillé.

— Bon déjeuner en famille. Amuse-toi bien.

— Merci – il se pencha et m'embrassa sur la bouche. Pourquoi ne viendrais-tu pas chez moi ce soir, on pourrait se faire un dîner sexy du samedi soir ?

— Un dîner sexy du samedi soir ?

— Oui, tu arrives, je te déshabille, je te baise jusqu'à ce que tu défailles, je te ranime et je te prépare à dîner. Qu'est-ce que t'en penses ?

— Hum, je ne sais pas trop.

— Comment, tu ne sais pas trop ? Il éclata de rire avant de conclure : Bon, je t'appelle plus tard, ma biche.

J'acquiesçai. Il se dirigea vers la porte mais avant de sortir, il fit demi-tour et vint me coller un dernier baiser sur les lèvres. Puis il s'en alla.

Je me recouchai et me couvris le visage d'un oreiller en soupirant. Je ne savais vraiment pas à quoi m'en tenir avec ce mec. Je semblais l'intéresser, mais jusqu'à quel point ? Ce n'était pas le moment de commencer à me prendre la tête et à faire des plans sur la comète. Je venais de me séparer, et puis de toute façon, ce n'était déjà pas mal de se retrouver avec un mec disposé à s'envoyer en l'air avec moi à la moindre occasion. Mais bon, comme toute femme digne de ce nom, je ne peux pas m'empêcher de penser à la suite. Il y a des femmes du genre Lola, par exemple, qui ne se posent pas ce genre de question quand elles se réveillent à côté d'un mec qu'elles ont dragué la veille, mais moi, si.

Nous, les femmes de ma génération, nous nous sentons libérées. Nous avons un boulot, des préoccupations intellectuelles et, dans une certaine mesure, des ambitions professionnelles. Si le rôle de mère nous tente, nous planifions nos maternités. Nous avons fait des études et sommes bien préparées pour le monde du travail. Nous parlons de sexe sans complexe, et nous ne dépendons de personne. Mais dans la plupart des cas, tout cela n'est que de la poudre aux yeux. En réalité, sur le plan des sentiments, nous continuons de dépendre maladivement des hommes, presque toujours. Lola, elle, est sans aucun doute un exemple de femme émancipée.

Bon, je dois me secouer et vivre au lieu de perdre mon temps en vaines cogitations. On verra bien !

J'allongeai le bras et pris le téléphone pour appeler Lola. Elle décrocha en grommelant.

— Je suis une salope, je sais, annonçai-je d'emblée en guise d'excuse.

— Si tu veux que je te pardonne de m'avoir plantée, t'as intérêt à tout me raconter. Je veux tout savoir, dans les moindres détails.

6
Les copines

Carmen lança un coup d'œil vers Barto, qui mettait de l'ordre dans le salon, et se demanda si le moment n'était pas venu de parler d'avenir.

Il y avait mille façons d'aborder la question tout en continuant d'apparaître comme une femme parfaitement autonome et indépendante. Carmen devait reconnaître qu'elle aurait bien voulu que sa relation avec Barto prenne une tournure plus stable. Maintenant qu'elle ne le voyait plus au bureau, elle avait envie de passer tout son temps libre avec lui. Mais peut-être que lui trouvait ça très bien comme ça et n'avait aucunement l'intention de faire des projets avec elle. Ce n'était pas la première fois qu'elle voulait aborder la question mais, au dernier moment, elle flanchait toujours.

Barto habitait encore chez ses parents. Il avait un frère, de dix ans son aîné, qui vivait en France. Donc, il se sentait un peu comme un fils unique, responsable de ses parents qui l'avaient eu alors qu'ils n'étaient plus très jeunes. Carmen se demandait si, au fond, il n'était pas simplement habitué à vivre comme un coq en pâte et que tout soit toujours prêt sans qu'il ait à s'occuper de rien. En tout cas, il ne manifestait aucune velléité réelle d'indépendance : chaque fois que le sujet surgissait, il expliquait que s'il voulait économiser de quoi s'acheter un appartement, il n'avait d'autre choix que de rester chez ses parents. Et même s'il laissait entendre qu'il aurait préféré s'en aller, il s'empressait de parler d'autre chose.

Carmen pensait que le moment était venu. Ils étaient ensemble depuis peu de temps, mais Barto était l'homme de sa vie. Elle en était certaine. C'était la première fois qu'elle ressentait une chose pareille. Elle était sûre de vouloir être avec lui pour de bon, mais ne savait pas comment l'amener sur ce terrain.

Barto croisa son regard et lui sourit.

– Tu regardes beaucoup mais tu ne fais pas grand-chose.

Tu es une vraie fée du logis. T'as pas besoin de moi, ajouta-t-elle en faisant la coquette.

— Si tu veux que je fasse ton ménage, il faut que tu me payes. En nature, si tu préfères…

Il se rapprocha et ils s'embrassèrent. Barto se laissa tomber sur le canapé à côté de Carmen, et elle lui caressa la tempe en plongeant la main dans ses cheveux.

— Écoute, Barto, murmura-t-elle.

— Oui ?

— J'ai réfléchi, je ne sais pas comment te dire…

— Tu veux me quitter parce que je ne sais pas repasser ?

— Arrête de déconner. Je veux parler de nous.

— Vas-y, dit-il en s'installant confortablement dans le canapé.

— Tu risques de t'enfuir à toutes jambes.

— Je te parie que non.

Il prit son paquet et alluma une clope.

— Bon, on n'est plus des ados. Je trouve qu'on est super bien ensemble… on pourrait peut-être… passer à la vitesse supérieure, tu vois ce que je veux dire ?

Barto la regarda, troublé.

— Bon, moi je…

— Écoute, on est adultes, on doit pouvoir assumer une…

— Tu veux un enfant ?

— Merde, non ! Non !

Ils gardèrent le silence. Barto poussa un soupir de soulagement.

— Moi, ce n'est pas que je n'ai pas envie mais… c'est un peu tôt, pour ce genre de chose… Je suis assez vieux jeu, au fond. Tu le sais, non ?

— Oui, oui, Barto, je sais. Je n'ai pas envie d'un môme maintenant. Je pensais simplement que…

— Ah, je vois ce que tu as en tête…

— Ah oui ?

— Oui, et je pense que tu as raison. Viens dîner à la maison ce soir, je te présenterai à mes parents.

Oh, oh… Elle garda le silence. La conversation prenait un tour inattendu. Carmen ne plaisait jamais à la mère de ses mecs, absolument jamais. Apparemment, elle ne possédait pas le gène de la bru idéale.

— N'angoisse pas, Carmen.

— Je n'angoisse pas, mais je voulais parler d'autre chose.

— De quoi ?

— De vivre ensemble, par exemple.

Elle le regarda, terrorisée. Barto sourit.

— Crois-moi, avant tout, tu dois faire la connaissance de Maman.

Carmen déglutit. Elle avait encore perdu l'occasion de se taire. La simple allusion à la « Maman » la mettait dans tous ses états.

Nerea se regarda dans le miroir, perplexe. Jamais elle ne s'était sentie si mal à l'aise, et jamais auparavant son corps ne l'avait préoccupée. Elle avait hérité de bons gènes. Il lui suffisait de faire un peu attention pour garder sans problème un poids idéal. Elle se permettait des écarts : le chocolat, dont elle ne pouvait pas se passer, et quelques verres à l'occasion.

Mais depuis plusieurs semaines, quelque chose n'allait pas. Ses seins avaient gonflé, ce qui ne lui déplaisait pas. Le problème, c'est que le même phénomène semblait affecter ses fesses, et ses pantalons la serraient. Elle s'était aussi découvert un bourrelet indésirable sur les hanches. Du jamais vu ! Elle l'avait montré à Lola qui avait éclaté de rire en lui disant que ça avait un nom : les poignées d'amour.

Du coup, elle s'était dit qu'il fallait manger encore plus sainement et faire plus de sport. Mais ça n'avait rien changé. Un samedi matin, en rentrant de son jogging, elle avait vomi sur le paillasson. Et côté alimentation, ça n'allait pas mieux : elle avait éliminé le chocolat, le vin et le pain, mais elle avait tout le temps faim. Et plus elle essayait de penser à autre chose, plus elle avait envie de manger.

Elle avait dit à Daniel que les petits restos, c'était fini pour le moment, elle devait se mettre au régime. Elle était convaincue que ces rondeurs étaient le fruit de sa vie trop sédentaire, mais bon sang… le changement avait été vraiment soudain ! Deux mois à peine… et boum, deux belles poignées d'amour ! Devait-elle s'inscrire à un club de fitness ? Rien que l'idée lui donnait la nausée.

Et si… ? Non, non, impossible.

Elle se remit à s'étudier dans le miroir.

Lola alluma une première cigarette avant même d'avoir pris son petit déjeuner. On appelait ça la clope du toxico, associée presque toujours à une bonne gueule de bois, à un régime détox ou à une prise de tête. En l'occurrence, c'était un mélange de la première et de la troisième cause.

Cela faisait un moment que Lola n'avait pas couché avec un mec. Elle trouvait le processus de séduction fastidieux, même quand c'était hyper simple. Le style Neanderthal lui aurait parfaitement convenu : on baise et basta. Elle en avait marre des hommes, mais en même temps ils commençaient à lui manquer, et pas pour planter un clou ou changer une ampoule. Ça, elle pouvait parfaitement le faire toute seule.

Elle envisagea d'appeler un ex, mais elle pensa à Carlos et l'envie lui passa immédiatement. Disons qu'ils n'étaient pas restés en très bons termes. Après qu'elle lui avait flanqué une claque devant chez elle en le traitant de crétin et de couille molle, leur relation, étrangement, s'était détériorée.

Soudain, elle eut une idée de génie. Sergio ! Comment avait-elle pu ne pas y penser avant ?

Bon, avant, elle n'était peut-être pas prête, mais maintenant, elle se sentait parfaitement d'attaque pour le mettre dans son lit et, cette fois, dicter la règle du jeu. Elle se le rappela haletant sur son corps luisant de sueur, la faisant crier de plaisir… Oui, Sergio.

Elle prit son portable mais eut un moment d'hésitation. Peut-être que ça ne se passerait pas comme elle le voulait. Elle lui envoya quand même un texto :

> J'étais au lit, en train de repenser à tout ce que nous avons fait sur le tapis de ton salon, et je me disais qu'on pourrait peut-être remettre ça, sensuel et sans suite…

Sergio mit moins de cinq minutes à répondre :

> Chez toi dans une demi-heure.

Et exactement une demi-heure après, Lola regardait le plafond avec ravissement tandis que Sergio, allongé sur elle, gémissait comme un fou. Elle l'encercla de ses cuisses, sentant le tapis rugueux sous son dos. Elle ferma les yeux pour se concentrer sur son plaisir. Il était vraiment le meilleur, toutes catégories. Rien ne la préoccupait plus. Elle se laissa aller et jouit brutalement dans un cri.

L'équation « Lola-Sergio-sexe » était parfaite.

Il s'étendit à son côté en tentant de reprendre son souffle. Il la regarda et lui dit qu'elle lui avait manqué. Lola ferma les yeux. C'était maintenant ou jamais. Il fallait qu'elle l'envoie paître, même si elle n'en avait pas franchement envie. Elle remit sa culotte et son soutien-gorge, et se leva.

– Oui, oui, toi aussi tu m'as manqué. Mais écoute, Sergio, j'ai rendez-vous avec les copines et il faut que j'y aille…

– Ah bon, je dois partir ? demanda-t-il un peu gêné.

– Sois gentil…

Elle sourit.

Sergio se rhabilla et voulut l'embrasser, mais elle le repoussa et, après l'avoir gratifié d'une bourrade, lui ferma la porte au nez. Du Lola tout craché.

7
Portrait de Valeria en ado

Victor et moi étions vautrés sur son divan, en train de nous embrasser. Il était cinq heures de l'après-midi le dimanche, et nous étions là depuis une demi-heure. Il avait ses lèvres sur les miennes, sa langue se frayait un chemin entre mes dents, goûtant ma bouche. Nos langues s'entremêlaient, il me mordillait la lèvre, nous ne pouvions plus nous arrêter…

Et puis, à quoi bon le nier, ça faisait un moment que je mourais d'envie de lui arracher sa chemise. J'étais devenue complètement accro à Victor. Je ne pus me retenir plus longtemps. Appuyée sur son torse, je le regardai et allongeai la main vers sa braguette. Je guettai sa réaction. Il sourit et se mordit la lèvre d'excitation lorsque je commençai à exercer une pression : il était dans le même état que moi.

Je défis sa braguette et glissai une main dans l'ouverture. Victor rejeta la tête en arrière. Je le caressai en rythme, sentant qu'il durcissait encore plus sous mes doigts. À son tour, il déboutonna mon jean. L'instant suivant, je sentis son majeur s'insinuer sous ma culotte. J'étais au comble de l'excitation, et sa caresse tout en douceur était irrésistible.

— Nous serions plus à notre aise au lit… ou sur la table de la cuisine, murmura Victor en souriant.

Je me levai et le tirai par les bras. Il tenta de me pousser vers la cuisine, mais je filai vers la chambre et me déshabillai devant lui. Il en fit autant. En une seconde, nos vêtements jonchèrent le sol.

Victor s'allongea sur moi. Il se mit à me caresser partout, comme un ado amoureux qui n'ose pas franchir le pas.

— Ça te plaît ?

J'acquiesçai. Il m'embrassa dans le cou, sa langue glissa vers mon épaule jusqu'à mon sein gauche. Il prit le mamelon entre ses lèvres, le mordilla, le téta avec force puis souffla dessus. Sa langue continua de descendre, il écarta mes jambes…

— Non, Victor, murmurai-je en frissonnant.

Il se redressa à demi et me regarda, intrigué.

— Pourquoi ?

— Je ne me sens pas à l'aise… avec ça.

Victor tenta de réprimer un sourire, sans succès.

— Mais moi, j'en ai envie. C'est quoi, le problème ?

— Ça me bloque.

— Adrian ne le faisait pas ?

Je haussai les épaules et me couvris à demi avec le drap. Avec Adrian, c'était… compliqué, comme s'il y avait un tabou. Et je n'avais pas d'autre expérience. Pour moi, le sexe n'était pas une chose sale ou interdite, mais certaines caresses me mettaient mal à l'aise. En fait, je pensais surtout que c'était ennuyeux malgré tout ce qu'on en dit.

— Val, j'en ai envie, répéta Victor en me caressant les jambes. Ça m'excite de te faire jouir, et moi aussi j'aimerais beaucoup sentir ta bouche.

Je levai les yeux au ciel. OK, compris, c'est donnant-donnant.

— Tu veux bien ? Ferme les yeux – il se faisait pressant. Fais-moi confiance. Si ça ne te plaît pas, j'arrête.

Je fermai les yeux, me laissai aller. Il m'agrippa par les hanches et m'attira vers sa bouche. Je sentis sa langue chaude commencer d'explorer les replis de ma chair avec une lenteur savante. Je compris qu'avec Adrian, ma vie sexuelle avait été d'une nullité atterrante. Là, c'était autre chose. La bouche de Victor, sa langue insistante me mettaient dans un état d'excitation que je n'avais jamais connu auparavant. Je l'entendis gémir, signe qu'il éprouvait autant de plaisir que moi. J'agrippai un oreiller et le laissai continuer. Il me caressa l'intérieur des cuisses, je sentis que je m'ouvrais de plus en plus. Il enfonça deux doigts en moi tout en continuant de me lécher. Je n'en pouvais plus.

— Arrête, articulai-je en haletant, arrête…

— Laisse-toi aller, jouis, ma douce, murmura-t-il.

Il continua son manège, sa langue dansant autour de mon clitoris et ses doigts arrimés de plus en plus profondément dans mon sexe. Je m'abandonnai, la tête de Victor entre mes cuisses… et l'orgasme explosa en moi, se répandant dans tout mon corps jusqu'au bout des cheveux. Laissant échapper un long cri, je me tordis de plaisir sur le lit.

Victor se redressa, observa mon visage et passa le revers de sa main sur ses lèvres humides. Il me laissa reprendre mon souffle avant de me demander ce que j'en pensais.

— Alors ?

— *Too much*… Incroyable.

Il prit ma main et la posa sur son sexe tendu. Il se pencha sur moi et me dit :

— Ça m'a beaucoup plu aussi. Tu sens ? Parce que…

Le message était clair : à mon tour !

Je repris mes sens, m'assis sur lui et l'embrassai passionnément. Dans sa bouche je sentais son goût mêlé au mien, super excitant. Je lui léchai le cou, lui mordis l'oreille, effleurai son torse. Il se mit à rire.

— Qu'est-ce qu'il y a, je te chatouille ?

— Non, c'est juste que tu n'as pas besoin de faire semblant. Je sais où tu vas…

Il savait où j'allais alors que moi, je n'en avais pas la moindre idée. J'adorais ça, même si je n'étais franchement pas sûre de savoir m'y prendre. D'autant que lui était plein d'assurance. Je pensai à toutes les nanas qui étaient passées entre ses bras, qui avaient dû lui faire des pipes d'enfer après une soirée en boîte. Bref, je craignais de ne pas être à la hauteur.

— Qu'est-ce que tu dirais d'une petite douche ?

Sa proposition me prit au dépourvu.

Nous nous retrouvâmes sous le jet puissant de l'eau chaude qui me mouilla les cheveux. Je l'embrassai sur le torse et me mis à genoux. Quand il sentit mon souffle sur sa peau, il prit ma tête avec douceur et je sentis l'excitation monter de nouveau en moi. Avec Victor, c'était comme ça: il suffisait qu'il me touche pour que je mouille comme une damnée. Comme une ado en pleine crise hormonale. Sauf que les ados d'aujourd'hui en savent beaucoup plus que moi. Bon, c'est au pied du mur…

Je pris son sexe dans une main et approchai mes lèvres. J'embrassai la pointe humide avant de la faire glisser dans ma bouche. Je le goûtai. Et je goûtai cet instant où, bien qu'agenouillée, je sentais que j'avais le pouvoir.

Victor plongea une main dans mes cheveux en gémissant. Je levais les yeux vers lui sans lâcher prise, comprenant peu à peu le mouvement qui lui plaisait. Je l'enfonçai au fond de ma gorge et le ressortis. Victor frappa les carreaux de la douche en gémissant. Je gémis à mon tour, les yeux mi-clos. Je voulais lui faire éprouver autant de plaisir qu'il venait de m'en donner. À en juger d'après son expression, je ne m'en sortais pas si mal. J'étais fière de moi. Je léchai, je suçai, j'embrassai et je caressai, tout en même temps. Victor soupira, gémit, et lança un cri qui n'avait rien à voir avec la douleur.

Je continuai de le caresser avec ma langue et de le presser entre mes lèvres, mais Victor, au lieu de se laisser aller à sa jouissance, me releva et me sortit de la douche. Tout mouillés, nous nous écroulâmes dans le couloir. Il se mit sur moi et me pénétra avec force.

Il appuya la tête sur mes épaules et me demanda de gémir plus fort. À chaque coup de reins, le mouvement de nos corps nous projetait en avant dans le couloir. Je criai sans retenue, étourdie de plaisir.

— Vas-y, crie, crie pour moi, articula Victor entre ses dents serrées.

Nous étions quasiment devant la porte d'entrée quand la sonnette retentit…

Il me regarda puis continua comme si de rien n'était. Je laissai échapper un gémissement en le sentant de nouveau en moi.

La sonnette retentit une deuxième fois.

Il mit une main sur ma bouche et recommença à me pénétrer avec un rythme de plus en plus puissant. Je me tordais de plaisir comme une couleuvre.

On frappa à la porte. Victor s'approcha de mon oreille et me murmura en haletant qu'il allait jouir.

— La prochaine fois, je viendrai dans ta bouche… gémit-il.

Nos muscles se contractèrent à l'unisson, et quand je sentis qu'il éjaculait, je laissai l'orgasme m'envahir. Le fait de le sentir jouir en moi me procurait un plaisir incroyable, une sensation à la fois étrange et très intime.

Nous respirâmes profondément, nous embrassâmes plusieurs fois, un sourire béat aux lèvres… La sonnette retentit de nouveau.

Victor ne semblait pas vouloir ouvrir, mais je lui donnai un petit coup de coude et lui dis d'aller voir qui c'était.

— Non, pas question. En ce moment, je ne veux être qu'avec toi.

— Et si c'était les pompiers ?

Il se leva en riant et jeta un coup d'œil par le judas.

— Merde !

— Je t'entends, ouvre-moi s'il te plaît, articula une voix féminine derrière la porte.

Il me chuchota en hâte :

— Val, magne-toi. Va dans la chambre et, surtout, pas un bruit. Puis, à voix haute : un moment, j'arrive.

Je m'enfuis en vitesse vers la chambre, nue comme un ver. Victor me suivit en maugréant.

— Je dois aller à la salle de bains.

— OK, mais silence !

Il enfila son jean en vitesse et sortit de la chambre. Malgré la tension du moment, je ronronnais intérieurement. Sacré mec, quand même !

Je passai à la salle de bains, me lavai et me rhabillai en vitesse. Je craignais, qui sait, que ce soit une meuf dont il m'aurait tu l'existence, une ex jalouse… Bref, j'échafaudai toutes les hypothèses possibles et imaginables lorsque j'entendis :

— Maman, qu'est-ce que tu fais ici ?

J'écarquillai les yeux. Sa mère. Sa mère ! Sa chère maman qui venait de nous surprendre dans le feu de l'action comme deux ados.

— Tu es bien rouge, mon garçon. Qu'est-ce qui t'arrive ?

— J'étais sous la douche, répondit-il d'un ton bourru.

— Tu es vraiment rouge. Tu es sûr que tu n'as pas de fièvre ?

— Il fait très chaud, et je viens de te dire que je sors de la douche.

Je collai l'oreille à la porte de la chambre pour mieux entendre.

— Mais tu es bouillant, tu es sûr que ça va ?

Victor lâcha un éclat de rire exaspéré :

— Je t'assure que je vais très bien. Mieux que jamais – je cueillis le message qu'il m'envoyait en douce et souris comme une bêtasse. Qu'est-ce que tu fais ici ? Je ne t'attendais pas.

— J'avais rendez-vous en ville avec Mercedes. Tu te souviens de Mercedes ?

— Je ne vois pas de quelle Mercedes tu parles.

Sa voix trahissait une certaine impatience.

— Mais si, celle qui était mariée à un militaire…

— Maman, qu'est-ce que tu veux ?

Il perdait patience et en criait presque.

Je ne pus réprimer un gloussement. Silence.

— Bon, je suis venue te dire de ne pas oublier pour samedi, reprit sa mère.

— Je ne vois pas comment je pourrais oublier.

— Et, pendant qu'on y est, je voudrais savoir si tu viens seul ou accompagné.

— Je ne sais pas.

— Sois gentil de nous prévenir, je dois informer le traiteur. Bon, j'ai compris, tu me chasses, je m'en vais.

— Mais non, Maman, c'est juste que j'ai à faire.

— Ah oui ? Avec ta copine ? J'en suis ravie. Comment s'appelle-t-elle déjà ? Vanessa ? Veronica ?

— Valeria, Maman, elle s'appelle Valeria.

Il avait parlé de moi à ses parents ? Je manquai d'en avaler de travers. Leurs voix s'éloignèrent et je cessai d'écouter.

Victor ouvrit la porte de la chambre et entra en souriant. Je lui rendis son sourire.

— Qu'est-ce que c'était que ce gloussement à la Ewok ? Ça t'a fait rire ?

— Quand tu t'es mis à hausser la voix, c'était franchement comique.

— Je pense qu'elle a compris que tu étais là, mais elle a préféré jouer les idiotes. Ce qui m'étonne, la connaissant, c'est qu'elle ne soit pas entrée en fracassant la porte pour voir à quoi tu ressembles.

— Apparemment, elle est au courant de mon existence ?

Victor réprima un sourire tout en enfilant son pantalon de pyjama.

— C'est ma sœur Alina qui lui a raconté.

Il passa une main sur ses cheveux mouillés.

— Ah bon ? Il me semblait…

— *Il te semblait* quoi ? répéta-t-il en imitant mon intonation.

— Rien. Disons que présenter une copine aux parents n'est pas ton genre.

— Ah bon ? C'est quoi, mon genre, alors ?

— Disons, dragueur invétéré, une meuf pour un week-end maxi.

— Oh, dragueur invétéré, trop cool ! Je te signale que nous avons déjà passé plusieurs week-ends ensemble – je me tournai vers lui en souriant, comme si je ne le prenais pas au sérieux. Mes parents ont rencontré Raquel.

Il s'assit sur le lit.

— Si je comprends bien, Raquel, c'est ton ex. Et tu l'as présentée à tes parents.

— Je n'ai pas eu le temps de la balancer par la fenêtre, plaisanta-t-il.

— N'essaie pas ça avec moi. Je finirai à la « une » du JT, une mort horrible.

— Viens, dit-il en riant, allonge-toi à côté de moi.

Je m'approchai du lit, enlevai mon jean une nouvelle fois et me laissai tomber à côté de lui. Victor m'embrassa sur la bouche et me cala au creux de son épaule.

— C'était génial. Je veux dire avant l'apparition de ma mère. Il me caressa le dos.

— Oui…

Je laissai échapper le soupir que je retenais depuis un moment.

— Ce serait franchement dommage que ça ne dure que quelques week-ends, ajouta-t-il sans crier gare.

Je me redressai et le regardai

— Qu'est-ce que tu es en train de raconter ?

— Je suis fou de toi. Qu'est-ce que tu dis de ça ?

Je rougis et essayai de crâner.

— Les nanas avec lesquelles tu sortais, elles avalaient ça ?

— Elles avalaient pas mal de choses, mais ça, je ne sais pas – il me fit un clin d'œil. Que dirais-tu d'un verre ?

Fin de la conversation sur les sentiments. On passe à autre chose.

Les hommes… des vrais champions de la communication !

8
Aïe aïe aïe

Quand Carmen entra dans l'immeuble, elle avait les jambes en coton. Pas du genre à sauter de joie à l'idée de faire la connaissance des parents de son mec. Elle se rappelait encore quand le père de son premier amoureux lui avait balancé que son fiston l'avait choisie pour sa paire de nichons ! Non, la belle-famille, c'était pas son truc. Elle était pleine d'appréhension et pleurnicha un peu avec Barto pour qu'il la laisse faire demi-tour en prétextant une maladie, comme faisait Lola pour s'éclipser du bureau, mais il l'escorta vers l'ascenseur sans prêter la moindre attention à ses velléités de fuite.

Quand ils entrèrent dans l'appartement, Carmen sentit un parfum de bons petits plats. Elle se détendit et avança timidement.

— On est arrivés ! annonça Barto.

Après quelques instants d'attente crispée, une femme brune et menue vint à leur rencontre. Elle restait gracieuse malgré son âge et ne ressemblait pas du tout à la vieille dame que Carmen avait imaginée. Elle avait des yeux noisette très vifs comme ceux de son fils, et sa petite bouche aussi avait un air de famille. Elle l'accueillit d'un sourire mais, en même temps, Carmen se sentit comme passée au scanner de la tête aux pieds et cela la mit mal à l'aise.

— Maman, je te présente Carmen.

— Bonjour Carmen. Moi, c'est Puri. Enchantée.

Elles s'embrassèrent sur les joues et restèrent quelques instants à s'observer mutuellement.

Lola, allongée sur le sol, s'alluma une cigarette.

— Tu peux me passer mon agenda, s'il te plaît ?

Sergio prit le carnet rouge et le lui posa sur le ventre. Lola l'ouvrit et se livra à un calcul rapide. C'était la quatrième fois cette semaine qu'elle appelait Sergio pour un plan baise… il fallait ralentir le rythme. Elle le regarda. Sergio, appuyé au rebord de la fenêtre, rebouclait sa ceinture, une clope au bec. Lola eut comme un frisson.

— Bon, j'imagine qu'aujourd'hui aussi tu as à faire, pas vrai ? demanda-t-il d'un ton désabusé.

— Oui.

— Évidemment. Je suis ta chose, on dirait. C'est ça, ton jeu ?

Lola sourit d'un air angélique. Elle en oublia son angoisse.

— Allez, Sergio, fais pas ton hystérique, ça ne te va pas. Ce n'est pas ton genre de te plaindre de ce type de situation.

— OK. J'y vais. Appelle-moi quand tu auras envie de baiser.

Il enfila son T-shirt et sortit en claquant la porte. Le claquement résonna comme une musique céleste aux oreilles de Lola. Elle était très contente d'elle.

Nerea regarda son assiette avec appréhension. Ils allaient finir où, tous ces spaghettis ? Sur son ventre, ses cuisses, ou ses nouvelles poignées d'amour ?

— Dani… Je suis trop grosse ?

Daniel éloigna le verre de ses lèvres et la regarda longuement avant de répondre.

— Tu déconnes ?

— Non. Elle insista : je suis trop grosse ?

— Mon ange, tu es super canon. La femme la plus…

— Je ne vais à la pêche aux compliments, je veux savoir la vérité.

— Nerea, tu es sublime.

Elle écarta son assiette et tenta de réprimer son envie de pleurer, mais une larme tomba sur la nappe. Dany continuait de la regarder.

— Mais qu'est-ce qui t'arrive ?

— Je n'arrête pas de grossir, je suis en train de devenir obèse.

— T'es en train de devenir complètement idiote, surtout ! Il sourit pour atténuer la brutalité de son propos : Allez, mange.

— Je n'ai pas faim. Je mange sans faim – elle regarda l'assiette de Daniel. En fait, ça me donne la nausée. Trop de tomate.

Il la regarda comme si elle était devenue folle. Il reposa ses couverts et déclara avec le plus grand sérieux :

— Nerea, tu dois aller voir un médecin, tu m'inquiètes.

Nerea sentit l'air lui manquer. Elle posa sa serviette sur la table.

— Je dois partir. Excuse-moi, j'ai à faire.

Elle ne lui laissa pas le temps de protester. Elle attrapa son sac et sortit en un rien de temps. Une fois dehors, elle respira. Daniel appela le serveur et se leva. Nerea n'avait pas envie de parler de ce qui était en train de lui arriver. En fait, elle n'avait pas envie de voir Daniel, ni de parler avec lui. Elle s'engouffra dans un taxi.

La sonnerie de l'interphone retentit dans l'appartement. Intriguée, je décrochai.

— Oui ?

— Val… c'est Nerea.

Je lui ouvris, inquiète. Nerea n'avait pas l'habitude de débarquer à l'improviste, encore moins à une heure aussi tardive. Tenant encore le combiné à l'oreille, je regardai Victor. Il était allongé sur le lit, dépeigné et très peu vêtu.

— C'est qui ?

— Nerea. Habille-toi.

Victor se leva en faisant une grimace et obtempéra. Pendant qu'il laçait ses Converse, j'allai ouvrir. Nerea entra, à bout de souffle. Elle avait dû grimper les escaliers quatre à quatre.

— Qu'est-ce qui se passe, ça ne va pas ?

— Val, je ne sais pas ce qui m'arrive. Je suis énorme, j'ai envie de pleurer et j'ai du mal à respirer.

Elle entra et s'arrêta net en voyant Victor qui était en train de se peigner avec les doigts. Puis, du coin de l'œil, elle aperçut le lit en désordre.

— Excuse-moi, j'aurais dû téléphoner…

— Pas de souci, je m'en vais. Vous pouvez parler entre nanas.

C'était en effet une histoire de filles. Il comprenait parfaitement la situation.

— Mais non, si tu t'en vas, je vais me sentir encore plus mal.

— Nerea, assieds-toi. Tu veux boire quelque chose ?

Je la fis entrer et la conduisis vers un fauteuil.

Elle s'assit en regardant dans le vide. Victor se dirigea vers la porte et me chuchota en passant qu'il attendait dehors. Quand il fut sorti, Nerea reprit ses esprits.

— Qu'est-ce qui t'arrive ? lui demandai-je en me mettant à genoux devant le fauteuil.

— Je ne sais pas. J'ai pris plusieurs kilos et je ne me sens pas bien. Je me sens très bizarre, en fait.

— Ces kilos, tu les as vraiment pris où ils sont dans la tête ?

— Je n'arrive plus à boutonner mes pantalons.

— Moi, je ne vois pas de différence. Je ne te dis pas ça pour te faire plaisir, mais franchement, tu es toujours aussi canon.

— Lola dit que j'ai un bourrelet qui dépasse de mon jean.

— Tu connais Lola, elle adore faire ce genre de remarque. L'autre jour, elle m'a dit que j'avais une dégaine de stripteaseuse à la retraite !

— Mais, c'est pas pareil ; moi, c'est vrai.

— OK Nerea, et même si t'as pris deux kilos, où est le problème ?

— Je sais pas… je sens qu'il y a quelque chose qui ne va pas.

— Avec Daniel ?

Nerea haussa les épaules.

— Le boulot ?

— Tout m'indiffère.

Elle gardait les yeux fixés sur le plancher, et je ne savais plus quoi dire. Je la connais bien, et j'étais sûre qu'elle n'était pas amoureuse de Daniel. Facile à voir. Mais on pouvait se demander si Nerea était capable de tomber vraiment amoureuse. Elle était peut-être un peu trop carrée pour ça : ce qu'elle recherchait, ce n'était pas le grand amour, mais un mec pragmatique, qui cadrait bien avec la vie qu'elle s'était choisie. Et si elle était contente comme ça, je ne voyais pas le problème. Moi, je ne comprends pas qu'on puisse être avec un homme dont on n'est pas amoureuse, mais c'est sa vie, pas la mienne ! Si ça se trouve, elle aimait Daniel à sa façon. Chacun aime comme il veut ou comme il peut. Il n'y a pas de règle valable pour tous.

Quant à son boulot… c'était plus ou moins la même chose. Elle avait étudié sans passion dans une école de commerce, parce que sa mère pensait que c'était là qu'elle avait le plus de chance de trouver un bon mari, avec lequel elle ne serait pas obligée de travailler.

Pourquoi pas, après tout ? À chacun ses priorités. Mais Nerea ne cadrait pas avec le schéma de sa mère, elle avait envie d'avancer dans sa vie professionnelle. Sauf que je n'étais pas sûre qu'elle ait choisi la carrière qui pourrait la rendre heureuse. Mais bon, j'étais mal placée pour en juger…

Nerea finit par sortir de son mutisme. Elle lâcha un soupir et esquissa un sourire forcé. Sa mère avait eu beau faire son possible pour lui apprendre à ne jamais montrer son mal-être, cela faisait presque quinze ans que nous nous connaissions, et son petit sourire ne me convainquait pas. J'attendis sans piper mot qu'elle se lâche, au moins un peu, mais elle se leva et m'annonça qu'elle partait. Elle avait besoin de se reposer.

J'espérais qu'elle en dirait un peu plus, mais elle s'était de nouveau refermée comme une huître. Je me contentai de lui conseiller avec douceur de bien dormir et de faire la grasse matinée.

— Mais demain, c'est vendredi. Je travaille.

— Désolée, je perds la notion du temps. Moi aussi, d'ailleurs, je dois me lever tôt. Il faut que j'envoie des CV.

— Mais t'as déjà un boulot, non ? T'es écrivaine, répliqua-t-elle en souriant.

— Je suis une écrivaine qui n'arrive pas à boucler ses fins de mois.

— Excuse-moi d'avoir débarqué sans prévenir.

— Arrête les manières, de grâce !

Je ris.

— Victor est souvent ici ?

— Un jour ici, un jour là…

— Valeria… tu sais où tu en es ?

Je regardai Nerea un peu confuse, puis secouai la tête en signe de dénégation. Je lui répondis à voix basse pour que Victor n'entende pas ma confession :

— Non. Je ne sais pas du tout où j'en suis. Parfois, j'ai l'impression d'être une gamine de quinze ans et que j'ai tout pigé. En fait je n'y comprends absolument rien.

— Tu as vu Adrian ?

— Pas encore, je ne suis pas prête. Je crois que nous ne sommes prêts ni l'un ni l'autre, d'ailleurs.

— Tôt ou tard, il va bien falloir que tu clarifies la situation.

— Dînons ensemble demain soir, comme ça on pourra bavarder tranquillement, proposai-je, histoire de changer de sujet. Ici à la maison, je préfère économiser le resto.

— Bonne idée, super. J'apporte quelque chose.

— Pas la peine.

En sortant, elle croisa Victor qui rentrait. Ils échangèrent une bise polie.

— Nerea est enceinte ?

— Quoi ? Qu'est-ce que tu racontes ?

Sa question me plongea dans la stupéfaction.

— Nerea est enceinte.

Ce n'était déjà plus une question, mais une affirmation.

— Et comment tu le sais ?

Il sourit avec suffisance.

— Ça se lit sur son visage. Elle attend un môme. Allez, embrasse-moi, demain je dois aller bosser.

— Reste dormir ici.

Je le tirai par la manche.

— Non, je n'ai pas pris de vêtements.

— Tu n'es pas à poil, quand même !

— C'est ça que tu veux ? Me voir à poil ? Il me flanqua une claque sur les fesses et ajouta : si je me pointe à l'agence en jean et baskets, mon boss va m'envoyer me changer, je préfère franchement éviter ça. Allez, on se souhaite bonne nuit.

Je m'approchai et nous nous embrassâmes… un peu plus que pour se souhaiter une bonne nuit.

— Et ce à quoi nous étions occupés quand Nerea est arrivée ?

— Je pense que nous pourrons reprendre cette occupation à la première occasion, suggéra-t-il sur un ton provocant.

Il m'embrassa une dernière fois, ramassa ses affaires et se dirigea vers la porte. Je me touchai les lèvres.

— Au fait, lançai-je avant qu'il sorte, au sujet de Nerea, tu parlais sérieusement ?

Son expression changea du tout au tout.

— Absolument. J'ai l'œil pour ce genre de chose.

Je me mordis les lèvres nerveusement. Était-ce vraiment possible ? Je me rendis compte que Victor attendait sur le seuil.

— Bonne nuit, lui lançai-je avec un sourire.

— Bonne nuit mon cœur.

La porte se referma.

« Mon cœur ? » Où cela allait-il finir ?

9

Réponse à la question non posée

Le vendredi soir, c'est Lola qui arriva la première. Elle était remontée à bloc.

— T'as l'air en forme, dis donc, lui lançai-je d'emblée en lui ouvrant la porte.

— Oui, comme un plat de lasagnes qui sort du four.

— Je ne te vanne pas, t'es belle comme tout.

Je posai la bouteille qu'elle avait apportée.

— Rien de tel qu'une bonne baise pour te mettre en beauté !

— Lola, on se calme !

— Bon, vu que Nerea n'est pas encore arrivée, je peux dire ce que je veux, non ?

— Au fait, et si ça ne te gêne pas de parler d'autre chose que tes aventures pendant une minute, Nerea, tu l'as vue récemment ?

— Oui, la semaine dernière. Nous avons pris un verre après le taf pendant que tu faisais des galipettes avec Victor.

— Tu lui as dit qu'elle avait pris du poids ?

Je laissai tomber l'allusion à Victor…

— Évidemment.

Elle confirma sans honte et sans reproche et alla prendre la bouteille de Martini dans le frigo. Elle se versa un verre.

— Elle a un bourrelet, et qui se voit, je te garantis.

— Hier, je n'ai pas remarqué le moindre bourrelet quand elle est venue pleurnicher chez moi par ta faute.

— Elle n'est pas grosse, Val, je le sais très bien, mais elle se comporte bizarrement. Plus que d'habitude. Elle n'a pas arrêté de se plaindre que le bar puait le désinfectant, que le vin était acide… T'as des olives ?

— Laisse tomber les olives, Lola… je crois qu'elle est enceinte.

— Enceinte, Nerea ? Impossible. C'est juste que maintenant qu'elle a un mec, elle se laisse un peu aller. Les olives, au frigo ou dans le placard ?

— Non, Lola. Elle est bel et bien enceinte.

— Et comment tu le sais ?

— Victor s'en est aperçu au premier coup d'œil.

— Ah bon, alors, si Victor en est sûr… C'était avant ou après qu'il lui fasse l'examen d'obstétrique ?

Je ne répondis pas, me contentant de la regarder pendant qu'elle ouvrait tous les placards l'un après l'autre. Elle ne s'arrêta que lorsqu'elle eut déniché un bocal d'olives farcies.

— Trop bonnes, tes olives, tu mériterais que je te bouffe la chatte pour te remercier.

Voyant que ça ne me faisait pas rire, elle fit claquer sa langue et me fit un doigt d'honneur.

— Allez, Valeria, tu connais Nerea. C'est impossible qu'elle soit enceinte. Je ne pense même pas qu'elle baise. Elle doit cacher un énorme vibromasseur quelque part. Ce n'est pas avec ça qu'elle va tomber enceinte ! Elle se reproduira par sporulation, je te l'ai dit mille fois.

Je pris un test de grossesse dans mon sac. Lola fit les yeux ronds, incrédule.

— Je rêve. Tu lui as acheté un test de grossesse ?

— Non, je l'avais déjà. Une fois, j'avais cru… avec Adrian.

— Ils ne marchent qu'une fois, tu sais ?

— Ça va, les sarcasmes, Lola. Je n'ai pas eu besoin de l'utiliser parce que mes règles sont arrivées quand je revenais de la pharmacie. Même pour ça, je ne suis pas très douée.

— Elle va mal le prendre quand tu lui diras.

— Je sais, mais si c'est bien ça, elle me remerciera. On va lui dire ensemble, et avec délicatesse je te prie.

Lola éclata d'un grand rire :

— Moi, je passe. C'est toi qui lui diras. Si ça se trouve, elle te demandera d'être la marraine.

— T'es carrément comique ce soir, hein ?

Je lui lançai un regard faussement réprobateur.

— Mais oui ma belle, je t'ai dit, je viens de baiser. Et c'était super, si tu veux savoir.

Elle tira la langue et esquissa quelques mouvements suggestifs. Je levai les yeux au ciel.

— Carlos ?

— Non, répondit-elle immédiatement avec une grimace de dégoût.

— Ruben ?

— C'est qui, Ruben ? Ah, non, pas Ruben ! Hé là, ma chatte, c'est pas l'Armée du Salut.

— Lola, ne me dis pas que tu t'es remise avec Sergio !

— Nooon, pas du tout…

— Lola, rassure-moi, pas Sergio ?

— On se voit juste pour baiser, affirma-t-elle en s'enfuyant vers le lit, son verre à la main.

La sonnette retentit. J'allai ouvrir. C'était Nerea, qui brandissait une bouteille de vin et des pâtisseries.

— Bonsoir ma belle.

— Je t'avais dit de ne rien apporter. Je t'ai même envoyé un texto.

— C'est pour m'excuser, pour hier.

— À propos d'hier… je voulais t'en parler.

Nerea posa la bouteille dans la cuisine et aperçut le test de grossesse. Elle me regarda. Puis ses yeux se fixèrent de nouveau sur la boîte, et encore sur moi.

— Oh mon Dieu ! Valeria. Tu es enceinte ?

Installée sur le lit, Lola sirotait son Martini. Nous l'entendîmes éclater de rire.

— Mais non, ma cocotte. Val est sûre que c'est toi qui es en cloque.

Merde, Lola. Merci ! Comme si ce n'était déjà pas assez de l'entendre se marrer comme une baleine. Il fallait en plus qu'elle complique la situation.

Nerea me lança un regard plein de ressentiment, que je répercutai sur Lola en y ajoutant ma dose de colère.

— Bravo, Lola, t'en rates pas une !

— Hier tu me disais que je ne suis pas grosse du tout, et aujourd'hui tu m'achètes un test de grossesse ? Alors quoi ? J'ai l'air d'attendre des quintuplés ? demanda Nerea, le visage décomposé.

— On se calme. Tu as un retard ?

— J'ai tout le temps des retards ! cria Nerea.

— Si tu prends la pilule, ce n'est pas normal d'avoir un retard, Nerea. Fais le test. Juste au cas où…

— Mais qu'est-ce que tu racontes, ça va pas la tête ?

— Fais le test, et on pourra oublier ces conneries. Si t'es pas enceinte, Valeria nous paye à boire la prochaine fois que nous sortirons ensemble, et si tu l'es…

Lola pérorait allègrement tout en grignotant l'olive qu'elle avait mise dans son Martini.

— Et si elle l'est, quoi ? Elle me donne l'enfant ?

Je regardai Lola fixement.

Nerea était déjà en train de filer vers la porte.

— Non, non Nerea, ne t'en va pas. S'il te plaît.

Je la pris par le bras et l'entraînai vers la salle de bains.

— Je n'ai aucune intention de faire ce test à la con !

— Pourquoi ?

— Parce que je ne suis pas enceinte !

— Eh bien alors ? Qu'est-ce que ça te coûte ?

Elle soutint mon regard quelques instants. Puis, très digne, elle prit la boîte et entra dans la salle de bains.

— Je me méfie. Je parie qu'elle va le mélanger avec de l'eau.

Lola me précéda dans la salle de bains. Nerea était en train d'ouvrir le robinet.

— Tu vois ? Je te l'avais dit !

— Vous êtes totalement insupportables !

Nerea, avec style comme toujours, releva sa jupe, descendit sa culotte et s'assit sur le siège des toilettes.

— Passe-moi ce truc, et ferme-la, pour une fois.

Lola et moi en restâmes scotchées.

— Et ouvre le robinet, tant qu'à faire !

Nous attendîmes assises sur le rebord de la baignoire. Nerea trouva ma pince à épiler et entreprit de s'extirper quelques poils sur le tibia pendant que Lola et moi tirions nerveusement sur nos clopes. Nous pensions que Nerea allait se précipiter sur le test avec angoisse, mais elle restait là, tranquille, prenant son temps.

— Tu ne regardes pas ?

— Non, je laisse ce plaisir à celle qui croit que je suis enceinte.

Bon, je m'y collai et contrôlai le test. Bordel ! Je contrôlai de nouveau. Deux bandes roses positives, une bande bleue négative. Pas l'ombre d'un doute. J'agrippai le rebord de la baignoire. Les deux bandes roses me sautaient aux yeux.

— C'est pas possible… murmurai-je.

— Tu vois bien !

Nerea était prête à m'engueuler.

— Nerea, le test est positif.

— Ouais, à d'autres…

— Non, vraiment, je ne plaisante pas. C'est positif. Regarde.

Elle saisit l'instrument, compara le résultat au tableau de la notice et se rassit sur le siège des toilettes. Elle relut la notice et lança.

— Ton test, il a dépassé la date de péremption. La prochaine fois, assure-toi au moins que tu m'en donnes un qui soit valide !

— Nerea, le résultat est positif. Même si la date est dépassée – Lola opina du bonnet –, tu dois aller voir un toubib.

— La ferme !

Elle sortit de la salle de bains. Visiblement, elle niait l'évidence. Le téléphone fixe sonna avant même qu'on puisse commencer à parler. Lola répondit.

— Antre de la débauche, du Predictor et des olives dans le Martini, j'écoute… Elle arrêta net et changea de ton : oui, oui, tout de suite.

Elle mit la main sur le récepteur.

— C'est Victor ? demandai-je.

— Non, c'est ce con d'Adrian.

Je la regardai sans savoir quoi faire. Exactement ce que je craignais, ce pour quoi je n'étais pas prête. Adrian ! Je finis par me décider. Je pris le récepteur et me réfugiai dans la salle de bains. J'avais besoin d'être seule pour cette conversation. Je respirai à fond et répondis :

— Salut.

Salut, répondit-il de sa voix grave. Dîner entre copines ?

— Oui.

— Maintenant que je suis parti, Lola peut prendre ses aises.

— Oui, et faire toutes ses conneries.

Je laissai échapper un gloussement, mal à l'aise.

— Ça va ?

— Ça va, comme d'hab. Et toi ?

— J'ai acheté ton livre hier.

— Hier ? Mais ça fait plus de quinze jours qu'il est sorti !

— J'étais en déplacement. J'ai lu la quatrième de couverture, et... je ne suis plus tellement sûr d'avoir envie de l'ouvrir – il lança un rire amer. Qu'est-ce que tu me conseilles ?

— Bon, ça me coûte de te le dire, mais je pense que tu devrais le lire.

— J'y trouverai du nouveau ?

— Tu sais déjà tout. Peut-être pas en détail mais... peut-être que tu vas te sentir blessé. Je ne voudrais pas que...

— Valeria, tu es avec quelqu'un ?

— Je suis avec les copines, t'as entendu Lola, non ?

— Je ne parlais pas de ça.

Silence. Il commençait à m'énerver.

— C'est pour ça que tu appelles ?

— Tu veux vraiment savoir pourquoi j'appelle ?

— Adrian, je préfère ne pas répondre à cette question.

— Moi aussi, je préfère que tu ne répondes pas. Mais je veux savoir à quoi m'en tenir.

Il avait changé de ton.

— Tu me demandes des explications ?

— Oui. Je te signale que je suis toujours ton mari.

— Et toi, tu vas me les donner, les explications que tu me dois depuis un bail ?

— Je ne te dois aucune explication.

— Eh bien alors, moi non plus. Vis ta vie. Fais ce qui te chante. Et laisse-moi en faire autant.

— Si t'es avec ce mec, je préfère le savoir, vu que nous sommes toujours mariés. Je commence à en avoir franchement marre.

— Si tu imagines que nous sommes toujours mariés, c'est ton problème. On peut officialiser la séparation. Dis à ton avocat de se mettre en contact avec le mien – je haussai le ton. Et je vais avec qui je veux. Le vœu de chasteté, je l'ai connu quand j'étais avec toi !

Lola et Nerea étaient à la porte de la salle de bains. Elles écoutaient mes réponses, bouche bée.

— N'importe quoi ! répliqua-t-il.

— Absolument pas.

— Bien sûr que si ! Quand ce mec te laissera tomber, qu'est-ce que tu feras ? Tu voudras qu'on se remette ensemble, tu le sais aussi bien que moi. T'as envie de te la jouer libérée ? Vas-y, amuse-toi pendant que tu peux. Mais quand tu n'auras plus un rond, tu reviendras vers moi en pleurnichant !

— Bien sûr que je vais m'amuser, à mon âge, c'est normal. Et toi, tu ne t'es pas privé quand nous étions mariés. Tu ne voudrais quand même pas que je me conduise comme une veuve éplorée, non ? Et si tu crois que je vais courir vers toi quand j'aurai épuisé mes économies, tu ne me connais pas !

— Tu n'es qu'une gamine.

— Je n'ai pas été heureuse avec toi. Tu ne m'as pas rendue heureuse ! Tu étais marié à tes photos et tu baisais ton assistante. Pour toi, je n'étais qu'un bibelot,

Dans ma maison, en plus ! Le prêt, c'est moi qui le rembourse. Mets-toi bien ça dans le ciboulot !

— Ne crie pas, Valeria.

— Je vais raccrocher. Je n'ai pas envie que tu me gâches la soirée. Eduardo t'appellera lundi pour les papiers.

Je raccrochai et, sans un mot, balançai le téléphone sans fil dans le lavabo. Lola et Nerea restaient coites. Les lèvres serrées de rage, j'aurais voulu être seule pour me défouler en balançant des coups de pied dans le panier à linge, lequel, soit dit en passant, était archi plein. Mais je ne voulais pas me donner en spectacle. Nerea s'assit à côté de moi et me mit un bras autour de la taille, oubliant qu'elle m'en voulait à mort quelques instants auparavant.

— Ne te prends pas la tête.

— Je ne me prends pas la tête, je suis furieuse grave. Quel enfoiré !

— Connard ! Abruti ! Minable ! Pine d'ourson ! Vas-y, défoule-toi, intervint Lola. Ça te fera du bien !

Nerea et moi ne pûmes nous empêcher de sourire malgré la gravité de la situation.

— C'est vrai que tu n'étais pas heureuse avec lui ? demanda Nerea.

Je hochai la tête et respirai à fond avant de répondre.

— Carrément pas !

Puis je croisai les jambes et poussai un long soupir.

— Tu l'aimes ?

Adrian me manquait, mais pas celui que je venais d'avoir au bout du fil.

— Je ne sais pas. Je pense que je ne l'aime plus.

— Et Victor ?

— Victor… Victor, c'est différent.

Rien que de mentionner son nom me donnait le sourire.

— Dis donc, Val, tu ne serais pas en train de tomber amoureuse de Victor ?

— Mais non, et puis quoi encore ?

— Et pour l'avocat, tu parlais sérieusement ? demanda Nerea.

— Que tu sois battu ou content, l'avocat est toujours gagnant !

Lola avait balancé son proverbe sans crier gare.

Je la regardai, interloquée. Elle, tranquille, examinait studieusement ses ongles laqués de rouge noir de Chanel. J'aurai reconnu la teinte entre mille ! Ignorant Lola, je répondis à Nerea.

— Tant qu'il n'aura pas sous les yeux les papiers de l'avocat, il continuera de croire que c'est un caprice.

La sonnerie du téléphone retentit de nouveau. C'est Lola qui répondit, sans se poser de question.

— Ça va, mec, lâche-nous les baskets.

Silence.

— Ah, Victor ? Non, non, pas du tout – elle se bidonna. Tais-toi, idiot ! Je te la passe.

Elle couvrit le micro de la main et me lança un sourire narquois.

— C'est le mec dont t'es pas amoureuse.

Je pris le combiné en maugréant et je les chassai de la salle de bains, priant le Ciel que Victor n'ait pas entendu la remarque de Lola.

— Qu'est-ce qui se passe ? Tu penses que je te harcèle et t'as embauché Lola comme garde du corps ?

— C'est juste qu'Adrian vient d'appeler. Et toi, comment…

— Tu passes la soirée avec les filles ?

Sa voix était nettement plus tendue.

— Oui, elles sont venues dîner.

— Appelle-moi quand elles seront parties, OK ?

— T'es sérieux ?

— Non, juste un peu perturbé.

— Pourquoi ?

— Parce que j'ai trop envie de te voir, c'est tout. Je n'ai pas l'habitude – du coup, c'est moi qui restai sans voix. Tu m'appelles ?

— Sûr !

Je sortis de la salle bain. Carmen venait d'arriver. Elle fixait Nerea, l'air perplexe.

— Qu'est-ce qui se passe ? Tu es au courant ? demandai-je.

Carmen fronça les sourcils. Lola et Nerea me faisaient de grands signes derrière son dos pour me dire de la fermer. Au fond, mieux valait épargner à Carmen toute cette discussion. Si Nerea était enceinte, le père était l'ex-boss de Carmen, qu'elle aurait adoré écrabouiller avec un tank…

— Au courant de quoi ?

— Heu… le proprio de l'épicerie chinoise au coin de la rue ne vend plus de bière à partir de vingt-deux heures – j'improvisai.

— Pauvre homme. Tu devrais lui faire la conversation, il est toujours tout seul dans sa boutique à regarder des films chinois.

Nous éclatâmes de rire.

— T'en fais, une tête !

— Je viens de faire la connaissance des parents de Barto, et je pense que je n'arriverai jamais à le faire sortir du cocon familial.

— Sa mère est une sorcière ? Je suis sûre que c'est une horrible sorcière, lança Lola en se frottant les mains.

— Tu parles ! Elle est charmante et elle adore son fiston. Quant au père… un vrai papa Noël ! C'est justement ça le problème ! Ils ont un autre fils, qui habite loin et eux… ils sont âgés, tu vois ? ajouta-t-elle à voix basse en faisant une grimace.

— Bon, vous n'avez pas l'intention d'aller vous installer à Vladivostok, que je sache ? observai-je en mâchouillant une olive.

— En attendant, si tu voyais comme sa pauvre mère le regarde…

— C'est une vieille peau qui te fait un chantage affectif. Si tu ne cèdes pas, elle te montrera son vrai visage et tu seras sur le cul, affirma Lola avec aplomb. Elles pigent rien, les vieilles.

— Bon sang, Lola !

— Tu verras, j'ai raison. Au fait, qu'est-ce qu'on bouffe ?

Elle se mit à inspecter le frigo, le four et le micro-ondes.

— Et Victor ? Elles viennent de me raconter la discussion avec Adrian.

Carmen fit une mine dégoûtée.

— Parlons plutôt de Nerea si tu veux bien.

— Non, non. Qu'est-ce qu'il t'a dit, Victor ? s'empressa de demander Nerea.

— Il était un rien stressé. Il prétend qu'il a super envie de me voir et que ça l'inquiète.

— Ooooh !

Le chœur des trois Grâces, battant des cils à la Betty Boop.

Je m'approchai d'elles et me versai un Martini.

— Je ne sais pas pourquoi on boit cette merde, mais bon…

Elles me fixèrent, dans l'attente d'une explication. Je claquai la langue et repris.

— L'autre jour, sa mère a débarqué chez lui sans prévenir, et je me suis planquée dans la chambre. C'est tout moi, ça : je baise sans complexe sur le tapis du couloir, et après je m'enfuis à poil sans demander mon reste.

— Comme une gamine de quinze ans – Carmen riait aux larmes.

— Exactement. Comme Lola à quinze ans !

Lola me flanqua un coup de torchon.

— Moi, à quinze ans, j'étais une ingénue candide !

— Et il t'a présentée ?

Nerea suivait son idée. Elle s'était enroulé une mèche de cheveux autour d'un doigt et examinait les pointes.

— À sa mère ? Et puis quoi encore ? Ce n'est franchement pas à l'ordre du jour.

— Val, arrête de rouler des mécaniques et raconte. Comment se fait-il que sa mère a débarqué, et pourquoi tu t'es retrouvée planquée dans l'armoire ?

— Je n'étais pas planquée dans l'armoire ! Je soupirai avant de reprendre : ils se sont mis à bavarder et elle lui a parlé de « sa copine ». Apparemment sa frangine a craché le morceau. Bref, elle voulait savoir s'il allait venir avec la copine en question à une fête de famille. Victor a répondu qu'il ne savait pas. C'est demain et il ne m'a encore rien dit.

— Et toi, tu veux y aller ? demanda Carmen tout en mastiquant un bâtonnet de carotte.

— Je crois que non mais ça me fait réfléchir. L'histoire avec Victor… disons que ce n'est pas le genre de mec qui te présente à sa famille et ça finit par « ils furent heureux et eurent beaucoup d'enfants ». C'est plutôt « séduite et abandonnée ».

— Si ça se trouve, il t'invitera demain matin.

— Ça m'étonnerait. En plus, je ne suis pas sûre d'avoir envie d'y aller. Il en aura marre d'ici quelques mois, c'est évident. Je me demande si je ne ferais pas mieux d'arrêter tout de suite.

— Et si c'est le contraire ? Si c'est lui qui veut plus ? Qu'est-ce que tu feras ?

— Dans ce cas très improbable, ma chère Nerea, disons que j'aviserai.

— Ma cocotte, tu es en train de tomber raide dingue amoureuse, déclara Lola sans me regarder. Je ne suis pas sûre de pouvoir supporter de vous voir vous bécoter comme des tourtereaux. Et de grâce, ne te mets pas en tête de le dompter. Ce mec est sauvage, et il doit le rester. Pour que le monde garde son équilibre, il faut un Victor qui baise comme une bête.

Je ne daignai pas répondre. Je suis persuadée que Lola se défonce bien qu'elle s'obstine à le nier. N'empêche que je ne pus m'empêcher de penser à Victor. Victor dans toute sa splendeur, son corps, son odeur. Il me manquait, c'était ça le problème. Et si je n'étais qu'un caprice, et qu'il me plante d'ici un mois ou deux ?

Nerea pointa une marque sur le cou de Lola, et celle-ci, toute fière, nous raconta avec moult détails ses galipettes avec Sergio. J'avais du mal à suivre. Ce n'est pas que ça ne m'intéressait pas, mais j'avais comme un nœud à l'estomac.

10
Attention aux désirs

Les copines partirent vers une heure. La soirée se serait probablement prolongée si je n'avais pas fait semblant de tomber de sommeil. Même si j'avais du mal à l'admettre, je mourais d'envie d'appeler Victor. Dès que je fus seule, j'attrapai mon portable.

Je laissai sonner trois fois, pas de réponse. Je me dis qu'il s'était peut-être endormi et je raccrochai, déçue. Et moi qui m'imaginais qu'il allait rester éveillé en attendant mon appel !

J'ouvris grand les fenêtres, m'assis au bord du lit et allumai une clope. Je fumai lentement, repensant aux derniers événements : la grossesse probable de Nerea, le coup de fil d'Adrian, et, plus généralement, tout ce qui m'était arrivé ces derniers mois. Il y a seulement un an, l'idée d'avoir en tête un autre mec qu'Adrian, si séduisant soit-il, m'aurait semblé totalement farfelue. Comment en étions-nous arrivés là ?

Le téléphone se mit à vibrer. Victor. Ouf !

— Salut. Je t'ai réveillé ?

— Mais non. Je tuais le temps en attendant ton appel. J'avais envie de débarquer chez toi et de chasser toutes tes copines. Si t'es pas trop crevée, je ferais bien un saut…

— Avec grand plaisir.

Je fermai les yeux en souriant.

— Donne-moi un quart d'heure. Surtout, ne t'endors pas !

Je m'assis et me mis à feuilleter un magazine, la tête ailleurs. Sacs Miu Miu, tweed Chanel, ouais… Encore une fois, je me disais que Victor faisait de moi ce qu'il voulait, avant de me balancer comme une vieille chaussette. Il allait débarquer au milieu de la nuit, me baiser, et puis quoi ?

Bon, si c'était comme ça, il prendrait ses cliques et ses claques une fois son désir assouvi, sauf s'il voulait une piqûre de rappel le lendemain matin… Peut-être que j'étais en train de construire un château de cartes érotique, qui allait s'écrouler et moi avec. Angoissée, je commençai à me ronger les ongles.

Victor arriva au bout de vingt minutes, coupant net mes ruminations. À peine avais-je ouvert la porte qu'il m'embrassa. Il avait l'air épuisé.

— Bonsoir, jeune homme.

— Bonsoir, ma petite dame, répliqua-t-il du tac au tac avec un grand sourire.

— Vous avez une idée de ce que vont penser les voisins s'ils vous voient entrer chez moi à point d'heure ?

— Que vous avez très bon goût, peut-être ?

J'éclatai de rire en le faisant entrer. Je refermai la porte et mis le verrou.

— Tu dors ici, non ?

— Oui, je dors ici.

Nous échangeâmes un grand sourire benêt. Il s'approcha et, me prenant au dépourvu, me saisit dans ses bras et me porta jusqu'à la chambre. Il me laissa tomber en douceur sur le matelas, mais ne se jeta pas du tout sur moi, bien au contraire. On était tout innocents, à jouer aux chatouilles, un peu aux papouilles, bref, on est vraiment bêtes quand on est amoureux. Victor alla se servir un verre d'eau à la cuisine. Je ne l'entendis pas revenir dans la chambre. Quand je tournai la tête, je le vis adossé au mur, occupé à me regarder.

— Qu'est-ce que tu regardes comme ça en silence ?

— Je réfléchis.

— À quoi ?

Il éclata de rire en se pinçant les narines et s'allongea à côté de moi. Il envoya valser ses pompes et laissa échapper un soupir.

— Bon, j'espère que tu ne vas pas mal le prendre…

— Explique. Je ferai un effort.

— Eh bien, je voudrais que tu me rendes un service.

— Pas de problème, je ferai ce que tu veux.

— Tout ce que je veux ? Hum, ça mérite réflexion…

Je lui balançai un coup de coude dans les côtes. Il se mit sur le côté et continua de m'observer avant de reprendre.

— Demain, mes parents font une super teuf d'anniversaire pour ma sœur et moi.

— C'est ton anniv' demain ?

— Oui, avoua-t-il avec un sourire contrit.

— Enfoiré ! Tu aurais pu me le dire ! Je n'ai pas de cadeau pour toi.

Je me relevai et m'assis à califourchon sur lui.

— Arrête… c'est bon – ses mains se posèrent sur mes cuisses. Le problème, c'est que mes parents font très fort pour les anniversaires, ils organisent des méga fiestas, un bon prétexte pour faire venir un paquet de monde. On croirait que c'est ma mère la reine de la soirée, et pas les deux têtes de mule auxquelles elle a donné le jour. Ils ont leurs invités et nous, on amène qui on veut.

— Cool. Chez moi, on met une bougie sur une tarte aux pommes et je trouve ça génial.

— T'es pas compliquée, toi.

— Comme Lola – il éclata de rire. Bon, qu'est-ce que t'attends de moi ? Que je me déguise en ninja et que je foute ta teuf en l'air ?

— L'idée de te voir donner des coups de pied déguisée en ninja me tente beaucoup, mais non, ce n'est pas ça.

— Dommage, j'ai déjà le costume.

Victor ne pouvait pas le savoir, mais le costume, je l'avais pour de vrai.

— Je me disais que tu pourrais peut-être venir avec moi… Rien de spécial, juste un peu chiant. Tu vois, une teuf avec les parents, mais on peut picoler.

Je le fixai en silence. Pourquoi m'invitait-il ? Il n'avait pas l'air franchement enthousiaste.

— Je ne sais pas trop… Avec ta famille…

— En fait, ma famille est un poil excentrique. L'an dernier, j'ai amené Juan, et il a fini tellement bourré qu'il a embrassé ma mère et l'a fait danser.

— Des parents modernes ?

J'avais le cœur qui battait, les tempes qui palpitaient, mais je réussis à donner le change et à paraître parfaitement calme.

— On peut dire ça.

— Ne le prends pas mal, mais ça m'étonne beaucoup que tu me demandes de t'accompagner.

— Dans une autre situation, je ne le ferais pas. Ce n'est pas comme si j'allais te présenter à mes parents et te demander à genoux de m'épouser ! Juste une fiesta. Personne ne te posera de questions, personne ne commencera à se faire des idées.

— Je sais pas – je faisais la conne. Qu'est-ce qu'ils vont imaginer ?

— Peut-être qu'on est ensemble. Évidemment qu'ils penseront qu'on est ensemble, mais ça ne veut pas dire que ma mère s'imaginera déjà commander le repas de noces, c'est pas le genre.

Il laissa échapper un rire gêné.

— Et comment je m'habille ?

Ma question impliquait que j'étais d'accord.

— Comme tu veux, pas besoin d'en faire trop.

— OK, mais seulement parce que c'est ton anniv'. Trente et un ?

— Trente-deux.

— Qu'est-ce que tu veux comme cadeau, Monsieur trente-deux ?

— Arrange-toi pour simuler un malaise vers neuf heures et demie, et qu'on se casse. Ensuite, une fois rentrés, une petite pipe serait la bienvenue.

Je lui balançai un oreiller sur la tête et me levai.

— Enfoiré ! Je vais me laver les dents.

Je sortis de la salle de bains en me peignant, vêtue d'une vieille combinaison qui me servait de chemise de nuit. Victor finissait de se déshabiller. Nous nous regardâmes. Pendant un moment, j'eus la sensation que nous partagions une intimité plus grande que ce que j'avais jamais connu avec mon mari. Je me dis qu'il était temps d'officialiser la séparation. Hum, j'allais peut-être un peu vite en besogne.

— Valeria… ça t'embête si je laisse quelques affaires chez toi ?

— Pas le moins du monde. Tu peux laisser tout ce que tu veux.

— Juste un ou deux trucs, on ne sait jamais… Tu devrais en faire autant chez moi. Comme ça tu n'auras pas besoin de trimballer à chaque fois ton énorme sac. Il me jeta un coup d'œil en coin et ajouta: bon, n'en abuse pas, je veux quand même m'y retrouver dans mes affaires de toilette.

— Tu as tellement mauvaise opinion des femmes qu'il est facile de te surprendre agréablement.

Je l'embrassai dans le cou. Bon sang qu'il sentait bon ! On semblait partis pour autre chose qu'une liaison aussi brève que torride. Une sorte d'harmonie était en train de s'installer entre nous. Mais j'étais un peu paumée, hors-jeu depuis trop longtemps.

— Une dernière chose, Valeria – soudain, son expression était tendue. Retire ton alliance, s'il te plaît.

Sa demande me prit au dépourvu. Je me détournai de son visage pour regarder ma main. Et merde ! J'avais encore oublié de la retirer. Il reprit :

— La phase « je couche avec une femme mariée », c'est fini ! Ton alliance me rappelle Adrian, je ne veux plus la voir à ton doigt.

Je haussai les épaules comme si sa demande n'avait pas la moindre importance. Je retirai l'alliance et la fis glisser dans le tiroir de la table de nuit. Je ne pouvais pas en même temps reprocher à Adrian de ne pas croire à la séparation et continuer de me balader avec la bague au doigt.

Victor me prit la main et passa un doigt sur la phalange où la bague avait laissé sa marque.

— Elle est toujours là.

— Mais non, c'est dans ta tête.

— Donne-moi un peu de temps.

— Toi aussi, tu dois me laisser du temps. On n'a pas exactement les mêmes habitudes, toi et moi.

— Ah bon ?

— Je n'ai aucune envie de partir au milieu de la nuit après la baise. J'en ai marre. Mais c'est tout ce que je peux dire. Pour le moment, je préfère penser au présent.

Il hocha la tête. Nous éteignîmes la lumière et je me lovai contre lui. Il me caressa doucement le bras et le dos jusqu'à ce que je m'endorme. Bon, Victor ne venait pas uniquement pour s'envoyer en l'air, mais il avait aussi peur que moi. Est-ce que cela simplifiait les choses entre nous, ou le contraire ? Je n'en avais pas la moindre idée.

11
Et si… ?

Carmen se réveilla d'un coup. Elle ne se sentait ni triste ni déprimée mais, sans vouloir l'admettre, un peu inquiète. Elle s'assit au bord du lit et regarda le réveil : dix heures.

Elle se leva et alla se faire un café à la cuisine. Elle posa une fesse sur le comptoir, fixant le carrelage. Elle aurait bien aimé demander à Barto s'il l'aimait vraiment. Elle commençait à craindre qu'il ne soit pas prêt à franchir le pas et à quitter sa famille.

En buvant son café, elle se dit qu'elle était en train de se noyer dans un dé à coudre. Puis elle pensa au comportement bizarre de Nerea au cours de la soirée précédente et soupesa la possibilité qu'elle se soit séparée de Daniel. Elle sourit… et s'en voulut : une séparation aurait plongé Nerea dans la tristesse et la déprime.

Non, réflexion faite, le problème était ailleurs.

Nerea se réveilla d'un coup. Elle ne se sentait ni triste ni déprimée mais, sans vouloir l'admettre, un peu inquiète. Elle s'assit au bord du lit et regarda le réveil : dix heures vingt-six.

Elle se leva et passa à la salle de bains. En entrant dans la douche, elle se regarda de profil dans le miroir et se toucha le ventre. Son retard de règles commençait à durer. Inutile de nier ce que cela pouvait signifier.

Une fois douchée, elle enfila son peignoir et appela le cabinet de son médecin traitant, qui lui fixa un rendez-vous pour le vendredi suivant.

Et si elle était vraiment enceinte ?

Nerea se posa les questions qui me seraient venues à l'esprit si je m'étais retrouvée dans cette situation. Garder l'enfant ? Disparaître le temps qu'il fallait et le faire adopter ? Opter pour l'IVG ?

Elle se demanda quelle décision j'aurais prise, et sourit en repensant à toutes les situations dans lesquelles elle m'avait demandé conseil. Elle-même choisissait toujours la voie du pragmatisme. Les émotions la perturbaient, elle les gérait mal. Moi, c'est tout le contraire, je n'ai aucun esprit pratique mais je suis tellement passionnée que les émotions sortent toutes seules. Nerea aurait aimé se sentir comme ça. Elle aurait appelé Daniel pour lui raconter ce qui la préoccupait.

Mais non, elle s'en sentait incapable.

Je me réveillai d'un coup. Je ne me sentais ni triste ni déprimée mais, sans vouloir l'admettre, un peu inquiète. Je m'assis au bord du lit et regardai le réveil : onze heures quatre.

Je me tournai et observai Victor qui dormait sur le ventre. Je m'étais réveillée avec son bras autour de la taille, et quand j'avais voulu me dégager, il m'avait attirée contre lui en grommelant vaguement. Je me levai en silence. Il respira profondément et se retourna. Je regardai mon annulaire, pris l'alliance dans le tiroir et la remis. Je me sentais nue sans elle.

Et si je me trompais avec Victor ? Et si j'étais en train de me laisser entraîner dans un plan sans avenir ? Le couple et Victor, ça faisait deux. Et moi, je n'étais pas certaine non plus que c'était ce que je voulais. Mais…

Je souris. J'allais passer la soirée chez ses parents, c'était quand même un signe que ça se passait bien entre nous, non ? Allez, basta ! Pas la peine d'échafauder des plans sur la comète.

Je remis l'alliance dans le tiroir. J'entrevis un relevé bancaire. Et merde… je devais gérer le problème. Il fallait que je parle avec José, mon agent, éditeur, nounou, Dieu sait quoi… Peut-être pourrait-il me trouver une pige.

Je pris le portable, envoyai quelques textos sans réfléchir. Ça commençait à devenir une habitude.

Maman, je passe demain après-midi, OK ?

Envoi.

J'aimerais me réveiller à côté de toi, te prendre dans mes bras et t'embrasser les cheveux comme je le faisais quand nous nous aimions encore. J'aurais voulu me sentir heureuse et forte à tes côtés, mais ce rêve n'a plus aucune réalité. Comportons-nous en adultes, Adrian. Ce n'est ni un coup de tête ni une farce. C'est la vraie vie. Ne m'appelle pas.

Envoi.

Ma Lolita, on doit parler de ce qui se passe entre toi et Sergio. Je pense que tu as bâillonné ton Jiminy Cricket et que tu l'as enfermé dans le congélo avec ta bouteille de gin. Mais t'es la meilleure, y a pas photo. Demain je te raconte l'anniv' de Victor chez ses parents. Bonne journée !

Envoi.

José, il faut qu'on déjeune ensemble. Appelle-moi quand ton agenda de ministre te laissera un moment. De grâce, ne m'oublie pas.

Envoi.

Je regrettai aussitôt l'un des messages.

Lola se réveilla d'un coup. Elle ne se sentait ni triste ni déprimée mais, sans vouloir l'admettre, un peu inquiète. Elle s'assit sur le bord du lit et regarda le réveil. Midi.

Elle alluma son portable, lut mon message qui la fit sourire et alla à la cuisine. Elle croqua un cornichon en se préparant un café. L'heure du petit-déj' était passée, mais un café était toujours le bienvenu.

Elle cueillit son agenda sur une table et le feuilleta. Sergio, Sergio, et encore Sergio. Elle le referma et se mordilla les ongles : courts, laqués rouge. Pas très sûre de son coup : et si, une fois de plus, la situation était en train de lui échapper ? En admettant que ce ne soit pas déjà chose faite.

Pourquoi ne s'était-elle pas encore trouvé un mec, un vrai, avec qui ça puisse durer ? Elle enviait Carmen. Elle aussi, elle voulait quelqu'un qui la prenne dans ses bras, qui écoute ses conneries et qui éclate de rire si elle se cassait la figure en portant un plat de spaghetti. Elle voulait qu'un mec, et pas sa mère, lui dise « je t'aime ».

Son café bu, elle alla se doucher. Elle détestait se sentir vulnérable.

12
La fiesta d'anniversaire

Victor et moi avalions un sandwich debout dans la cuisine, sans parler, peinards. Tout en mangeant, je ruminais ce qu'il m'avait dit la veille au soir. Je me tournai vers lui.

— Ta sœur Alina est ta jumelle, c'est ça ?

— Non, ce n'est pas Alina, c'est Carolina.

— T'en as combien ?

— Trois. Il me montra trois doigts de sa main. Un frère aîné, Carolina ma sœur jumelle et Alina.

— Vraie jumelle ?

— Oui – sourire. Nous nous ressemblons comme deux gouttes d'eau. Parfois je doute qu'elle soit vraiment une femme.

— Ou toi un homme, non ?

— Pas vraiment. Attends un peu… Il me prit la main et la colla sur son entrejambe : qu'est-ce que t'en penses ?

— Bof, je ne suis pas sûre.

Il lâcha ma main et me fit un doigt d'honneur. Je retournai à mon assiette.

— Tu lui as fait un cadeau, à ta sœur jumelle ?

— Oui, elle m'a demandé quelque chose pour le bébé, elle est enceinte jusqu'aux yeux.

Il mordit dans son sandwich et dessina dans l'air un ventre arrondi.

Du coup, je me souvins que je n'avais pas téléphoné à ma sœur depuis deux jours. Il ne fallait pas que j'oublie de l'appeler aujourd'hui.

— Je viens avec quoi ?

— Disons, la robe noire que tu portais le jour où on s'est rencontrés. Elle te va à merveille. Encore mieux si tu ne portes rien dessous… précisa-t-il en battant des cils à la Betty Boop.

Je ne pus retenir un sourire.

— Je parlais d'autre chose. Une bouteille ? Un gâteau ?

— Mais non, tu plaisantes ? C'est un traiteur qui s'occupe de tout.

Il ramassa les miettes, les balança dans la poubelle et se servit un verre d'eau.

— Je voudrais te faire un cadeau.

— Pas la peine. Ma mère m'a offert deux chemises, mon frère Javier un nouveau smartphone, Carolina une cravate, Alina une eau de toilette, et mon père deux jours de vacances que j'espère passer au lit avec toi à essayer de nouvelles positions très créatives. Tu vois, je ne manque de rien.

— Bon, on verra.

Je m'appuyai contre lui et il me serra la taille.

— À moins que tu n'aies en tête un cadeau en nature…

— De quelle nature ?

— Érotique, seulement érotique, précisa-t-il, sérieux comme un pape.

Je lui flanquai une bonne claque sur le cul et laissai ma main. Son postérieur était de marbre.

— Merci de m'accompagner ce soir. Sans toi, ce serait vraiment galère.

— Tu exagères.

Je me décollai de lui.

— Pas du tout, mais je ne veux pas t'effrayer. De toute façon, on fait un saut et on se tire rapidos. Tu n'as pas à t'inquiéter.

— J'ai l'impression que c'est toi qui es inquiet, pas moi.

— Pas faux !

Il lança un rire sonore.

— Je rentre chez moi. Je dois revoir des plans pour pouvoir en parler avec mon père ce soir.

— Tu n'as pas intérêt à me poser un lapin. Compris ?

— On se calme. Je passe te prendre à huit heures.

À six heures et demie, je me douchai et me fis un shampoing. Après m'être copieusement tartinée de lait corporel parfumé et avoir enfilé mes dessous chics, je me séchai les cheveux et bouclai les pointes au fer. Nuage de laque. Pour parachever le tout, French manucure et pédicure, c'est toujours du meilleur effet. Je contrôlai l'heure : huit heures moins vingt, j'étais impeccablement dans les temps, comme toujours.

Je me maquillai soigneusement, base lumineuse, fond de teint, poudre sur la zone T et légère touche de fard à joues. Pour couronner le tout, un trait d'eye-liner et, surtout, une bonne dose de mascara. J'enfilai ma robe avec soin pour ne pas la tacher, laissant une épaule dénudée, et me redonnai un coup de peigne. J'entendis le double coup de klaxon de Victor au moment où je mettais mes escarpins.

Je descendis aussi vite que me le permettaient mes talons hauts et m'installai dans la voiture. Victor m'accueillit avec un sourire qui, comme toujours, avait un je-ne-sais-quoi de provocant.

— Salut ma belle. Waouh, t'as un look de déesse !

Moi, look de déesse ? C'est plutôt Victor qui ressemblait à un dieu. Jean noir, pull vert bouteille qui, sans être moulant, suivait la ligne de ses épaules, de son torse et de ses abdos. À croquer tout cru ! Mon sourire n'était que trop éloquent.

— Et toi, t'es super canon !

Je me penchai vers lui et nous échangeâmes un baiser. Et voilà, pensai-je avec bonheur : nous formons déjà un de ces couples qui se bécotent dès qu'ils se retrouvent dans une voiture.

Victor démarra. Il posa une main sur mon genou. Un agréable fourmillement parcourut mes jambes par vagues successives. Destination parents, ou le premier coin de parking mal éclairé ?

— Mes parents habitent un peu loin du centre, à une demi-heure d'ici plus ou moins.

— Où ?

— Près de Las Rozas.

Ses yeux se détournèrent de la route pour se poser sur mes jambes, que je venais de croiser.

— Ma robe ne se froisse pas, ne t'inquiète pas.

— Pas de problème, tu peux aussi l'enlever si tu préfères…

Avec un sourire en coin, il s'installa confortablement sur son siège.

— On t'a déjà dit que t'es super sexy quand tu conduis ?

Son regard se détourna de la route une nanoseconde pour se poser sur moi.

— Et toi t'es super sexy quand tu bailles. Ça me donne des idées… c'est sans doute que j'ai l'esprit mal tourné. Bon, quelques infos.

— Sur quoi ?

— Sur ce qui t'attend.

— Oui, oui, je sais, je me déguise en ninja et je fous la fiesta en l'air à coups de pied en faisant des sauts périlleux.

— Exactement. Mais avant que tu t'en aperçoives par toi-même, je dois te dire que mes parents sont un peu spéciaux. Ma mère est… Il s'interrompit et se mordit la lèvre : elle est… sexologue.

Je le regardai, étonnée. C'était donc ça ! Voilà pourquoi il connaissait si bien l'anatomie féminine ! Ça, plus l'expérience.

— Ouais, je sais, ce n'est pas banal d'avoir une sexologue pour mère. Bref, tu peux imaginer comment le sujet du sexe est discuté à la maison.

— Je ne suis pas sûre d'avoir assez d'imagination.

— Tout le monde aime parler de ce qu'il connaît le mieux, et ce que ma mère connaît le mieux, c'est la sexualité. Tu piges ?

— Compris, on tiendra le coup.

— Ma sœur Carolina est mariée à Peter. Il est pilote de ligne et baragouine horriblement l'espagnol. Je ne sais pas comment il arrive à communiquer avec mes parents. Fais gaffe, parce qu'il aime parler et comme tu ne piges rien, tu as vite fait de te retrouver en pleine mélasse. Qui d'autre ? Ah oui, mon frère Javier vit avec son copain Antonio, que tout le monde appelle Antoine. Il est prof de littérature, et au moment où tu t'y attends le moins, il commence à t'entreprendre sur le monologue de Molly Bloom.

— James Joyce, c'est du lourd…

— Ça, tu peux le dire !

— Je prends note.

— Bon, ça devrait suffire. Alina, tu la connais déjà, quant à mon père, il t'a prise pour une employée de la mairie. Tu vois le genre. Il y aura aussi une dizaine d'amis de mes parents, et quelques autres. Il jeta un regard en coin : je te fous les jetons ?

— Disons que je me sens un peu dépassée.

— Trop d'infos ?

— Non, c'est juste le fait d'aller chez tes parents.

— Au fait, j'ai oublié de te dire. Ils ont lu ton bouquin.

Sourire sibyllin.

Je restai sans voix. J'étais tentée de lui flanquer une bonne paire de baffes, mais je me retins. Je me pris le visage dans les mains, cherchant à me calmer. J'allais devoir affronter des inconnus qui savaient tous les détails de ma vie sexuelle ! Je ne voyais pas comment faire face. Je l'insultai entre mes dents.

— Enfoiré !

Quand nous arrivâmes, je restai bouche bée. La maison, située au centre d'un quartier très élégant, m'arracha un sifflement d'admiration. Victor eut un sourire gêné. Je pense que ça l'embêtait d'apparaître comme un gosse de riches et qu'on puisse juger cette richesse un tantinet ostentatoire.

Des voitures étaient garées partout jusque sur le trottoir, il nous fallut un moment pour trouver une place.

– Prête ?

– Et toi ?

– On n'est jamais prêt pour ce cirque.

Il rit en se passant nerveusement la main sur la nuque.

– On peut laisser tomber, si tu préfères. Raccompagne-moi et dis que je ne me sens pas bien.

– Non, pas la peine, on y va. Je t'ai déjà dit que mes parents sont un peu…

Il secoua la tête plusieurs fois sans poursuivre, pour me faire comprendre que je devais m'attendre à l'inattendu. Je changeai de sujet.

– Je t'ai apporté un cadeau.

– Ce n'était pas la peine.

– C'est rien, juste une bêtise.

Je pris le paquet dans mon sac et le lui tendis. Il arracha l'emballage de ses longues mains. C'était *Lolita*, mon roman préféré de Nabokov. Il me lança une œillade qui me fit fondre sur-le-champ.

– Merci beaucoup, mais vraiment, ce n'était pas la peine.

L'air concentré, il lut la quatrième de couverture.

– Tu l'as lu ?

– Hum, je devrais sans doute dire que oui, mais en fait, non.

– Tu peux le laisser chez moi, comme ça tu le liras avant de t'endormir.

– Ça marche. Tu me l'as dédicacé ?

– Oui – je rougis. Mais je suis trop nulle pour les dédicaces.

Il ouvrit le livre et trouva ce que j'avais écrit sur la page de garde.

> Lolita nous a présentés, et tout est devenu plus compliqué.
>
> J'espère que tu ne regretteras jamais de m'avoir fait entrer dans ta vie, et qu'un jour tu seras moins canon, comme ça je pourrai te regarder sans en avoir le souffle coupé.
>
> Valeria

Il éclata de rire et m'embrassa sur la bouche.

— Je ne regrette pas de t'avoir connue.

— Pas encore.

— Non. Je sais ce que je dis.

Il s'obstinait à me répéter que cette teuf ne signifiait rien, que ce n'était pas un examen pour me faire accepter par sa famille, et boum, il me balançait ce type de remarque ! Du coup, je ne savais plus quoi penser. C'était important pour lui que je l'accompagne, oui ou non ? Il serait venu avec n'importe quelle meuf ou j'occupais une place à part ? Il y eut un silence gêné, le silence des non-dits.

— Allez, on y va, on a assez tardé.

Je l'encourageai.

La porte du jardin était entrouverte. À ma grande surprise, Victor noua ses doigts aux miens avant d'entrer. Je levai les yeux vers lui. Sans se tourner, il esquissa un sourire sensuel. Quel mec, quand même ! Je me sentais comme une ado qui va à son premier rendez-vous, et tout aussi *insecure*.

Sur la terrasse, je vis une vingtaine de personnes qui bavardaient debout. Tous grands, beaux, avec cet air que donne le succès dans la vie… comme Victor. Moi, j'avais envie de rentrer sous terre.

Je n'eus aucun mal à reconnaître sa mère. Elle était la seule à avoir ma taille, et pendant un instant, allez savoir pourquoi, ça me rassura. Un instant… jusqu'à ce qu'elle vienne à notre rencontre. Elle portait avec élégance une robe couleur corail et des sandales à talons super *fashion*. Elle l'avait l'air presque trop jeune pour avoir un fils de l'âge de Victor. Son sourire malicieux me rappelait Alina. Elle se percha sur la pointe des pieds et embrassa Victor à peu près deux cents fois avant de me regarder, pas particulièrement inquisitrice, plutôt bienveillante.

— Tu dois être Valeria.

Ses yeux pétillaient de malice.

— Oui, enchantée.

— Je m'appelle Aurora – je l'embrassai. Victor m'avait dit que tu étais jolie, mais il n'avait pas précisé à quel point.

— J'aime ménager mes effets, répliqua celui-ci en me prenant par l'épaule.

Je souris, piquai un fard. Il ne fallait pas que j'oublie de respirer si je ne voulais pas tomber dans les pommes.

En un rien de temps, je devins l'attraction de la soirée. Alina vint me faire la bise, son père en fit autant. Victor me présenta à son grand frère, au compagnon de celui-ci et à sa jumelle Carolina, qui était encore plus enceinte que ma sœur, ce qui n'est pas peu dire.

— Tous mes vœux pour le bébé – j'indiquai son ventre.

— Oui, j'ai l'impression que je vais exploser – elle éclata de rire en se tenant le ventre. Viens, allons prendre un verre. Qu'est-ce que tu veux boire ? Tu connais Peter ?

— Valeria, il faut que je te demande quelque chose ! cria la reine mère qui s'approchait.

— Je vous en prie.

— Tutoie-moi, s'il te plaît. Viens avec moi.

Victor lui lança un regard suspicieux. Sa mère jura qu'elle n'en aurait que pour un instant.

— Je te la rends dans une minute.

J'acquiesçai avec grâce. Elle me saisit la main et m'entraîna vers la maison. Carolina et Alina nous suivirent jusqu'à la cuisine, gigantesque, aménagée à l'américaine avec un îlot central super design. Un style sobre, sans excès, qui me rappelait Victor.

Pendant que je matais, assez émerveillée je dois dire, Aurora disparut un instant et revint en tenant un exemplaire de mon bouquin. Je piquai un nouveau fard et baissai la tête.

— Oh…

— Carolina me l'a offert parce qu'une amie le lui avait conseillé. J'ai adoré. Ce livre m'a fait pleurer, tu n'imagines pas. Quel hasard ! Nous avons acheté *Odes* parce que Victor nous avait dit que… bon, qu'il te connaissait. Je l'ai dévoré.

— Merci, c'est juste un petit roman.

— Petit, peut-être, mais je l'ai trouvé très intéressant.

— Tu l'as fini ? demandai-je, un rien honteuse.

— Oui. En ce moment, c'est Alina qui le lit. J'ai été ravie de voir qu'elle aussi, elle joue un rôle dans l'histoire. Bon, certains passages sur son frère, plutôt chauds, l'ont mise mal à l'aise…

Carolina et elle éclatèrent de rire. Alina restait coite.

— Maman ! Je t'avais demandé de ne pas parler de ça. Maintenant elle va penser que son livre ne me plaît pas.

Je me tournai vers elle et démentis en souriant.

— Pas de souci, Alina, je te comprends.

— Évidemment, elle n'apprécie pas les descriptions de son frère en train de… bon…

— Ça va, Maman ! On se calme.

Victor était apparu dans l'embrasure de la fenêtre ouverte.

Je m'étonnai de la nervosité qui le poussait à écouter la conversation. Que craignait-il ? Ce que pourraient me dire sa mère, ses sœurs, ou ce que moi je pourrais leur dire ?

— Tu n'as pas arrêté de faire son éloge, plaisanta Carolina, espérons que ça ne va pas lui monter à la tête.

La mère me tendit le livre.

— Tu me le signes ?

— Bof, je ne suis pas très douée pour les dédicaces.

— Tu peux mettre n'importe quoi.

Je pris le stylo qu'elle me tendait en priant le Ciel qu'une muse de passage m'inspire sans tarder. Après quelques hésitations, je m'appuyai à une table et écrivis :

> Cette soirée sera peut-être un chapitre de la deuxième partie.
>
> Merci pour tout. Valeria

Je lui rendis le livre et la vis sourire en lisant la dédicace.

— C'est parfait ! Tu fumes ? Que je suis bête, bien sûr que tu fumes ! Des Lucky Strike light.

— Je devrais peut-être arrêter de me raconter dans mes bouquins. Un de ces jours, ça risque de se retourner contre moi.

Carolina partit d'un éclat de rire et quand elle vit que j'allais en allumer une, elle s'excusa et s'éloigna avec Alina, qui commentait joyeusement son ventre arrondi.

Aurora prit un étui à cigarettes argenté avec son nom gravé dessus et m'offrit une de ses cigarettes, fines et longues. Ça complétait le tableau. Impossible de l'imaginer autrement. Comme elle insistait, je pris une clope. Comment Victor s'en sortait-il avec une mère aussi… exotique ?

— C'est vraiment gentil d'avoir acheté le livre. À ce rythme, mon éditeur va se frotter les mains.

Elle me tendit un verre de vin rouge et s'en versa un par la même occasion.

— Je l'ai offert à toutes mes amies quand j'ai su que Victor sortait avec toi.

Nous y voilà ! Victor se trompait s'il croyait qu'elle ne s'était pas fait sa petite idée. Sortait ? Victor sortait avec moi ? Bon, alors si nous sortions ensemble, nous formions une sorte de couple, non ? Aurora m'arracha à mes cogitations.

— Je garde un doute sur le personnage du mari. Je peux te poser une question ?

— Mais oui, bien sûr. Asseyons-nous.

— Et lui ? Il avait vraiment une liaison avec son assistante, ou ils ont seulement couché ensemble une fois, à l'occasion de ce voyage ?

— Tu en sais autant que moi.

Je haussai les épaules. Je me rendais compte qu'avec le temps, ça me faisait de moins en moins mal d'en parler.

— Tu sais, ce que j'ai écrit, tu peux le mettre sur le compte de la licence romanesque.

— Mais encore ?

— Disons, à moitié. Son portable m'a appelé par erreur, ils ont appuyé sur la touche sans s'en apercevoir, je les ai entendus s'envoyer en l'air, exactement comme dans le bouquin. Aucun doute n'était possible. Pour le reste… je me suis fiée aux ouï-dire. Au fond, je ne sais pas si c'était la première fois ou pas. Depuis que nous sommes séparés, j'ai arrêté d'y penser.

— Si j'ai bien compris, ta vie sexuelle était plutôt calme, non ?

— Pas calme, inexistante. Mais bon, Adrian n'a jamais été tellement porté sur la chose – je rougis et fixai la fumée de ma cigarette. En tout cas, avec moi. Il n'est pas comme…

— Comme Victor. Mais toi, si !

Nous nous regardâmes en silence. J'avais la gorge nouée. Pas mal, pour une première conversation !

— Je ne sais pas. Mais comme toujours, ça dépend de la personne avec qui on est. Je m'étais habituée à Adrian, à son rythme. Je ne connaissais rien d'autre.

— Mais tu n'étais pas satisfaite, c'était le symptôme d'un problème plus grave.

— Peut-être. Nous avions des problèmes sans arrêt, donc, au fond, oui, il y avait un problème plus grave.

— Tu étais très jeune quand tu t'es mariée ?

— Oui, jeune, idiote, et amoureuse.

— Moi, je me suis mariée à vingt ans, c'était une autre époque. Maintenant, je frémis quand je pense que mon Alina pourrait faire la même connerie.

— Pour nous, c'était très clair. Même si on peut croire le contraire, nous n'avons pas pris la décision à la légère. Sauf que nous n'étions peut-être pas prêts. J'aurais dû écouter mes parents.

Et peut-être aurais-je dû éviter de parler de mon échec matrimonial avec la mère du mec qui avait joué un rôle clef dans cette affaire, mais peu importe. Courage, je devais continuer comme si de rien n'était.

— Les gens changent… c'est difficile de savoir à l'avance ce qui risque de nous rendre malheureux.

— Mais ça a toujours été comme ça, et avant, les couples duraient toute la vie.

— Nous étions plus patients, et de toute façon le divorce était très mal vu. Ça aide, ajouta-t-elle en riant.

— En fait, est-ce que les gens changent vraiment ?

Aurora me fixa en fronçant les sourcils. Elle réfléchit à ma question puis posa sa main sur la mienne et la caressa doucement.

— Je crois que oui, au moins par certains côtés. Il y a les gens qui refusent de s'engager pendant des années jusqu'au jour ou boum, ça y est !

Nous échangeâmes un sourire. Les « gens », en l'occurrence, c'était Victor, non ?

Comme par un fait exprès, Victor entra dans la cuisine à ce moment précis. Il prit une cigarette dans mon sac et l'alluma devant la fenêtre tout en maugréant sur le mauvais espagnol de son beau-frère. Sa mère fit comme s'il n'était pas là.

— Au fait, tu utilises quel type de contraceptif ? Vous avez besoin de préservatifs ? On m'en a apporté toute une cargaison hier et… à moins que tu ne prennes la pilule ? Ou vous vous êtes peut-être tous mis d'accord pour nous donner des petits-enfants ? Elle éclata de rire avant de reprendre: bon, je voulais juste dire que ce garçon, impossible de lui tirer les vers du nez. Je ne sais pas si entre vous, c'est du sérieux ou non. Au cas où... tu me comprends. Moi, je n'ai rien à dire, sauf que je suis ravie !

Je restai là sans piper mot. La conversation commençait à prendre une tournure un peu inattendue. Victor regarda sa mère en secouant la tête.

— On se calme, Maman !

— Mon chéri, tu as tort de cacher ta vie sexuelle à ta famille. C'est très naturel. En plus... je crois comprendre que tu te débrouilles très bien.

— Maman !

— Je me tais. Mais tu dois bien tenir ça de quelqu'un. Ton père, par exemple...

— Arrête, ça suffit !

Victor éteignit sa clope.

— Valeria, on y va.

— Reste !

— Tu as oublié ce que je t'avais demandé, répliqua-t-il avec le plus grand sérieux. On s'en va et on ne reviendra pas tant que tu ne te seras pas calmée.

Il me prit par le bras et m'emmena. Je haussai les épaules, lançai un sourire à la reine mère, qui me le rendit. Nous avançâmes à l'aveuglette dans les couloirs plongés dans l'obscurité jusqu'à une cour à l'arrière de la villa. Elle était éclairée par une maigre lanterne, les bruits de la fête nous parvenaient étouffés, il n'y avait pas âme qui vive.

— On va où ?

— On se cherche, répondit Victor.

Nous nous arrêtâmes dans un coin sombre. Victor s'appuya contre moi.

— Une minute de plus, et elle allait te parler du point G des hommes.

— Ça aurait pu m'intéresser…

— Non, ma loute, non – il mit la main sous ma robe. Mon point G, on s'en fout. Le tien, je pense que je l'ai trouvé. D'après ce que j'ai lu, ainsi que toute ma famille, je te fais hurler de plaisir. T'es trop belle, murmura-t-il en me caressant le bas du dos. J'ai envie de rentrer et de passer toute la nuit à te caresser.

De nouveau, j'étais prise dans un ouragan de sensualité. Victor pouvait être laconique, mais il savait parfaitement exprimer ses désirs.

— La nuit est à nous, répondis-je.

— Super. J'ai en tête quelques idées… qui demandent un peu de temps.

Il se pencha sur mes lèvres entrouvertes. Nous nous embrassâmes avec passion. Sa langue explora tous les recoins de ma bouche pendant que ses mains se faufilaient sous ma robe.

— Arrête, stop !

— Pourquoi ?

D'abord, parce que je n'avais aucune envie qu'on nous surprenne dans le feu de l'action. Ensuite…

— Si tu ne t'arrêtes pas…

— Quoi ?

Il continua de soulever ma robe, qui déjà était quasiment à mes épaules.

— Faudrait peut-être ralentir le rythme. On baise tout le temps.

— Et alors, où est le problème ?

— Tôt ou tard, ça va s'arrêter.

Il me regarda en fronçant les sourcils.

— Qu'est-ce que tu veux dire ?

— C'est juste que, tôt ou tard, la baise, ce n'est plus si important. Je ne voudrais pas qu'on se lasse…

Je me sentis rougir. Je n'étais pas sûre qu'il ait envie comme moi que cette histoire dure aussi longtemps que possible, et qu'on la regarde ensemble se transformer en quelque chose de sérieux. En cet instant précis, c'était fort, mais demain… Je jetai un coup d'œil à Victor. À ma grande surprise, il souriait timidement, les lèvres à peine retroussées.

— Même si ça finit un jour, il nous restera ça.

— Ça quoi ?

Il éclata de rire en plissant les yeux.

— Tu veux vraiment que je te fasse une déclaration, ici et maintenant ?

Je décidai de prendre ça comme une vanne. Que croire d'autre ? Victor me tournait autour mais pas toujours dans le même sens ! Peut-être qu'en ce moment précis, lui aussi luttait contre le désir qu'on passe plus de temps ensemble. C'était franchement zarbi : on se connaissait à peine, et je ne pensais pas que Victor avait envie d'une relation stable, contrairement à moi. Au fond, je n'en savais rien. Peut-être que sa mère avait raison et qu'en fait, le moment venu, il était capable de s'engager…

J'interrompis mes réflexions et nous restâmes quelques instants silencieux. Il me regardait avec une expression interrogative. J'angoissais à l'idée de l'avoir terrorisé et qu'il disparaisse avec une vague excuse du genre « on s'appelle ». Je réussis à plaquer sur mon visage un sourire plein de confiance.

— Allez, basta. On trouve une bonne excuse et on se casse.

— Non.

Il secoua la tête avec une expression qui me mit dans tous mes états. Un frisson de désir me parcourut. Doux Jésus !

— Pas ici !

Il prit mes cuisses et me souleva sans effort. Il glissa une main sous ma robe et arracha à demi ma culotte de dentelle.

— T'es vraiment une bête, articulai-je d'une voix haletante.

— Je n'ai jamais dit le contraire.

Ma culotte tomba sur mes chevilles et se coinça dans mes sandales. J'agrippai ses cheveux et approchai ma bouche de la sienne. Nous nous embrassâmes. Un baiser d'enfer, comme si nous attendions la fin du monde.

Il fit glisser mon corps contre le sien, contre son sexe en érection.

— Pas ici, Victor, s'il te plaît, implorai-je quand il se mit à me mordiller le cou.

— Si, ici, Val, s'il te plaît…

Il me souleva une jambe et je m'agrippai à lui pour ne pas tomber. De sa main libre, il déboutonna sa braguette, descendit son pantalon et me pénétra d'un coup. Je me tordis pour le faire entrer en moi le plus profondément possible, rejetant la tête en arrière. Son coup de reins m'arracha un gémissement.

— Oui, comme ça, ne fais pas de bruit…

Je le fis sortir de moi et il entra de nouveau avec une énergie qui me donna envie de hurler. Je lui mordis l'épaule. Il continua ainsi, en rythme, jusqu'à ce qu'il n'en puisse plus. Nous étions en sueur. Puis, d'un coup, il me reposa. Hallucinée, je le regardai sans bouger, attendant qu'il reprenne. Une petite pause, sûrement.

Maintenant qu'on y était, je n'avais pas envie de m'arrêter.

— Victor…

— Chut.

Il me porta jusqu'à une table de jardin cachée dans un recoin de la cour. Il me plaqua sur le ventre, souleva ma robe et me pénétra. Le sentant aussi profondément en moi, je gémis en tentant de faire le moins de bruit possible. Il continua son va-et-vient. À un moment, il me prit les épaules et réussit à articuler qu'il allait jouir. Je n'étais pas tout à fait prête.

— Attends un peu, attends-moi.

Il se retira, me retourna, m'embrassa brutalement sur les lèvres et me cala sur le bord de la table, les fesses en équilibre. Il me saisit les cuisses. J'agrippai son pull et l'attirai vers moi. Je me cambrai, m'arrimai au rebord de la table et fermai les yeux.

— Oui, comme ça ma belle, comme ça…

L'écho de la fiesta nous parvenait, rires, musiques, conversations animées. Et par-dessus, le chant des cigales, le bruissement du vent dans les branches, et notre respiration de plus en plus haletante.

Quand je jouis, Victor sembla satisfait. Il faisait sombre mais je pouvais voir ses tempes baignées de sueur. Je m'abandonnai à l'orgasme, mon corps comme éparpillé en mille morceaux autour de sa présence en moi. Je le laissai me bouger comme il voulait jusqu'à ce que je le sente jouir après quelques mouvements précis et doux.

Il se retira immédiatement, contrairement à son habitude. Je me dis qu'il voulait éviter les sarcasmes des siens au cas où ils nous auraient cueillis en flagrant délit. Mais bon, il aurait pu y penser avant, non ?

Je tombai presque lorsqu'il me lâcha pour remettre son pantalon. Il m'attira jusqu'à ses lèvres, m'embrassa et s'excusa.

— Parfois, je n'arrive pas à me contrôler.

Encore haletante, un grand sourire aux lèvres, je lançai :

— Le crime parfait.

Il leva les yeux au ciel pour toute réponse.

Nous nous apprêtions à rejoindre la fête le plus naturellement du monde (moi, culotte déchirée…) lorsque nous entendîmes les voix de Carolina et d'Aurora. Elles étaient occupées à commenter le look d'une des invitées, apparemment une amie d'Aurora.

— C'est une gargouille, Maman, n'essaie pas de l'excuser. Elle n'a plus l'âge de s'habiller comme ça.

— Elle est faite comme ça. Elle a toujours été un peu… excentrique.

— Ouais, excentrique, c'est ça ! Au fait, où est Victor ? Il s'est déjà barré ?

— Mais non. Il doit être en train de s'envoyer en l'air avec Valeria. Sur la table de teck, probablement… répondit la mère avec assurance.

Pour le crime parfait, c'était raté !

Nous retrouvâmes les invités dans le jardin en tâchant de garder une contenance. Victor m'enleva une aiguille de pin des cheveux et je lissai discrètement son pull. Nous prîmes deux verres et restâmes là à sourire benoîtement à l'assemblée. Son père nous balança en passant :

— Ça va mieux maintenant ? Vous êtes plus relax, on dirait.

Qui partage la couche partage la touche, c'est ce qu'on dit !

13
Victor avant moi

La pluie cinglait les vitres depuis un bon moment. Au loin résonna le tonnerre d'un violent orage d'été qui avait assombri le ciel. Il n'était que cinq heures mais la pièce était plongée dans l'obscurité.

Victor retira ma culotte avec délicatesse et la fit glisser le long de mes jambes. Je n'avais rien d'autre sur le corps après trois quarts d'heure de baisers et de caresses. Nous étions comme insatiables…

Je gémis quand je vis sa bouche entrouverte s'approcher de mon ventre. Il fit jouer sa langue sur mes côtes, puis remonta jusqu'au creux de l'épaule. Un frisson me donna la chair de poule qui fit durcir mes mamelons. J'ouvris grand les jambes et Victor commença de me caresser le clitoris avec la pointe de son sexe. De haut en bas, sans se presser. Un pur plaisir pour lui comme pour moi. Je rejetai la tête en arrière. Il posa une main sur mon ventre, puis me pénétra d'une poussée à la fois douce et assurée et ressortit aussitôt.

— Non, ne t'arrête pas, implorai-je dans un filet de voix.

Il me prit le visage entre ses mains, posant ses pouces sur mes lèvres.

— Je ne vais pas m'arrêter. Jamais.

Nous répétâmes « jamais » en haletant.

— Les autres, tu les baisais comme ça ?

— Je ne te baise pas. Je fais l'amour avec toi.

Mes hanches se soulevaient et s'abaissaient en suivant son rythme. Il me caressa la bouche du bout des doigts, me toucha la langue.

— Et je te désire autant qu'elles. Ou plus.

Un sourire se peignit sur ses lèvres.

Nous nous retournâmes. Je m'assis sur lui, appuyai les mains sur son torse et commençai à bouger. Il me tenait par les reins, m'attirant et m'éloignant sans relâche.

Je gémis d'une voix rauque que je ne reconnaissais pas. Je ne pouvais pas me contrôler. Victor me saisit un sein, l'approcha de sa bouche.

— Dis-moi comment ça te plaît.

— Victor, non…

— Alors, comment ?

Sa voix, à la fois douce et impérieuse, réussit à m'exciter encore plus.

— Je ne pense qu'à ça, toute la journée. Jour et nuit.

Nous nous embrassâmes. Je me cambrai et il me caressa le cou avec ses lèvres.

— Je me rends, Victor !

— Nous venons à peine de commencer…

— Je ne peux plus résister.

— J'ai rêvé de toi. Tu te tordais de plaisir pendant que j'entrais dans ta…

Heureusement, il ne termina pas sa phrase. Il conclut, dans un gémissement qui me mit dans tous mes états :

— Avec toi, c'est tellement différent…

— Qu'est-ce que tu leur faisais, aux autres ?

— Ça t'excite que je te le dise ?

— Je ne sais pas.

— Bon… j'allais droit au but.

Je sentis une onde de plaisir quand il me pénétra profondément. Mais j'en voulais plus.

— C'est tout ?

— Oui.

— Et qu'est-ce que tu aimais avec elles ?

— Qu'elles se mettent à genoux et qu'elles me sucent – sa voix était grave et rauque. Et qu'elles l'enfilent jusqu'à la garde en me regardant.

— Je ne peux plus résister, Victor, je n'en peux plus…

Il s'allongea sur moi, j'enroulai mes jambes autour de lui. Le lit cogna contre le mur, d'abord doucement. À la deuxième embardée, il me sembla entendre les voisins qui protestaient. Je gémis. Victor agrippa la tête de lit et, sous ses poussées, le mur commença à s'écailler.

— Tu viens ?

— Oui, je vais jouir…

Je pouvais difficilement nier l'évidence.

Un instant, je me dis que les tableaux allaient se décrocher. Victor marmonnait des mots incompréhensibles et je répondais sur le même ton. Les voisins manifestèrent leur mécontentement. Nous leur répondîmes avec l'orgasme le plus colossal de notre vie.

Victor se jeta à mon côté, la bouche ouverte, couvert de sueur et le souffle haletant. Je lui lançai un coup d'œil.

— Les voisins vont me faire virer. Et il va falloir repeindre la chambre.

— Ça valait le coup ?

— Avec toi, ça vaut toujours le coup – il m'embrassa sur la bouche. Mais qu'est-ce que c'était que cette question ?

— Je ne sais pas.

— L'idée t'excitait ?

Je piquai un fard d'enfer. C'est vrai que j'avais pas mal kiffé en l'imaginant en train de baiser d'autres femmes, même si ça me faisait mal d'y penser.

— C'est rien. Au lit, ma loute, on dit ce qui nous passe par la tête. Je me demandais, c'est tout. T'inquiète, j'en ai entendu des vertes et des pas mûres.

— Ah oui ?

— T'as pas idée !

Il se leva, tout dépeigné, dans la splendeur de son corps nu. Il alluma la clim et l'orienta pour qu'elle ne souffle pas directement sur le lit. Puis, un sourire énigmatique aux lèvres, il sortit de la chambre.

— Comment ça, j'ai pas idée ?

Il ne répondit pas. Je l'entendis revenir. Il réapparut, toujours à poil, avec une bouteille d'eau fraîche.

— Je suis sorti avec une meuf qui m'en balançait de toutes les couleurs quand elle jouissait. Son expression la plus tendre, c'était « fils de pute » ! Au fond, c'était juste sa façon à elle de s'exprimer. Il y en a eu une autre qui me demandait de la traiter de salope, de chienne. Moi, ça me donnait envie de rire, j'en débandais presque. Le plus bizarre, ça a été celle qui me disait « frappe-moi », ou… Il resta un instant silencieux puis éclata de rire : non… c'était celle qui me demandait… complètement psycho celle-là… de jouir sur ses yeux.

Je restai coite. L'instant d'avant, je l'asticotais pour qu'il me raconte ses aventures, et maintenant qu'il le faisait, je ne trouvais ça ni drôle ni excitant. J'éprouvais plutôt une certaine crainte mêlée de dégoût et de colère. Je m'imaginai Adrian avec une autre femme, et je me rendis compte que ça ne me faisait pas le même effet.

— Qu'est-ce qui se passe ? Tu fais la gueule ?

— Je n'aime pas t'imaginer avec une autre. Surtout si elle a des goûts bizarres.

Il sourit.

— Jalouse ?

— Je ne sais pas. C'est nouveau pour moi – nouveau sourire. C'est ça, la jalousie ?

— Probablement. Quand j'imagine Adrian en train de te toucher, j'ai envie de donner un coup de poing dans le mur.

Il éclata de rire.

J'en fis autant. Je ne me rappelais pas la dernière fois qu'Adrian m'avait touchée.

— Alors tu peux comprendre comment je me sens. T'es sorti avec combien de nanas ? Moi, ma seule expérience, c'est mon ex. Y a pas photo.

Je partis d'un nouvel éclat de rire.

— Arrête de te marrer. Nous les mecs, on est des enfoirés.

— Ah oui ? Et pourquoi ? À cause de la jalousie ?

Je regardai dans le vide, pensive, nue sur le couvre-lit froissé.

— Moi je sais pourquoi je suis jaloux. En ce qui te concerne, c'est à toi de comprendre – je le regardai, il avait l'air super relax. Merde, il fait trop chaud. Je vais prendre une douche fraîche. Tu viens ?

Il essuya la sueur de son front du revers de la main.

— J'arrive. Donne-moi une minute pour réfléchir à ta réponse.

J'entrai dans la salle de bains en regardant le plafond, angoissée. Toutes ces femmes dans le lit de Victor… Toute cette expérience que je n'avais pas. Qu'est-ce que je faisais là ? Était-ce vraiment ce que je voulais ? Et, surtout, est-ce que je comprenais où je mettais les pieds ?

Je savais bien quelle était l'étape suivante, en toute logique. Mais je n'avais pas le courage de poser la question fatidique.

Je pensai à Lola. Qu'est-ce qu'elle aurait fait ? Rien ! Elle était allergique à ce genre de question. Puis je pensai à Nerea. Quelle était la bonne réaction, la question à poser en cet instant précis ? À vrai dire, je ne voyais pas Nerea parler dans le feu de l'action, et encore moins poser des questions à Dani sur ses expériences érotiques passées. En plus, elle s'en fichait pas mal. Et Carmen ? Carmen, elle, aurait été sincère, et serait allée droit au but sans tourner autour du pot. C'est d'elle que je devais m'inspirer.

— Viens, l'eau est juste fraîche.

— Victor ?

— Quoi ?

Nous nous regardâmes longuement. L'eau me rafraîchissait agréablement les pieds.

— Qu'est-ce qui se passe entre nous ? Appelle ça comme tu veux, mais donne-moi une idée. Je ne sais pas quoi attendre de toi, ou ce que tu attends de moi.

Il hocha la tête. Pas besoin d'en rajouter, il avait pigé. Sa pomme d'Adam jouait au yoyo. Il reprit son souffle.

— Val, ma biche, tu veux entendre des choses que je ne suis pas prêt à te dire.

— Je ne veux…

— Écoute-moi. J'ai envie que ça marche entre nous, mais tu dois me laisser du temps… et de l'espace. Tu vas trop vite.

Bravo, Valeria, bon boulot ! Maintenant, il a encore plus peur que toi.

14
La réponse attendue

— Alors, qu'est-ce que tu lui as répondu ?

— Rien, avouai-je en haussant les épaules.

Lola s'arrêta devant une vitrine et me regarda droit dans les yeux.

— Comment, rien ? Il t'a dit que tu allais trop vite et tu n'as rien trouvé à répondre ?

— Je suis sortie de la salle de bains, je me suis rhabillée et je me suis tirée. J'ajoutai, l'air contrit : je n'ai même pas attendu qu'il finisse de se doucher.

— Mais ce mec, il a compris que t'as quitté ton mari pour lui ?

Indignée, la Lola.

— Je n'ai pas quitté Adrian à cause de Victor. Ça faisait déjà un bail que notre couple était mort.

Je toussotai. La situation était nouvelle pour moi. Je m'étais mariée à vingt-deux ans ! J'étais habituée à une situation certes très imparfaite, mais stable. Toutes ces incertitudes me faisaient flipper. Vouloir, mais ne pas oser demander…

Je commençais à comprendre la vie de Carmen, de Nerea et de Lola. Je trouvais que leurs amours étaient trop compliquées et qu'elles se prenaient la tête pour un rien parce que moi, j'avais l'habitude de vivre sans réfléchir. Je croyais que les stratégies de séduction ne me concernaient pas, mais… peut-être qu'avec Victor, elles n'auraient pas été inutiles. Si tel était le cas, notre histoire finirait d'elle-même.

— Il ne t'a pas appelée ?

— Il m'a envoyé un texto hier soir.

— Et alors ?

— Il écrit qu'il ne veut pas que je disparaisse après ce qu'il m'a dit. Ça fait trois jours que je ne donne pas signe de vie. Je suis paniquée. J'ai peur de tout gâcher.

— Waouh la prise de tête, il est compliqué, ce mec !

Lola se remit à marcher.

— Non, pas tant que ça.

Elle entra dans une boutique de fringues pour jeter un coup d'œil. Je la suivis.

— Qu'est-ce que ça veut dire, « pas tant que ça » ? reprit-elle en examinant un top imprimé.

— Qu'en fait, c'est beaucoup plus facile que ça en a l'air, mais j'ai l'impression que c'est lui qui freine. Ça me fait flipper. Et on dit que c'est nous les nanas qui faisons des complications ! Je pris un cintre et m'immobilisai : arrête de me traîner dans les boutiques, je ne peux absolument rien acheter.

— Valeria, t'es amoureuse ou quoi ? dit Lola, super sérieuse.

— C'est la première fois que je me sens comme ça. Je ne sais pas ce qui se passe, mais il est… tellement… Avec lui, c'est… on se complète. Il me fait rire. Au lit, c'est top de chez top. Et puis il est tendre, il me prend dans ses bras. Avec lui, je me sens heureuse.

— Ça, ma choute, c'est l'amour avec un grand A.

— Je ne sais pas.

— Mais alors, où est le problème ? Il te rend heureuse. Tu sais, c'est rare de trouver ça.

— Je me sens *insecure* avec lui. Très…

— C'est juste le début. Oublie ces conneries de super macho qui porte sa bite en bandoulière. S'il est en train de changer de disque dur, tu ferais bien d'en faire autant…

— Mais non, c'est pas ça. J'ai l'impression que je dois faire gaffe à tout ce que je dis ou à tout ce que je fais, de peur qu'il disparaisse du jour au lendemain.

— Ouais, je connais ça. L'horreur. Moi aussi, ça me fait chier… ajouta-t-elle avec désinvolture.

— Et puis, il y a Adrian.

— Valeria, tu fais ta Nerea ou quoi? Elle regardait les sapes qu'elle avait choisies: Adrian, c'est de l'histoire ancienne. Qu'il aille se faire foutre. Avec lui, t'as été heureuse quelques années…

— Ah bon? Pendant dix ans, il a été la personne qui comptait le plus dans ma vie. Tout ce que j'ai vécu d'important est lié à lui. Et je devrais l'oublier du jour au lendemain?

— Il t'a vraiment aidée pour les choses importantes? Elle se tut, puis reprit sur un ton plus triste: Adrian t'a adorée… et puis, je ne sais pas ce qui s'est passé, mais il a commencé à se regarder le nombril et à s'intéresser seulement à lui-même. Et à son boulot.

— Non, je ne crois pas. Le problème venait de nous deux.

— OK, le problème venait de vous deux, mais maintenant il y a un mec qui te rend heureuse. Deux et deux font quatre. Baise et ne te pose pas de questions!

Je levai les yeux au ciel. Pour Lola, tout se ramenait toujours à une histoire de cul. Pendant qu'elle choisissait ses fringues en matant les étiquettes, je réfléchis quelques instants. Moi, amoureuse de Victor ? Bonjour les dégâts. Mon compte en banque et, en plus, cette histoire ! Il ne fallait pas que j'oublie qu'avec le divorce, j'allais me retrouver fauchée comme les blés.

La sonnerie de mon portable mit fin à mes cogitations. Je plongeai la main dans mon sac. Portefeuille, iPod, trousse de maquillage…

— Tiens mon sac un instant, je ne trouve pas mon téléphone.

Lola m'aida en maintenant mon sac ouvert jusqu'à ce que je trouve le maudit portable. Puis elle le mit à l'épaule et se regarda dans un miroir.

— Super, le sac !

— Je te le vends, articulai-je avant de décrocher. Ciao Maman ? Ça va ?

— Valeria, ta nièce est née ! Il faut que tu viennes voir Mar.

— J'arrive !

J'arrachai le sac à Lola et me le remis à l'épaule.

— Lola, il faut que j'y aille. Ma sœur vient d'accoucher.

— Félicitations, tata !

Elle me prit dans ses bras, me dit de transmettre ses félicitations à ma sœur et m'embrassa sur le front. Je partis en courant et hélai un taxi à peine sortie de la boutique. Un taxi… un luxe, vu l'état de mes finances.

J'entrai dans la chambre de l'hôpital sur la pointe des pieds. Ma mère tenait le bébé dans ses bras. Rebeca, ma sœur, s'était assoupie tout emmitouflée. Comme quand nous étions petites, mon père l'avait enveloppée dans des châles, style momie.

— Salut.

Ma mère me montra ma nièce endormie, avec ses menottes minuscules posées sur son petit ventre. Je laissai échapper un rire nerveux en la voyant. Je la pris dans mes bras sans qu'elle sourcille le moins du monde. Je sentis les larmes me monter aux yeux, moi qui ne pleure jamais. À ce moment, Rebeca ouvrit un œil et me sourit.

— Comment as-tu pu faire sortir de toi une telle merveille ?

— Je te disais bien que ce n'était pas de l'aérophagie.

— Comment ça s'est passé ?

— Très vite. Je me suis réveillée à sept heures avec des contractions, et à onze heures et demie je la tenais dans mes bras.

— Même pour ça tu as de la chance, salope... plaisantai-je.

On frappa à la porte de la chambre. Adrian entra en portant un paquet. J'interrogeai ma mère du regard mais celle-ci détourna la tête. C'était elle la coupable, évidemment. Super. Juste ce qu'il me fallait ! Me retrouver nez à nez avec mon mari jaloux !

— Ça va ?

Je lui souris hypocritement.

Il s'approcha et caressa le bébé sur la joue.

— Rebeca, elle est magnifique !

Une fois énoncé son compliment, il se tourna vers moi et chuchota un « désolé » sincère qui m'alla droit au cœur.

— J'ai apporté le cadeau. Je l'avais emporté avec mes affaires sans le faire exprès.

Quand Rebeca m'avait annoncé qu'elle était enceinte, la première chose que j'avais faite avait été de traîner Adrian dans une librairie. J'avais acheté la plus belle édition du *Petit Prince* que j'avais trouvée, et immédiatement écrit une dédicace.

Que ta vie soit comme un conte de fées.
Ta tante qui t'aime, Valeria.

Je n'avais pas revu le livre depuis que je l'avais rapporté à la maison.

Nous restâmes un moment en silence sur le divan de la chambre, moi avec ma nièce dans les bras. La présence de ce bébé et ma soudaine adoration pour cet être qui, il y a quelques heures encore, vivait dans le ventre de ma sœur adoucissaient la violence du moment. Parfois, j'en oubliais presque qu'Adrian était là. Jusqu'à ce qu'il m'effleure la main du bout des doigts en me souriant. Ça, ça compliquait un peu les choses. Avec, en plus, ma mère qui ne put pas s'en empêcher :

— Et maintenant, c'est peut-être votre tour de m'apporter la joie d'être grand-mère, balança-t-elle comme si de rien n'était.

En moi-même, je me disais que pour qu'il y ait des enfants, l'amour et la sincérité doivent être au rendez-vous. Bref, plus envisageable avec Adrian. Le seul homme avec lequel je pouvais imaginer avoir des mômes était Victor.

Des enfants avec Victor ? Et si Lola avait raison, et que je sois vraiment amoureuse grave ?

Je regardai de côté et vis Adrian qui avait les yeux fixés sur moi. Cela faisait un bail qu'il ne me regardait plus de cette manière… Je ne réussis même pas à répondre avec mépris à la remarque intempestive de ma mère. Bravo maman ! La championne du malaise béton.

— Hé, Valeria, murmura Adrian. Que dirais-tu d'un petit café ?

— Pourquoi pas ?

En moi-même, je pensai : *Avec un peu de cyanure dedans si possible.*

Ma mère prit le bébé et le déposa dans les bras de ma sœur, qui lui fit un câlin. Rebeca me demanda de lui remonter un sandwich aux sardines, et je sortis de la chambre en m'esclaffant.

Nous trouvâmes une table à la cafétéria de l'hôpital et nous assîmes avec nos cafés fumants. Aucun des deux n'osait démarrer la conversation, même s'il était parfaitement clair que nous n'étions pas là pour la beauté du cadre. Il toussota et rompit la glace.

— Je suis vraiment désolé de la façon dont je me suis comporté au téléphone l'autre soir. Mais tu dois me comprendre. Je suis ton mari.

Je secouai la tête. Ça commençait mal. Allez savoir pourquoi, je me demandai ce que Victor aurait pensé de cette affirmation. Je le chassai de mon esprit et tâchai de me concentrer sur le moment présent. Chaque chose en son temps !

— Adrian, à ton avis, où est le problème ?

Silence.

— Je ne te demande pas une réponse polie, mais sincère.

— Je crois que le problème, c'est ce mec avec lequel tu sors, Valeria.

J'éclatai de rire. Il avait pigé.

— Mais toi, tu n'as rien à voir dans tout ça ?

— Si, mais s'il n'était pas entré dans ta vie, nous aurions déjà résolu le problème.

— Ah bon ? Parce que tu as envie de le résoudre ?

J'étais étonnée.

— Évidemment !

En fait, c'était peut-être moi qui ne voulais pas. Regardant Adrian, je pensai à ce que j'avais essayé de mener à bien. Finalement, j'avais laissé tomber. J'en avais assez, je n'avais plus envie d'être mariée avec lui. Je voulais… vivre ma vie, passer à autre chose, et essayer de faire en sorte que ça marche avec un autre. S'il se donnait la peine de réfléchir honnêtement, il arriverait certainement à la même conclusion.

— Adrian, inutile de se mentir. Tu ne m'aimes pas.

— C'est faux.

— Je reformule : nous ne nous aimons pas.

Au moment où je l'articulai, je me rendis compte que c'était la pure vérité.

— Parle pour toi, et pour toi seulement.

— Alors, si c'est faux, explique-moi pourquoi tu t'es mis avec Alexandra, et pourquoi les six… non, les huit derniers mois de notre mariage ont été un total désastre.

— Tu es injuste.

Il replia une nouvelle fois sa serviette en papier.

— Ça faisait des mois que tu ne me touchais plus. De nombreux mois. Et ce n'était pas le seul problème.

Il secoua la tête en signe de dénégation.

— Tu ne peux pas dépasser ça ? demanda-t-il en baissant la tête.

— Dépasser quoi, exactement ?

— La baise, Valeria, le cul !

— Bien sûr que non ! Tu baisais avec ton assistante, bordel !

— C'est ça, ce qu'il t'apporte ? Hein ? C'est ça ? Vous passez votre temps à vous envoyer en l'air ?

Il arqua les sourcils et se redressa sur son siège.

Sur le moment, je restai muette. Je me dis que j'allais répliquer mais finis par me lever sans un mot, indignée.

— Qu'est-ce qui te prend ?

Il se leva après moi.

— Je me casse. Je n'ai pas envie de parler avec toi. En tout cas pas tant que tu n'auras pas arrêté ce délire, et de me traiter comme tu le fais.

— Et je te traite comment ?

— Comme une pétasse.

— Tu envoies tout valdinguer pour quelques parties de jambes en l'air. Je trouve normal de te le dire.

Je fermai les yeux, fronçai les sourcils et rétorquai :

— Tu as lu mon livre, Adrian ?

— Je suis en plein dedans. Tu dois comprendre que pour moi, cette lecture est une vraie torture.

— Au moins, nous sommes d'accord sur un point. Pour moi, la torture, ça a été de l'écrire.

— Alors, pourquoi est-ce que tu l'as fait ?

— Je pourrais te répondre mais je préfère que tu le découvres tout seul.

Je sortis de la cafétéria. Au moment où je me tournais pour appeler l'ascenseur, Adrian me prit par l'épaule.

— Excuse-moi, Val, je suis en rogne. Parfois, je parle sans réfléchir.

— Adrian, nous n'étions pas heureux. Arrête de rendre un autre responsable.

— C'était juste un coup de tête. La patience n'a jamais été ton fort.

Ah bon, le problème, c'est que la patience n'est pas mon fort ? Et le coup de tête, c'est qu'il en baise une autre ? Moi, j'estimais que j'avais le droit de tirer un trait sur une histoire foireuse et d'en démarrer une nouvelle qui me donnait satisfaction, et comment !

— Écoute, le problème c'est que tu as toujours exigé plus que tu ne donnes. Sincèrement, je pense que tu m'as traitée comme si je faisais partie des meubles, en attendant que je sois à la fois la confidente, la bonne maîtresse de maison, l'administratrice, la femme indépendante, et l'amante dévouée seulement quand tu en avais envie.

Il changea de visage, prit une expression plus douce.

— Non, ce n'est pas ça. Laisse-moi te le prouver. Allez, on se fait un resto, on se prend un peu de bon temps, supplia-t-il.

J'éclatai de rire histoire de ne pas pleurer. Absurde, non ? Je fis « non » de la tête.

— Adrian, lis le bouquin en entier. Décide vraiment si tu veux rester avec moi, et pas uniquement par inertie. Et donne-moi du temps, parce que je crois que je suis en train de tourner la page.

Quand je lui demandais du temps, en fait j'espérais bien qu'il disparaîtrait. Et si Victor ressentait la même chose ?

15
Tic tac

J'allumai une deuxième clope, portable en main, les yeux fixés sur le texto de Victor :

Viens vite.

Bref mais efficace. J'en étais toute retournée. Mais si j'y allais, n'était-ce pas comme balancer une énorme pierre sur le toit de ma maison ? Ne valait-il pas mieux laisser tomber pendant qu'il en était encore temps ?

Et, pour couronner le tout, José ne m'avait toujours pas appelée. Ma situation financière était suspendue à un fil.

Quand Nerea sortit du cabinet médical, la tête lui tournait, mais cela ne lui fit aucun bien de se retrouver dans la rue. Au contraire, le vertige s'accentua. Le portable du boulot sonna dans son sac. Elle était sûre que c'était Daniel. Il l'avait déjà appelée deux fois sur son portable perso.

Elle monta dans le premier bus qui passait, sans même savoir où il allait. Elle se pelotonna sur un siège à côté de la vitre et se mit à réfléchir.

Le bus se vida peu à peu, mais elle ne bougea pas, n'arrivant pas à se décider.

Il était seize heures et Carmen attendait depuis une heure sous un soleil implacable en regardant constamment sa montre. Où Barto était-il donc passé ?

Elle prit son téléphone et appela l'agence immobilière pour annuler le rendez-vous. Puis elle appela le fugitif.

— Carmen, écoute…

— Non, c'est toi qui dois m'écouter. Ça fait une heure que je poireaute sous un soleil de plomb. Si tu n'avais pas l'intention de venir, tu aurais au moins pu me prévenir. Tu m'avais dit que tu serais là dans une demi-heure, bon sang !

— En fait… Il baissa la voix : ma mère l'a plutôt mal pris… elle a commencé à se sentir mal, et…

Carmen pensa à Lola et l'envoya mentalement au diable : la Lola, elle avait vraiment le chic pour prévoir les emmerdes.

Lola jeta un œil vers l'horloge du salon en serrant les dents. Elle était rentrée depuis une demi-heure et elle mourait d'envie d'appeler Sergio. Un quart d'heure, se dit-elle. J'attends encore un quart d'heure.

Elle ouvrit son agenda. Hum, elle exagérait peut-être un peu…

Nouveau coup d'œil sur la pendule. Deux longues minutes avaient passé.

Elle alla à la salle de bains, se déshabilla en vitesse et entra dans la douche, se préparant à une idylle torride avec le puissant jet d'eau. Qui fit son effet. Mais l'envie ne lui passa pas. Elle commençait à se dire que ce n'était pas uniquement une envie de baiser qui la travaillait.

Elle sortit de la salle de bains et se jeta sur son lit. Malédiction ! Le temps semblait s'être arrêté.

Elle prit son portable. Le reposa. Le reprit, et appela. Puis raccrocha immédiatement. Puis rappela.

— Allô ?

— Sergio, je meurs d'envie que tu me baises sur la table de la cuisine.

16
Apprentissage

Je m'appuyai à une voiture devant l'agence de Victor. Il était presque seize heures et il était sur le point de sortir. Du moins c'est ce que j'espérais, parce que je n'avais pas eu le courage de l'appeler pour lui demander. Mais je n'eus pas longtemps à attendre. Je le vis sortir au bout de quelques minutes, portant son sac de gym. Je me demandai pourquoi il fallait qu'il soit toujours aussi canon, et élégant, et tout et tout, et le soudain élan de jalousie que je ressentis me surprit moi-même. Il était à moi. Mon trésor.

Génial ! Non seulement j'étais la dernière des idiotes, mais en plus j'étais en train de me transformer en une espèce de mégère.

Victor prit ses clefs de voiture dans sa poche et descendit la rue. Je ne l'appelai pas, ne m'approchai pas de lui. Ne me demandez pas pourquoi, je n'en sais rien. Je me contentai de le suivre. Peut-être nourrissais-je l'espoir malsain de le surprendre en flagrant délit de quelque chose qui m'aurait obligée à le planter là pour de bon et à l'oublier définitivement. Même si je savais que c'était trop tard. Je n'étais plus capable de le chasser de mon esprit comme par magie, et même pas certaine que ce soit une bonne idée de continuer cette histoire.

J'accélérai l'allure quand je le vis déverrouiller sa voiture avec la télécommande. Il était en train d'accrocher la ceinture de sécurité lorsque je frappai poliment deux coups à sa vitre. Il eut l'air déconcerté de me voir, et esquissa un vague sourire.

— Qu'est-ce qu'il y a, Madame l'agent ?

— Je dois vous coller une contravention, Monsieur.

— Pourquoi ne montez-vous pas pour qu'on discute ?

— Ah, je vois, tentative de subornation !

— Dès que je vous ai vue en civil, j'ai compris que je risquais gros.

Il mit le contact et je m'assis à côté de lui. Cette fois, qui aurait le courage de commencer ? Bon, vu qu'il m'avait envoyé deux messages auxquels je n'avais pas répondu, il me semblait logique de lancer la balle.

— Victor, je… j'ai pris peur.

— Je comprends. Je ne t'en veux pas. Parfois… parfois je me sens super mal.

— Oui, parfois tu sors de ces trucs… *too much* – j'essayais de paraître calme. Mais cette fois, tu n'y es pour rien. C'est moi.

— Tu veux rompre ?

— Non !

Je le regardai avec stupéfaction. Il sourit, soulagé.

— J'avais l'impression que tu allais me sortir une histoire du genre : « C'est moi, tu n'y es pour rien, restons amis, j'espère que tu feras une belle rencontre… »

— Je n'ai aucune envie que tu fasses une belle rencontre. Il me semble que tu en as déjà assez fait dans ta vie…

— Valeria, tu me fais vraiment tourner en bourrique.

Il secoua la tête en riant puis mit la voiture en marche, un sourire narquois aux lèvres.

J'allumai une cigarette au lit. J'adorais ça mais ne le faisais jamais. Une fois, j'avais rêvé que je m'endormais en tenant la clope allumée et je finissais brûlée vive. Ce cauchemar m'avait servi d'avertissement, j'avais stoppé net cette habitude. Mais là, avec Victor à côté de moi, je ne risquais pas grand-chose.

Lui, une main derrière la tête, regardait par la fenêtre. Le drap couvrait jusqu'aux hanches son corps parfait…

Nous venions de faire l'amour. Et ce n'est pas par pruderie que je ne dis pas « tiré un coup ». Nous avions vraiment fait l'amour, lentement, nous enivrant de caresses et de baisers, articulant à mi-voix des mots sans queue ni tête.

Après cet échange si intime, nous restions là sans rien dire. Le moment idéal pour poser la question classique:

— À quoi tu penses?

Il sourit. La question type que posent toutes les nanas.

— Je me demandais si le bouquin que tu m'as offert est à portée de main.

— Vérifie toi-même.

Il ouvrit le tiroir de la table de nuit. Il était vide depuis le départ d'Adrian, et j'y avais juste rangé *Lolita*.

— Tu disais que tu voulais apporter quelques affaires. Tu peux les ranger là, si tu veux.

Il referma le tiroir et alla à la salle de bains. Moi, de nouveau paniquée. Je craignais de l'asticoter.

— Je me passe un peu d'eau sur le visage et j'y vais. Si je reste, je vais m'endormir et je risque de ne pas me réveiller avant demain.

— Tu peux rester, si tu veux.

— J'aimerais bien mais je ne peux pas. Je te jure.

Il me demanda si je voyais ses sous-vêtements.

— Je crois que nous les avons balancés par là, répondis-je en riant.

— Il va falloir qu'on se calme, sinon la boutique du rez-de-chaussée va se mettre à vendre des slibards!

— Dixit le mec qui a déchiré ma culotte…

Victor s'attarda quelques instants dans la salle de bains, appuyé au lavabo, à contempler les photos de mon corps en noir et blanc. Rien à dire, Adrian était un artiste. Un enfoiré de première, mais artiste jusqu'au bout des ongles. Il se demandait s'il fallait nécessairement être un enfoiré pour être artiste. Il sourit en faisant couler l'eau froide, se regarda dans le miroir. Il fallait qu'il se rase s'il voulait éviter une remarque de son père devant les clients.

Il n'avait qu'une envie : se mettre sous la couette dans mon lit et dormir jusqu'au lendemain sans s'occuper du chantier qu'il devait aller voir. Il tombait de sommeil.

Il se lava le visage. Il pensait à mon appart, si exigu. Et tout en s'essuyant, il commença à réaménager mentalement mes trente mètres carrés pour en tirer le meilleur parti. En remettant la serviette en place, il remarqua un étui posé sur la tablette de marbre. Il jeta un œil… un test de grossesse.

— Bordel !

— Qu'est-ce qu'il y a ?

Son exclamation m'alarma.

— Rien, rien… c'est juste que l'eau est glaciale.

Je regardai dans le vide, perplexe. Aucun bruit d'eau ne sortait de la salle de bains.

Victor prit l'étui par un bout et fit glisser le test enveloppé dans la notice. Il lut le résultat. Chancelant, il dut s'asseoir sur la cuvette des WC pour ne pas tomber. Il murmura :

— Putain, il ne manquait plus que ça !

Il resta un moment à regarder autour de lui sans savoir quoi faire. Comment était-ce possible ? Je lui avais dit que je prenais la pilule, qu'il ne devait pas s'inquiéter. Peut-être qu'il avait mal compris. Ou alors, il s'était trompé sur mon compte, je lui avais tendu un piège et il était tombé dedans. Il secoua la tête, ne voulant pas croire à cette dernière hypothèse. Absurde ! Puis il eut une illumination : j'étais déjà enceinte, d'Adrian. Il eut envie de fuir à toutes jambes mais il déglutit, prit la boîte et revint dans la chambre, où j'étais toujours couchée.

Il me montra le test, la mine résignée, et me demanda si j'avais quelque chose à dire. J'eus du mal à ne pas lui rire au nez.

— Non.

— Non ?

— Non. Ce test, c'était pour Nerea.

Il s'assit au bord du lit et respira profondément, soulagé.

— OK. C'est bon. Cool.

Il respira une nouvelle fois.

— Eh bien dis donc, je ne m'attendais pas à ce que tu réagisses comme ça.

Il me regarda du coin de l'œil. J'étais tout sourire.

— Déconne pas, c'est un sujet sérieux. Je pensais que le test, c'était pour toi.

— Tu croyais que je voulais te coincer en tombant en cloque ?

Je manifestai mon indignation en battant des paupières à plusieurs reprises.

— Pendant un instant, oui, mais j'ai rapidement pensé qu'il devait y avoir un malentendu entre nous. Ou que tu avais oublié ta pilule. Ou que tu étais peut-être enceinte d'Adrian.

— Tu n'as aucune raison de t'inquiéter. Mais si tu veux, on peut toujours…

Il ne me laissa pas terminer ma phrase. Il posa la main sur mon avant-bras et, fermant les yeux, secoua la tête en signe de dénégation.

— Non, non. Je ne voulais pas te blesser, mon ange. J'ai confiance en toi. Si jamais ça arrive un jour, pas impossible vu notre façon de faire, c'est que c'était écrit. Le cas échéant, on gérera ça.

— Tu es toujours aussi cool, du genre « t'inquiète, mon ange » ?

— Pas cool du tout ! Si certaines de mes ex t'entendaient, elles penseraient que tu m'as envoûté ! Mais il y a certaines choses dont il vaut mieux ne pas se vanter – il détourna le regard. Je n'en suis pas fier, je ne suis pas un de ces connards qui friment dans les bars.

— Mais enfin, tu n'es pas au bar en train de picoler avec tes potes…

— Ouais, mais je préfère que tu ne saches pas trop quel genre de mec je peux être. Avec toi, je pourrais faire les choses comme il faut, non ?

— Tu les baisais à la pelle et ensuite tu te tirais comme un voleur ?

Il lança un grand éclat de rire.

— Je ne parlerai qu'en présence de mon avocat. Mais je précise que dans la plupart des cas, l'intérêt était réciproque.

— Un vrai bourreau des cœurs !

— Pas du tout. L'esclave de ces dames ! Je passais un moment avec une meuf, on prenait du bon temps et ciao ! Si elle me plaisait, je la rappelais et on remettait ça, mais pas de restos, pas de cinés ou ce genre de conneries. Un verre et le plumard. Pas besoin de plus.

Il haussa les épaules.

— T'as jamais eu l'impression que c'était n'importe quoi ?

— Non. En fait, je n'avais pas envie de me mettre en couple, un truc fixe et monogame. Et donc…

Nous nous regardâmes un moment. Son sourire était contagieux. Je vis comme une brèche et tentai ma chance.

— C'est du passé, tout ça ?

— Oui, eh bien…

Il se passa la main dans les cheveux, comme à chaque fois qu'il tombait de sommeil.

— Qu'est-ce qui t'a fait changer ? Tu es tombé sur le fantôme de tes histoires passées, ou quoi ?

— Non. Une meuf mariée a débarqué dans ma vie et foutu le bordel.

Il s'allongea à côté de moi, tenant toujours à la main le test de grossesse.

— Il est périmé.

Cette fois, c'est moi qui changeai de sujet. Je ne tenais pas à en savoir plus sur le bordel que j'avais mis dans sa vie.

— Ah oui ? Mais il est positif.

— Nerea ne l'a pas cru. Il faut que je l'appelle. Elle ne doit pas attendre trop longtemps si elle veut garder toutes ses options.

Il cueillit ma cigarette et tira une taffe.

— J'y vais.

— Au fait, Victor ?

— Oui ?

— Qu'est-ce que tu fais pour les vacances ?

— Ce que tu voudras.

Après un dernier sourire, il sortit.

17
Chat échaudé craint l'eau froide

Lola mastiquait énergiquement un chewing-gum, faisant d'énormes bulles qui menaçaient d'éclater sur mes cheveux. Je lui lançai un regard noir. Elle me balança un grand sourire et en commença une autre.

— Lolita… je n'ai aucune envie me retrouver avec les cheveux pleins de chewing-gum, et je ne crois pas que tu aies tellement envie de te prendre une baffe.

— Pfff, aucun humour. On se marre bien avec les chewing-gums.

— C'est ça. Je suis tordue de rire.

— Pourquoi est-ce qu'elle n'arrive pas ?

À cet instant, Nerea sortit de son immeuble et nous restâmes scotchées. Elle était sapée comme… comme je ne l'aurais jamais imaginée. Une robe ample, informe, à rayures. On aurait cru qu'elle l'avait trouvée dans l'armoire de la grand-mère de Carmen.

— Qu'est-ce qui te prend ? Tu veux te faire embaucher au cirque des horreurs ? lança Lola avec son tact habituel.

Nerea battit des paupières et s'éclaircit la voix.

— Si t'as l'intention de te comporter comme ça toute la soirée, je rentre et basta.

— Mais non… c'est juste que d'habitude t'es une *fashionista*, et très chic en plus…

J'essayai de jouer les médiatrices.

Lola approuva du chef.

— Bon alors, les copines, on y va…

Nous commençâmes à déambuler dans la rue de Nerea, et celle-ci, se mettant entre nous deux, nous prit par la taille.

— Je dois vous dire un truc, et vous demander un service.

— Vas-y, lançai-je en pêchant mon paquet de clopes dans mon sac.

— Voilà… je suis enceinte, je ne comprends pas comment c'est arrivé.

Lola et moi pilâmes net pour la regarder. Elle se contenta de sourire placidement et nous fit avancer.

— Comment, tu ne comprends pas? Je peux te rafraîchir la mémoire, si tu veux: t'as baisé un coup de trop, ma choute.

Je lançai un coup d'œil à Lola. J'espérais que, vu la situation, elle comprendrait qu'elle devait se calmer un peu. Nerea ne cilla pas.

— Le problème, c'est que j'ai rendez-vous vendredi pour l'IVG... et je me demandais si l'une de vous pourrait m'accompagner.

Lola pâlit et ne pipa mot. J'étais étonnée qu'elle n'ait pas une vanne toute prête.

— Je viens avec toi... Je n'ai pas envie que Lola tombe dans les pommes en pleine rue.

— Excuse, Nerea, mais pour moi c'est *too much*. Ce genre d'endroit me donne la chair de poule. Hors de question pour moi d'y aller. Jamais!

C'était bizarre de voir Lola si sérieuse.

— T'inquiète, Lola, c'est moi qui l'accompagnerai.

En fait, moi aussi j'appréhendais. Cette expérience risquait de me hanter un peu trop à mon goût.

— Merci.

Lola alluma une clope et regarda ailleurs. Moi, je ne pus pas m'empêcher de demander:

— Tu as bien réfléchi? C'est une décision difficile à prendre.

— Oui, j'ai bien réfléchi.

— Faut pas que tu te précipites pour un truc de ce genre.

— Je ne me précipite pas. Je veux le faire.

— Il y a d'autres options.

J'insistai.

— Qu'est-ce que ça peut te foutre ?

— Ça peut me foutre que tu es une de mes meilleures amies, que je t'adore et que je n'ai pas envie que tu regrettes ce geste toute ta vie. J'en ai marre qu'on parle de ça comme si c'était une simple formalité. Je n'ai rien contre l'avortement, mais je suis contre le fait de le faire sans réfléchir.

Nerea me fixa en fronçant les sourcils, puis regarda Lola.

— Je ne supporte pas la vue du sang, murmura celle-ci.

— J'ai bien réfléchi, je vous l'ai dit. Je ne veux pas le garder. Et je veux régler le problème le plus vite possible. C'est un accident. Ce n'est pas de ma faute, c'est juste que la contraception n'a pas marché. Je ne suis pas une ado irresponsable.

— Justement ! C'est pour ça que tu dois savoir ce que tu fais.

Nerea fit la grimace, et Lola l'interpella.

— Pas la peine de faire une gueule de six pieds de long. Elle t'a dit qu'elle va t'accompagner. Tu la connais. Même si elle n'est pas d'accord, c'est un vrai Bisounours avec un cœur sur le ventre.

— Sinon, je peux très bien y aller seule, répliqua Nerea de mauvaise grâce.

— Mais pourquoi est-ce que tu n'y vas pas avec Daniel ?

Cette fois, Nerea accusa le coup. Elle esquissa un vague sourire et nous annonça que Daniel n'était pas au courant.

— Daniel ne sait pas que tu es enceinte ?

— Non, et je ne vais pas lui dire.

— OK, t'es la nana et c'est toi qui décides, mais… ce serait peut-être une bonne idée de lui permettre de donner son avis sur quelque chose qui le concerne aussi.

Lola avait retrouvé sa tchatche.

— Non, c'est décidé.

— Tu veux le faire parce que tu as peur de changer d'avis ?

— Non.

— Nerea, c'est sérieux. Tu dois être sûre à cent pour cent que…

— Je ne suis pas mariée.

Lola et moi n'en croyions pas nos oreilles.

— On ne t'a peut-être pas prévenue, mais on n'est plus au Moyen-Âge.

Ça, c'était Lola.

— Pour ma famille, ce serait un drame. Je veux dire, si je décidais de le garder je devrais me passer de leur soutien. Et je ne parle pas faire du baby-sitting pour que je puisse aller au ciné. C'est la rupture définitive assurée. Vous connaissez ma mère… En plus, j'ai plein de boulot. Et on ne vit même pas ensemble, ça ne fait pas longtemps qu'on se connaît… Je ne le veux pas… ce môme. Je ne le veux pas.

— Bon, les deux dernières raisons sont les plus compréhensibles. Les caprices de la vie – Lola haussa les sourcils d'un air sarcastique.

— Mais, tu disais que Daniel est l'homme qu'il te faut…

Je réussis finalement à allumer ma clope.

— Maintenant, oui. Je ne sais pas si c'est pour toujours. Mais ça, poursuivit-elle en indiquant son ventre, c'est pour toujours. Je ne l'ai pas cherché. Je ne l'ai pas provoqué en faisant n'importe quoi. Et je le répète, ça ne fait pas longtemps qu'on est ensemble, même pas un an. Hors de question d'avoir un enfant dans ces conditions… Je ne suis pas prête. Point barre. Ça a été une erreur, je ne veux plus en parler. Je vais le faire sauter, nous allons tout oublier et nous ne reparlerons plus jamais de ça. Et surtout pas devant Carmen… qui ne serait pas d'accord.

Et voilà justement Carmen qui s'approchait de nous à grandes enjambées. Nous ne pûmes nous empêcher de remarquer la grosse tache d'huile qui maculait son chemisier préféré. Elle n'avait pas une mine à plaisanter. Nous ne dîmes rien.

— Arrêtez de mater la tache.

— Tu t'es levée du pied gauche après la sieste ?

— Non, je me suis levée de table en colère après que la mère de Barto, cette salope, m'a, « sans le faire exprès », renversé dessus une assiette de beignets bien huileux.

— Je t'avais dit que c'était une vieille garce !

Lola éclata de rire.

— Tu parles ! Mais si elle croit qu'elle va gagner, elle se plante. Son fiston chéri, c'est un mec comme les autres, il suffit de savoir ce qui le fait craquer.

— On prend un verre pour arroser ça, les filles, qu'est-ce que vous en dites ? proposa Lola.

J'acquiesçai :

— OK, mais un verre seulement.

Carmen rentra chez elle vers vingt-trois heures. Un sourire peu amène aux lèvres, elle appela Barto.

— Bonsoir, mon cœur… Écoute, ma mère est vraiment désolée pour les beignets. Elle dit que tu devrais lui confier ton chemisier, elle le lavera.

— Ne te prends pas la tête, répondit-elle sur le ton le plus suave du monde. Je l'ai enlevé, et j'avais déjà oublié. Tu ne veux pas passer ?

— À cette heure ? Pour quoi faire ? Il t'arrive quelque chose ?

— Il est seulement onze heures. Viens et enlève-moi ce qui reste… Barto, j'ai vraiment envie… Si tu ne viens pas…

— Qu'est-ce que tu feras si je ne viens pas ?

— Je me caresserai au téléphone avec toi pour que tu entendes à distance tout ce que tu perds.

— Tu es un vrai démon !

Carmen simula un léger gémissement, mais il avait déjà raccroché. Elle se regarda dans la glace, contente d'elle. Sa ruse avait marché.

Une demi-heure plus tard, Barto déboula chez elle comme un taureau dans l'arène. Il la déshabilla dans l'entrée, en murmurant entre ses dents qu'il détestait la désirer autant, même quand elle n'était pas près de lui.

Pour la première fois, Barto réussit à se contrôler et à ne pas zapper les préliminaires, activité qu'il maîtrisait aussi bien que le reste, comme Carmen en eut la preuve. Ce Barto réservait décidément bien des surprises. Plutôt taiseux, mais pour l'action, un champion !

Quand elle comprit qu'il ne pouvait pas se contrôler plus longtemps, Carmen lui demanda de mettre un préservatif. Il la souleva et l'installa à califourchon sur lui. Il voulait qu'elle la domine. Elle se tordait comme une couleuvre sur le corps de Barto, se comportant comme une amante généreuse et passionnée.

— Ah, Barto, j'adore te sentir en moi…

Il se redressa et ils continuèrent ainsi.

— Je t'aime, lâcha-t-il. Tous les soirs quand je vais me coucher j'ai envie de te faire ça…

— Et moi, que tu me le fasses.

Barto sourit en réprimant un gémissement.

Carmen le saisit par les épaules. Elle se raidit et lui chuchota à l'oreille qu'elle allait jouir. Un orgasme dévastateur l'envahit presque immédiatement, et il la suivit en la serrant contre lui.

Barto, allongé sur le lit, soupira. Carmen lui caressait le torse.

— Quelle heure est-il ?

— Une heure et quart.

— Si je ne me lève pas tout de suite, je vais m'endormir ici.

— Demain, on n'est pas obligés de se lever tôt. Nous ne dormons jamais ensemble… j'ai envie de me réveiller à côté de toi, susurra-t-elle.

— Moi aussi, ma loute.

— Et alors ?

— C'est juste que je n'ai pas prévenu ma mère et…

— Tu pars toujours dès que nous avons fini de baiser. J'ai l'impression d'être… une chose.

Elle s'écarta un peu de lui.

— Mais non, ne va pas te mettre cette idée en tête, ma toute belle. Mais…

— Comme tu veux, Barto.

Elle se tourna vers la table de nuit.

— Ne te mets pas en colère.

— Écoute, tu as trente ans. Je ne te comprends pas. Tu te sens responsable, et je respecte ça totalement. Mais il y a des choses que, dans un couple, je ne supporterai jamais. Par exemple le fait que notre histoire dépende de quelqu'un d'autre. J'ai le droit de dormir avec mon amoureux ? Même pas ! Il faut qu'il parte après la baise. Un de ces jours, tu vas me laisser du fric sur la table de nuit !

Elle parlait avec un tel calme que Barto prit peur. Il ne voulait pas la perdre, et il savait qu'elle avait raison. Il était assez adulte pour décider lui-même de sa vie.

— Tu as raison, mais tâche de me comprendre – il l'attira contre lui. Demain, dès qu'on sera levé, j'appelle l'agence immobilière. Ça marche ?

Carmen sourit et compta les points mentalement : un à zéro. La chère maman n'avait qu'à bien se tenir !

Lola débarqua en bas de l'immeuble de Sergio à trois heures du matin. Elle descendit du taxi en titubant et, pouffant comme une idiote, appuya avec insistance sur l'interphone. Sergio répondit d'une voix endormie.

— Qui est-ce ?

— C'est moi, Lola. Lolita, Lola, Lolaaaaa.

— Tu sais quelle heure il est ?

Lola mit sa main devant sa bouche et se mit à rire. Sergio ouvrit sans attendre sa réponse.

Ils se retrouvèrent sur le palier. Sergio était appuyé au chambranle de la porte d'entrée, vêtu d'un léger pantalon de pyjama. Lola eut l'impression qu'il sortait directement de ses rêves les plus chauds. Trop canon… elle se jeta dans ses bras et tenta de l'embrasser.

— Merde, Lola ! T'es bourrée ?

— Pas bourrée… super-bourrée.

La tête commençait à lui tourner, et elle avait l'impression que les murs ondulaient.

— Qu'est-ce que tu fous ici ?

— Attends… tu me fais entrer ? Merci.

Elle entra et, après quelques tentatives, réussit à s'asseoir sur la table de la cuisine.

— Je buvais un verre avec les copines et je me suis rappelé notre partie de jambes en l'air dans la cabine d'essayage. Tu te souviens ?

— Oui, Lola, je me souviens, répondit Sergio patiemment.

— Et puis j'ai pensé, pourquoi est-ce que le *Corte Inglés* n'ouvrirait pas la nuit ? Si c'était ouvert, on pourrait y aller maintenant. Et alors, je me suis dit… Bon, je vais chez Sergio et basta !

— J'étais couché, je dormais depuis un bail.

— T'es chiant !

Elle esquissa une grimace.

— Qu'est-ce qui te prend, Lola ?

— C'est vendredi, j'ai envie de baiser avec toi.

Elle s'approcha de lui en déboutonnant son chemisier. Sergio leva les yeux au ciel et se gratta la tête.

— Lola, viens ici.

Elle cria victoire tandis que Sergio la conduisait à la salle de bains.

— Mmm, t'es un vrai pervers, toi… Dans la douche… comme le mec de Valeria ! Tu sais, je me le suis tapé, ce mec. Mais c'était avant qu'il sorte avec elle. Et puis de toute façon, je ne suis même pas sûre que ce soit son mec. Et je crois qu'elle non plus, d'ailleurs – elle éclata de rire. Une fois, on s'est envoyés en l'air sous un porche.

— Ça va, Lola, désape-toi.

Elle obéit en se lançant dans une espèce de strip-tease qui s'apparentait plutôt à du guignol. Sergio l'empoigna, la mit sous la douche et, la tenant par la taille, la cala sous le jet d'eau froide. Elle poussa un hurlement et tenta de s'échapper mais il la maintenait avec force. Elle se débattit un peu puis céda, à bout de souffle.

— OK, c'est bon… on se calme, murmura-t-il.

— Elle est glaciale, pleurnicha-t-elle.

— Je sais, mais tu te sentiras beaucoup mieux après.

Je téléphonai à Victor à trois heures et quart du matin. Il répondit d'une voix somnolente à la seconde sonnerie.

— Oui, c'est qui ?

— C'est moi.

— Ça va ? Un problème ?

— Non, non, pas de problème. Tout va bien.

Je me tapai la honte : bourrée, en bas de chez lui, au milieu de la nuit !

— Et alors ?

— Je me disais que tu traînais peut-être dans le quartier, alors je me suis dit que j'allais t'appeler.

— Bon sang, je suis tellement crevé que je n'arrive même pas à me foutre en rogne, bougonna-t-il en tentant de se réveiller – je l'entendais remuer entre les draps. Dis-moi, t'as descendu combien de verres ?

— Bof, trois… ou sept… je sais pas, les maths, c'est pas mon fort.

— Tu veux que je vienne te chercher ?

— Je suis en bas de chez toi.

Je piquai un fard d'enfer et gloussai pour donner le change.

— Mais qu'est-ce que tu fais là ? Monte !

Lola m'avait refilé un de ses chewing-gums. Je me mis à faire des bulles dans l'ascenseur. Une chanson que j'avais entendue au cours de la soirée me trottait dans la tête. J'esquissai quelques pas de danse.

Victor m'attendait sur le seuil, tout comme Sergio avait accueilli Lola, mais avec les cheveux en bataille et un œil fermé. Quand il me vit débarquer, il rigola.

— Allez, entre.

— Qu'est-ce que t'as à te marrer comme une baleine ?

— Tu as un diadème lumineux sur la tête, je te signale !

— Ah bon ? Il est où ?

Je tournai sur moi-même comme un chien qui cherche sa queue. Finalement, il le retira et me le montra.

— Ah oui ! Nous avons rencontré une nana super sympa, Rosita, qui se marie la semaine prochaine. Je lui ai conseillé de bien vérifier la marchandise avant de conclure.

— Il me semble que c'est pas trois verres que t'as descendus.

J'opinai avec une mine d'enfant sage.

— On a acheté des bouteilles et picolé dans la rue pour limiter les frais. Je suis fauchée. Bref, je me suis bourrée pour quatre euros. Quatre !

Je lui montrai quatre doigts pour lui montrer comme j'étais fière d'avoir fait des économies.

— Et tu trouves ça cool de débarquer complètement bourrée à trois heures du matin chez ton…

Il stoppa net.

— Chez mon quoi ?

— Tu charries…

Il éclata de rire.

— Dis-moi, dis-moi, chez mon quoi ?

Je le pris à la taille.

— Chez ton mec ?

— Mon mec ? Mmm, ça sonne bien ! File-moi un verre d'eau, mon mec !

Il alla à la cuisine et revint avec un grand verre d'eau fraîche.

— Victooor ?

Il ne put s'empêcher de se gondoler.

— Raconte, c'est mieux avec moi ou avec Lola ?

— Avec toi, idiote. Et ferme la porte.

— Mais elle est plus cochonne, non ?

Il me tendit le verre d'eau que je bus d'un trait et alla lui-même fermer la porte. Je lui rendis le verre vide avec un sourire.

— Encore.

Il alla remplir le verre.

— Ben dis donc, t'as sacrément soif.

— C'est ce chewing-gum énorme qui absorbe toute ma salive. Tu peux le jeter ?

Je le lui collai dans la main, et il alla le mettre à la poubelle avec une grimace de dégoût.

— Adrian se foutait méchamment en rogne quand je rentrais avec un verre dans le nez.

— Moi, je ne me fous pas en rogne. En tout cas pas aujourd'hui. T'es à mourir de rire, ma biche.

— Pourquoi est-ce que tu es aussi gentil avec moi ?

Tout à coup, je me sentis triste.

— Parce que tu es la meilleure. Viens, on va se coucher.

— Se coucher ? Non, impossible ! J'ai la tête qui tourne.

Je fis semblant de tourner de l'œil.

— Alors qu'est-ce qu'on fait ? Il est trois heures et je tombe de sommeil. Tu veux grignoter quelque chose ?

Je me pelotonnai contre lui et rapprochai ma bouche de son oreille. Je jouai avec le lobe entre mes lèvres et murmurai :

— Mmm, t'as pas envie d'une douche ?

Sans aucune retenue, je descendis une main vers son ventre et l'insérai dans la ceinture de son pantalon. Je le touchai, le sentant se réveiller sous mes caresses. Il avait les yeux fermés et soupirait, la bouche entrouverte.

— On dirait que tu apprécies…

— Oui, répondit-il, haletant.

Je continuai de le caresser, et quand il fut clair que mes efforts étaient couronnés de succès, Victor me prit l'autre main et la plaqua à côté de la première.

— Comme ça, oui… Vas-y doucement…

Je poursuivis mes caresses, ma main gauche s'était mise de la partie. Victor se mordit la lèvre inférieure. Il ouvrit les yeux et implora d'une voix grave et rauque :

— Ta bouche…

Sa demande m'excita et me mit de joyeuse humeur.

— D'accord, dans la douche.

Je le pris par la main et le précédai. Je me déshabillai et entrai dans la douche, ayant pris soin de garder les dessous chics que j'avais choisi de mettre ce soir-là. Victor, nu comme un ver, me suivit. Il décrocha mon soutien-gorge et le jeta contre la vitre. Le soutif retomba sur le carrelage tandis que nos bouches se rencontraient.

— T'as bu du gin ?

— Oui, comme tout marin anglais qui se respecte.

— Tu me plais quand tu es comme ça.

Il me flanqua une claque sur les fesses en souriant.

Je me laissai glisser vers le bas. Victor m'empoigna les cheveux et passa la langue sur ses lèvres. Il me regarda, me vit avec son membre dans la bouche, et me répéta que j'étais la meilleure.

– Je me débrouille bien ?

Je le caressai avec mes lèvres.

Victor hocha la tête. Il commença à remuer les hanches doucement, entrant en rythme de plus en plus profondément dans ma bouche. Je le laissai faire volontiers et gémis pour accentuer son excitation.

– Oui, *baby*, comme ça…

J'accélérai le mouvement de ma main et fis jouer ma langue avec tout ce qu'elle rencontrait. L'excitation de Victor me gagna à mon tour. Oui, j'étais bourrée et super chaude.

– Viens dans ma bouche…

Moi, il ne faut pas me faire picoler !

Victor ne se le fit pas dire deux fois. Il dégagea les cheveux de mon visage, mit une main sur ma tête et commença à aller et venir régulièrement entre mes lèvres. Je serrai son membre en suivant son rythme. Il se mit à gémir.

– Je viens… Valeria…

– Dans ma bouche ?

– Oui.

Il haletait comme un soufflet de forge.

Je secouai la tête et me contentai de suçoter la pointe de son sexe.

– Une autre fois.

Puis je me relevai, enlevai ma culotte et, de ma voix la plus sexy, lui ordonnai à l'oreille de me baiser à la folie. Il réagit au quart de tour et fit exactement ce que je lui demandais.

Nerea se réveilla avec la nausée. Elle n'arriva pas jusqu'à la salle de bains et vomit dans le couloir. Elle jeta un œil vers le lit. Dani dormait comme un ange, trop beau, impassible. Parfois, il lui venait l'envie de le secouer pour s'assurer qu'il était bien en chair et en os, et pas un hologramme de Ken, le fiancé de Barbie. Mais alors, Barbie, c'était elle ? Elle alla prendre le balai-éponge et nettoya le tout.

Quand il se réveilla, il ne restait plus aucune trace, hormis le carrelage humide et l'odeur de pin du détergent.

— Tu fais le ménage ?

— J'ai renversé du jus de fruits.

— Hum… t'as mauvaise mine. Ça va ?

— Oui, oui, répondit-elle sans le regarder.

— Viens ici, embrasse-moi.

— Non.

— Non ?

— Je vais d'abord me laver les dents.

Elle sourit, gênée, et s'enferma dans la salle de bains.

Elle soupira. Avec un peu de chance, elle n'aurait pas d'autres nausées avant vendredi, et après, toute cette histoire serait terminée.

18

Valeria, la vie de couple et la réalité

— T'as gerbé ?

— Comme une forcenée. Sergio me tenait la tête, je n'en revenais pas. Il n'arrêtait pas de m'engueuler. « Comment peux-tu picoler autant ? T'as plus quinze ans ! Tu dois apprendre à te contrôler, bordel ! » Et moi, beuargh, dégueulant tout ce que je pouvais. Je ne sais pas comment j'ai réussi à ne pas m'écrouler. Je crois même qu'entre deux haut-le-cœur, j'ai laissé échapper un prout. J'en suis même sûre. Carrément.

— Merde – j'en avais honte pour elle. Mais il a été cool, non ?

— Un moment, j'ai cru qu'il allait me flanquer dehors, mais il a été génial. Il m'a allongée sur son lit avec une cuvette à portée de main, et à chaque fois que ça me reprenait, il maintenait mes cheveux et me donnait de l'eau. Il m'a même raccompagnée ce matin ! J'étais morte. C'est comme si j'avais passé la nuit avec Nacho Vidal et Rocco Siffredi shootés au viagra, si tu vois ce que je veux dire.

— Dis donc, il est raide dingue de toi, le Sergio.

Je laissai tomber l'allusion porno.

— Le Sergio, il est complètement furieux, tu peux me croire. Il m'a dit qu'il ne comprend pas pourquoi je me conduis comme ça, et que je ferais bien de réfléchir un peu avant de faire n'importe quoi.

— T'as envie de te remettre avec lui ?

— Tu veux dire pour de bon ?

— Oui, quelque chose comme ça.

— Non, je ne crois pas. Les mecs dans son genre ne changent jamais. Victor, c'est l'exception qui confirme la règle.

— OK, OK, et on ne peut faire confiance à personne, c'est ça ? commentai-je en jetant un coup d'œil par-dessus mon épaule.

— T'as encore des doutes à ce sujet ? Arrête ton char ! Pendant que tu te remets la cervelle à l'endroit, je vais me faire les ongles des pieds.

Je raccrochai en souriant. Victor apparut avec un méga verre d'eau à la main.

— Prends ça, il n'y a rien de mieux contre la gueule de bois – il s'assit à côté de moi et me passa une aspirine. C'était qui ?

— Lolita. Elle aussi, elle s'est pointée chez Sergio à trois heures du matin !

— Pour une séance d'érotisme torride ?

— Non, pour une séance de dégueulis d'enfer.

— Sans blague !

Je pris le cachet et descendis d'un trait la moitié du verre d'eau.

— Sérieux ! Moi, j'étais ridicule, mais au moins je n'ai pas gerbé.

— N'importe quoi ! Tu étais absolument craquante avec ton diadème lumineux. Tu faisais quelques pas de danse en chantonnant.

— Arrête de te foutre de moi, salaud ! Jure-moi que tu ne le raconteras à personne.

— Super soirée. Sans blague. T'as été une reine.

Il me prit le visage dans ses mains et me lança un clin d'œil.

— N'imagine pas que je vais prendre l'habitude de débarquer chez toi au milieu de la nuit pour satisfaire tes désirs les plus chauds…

— Mes désirs les plus chauds ? Écoutez-moi ça ! Et tes désirs à toi ? Tu m'as tué…

Je lui lançai un regard provocant.

— Ne réponds rien – il me posa un doigt sur les lèvres. Tu m'as vraiment achevé. Ça ne m'était jamais arrivé comme ça.

— Ouais, c'est ça, tu as souffert un enfer…

— Tu me prends pour un robot du sexe ? Il sourit. Deux heures à baiser comme une bête, franchement ce n'est pas dans mes habitudes. La deuxième fois que tu m'as dit de m'arrêter juste quand j'allais jouir, j'avais envie de t'étrangler.

— Ça s'appelle le « déni d'orgasme », je l'ai lu dans un bouquin.

— Un de ces jours, on va remettre ça et tu verras…

— Arrête ! Figure-toi que pour moi aussi c'est nouveau, ce genre de rythme. Ne t'avise pas d'essayer. De toute façon, même si je voulais, je ne pourrais pas.

Il consulta l'heure à sa montre et, croisant les bras, proposa un ciné.

— Pourquoi pas ? Tu choisis le film, parce que moi je vais sûrement piquer un roupillon dès que les lumières s'éteindront.

— Une fois les lumières éteintes, tu pourrais peut-être plutôt me faire une petite turlute… ?

Je lui balançai un coussin à la figure.

La file d'attente devant le ciné. C'est marrant. Il y a les couples qui bavardent, les gosses qui hurlent, surexcités parce qu'ils vont voir un film en 3D en s'enfilant des baquets de pop-corn plus grands qu'eux et un coca qui va les empêcher de dormir pendant un an…

Et puis il y a les premiers rendez-vous. Des ados, qui se matent comme des idiots ou qui ne se regardent même pas. Parfois, si on observe bien, on peut surprendre un premier baiser, ou ceux qui se prennent la main pour la première fois.

En faisant la queue pour entrer au ciné, on peut même comprendre pourquoi Marisa ne parle plus avec

Lorena alors qu'elles étaient copines depuis toujours. À cause d'un garçon, *of course*.

Il y a aussi les couples qui ne peuvent même pas attendre l'obscurité de la salle pour se lâcher. Généralement des étudiants, qui se palpent devant tout le monde. Un peu exhibitionnistes sur les bords. Ou Victor et moi, par exemple, qui offrions un spectacle quasi pornographique dans cette file interminable qui attendait son ciné du samedi soir.

Victor glissa une main sous ma jupe. J'eus beau lui balancer une claque en souriant, il me saisit fermement une fesse et m'attira à lui. La mère des gamins qui couraient dans tous les sens claqua la langue en signe de mépris. Horrifiée à l'idée que ses chers bambins risquent de voir deux jeunes adultes collés l'un à l'autre tandis qu'ils attendaient pour voir le dernier blockbuster de zombies.

Je m'écartai légèrement de Victor. Nous étions arrivés très en avance et nous étions embrassés comme des malades dans la voiture. J'en avais les lèvres tout enflées.

— Arrête, il y a des mômes.

— Faites l'amour, pas la guerre des zombies, répliqua-t-il.

— Je suis tout à fait d'accord, mais retire ta main de sous ma jupe.

— Je ne peux pas. En fait, je n'ai pas envie de la retirer.

— T'es vraiment trop canon ! C'est quoi ton secret ?

Je m'approchai pour l'embrasser une nouvelle fois.

Pendant que Victor m'embrassait avec cette sensualité qui me mettait dans tous mes états, il me sembla entendre une voix familière dans les parages.

Malaise immédiat… J'ouvris les yeux, décollai mes lèvres de celles de Victor, et tombai nez à nez avec une blonde aux yeux bruns. Je ne la connaissais que trop bien.

— Merde ! murmurai-je entre mes dents.

— Tu l'as dit ! Pas de bol, hein ?

— Comment ça va, Natalia ?

— À dire vrai, ça pourrait aller mieux…

Victor, étonné, se tourna vers nous. La nana commença à hausser le ton.

— Pas de scène, je t'en prie.

C'était plus un ordre qu'une prière. Je ne plaisantais pas.

— Que se passe-t-il ? demanda Victor poliment.

— Toi, ferme-la !

— Mais toi… tu es qui ?

— Et toi ? C'est clair, tu es le mec qui la baise, non ?

La famille qui attendait derrière nous nous regarda avec des yeux exorbités. Je pris la nana par le bras.

— Je viens de te demander de ne pas me faire une scène, Natalia.

Victor vint se placer derrière moi.

— Mon frère est comme une merde à la maison pendant que toi, tu roules des pelles en pleine rue comme une pétasse !

— Natalia, ma vie privée ne regarde que moi, je te signale.

— Il le sait, Adrian, ce que tu fais ?

Je sentis mes jambes se mettre à trembler. Victor, les sourcils froncés, semblait pétrifié sur place.

— Adrian et moi sommes séparés.

— Ça, c'est toi qui le dis. Pour autant que je sache, il n'y a aucune séparation officielle. Ce que je pense, c'est que quand tu n'auras plus un rond, tu reviendras vers lui en rampant.

— Natalia, je te le dis le plus poliment du monde : ce n'est pas ton problème. C'est nous que ça regarde.

— On l'avait bien dit à Adrian, mais il ne veut pas entendre. T'es qu'une pute. Salope. Poufiasse…

— Oh ! Ça suffit !

Victor était sur le point d'exploser.

— Laisse tomber, murmurai-je, les yeux fermés.

Je me sentais comme si on venait de me coller une énorme baffe.

Victor me prit par la taille et murmura qu'il valait mieux qu'on rentre. Je me dis que j'aurais pu y penser plus tôt et nous éviter ces horreurs. Natalia commença à protester. Victor se planta devant elle et reprit d'une voix contenue :

— Écoute, je ne sais pas si tu t'en rends compte, mais nous, on n'a rien à voir avec toi. Si tu veux te la jouer caillera, fais-le ailleurs. Si ton frère quelque chose à dire, il est assez grand pour se défendre tout seul et je suis sûr qu'il le fera beaucoup plus poliment. Va brûler des poubelles avec tes potes et lâche-nous les baskets, OK ? Et tu peux tout lui raconter si ça te chante. Ravi de cette conversation. Maintenant… tu nous laisses passer ?

Natalia s'écarta. Il la remercia et, me prenant par la main, me conduisit jusqu'à la voiture. Je n'arrivais à décoller les yeux de Natalia. Je la connaissais depuis qu'elle avait dix ans… En fait, elle ne m'avait jamais kiffé parce qu'elle idolâtrait son frangin, mais… me détester à ce point ?

Je m'installai dans la voiture, le regard dans le vide. Victor s'assit à son tour et claqua la portière.

Il garda le silence, ne démarra pas. Je me dis qu'il valait mieux que je rentre chez moi et que je reste seule pour me calmer comme je le pourrais. Mais je sentis que c'était peine perdue. Je me pris le visage dans les mains et me mis à pleurer à gros sanglots. Devant Victor, en plus. Moi !

Je tâchai de me retenir, rien à faire ! Je tremblais comme une feuille. Moi qui ne pleurais jamais, ce jour-là j'étais servie ! Chialer devant Victor, la honte totale. Il paraît que c'est le syndrome prémenstruel.

Victor me prit doucement par l'épaule. Il écarta mes mains de mon visage et, après avoir essuyé mes larmes avec ses pouces, me demanda le plus sérieusement du monde si je pensais qu'on avait tort.

— Parfois, j'ai l'impression que je suis encore mariée.

— Tu veux le rester ?

Je n'avais jamais vu Victor avec l'air aussi sombre.

— Non.

— Eh bien, règle les papiers dès lundi. Arrête de procrastiner.

— Ce n'est pas si facile.

— Nous ne faisons rien de mal. S'il y en a que ça dérange, c'est leur problème. Si j'avais vu Adrian, je lui aurais expliqué, exactement comme je le fais maintenant devant toi. Ils ont tort. Ne leur donne pas raison.

— Je ne leur donne pas raison… balbutiai-je en sanglotant. Ne me traite pas comme si…

— Règle les papiers, Valeria. Règle-les une bonne fois pour toutes, bordel !

Il avait un peu haussé le ton.

— Ne te fous pas en pétard…

Je ne pouvais pas m'arrêter de chialer.

— Je ne suis pas en pétard, mais je commence à en avoir marre de ces scènes.

— Je ne te fais pas une scène !

— C'est complètement ouf. Je me demande si c'est bien nous ou deux personnages de série télé.

— Pourquoi est-ce que tu me dis ça à moi ?

— Et à qui veux-tu que je le dise, Valeria ? Je n'ai pas à me sentir responsable des décisions que tu as prises dans le passé. Je veux pouvoir aller au cinoche tranquille, merde !

Je respirai profondément et commençai à me calmer. Je voulais pouvoir lui parler vraiment, pas balbutier quelques mots incohérents entre deux hoquets.

— Tu sais que tu n'es pas obligé de supporter tout ça.

— Oui, je sais, merci. Je le supporte parce que je veux bien.

Je secouai la tête. Je n'en pouvais plus.

— Tu as parfaitement le droit de te casser quand tu veux, et tu n'as pas à te sentir responsable. Moi, je ne te rends pas responsable de cette situation. Tu piges ?

Il me regarda fixement, l'air très sérieux.

— C'est ça que tu cherches ? Que je me lasse et que je te dise : « Désolé, Valeria, mais c'est trop pour moi ? » Parfois j'ai franchement l'impression que c'est ce que tu veux, au fond. Je te complique la vie parce qu'avant de me connaître, même si t'étais pas heureuse, au moins c'était peinard, non ? Ou alors ça te plaît, tout ce bordel ?

— Non, Victor. Seulement, je t'attends. Parce que, de nous deux, c'est toi qui as le plus peur.

— Peur ? Mais non, j'ai pas peur, bordel !

— Alors arrête de faire comme si tu avais la trouille.

— C'est juste que je dois me faire à l'idée que je suis avec quelqu'un. Ce n'était pas prévu.

— Ah oui ? T'es avec une meuf, l'horreur… !

— Je ne suis pas sûr de vouloir être en couple, tu comprends ?

Vlan dans les dents ! Merci Victor.

— Bon. Eh bien si ce n'est pas ce que tu veux, dis-le-moi franchement et casse-toi, parce que je commence à en avoir marre de marcher sur des œufs avec toi. T'as trente-deux ans, pas quinze ! Tu savais dans quoi tu mettais les pieds, merde ! Et tout ce que tu disais quand j'étais encore avec Adrian, hein ?

— Qu'est-ce que tu veux que je te raconte ? Bon sang ! Qu'est-ce que tu veux que je te raconte ? Que pour moi, tout baigne ? Ah mais oui, bien sûr, c'est le nirvana : t'es toujours mariée, entre nous c'est en train de se barrer en couille, et je ne peux absolument rien faire. Franchement génial !

— Arrête de crier.

Je voulais avoir l'air ferme, mais seul un maigre filet de voix se fraya un chemin entre mes lèvres.

Victor jeta un œil par la vitre de la voiture puis se tourna de nouveau vers moi.

— Qu'est-ce que tu attends de moi ?

— Je ne sais pas.

Je me passai la main dans les cheveux.

Après quelques secondes de silence, Victor reprit, plus calme :

— Je n'ai pas envie de m'énerver, Valeria, et je n'ai pas peur. Mais ça a été super… intense, tu dois le reconnaître. Tu étais mariée, on s'est retrouvés à passer le week-end chez moi et…

À son tour, il se passa la main dans les cheveux.

— Si tu n'es pas prêt, si pour toi il vaut mieux qu'on en reste là…

J'essayais de la jouer courageuse.

— Mais non, tu le sais bien. Ne me torture pas.

— Je ne te torture pas. Mais parfois tu me traites comme si…

— Valeria, arrête ton char. C'est toi qui traînes des pieds. Et moi, je ne comprends pas. Qu'est-ce que tu veux vraiment ?

— Je viens de te dire que je ne sais pas !

Le calme avait été de courte durée.

— Et alors, bordel, comment veux-tu que moi je le sache ? Il frappa le volant du poing : bon, ça suffit, Valeria. Basta.

— Basta ? Mais c'est toi qui changes tout le temps de fusil d'épaule. Je ne sais pas si tu veux un plan baise, une bonne copine, une meuf… et toi tu n'en as pas la moindre idée !

— Non. Tu peux mettre toute la pression que tu veux, je ne sais pas.

Je le fixai du regard, interdite, blessée.

— Va te faire foutre, connard.

Je descendis de la voiture et claquai la portière. Je mis mon sac en bandoulière et me dirigeai vers la station de métro en essuyant mes larmes. Victor mit le moteur en marche… et il se barra.

19
Toute seule

Cette nuit-là, je pleurai beaucoup. Je pense que je versai toutes les larmes que j'avais gardées en moi depuis que j'avais entendu Adrian baiser avec une autre. Depuis que j'avais compris, sans vouloir me l'avouer, que notre histoire fonçait droit dans le mur.

Je chialai tant et plus; je m'étonnais d'en avoir autant envie, et que ça ne s'arrête pas. J'étais devenue une chiffe molle trempée de larmes! Heureusement que j'étais seule. Si Victor avait été là, j'aurais été anéantie, et surtout, hors d'état de réfléchir à ce qui m'arrivait.

Il y a tout juste un an, Adrian et moi étions en vacances, en train de fêter la parution de mon premier bouquin. Il était encore le seul homme à m'avoir touchée et je le regardais comme quand j'étais tombée amoureuse de lui. Et à l'époque, à y repenser, j'avais les moyens de faire du shopping chaque fois que l'envie m'en prenait. C'est-à-dire souvent.

J'avais foncé sans réfléchir, sans me donner le temps de faire ce qu'il fallait pour que ça se passe bien. Mais dès que j'avais rencontré Victor, je n'avais pas arrêté de penser à lui.

Il était apparu comme une parenthèse dans ma vie. J'aimais sa façon de me regarder, sa façon de me parler. J'aimais me sentir désirée quand j'étais avec lui. En fin de compte, je pouvais penser ce que je voulais de mon rapport avec Adrian, mais si j'avais résisté aussi longtemps à Victor, c'était plus par obstination que par amour pour mon mari.

J'avais aimé Adrian, bien sûr, mais nous avions négligé l'important. Déjà à l'époque, pour moi, il était plus un ami qu'autre chose. Je ne le désirais pas, je ne ressentais pas pour lui ce que, à en croire les romans d'amour, on est censé éprouver pour son conjoint. Loin de là. Je me rappelais vaguement l'époque où Adrian me détruisait de l'intérieur et où, malgré tout, je le considérais toujours comme un homme séduisant… mais déjà il ne me plaisait plus, en tout cas pas autant que Victor.

Quand Victor me regardait en souriant, je craquais complètement. Je l'avais toujours vu comme un de ces objets de luxe qu'on ne peut s'empêcher de mater dans une vitrine même si on sait qu'on ne peut pas se les offrir.

Victor, ses doigts sur mon épaule nue… sa façon de m'embrasser les cheveux, de s'endormir… l'intimité naissante entre nous… le frémissement à l'estomac… ce mélange de désir et d'admiration…

Allez savoir pourquoi, avec Adrian, je m'étais muée en une petite vieille de vingt-huit ans. Quand avais-je accepté que le désir s'éteigne ? Mais il n'était pas vraiment éteint. Victor, lui, savait ce qui me faisait vibrer, et Victor me faisait l'amour sans cesser de me regarder.

Je finis par m'endormir.

Lorsque je me réveillai, je restai une bonne heure allongée, les paupières gonflées, réfléchissant à la manière de mettre de l'ordre dans ma vie maintenant que je savais quelle tournure je voulais qu'elle prenne. Puis j'en eus marre de rester affalée. J'allai prendre mon masque décongestionnant dans le congélateur et je me le posai sur les yeux, espérant retrouver au moins un visage humain.

Dans un accès de courage, je décrochai le téléphone mais, finalement, je n'osai pas appeler Victor. Qu'est-ce que j'allais lui dire ? « Je crois que je suis en train de tomber amoureuse de toi, mais je ne suis pas prête à l'admettre et à me détacher de tout ce que j'avais avant de te connaître. » Il avait raison : j'attendais qu'il me plante là, parce que ça aurait été beaucoup plus facile. Je n'étais pas heureuse avant de le connaître, mais au moins tout était beaucoup plus simple. Et j'y étais habituée, j'avais mon petit train-train qui me semblait devoir durer éternellement. J'aurais dû faire un peu plus attention à ce qu'on nous avait expliqué sur Hume en classe de philo : peut-être que le soleil ne se lèvera pas demain.

Les routines sont des faits empiriquement démontrables… jusqu'à ce qu'elles cessent de l'être. Ce ne sont ni des axiomes ni des vérités universelles. Mon mariage avec Adrian était réel, jusqu'à ce qu'il cesse de l'être. Je ne devais pas me bander les yeux, m'aveugler avec l'idée que l'amour que j'avais ressenti pour lui devait inévitablement durer toute la vie. Je n'étais pas condamnée à l'aimer éternellement. Moi, je voulais être heureuse et j'étais jeune.

Mais Victor ? Sa valse-hésitation continuelle ? Il n'avait pas peur, peut-être ? Évidemment qu'il avait les jetons ! Sinon, pourquoi aurait-il cherché à jouer les durs et perdu son sang-froid la veille au soir dans la voiture ?

Je reposai le téléphone sur son socle et me fis un café. Puis je rangeai tous les placards de fond en comble. Mon plan idéal pour arrêter de ressasser.

Le soir, vers neuf heures et demie, alors que je ne m'y attendais pas le moins du monde, on sonna à ma porte. J'ouvris et je le vis, appuyé au chambranle. Merde, Victor. Et qui plus est, un Victor canon à couper le sifflet : costard noir, chemise blanche au col déboutonné. Il se mordait la lèvre rageusement.

— Salut, lui dis-je d'un ton neutre.

— Si je ne me remets pas à fumer en étant avec toi, ça veut dire que rien ne me fera reprendre.

Un sourire démentit ses propos peu aimables. Moi, je regardai par terre, incapable de lui rendre son sourire.

— Tu me fais entrer ?

— Je ne sais pas – je haussai les épaules.

— OK, normal. Bon… je suis juste venu pour te dire que je m'excuse de t'avoir laissée tomber hier au Cinépolis. Je suis un abruti de première. Je n'aurais pas dû m'en aller comme ça – je croisai les bras et m'appuyai au chambranle de la porte ; il continua : et puis, je suis désolé pour tout ce que je t'ai balancé. Quand je m'énerve, je sors des conneries sans réfléchir. Là, j'ai vraiment dû exagérer pour que tu m'envoies me faire foutre. Tu m'as traité d'enfoiré, non ?

— De connard, précisai-je sans me faire prier.

— Toute la journée j'ai pensé que tu allais appeler pour me demander des explications. Mais rien, pas un coup de fil, pas un texto. Et comme tu m'as dit que les stratégies de séduction, « faire ton intéressante », ce n'est pas ton truc, j'en ai conclu que si tu n'as pas appelé, c'est qu'hier j'ai vraiment merdé.

— On peut dire ça.

— OK. Et moi, qui ne suis pas un grand bavard, me voilà à déblatérer sans m'arrêter pendant que tu m'écoutes avec une mine de circonstance. Et je me dis : « Victor, t'es vraiment un enfoiré. »

— Pas un enfoiré, un connard. Je répétai : un connard.

— OK, un connard. Mais tu vois, là, ce qui me plairait, c'est qu'on soit chez moi en train de dîner, de boire un verre de vin et de…

— Et de quoi ?

— Vu que nous nous parlons sincèrement, ma bicho, je vais être clair. Ce qui me plairait, là, maintenant, c'est une bonne séance de baise de réconciliation. Il me fit une bouche en cœur pour me faire sourire puis, voyant que ça ne marchait pas, reprit : hum, ce n'est pas gagné, on dirait.

— Pour ce qui est de la baise, ça c'est sûr.

Je rajustai mon peignoir de satin.

— Personne ne détient la vérité, affirma Victor, super sérieux. Et moi encore moins que quiconque. Hier, je me suis conduit en crétin fini. Mais il est clair que cette situation doit être résolue d'une façon ou d'une autre, et je pense que la meilleure solution, c'est que tu divorces, mon chou.

Le ton de sa tirade me désarma. Je le regardai dans les yeux. Il insista :

— Tu ne crois pas ?

— Entre.

Je m'écartai pour le laisser passer. Une fois dans l'appartement, il enleva son blazer, le jeta sur la commode et me regarda.

— À toi de parler.

Je ne l'avais jamais vu aussi sérieux sur un sujet qui nous concernait tous les deux. Je devais prendre la balle au vol.

— Tu as raison de penser que j'ai peur, mais reconnais au moins que c'est toi qui me fais me sentir *insecure*. Tu sais bien que je ne suis pas du genre à tout larguer sur un coup de tête.

— Oui, je le sais. Moi non plus, d'ailleurs.

Il acquiesça et mit les mains dans les poches de son pantalon.

— Et alors ?

— Je ne sais pas. Avec toi, il m'arrive de partir en vrille, c'est comme ça. Inutile de se prendre la tête, j'ai compris que c'est le prix à payer. Mais je suis désolé de t'avoir mise en pétard.

— Tu sais, au fond tu n'as rien à expier.

— Si. J'ai joué un rôle dans ta rupture, et une rupture, ça laisse des traces. Je dois assumer les pots cassés, c'est tout – je déglutis et me passai une main dans les cheveux. C'est vraiment bizarre, tout ça, reprit-il après avoir laissé échapper un petit rire. Normalement, dans ce genre de situation, je m'enfuis à toutes jambes, tu sais ? C'est pour ça que je me suis barré hier. Un pur réflexe. Dès que la situation commence à être un peu… moins agréable, c'est ce que je fais. C'est « ciao » et terminé ! Mais quand je suis rentré chez moi…

Il leva les yeux au ciel. Puis nous nous regardâmes quelques instants en silence. Victor ajouta, dans un murmure :

— Excuse-moi.

Je fermai les yeux.

— Je déteste ça quand tu joues les grosses brutes. Avec moi, tu n'as pas besoin de marquer ton territoire. Je pensais que tu l'avais compris.

— Oui, je sais. Je suis désolé. C'est un mécanisme que je ne contrôle pas.

— Il va falloir que tu apprennes à le faire. Tu me fais flipper. Je ne suis pas une de ces meufs qui te passaient tout…

Il toussota, sans répondre.

— Je te rase ? lui demandai-je énervée.

— Mais non. Bien sûr que non.

Nous poussâmes tous les deux un gros soupir.

— Embrasse-moi, quémanda-t-il. Et je te laisse méditer tout ça, je rentre. Moi aussi, il faut que je réfléchisse. Mais avant, un bisou !

Il s'approcha, m'embrassa sur le front, sur le bout du nez, puis sur les lèvres en me prenant le menton entre le pouce et l'index.

— Bonne nuit ma douce. Appelle-moi demain.

20
La prise de conscience, dur, dur

Lola s'installa par terre à côté de son lit et alluma une cigarette. Elle enfuma sa petite chambre en aspirant deux énormes taffes. Puis elle posa la clope dans le cendrier et prit une boîte dans le dernier tiroir de la table de nuit. Elle l'ouvrit, poussa un soupir et contempla les photos. Il n'y en avait que deux, et franchement pas de quoi avoir honte, mais Lola aurait nié catégoriquement leur existence si quiconque y avait fait la moindre allusion.

Sur la première, Sergio et elle se regardaient en échangeant un sourire complice. Elle avait été prise l'année précédente lors du pot de Noël de l'entreprise. Lola se rappelait parfaitement toutes les sensations qu'elle avait éprouvées alors.

Environ un mois avant la fiesta, Lola s'était réveillée dans le lit de Sergio à sept heures du matin. Il lui avait conseillé de rentrer chez elle et de se faire porter pâle.

— Je vais au boulot, je te couvrirai. Personne ne sera jamais au courant, avait-il précisé.

Sur le moment, Lola s'était dit que c'était juste un épisode isolé. Ce sont des choses qui arrivent, non ? Elle avait trouvé ça super, mais il fallait stopper net. Disons qu'ils avaient un peu picolé et que la situation avait dérapé. Mais à Noël, elle avait déjà compris que ça n'allait pas s'arrêter là. Son honnêteté allait être mise à rude épreuve. Sergio la branchait grave. Une dose d'adrénaline, plus l'assurance que lui donnait la certitude de lui plaire et, en même temps, un émoi innocent d'ado. Ils étaient rares, les hommes capables de susciter ce trouble chez Lola. Elle avait plutôt la sensation d'être revenue de tout, ce qui ne lui plaisait qu'à moitié.

Sur la photo, tout y était. Sergio lui avait apporté un verre, lui avait sorti quelques vannes et fait un clin d'œil. Quand un collègue était passé devant eux avec un appareil photo, il avait lancé :

– Hé, tire-nous le portrait.

Ils se regardaient comme s'ils partageaient un secret. Le flash les avait surpris sans qu'ils jettent un regard vers l'objectif.

Lola posa le cliché par terre et prit l'autre photo. Là, ils étaient tous les deux au lit, enlacés, à demi couverts d'un simple drap blanc, et ils riaient. Elle avait les joues roses et les lèvres gonflées par les baisers. Ils avaient fait l'amour. Ce week-end-là, Sergio avait raconté des salades à sa copine pour faire une escapade chez Lola. C'était le tout début de leur histoire, quand elle n'était pas encore encombrée par le fatras de sentiments qui allait bientôt tout compliquer.

Lola remit les deux photos dans la boîte et la rangea dans le tiroir. Elle récupéra sa clope juste à temps pour tirer deux taffes avant de l'éteindre. Elle passa une main dans sa frange et se demanda si, au fond, ces photos n'étaient pas prémonitoires. Elles n'étaient qu'une fiction, quelque chose qui existait seulement au fond d'un tiroir dans sa chambre. Une histoire interdite.

Lola ne croyait ni en Dieu ni dans le karma ou ce genre de trucs. Elle pensait que ce qu'on attribue généralement à la volonté divine n'est en réalité que le résultat du hasard et de coïncidences. Mais pendant un instant, elle se dit que le cosmos remettait tout à sa place. Tous les deux, pendant le temps où ils avaient été « ensemble », une année plus ou moins, ils s'étaient moqués éperdument de faire souffrir tous ceux qui se mettaient en travers de leur désir. L'ex de Sergio, les mecs que Lola draguait, c'est comme s'ils n'avaient pas existé. Ils s'étaient inventé les meilleures excuses du monde, comme font les gens qui ne veulent jamais payer leurs dettes, et s'étaient entre-déchirés en oubliant le reste de l'humanité.

Bon. Maintenant, il n'y avait plus personne entre eux. Ils avaient fait le vide. Mais… n'était-il pas trop tard ? Leur histoire avait été destructrice, malade. Était-elle récupérable ? Comment arranger une relation qui n'a jamais fonctionné ?

Carmen se rendit compte que cela faisait un moment qu'elle regardait Barto endormi dans son lit. Ils avaient déjeuné chez les parents de Barto puis, avec une vague excuse, s'étaient empressés de regagner l'appart de Carmen pour un câlin. Bien mérité. Ils avaient eu du mal à se dépatouiller de la mère de Barto.

— Restez un peu. Vous prendrez bien un café ?

Elle n'écoutait même pas la réponse.

— Je vais vous faire goûter mes *tocinillos de cielo*, vous m'en direz des nouvelles.

— Laisse tomber le dessert et le café, Puri, avait objecté le père de Barto, tu vois bien qu'ils ont d'autres plans.

— Maman, on y va.

Face à ce refus, la mère s'était mise à poser des questions. Elle était sur la défensive.

— Mais où voulez-vous donc aller à cette heure-ci ? Il fait encore très chaud.

— Enfin, Puri…

Le père essayait de lui faire entendre raison.

— Maman, on a des trucs à faire.

Barto s'alluma une cigarette.

— Mais quoi ? À cette heure-ci ?

— Oui. Carmen… a besoin d'un coup de main dans son appart.

Ils échangèrent un regard discret.

Carmen était tordue de rire intérieurement. Pour le coup de main, c'était quand il voulait. Avec les deux mains, si possible, et sous son top !

— Mais peut-être que Carmen peut rentrer et tu la rejoindras un peu plus tard, non ?

Carmen vit Barto soupirer. Elle eut vraiment peur qu'il cède et qu'ils finissent par se prendre la tête mais, heureusement, l'affaire prit un tour meilleur.

— Non, je préfère y aller maintenant, dit Barto, gentil mais ferme. Je ne suis pas sûr de rentrer pour le dîner.

— Mais je vais faire des croquettes…

Une fois arrivés dans le petit appartement de Carmen, ils n'avaient pas abordé le sujet, même pas mentionné Puri. Il faut dire qu'ils étaient très occupés. Entre deux halètements, pas de place pour ce genre de pensée. Ensuite, ils avaient paressé au lit en se câlinant puis Barto avait fumé une cigarette et s'était endormi. Les hommes sont ainsi faits, pensa Carmen. Barto n'avait visiblement aucune intention d'aborder le sujet de sa mère, mais elle, oui. Lui, il avait l'habitude. Une mère dont la nature dominatrice se réveille lorsque débarque une fille qui risque de lui voler son fiston chéri. Elles sont toutes les mêmes : petits détails qui tuent, contrôle, demandes d'explications. Clairement, pour Barto, ça n'avait rien de nouveau. Carmen se demanda avec inquiétude si ce n'était pas la raison pour laquelle il avait rompu avec son ex il y avait de cela des années.

Elle remua dans le lit en espérant le réveiller. Sans succès. Il se contenta de se tourner en grommelant vaguement. Carmen insista. Elle tira sur le drap. Il continuait de dormir comme un bienheureux. Finalement, elle décida de lui donner une bourrade. Barto ouvrit les yeux en sursaut, et regarda autour de lui.

— Tu es réveillé ?

— Mouais… répondit Barto encore dans les vapes.

— Un petit café ?

— Heu… oui… Il est quelle heure ?

— Six heures.

Elle se leva et alla dans la kitchenette. Elle mit en marche la machine à café, prépara deux tasses.

— Tu le veux avec du lait chaud ?

— Non. Noir, serré.

Barto était dans la salle de bains, elle entendait l'eau couler. Lorsqu'il réapparut, Carmen avait déjà en tête toutes les questions qu'elle voulait lui poser.

— Dis donc, mon cœur, je me disais… tu ne m'as jamais parlé de ton ex.

Barto prit la tasse que Carmen lui tendait et la posa sur la table basse devant le canapé. Il arqua les sourcils, surpris, et haussa les épaules.

— Pourquoi parler de ça ?

— Je suis curieuse…

— Bon. Je ne sais pas quoi te dire. Tu as une question en particulier ?

— Où vous êtes-vous connus ?

— À la fac.

— Vous êtes restés ensemble longtemps ?

— Quatre ans.

— C'était du sérieux ?

— Oui, sans doute.

— Alors, pourquoi est-ce que vous avez rompu ?

— Tu attends que je dise quelque chose qui te fasse hurler, c'est ça ?

— Mais non ! Carmen se mit à rire : c'est juste que je suis curieuse, je te jure.

— Bon… on a compris qu'on ne voulait pas la même chose. Elle voulait partir, voyager… faire la nomade, tu vois ce que je veux dire. Ça allait de moins en moins bien entre nous. Moi, je cherchais quelque chose de plus stable. Un boulot fixe, une vie normale, tu me connais. Je n'avais pas envie de passer mon temps à la suivre à droite et à gauche. Pourquoi est-ce que tu veux savoir tout ça ?

— Je ne sais pas.

— Bon, eh bien voilà…

— Et avec tes parents, ça se passait comment ?

— Normal.

Barto resta plongé dans ses pensées pendant quelques instants. Carmen était soulagée. Au moins, ce n'était pas sa mère qui avait mis la pression et, d'après ce qu'elle comprenait, la nana n'était pas partie parce qu'elle en avait assez de cette bonne femme. Elle haussa les épaules, s'installa commodément sur le canapé et avala une gorgée de café.

– Ça faisait longtemps que je n'avais pas repensé à Elena, lança Barto sans crier gare.

– C'est bon signe, en tout cas en ce qui me concerne…

Carmen éclata de rire.

– Je me demande ce qu'elle est devenue. Il fit une pause avant d'ajouter: ma mère la détestait, t'as pas idée.

Carmen reposa sa tasse, s'excusa et sortit sur le balcon. Tout à coup, l'air de son salon lui semblait irrespirable.

Nerea se regarda une fois de plus dans le miroir. Ça commençait à se voir, ce n'était pas de la parano. Comme elle avait toujours été très mince, il était clair que la ligne convexe de son ventre était une nouveauté. Depuis qu'elle savait, elle évitait de voir ses parents et ses sœurs. Elle était certaine qu'ils auraient remarqué… La galère! Elle imaginait déjà sa mère en pleurs, s'arrachant les cheveux, en pleine hystérie.

Elle se demanda comment Daniel réussissait à ne se rendre compte de rien. Il s'était contenté d'un bref compliment sur ses seins gonflés pendant qu'ils faisaient l'amour. En l'occurrence, « baiser » aurait été un terme plus approprié, mais Nerea le trouvait vulgaire. Que Lola l'emploie si elle voulait, ça la regardait, mais elle, jamais de la vie. « Baiser », ça lui faisait penser à des animaux en train de copuler.

Elle devait pourtant admettre que, ces derniers temps, seul un instinct assez primaire la poussait vers Daniel. Elle se rendait compte que ce qu'elle désirait, ce n'était pas lui, mais un homme. Elle éprouvait un désir sexuel, Daniel était son mec, *dont acte*! Logique.

En plus, il était mignon. Super mignon, même. Elle n'avait pas envie de se jeter sur lui dès qu'elle le voyait, loin de là, mais les poussées hormonales dues à la grossesse la mettaient dans tous ses états. Et oui, ses seins avaient gonflé, c'était indubitable.

Elle se mit de profil et essaya de s'imaginer en future maman heureuse. Impossible ! Elle caressa la peau de son ventre, qui commençait à se tendre, et imagina un compagnon faisant la même chose avec émotion. Ça ne pouvait pas être Daniel. Cette pensée l'attrista. Elle ne réussissait à imaginer qu'un homme sans visage. La porte de la salle de bains s'ouvrit à l'improviste. Daniel entra avec précipitation.

– Nerea, laisse-moi la place, il faut que je pisse, c'est urgent.

Elle regarda une dernière fois son reflet dans le miroir et sortit en refermant la porte.

21
Ah mon beau château…

J'arrivai chez Victor vers neuf heures et demie avec une bouteille de vin. Si, parmi les sujets sur lesquels il voulait réfléchir, figurait l'idée de me quitter, au moins je pourrais toujours la vider d'un trait, ou bien lui fracasser le crâne avec.

Il ouvrit la porte, les cheveux encore mouillés. Il venait de se doucher. Il était en jean et T-shirt blanc… sexy comme c'était pas permis ! Je renonçai pour l'heure à mes idées d'homicide.

Nous restâmes un moment à nous regarder sur le pas-de-porte, sans savoir quoi dire ou quoi faire.

Comment convenait-il d'entrer en matière ? Me jeter dans ses bras ? Lui rouler une pelle ? Une bise sur la joue ? Une bourrade amicale ? Victor, moins timoré que moi, m'embrassa sur les lèvres et me fit entrer. Il referma la porte.

— Attends ici, tu veux bien ? lança-t-il avant de disparaître dans le couloir.

Je levai les sourcils et restai impassible. Ça me faisait encore mal quand je repensais à la façon dont il m'avait plantée le soir où nous avions voulu aller au ciné.

Victor sortit de sa chambre et, levant l'index avec l'air amusé, me demanda de fermer les yeux.

— Pourquoi ?

— Parce que… Ferme les yeux.

Avant d'obtempérer, je pris note de son sourire radieux, du genre à donner des crampes si on le tient trop longtemps.

Il passa derrière moi et m'embrassa dans le cou. Puis je sentis qu'il repassait devant moi. J'ouvris les yeux. Il était là, à me regarder.

— Qu'est-ce que tu fais ?

— Je vérifiais que tu n'ouvrais pas les yeux… Vilaine !

Je ne pus m'empêcher de rire.

— Bon, au moins tu sais encore rigoler.

Il tira une cravate de sa poche et me demanda s'il pouvait me bander les yeux. J'acceptai. Il prit un élastique et enserra mes cheveux dans une vague tentative de queue-de-cheval, puis me mit la cravate sur les yeux et la noua derrière ma tête.

Me prenant par la taille, il me conduisit dans le couloir jusqu'à sa chambre.

— Reste ici un moment, me murmura-t-il.

Je l'entendis bouger. Qu'est-ce qu'il était en train de faire ? Que diable manigançait-il ? Juste au moment où je commençais à perdre patience, je sentis ses doigts qui dénouaient la cravate.

— Valeria... me murmura-t-il à l'oreille.

— Quoi ?

— Ne te fous pas de moi. C'est la première fois que je fais ça.

Il retira la cravate et je clignai des yeux. Puis je mis une main sur la bouche pour retenir un éclat de rire.

— Oh... Victor !

Je n'avais qu'une seule pensée en tête : surtout, ne pas m'esclaffer pour ne pas le blesser dans son orgueil.

La chambre était parsemée de petites bougies allumées : sur les tables de nuit, sur la commode, et même par terre, jusque devant la porte. Lorsqu'il me vit regarder vers la porte, il sourit.

— Celles-là, c'est pour que tu ne t'enfuies pas. Il laissa échapper un petit rire peu assuré en baissant les yeux : c'est *too much* ?

— Heu – je regardai tout autour de moi. Non... Je ne trouve pas.

— Limite *too much* ?

— Disons que... heureusement que tu t'es arrêté avant de joncher le lit de pétales de roses.

Je fis passer la touche de sarcasme avec un sourire.

— Je note : pas de pétales de rose sur le lit. Sa remarque nous fit rire tous les deux, puis il reprit : Je voulais me faire pardonner. M'excuser. Parfois je me comporte... comme le dernier des abrutis. Alors je me suis dit : « Je mets des bougies partout et... on fait comme s'il ne s'était rien passé ? »

Son sourire m'attendrit.

— Tu n'avais pas besoin de faire tout ça. L'important, c'est de pouvoir parler. Tout le monde se dispute un jour ou l'autre.

— Dispute ? L'autre jour, nous avons exprimé nos points de vue, c'est tout.

— Toi, quand tu exprimes ton point de vue, t'es pas cool. Et tu cries.

— Je m'énerve... parce que je suis un connard, je sais. Mais tout ça, c'est nouveau pour moi. L'amour, c'était pas mon truc. Tu me pardonnes ?

Je l'embrassai sur les lèvres. Ses derniers mots m'avaient vraiment touchée.

— Je sais que tu as raison en ce qui concerne Adrian.

— Alors ? Tu vas faire quelque chose ?

— Je te demande juste un peu de temps. Comme moi je t'en donne, mais pas pour les mêmes raisons. Tu veux me punir pour ça ?

— J'allais te proposer un verre de vin et une bonne baise de réconciliation. Ça te convient, comme punition ?

— Tout à fait, répondis-je le plus sérieusement du monde.

— Mais avant... j'ai un cadeau pour toi.

Il m'embrassa dans le cou en me caressant l'épaule. Je le regardai étonnée.

— En quel honneur ?

— Nous n'avons toujours pas fêté la sortie de ton bouquin... Et je voulais te dédommager pour toutes tes culottes que j'ai déchirées et toutes celles que, évidemment, je vais continuer de déchirer. Ton cadeau est en deux parties : la première, je pense que je vais en profiter autant que toi, sinon plus. La deuxième... c'est différent. Par quoi veux-tu commencer ?

— Je ne sais pas.

Je piquai un fard.

Il soupira. Il prit dans l'armoire un sac qui portait le nom de ma marque de lingerie préférée, et me le tendit. J'ouvris le paquet et, écartant le délicat papier de soie, je découvris un déshabillé coquin. En dentelle de soie noire, quasiment transparent, qui laissait très peu de place à l'imagination mais d'une élégance d'enfer. Si on veut mettre des dessous sexy, autant le faire avec style.

— Toi, t'as des idées en tête, lançai-je.

Il s'adossa au mur, les bras croisés, les yeux fixés sur les quelques grammes de soie que je tenais entre mes mains.

— C'est toi qui l'as choisi ? demandai-je, étonnée.

Il secoua la tête.

— Tu me vois en train de choisir de la lingerie à La Perla ?

— Parfaitement. Je te vois très bien choisir de la lingerie… pour les vendeuses.

— En fait, je ne l'avais même pas vu. Il se mit à rire. C'est quelqu'un d'autre qui l'a acheté pour moi.

— Ta mère, plaisantai-je.

— Elle se serait sûrement proposée si je lui en avais parlé.

— Et donc ?

— C'est Lola.

— Bravo, Lola !

— Oui, ça on peut le dire. Bravo, Lola, répéta-t-il sur un ton malicieux.

Je m'approchai, le remerciai et nous nous embrassâmes. Je me sentis envahie d'une pulsion animale, purement sexuelle.

– Pourquoi ne l'essaies-tu pas ? Il faut bien que tu te fasses pardonner tout ce que tu racontes sur moi dans le livre, non ? Et ces bougies, on ne va les laisser brûler pour rien ?

Je filai à la salle de bains avec mon cadeau. Je secouai mes cheveux, déboutonnai mon jean, retirai mon top et posai le tout bien plié sur une étagère. Avant d'enfiler le déshabillé, je me passai rapidement en revue : cheveux, maquillage, manucure, ainsi que vêtements et chaussures que je venais d'enlever. Je me regardai dans la glace, me remémorant l'espèce d'épouvantail que j'étais devenue avant de faire la connaissance de Victor.

Ce laisser-aller ne s'était pas produit du jour au lendemain. Cela avait été un processus assez lent, en plusieurs phases. Au début, j'avais lutté contre la tentation de me laisser aller, justifiée par l'idée que s'occuper de soi, c'était du temps perdu. Peu à peu, ça avait dégénéré, au point qu'il me semblait que même me coiffer ou me maquiller était superflu. Je me répétais que j'étais trop occupée, mais au fond de moi, je savais que quelque chose n'allait pas. Moi qui avais toujours été une nana super coquette, je m'étais mise à vivre en jogging. Et même si je n'étais ni heureuse ni épanouie, j'avais fait taire la Valeria rebelle. Jusqu'à ce que surgisse Victor. Avec lui, j'avais retrouvé l'envie de plaire, l'étincelle était revenue.

J'enfilai le déshabillé, secouai mes cheveux et sortis de la salle de bains.

La lumière des bougies créait dans la chambre une ambiance magique, presque comme dans un film. Une bonne partie de la pièce était plongée dans l'obscurité, les flammes dessinaient au plafond des reflets dansants. Rien à dire, c'était super romantique.

Victor m'attendait adossé au mur. Il me regarda en silence. Je déduis de son expression qu'il appréciait le résultat. Je m'approchai. Il me prit par la taille. Ce simple geste me fit me sentir comme chez moi, protégée, sexy et forte. Assez forte pour être moi-même sans me préoccuper de quoi que ce soit.

— Lola a vraiment très bon goût, murmura-t-il.

Il m'embrassa dans le cou et ses mains descendirent le long de mon dos. Je débouclai sa ceinture, déboutonnai son jean. Le marathon érotique de réconciliation pouvait commencer.

Il fit quelques pas en me tenant contre lui, me faisant reculer. Lorsque mes mollets touchèrent le bord du lit, je me laissai tomber sur le matelas. Victor retira son T-shirt et releva le déshabillé. Il m'embrassa en mordillant doucement mon ventre, joua avec mon nombril, se frayant un chemin dans la lingerie. Le voir comme ça, concentré sur mon corps, vêtu seulement de son jean déboutonné, me fit l'effet d'un shoot de Viagra, version féminine. Je n'avais qu'une envie : le sentir profondément en moi. Je ne pensais à rien d'autre.

Il baissa ma culotte et joua de la langue sur mon mont de Vénus avant de descendre plus bas.

— J'adore ta peau douce… ton odeur.

Sa langue alla chercher mon clitoris. J'agrippai le drap en soupirant. Il écarta mes genoux et s'installa entre mes jambes ouvertes. Je caressai ses cheveux noirs. Je sentais son souffle chaud, ses doigts qui m'exploraient. Il fit entrer un doigt en moi. Je lui en demandai plus. Je ne me reconnaissais plus.

— Qu'est-ce que tu veux de plus ?

— Tout.

Il fit glisser sa langue sur ma chair, m'arrachant des gémissements de plus en plus forts. Pauvres voisins ! Même s'ils devaient avoir l'habitude de ce genre de bande-son en provenance de la chambre de Victor…

Il continua de me pénétrer avec un doigt tandis que sa langue poursuivait une danse irrésistible sur mon sexe, de plus en plus précise. Je lui dis qu'il allait me faire jouir s'il continuait comme ça. Il se releva. Son érection était visible sous son pantalon déboutonné et quand il se dénuda, son sexe jaillit comme mû par un ressort. Je tentai de me redresser mais il m'arrêta en posant une main sur mon ventre.

— Tu vois l'effet que ça me fait de te donner du plaisir. Laisse-moi en profiter.

— Mais je vais jouir… protestai-je faiblement.

— Parfait. Comme ça je pourrai te faire jouir encore.

Il reprit comme si de rien n'était et je fixai le plafond. Le léger bruit de sa langue sur mon sexe humide m'excitait. Il me souleva par les fesses, m'exposant plus encore. Il se mit à me dévorer. Je n'avais jamais rien ressenti de pareil. L'orgasme m'envahit et je poussai un cri. En cet instant, je me moquais bien de jouir en solo !

Victor se releva, essuya ses lèvres humides du revers de la main. Il se jeta sur moi et plongea sa langue dans ma bouche. Nu, en pleine excitation, il entra en moi d'une seule poussée, m'arrachant un gémissement. Il me releva, me fit me cambrer et se mit à aller et venir en moi avec force. Ses bras en tension… son torse sur moi… je le désirais à mort. Je criai de plaisir. Je ne savais plus où j'étais.

— Bon Dieu !

Son cri fit écho au mien.

— Attends… attends-moi. Ne viens pas tout de suite…

Victor m'agrippa les hanches et me releva en même temps que lui. Je sentis la force de ses élans, un, deux, trois, avant qu'il ne me laisse retomber sur le lit.

— Fais de moi ce que tu veux, murmurai-je quand il s'approcha de mon visage.

Il me retourna d'un geste. Il ne me souleva pas les hanches pour me mettre à genoux mais écarta mes jambes et entra de nouveau en moi, allongé sur mon dos.

— Ce que je veux, c'est te baiser à la folie. Je veux…

— Vas-y, vas-y…

Le sentir aller et venir en moi dans cette position me faisait mourir de plaisir. Il accéléra le rythme. Je sentis comme une palpitation qui parcourait son sexe. Il gémit et lança :

— Je vais jouir…

Mais au lieu de conclure, il se retira et me retourna de nouveau sur le lit.

— Touche-toi, montre-moi comment tu te touches…

J'écartai les jambes non sans une certaine timidité et mis une main entre mes cuisses. Je rejetai la tête en arrière en gémissant tout en me caressant en rythme. Victor, comme hypnotisé, me regardait en en faisant autant. Je me cambrai, au bord de l'orgasme, et Victor me pénétra encore, me faisant exploser de plaisir. Il se retira juste à temps pour jouir longuement sur moi, aspergeant mon corps de son sperme tiède.

Je passai une main sur mon sexe tout en le regardant récupérer après l'orgasme. Les cheveux en bataille, le corps perlé de sueur, les lèvres gonflées et humides, il était tellement sexy que, fermant les yeux, je ne pus m'empêcher de caresser du bout des doigts ma peau luisante, maculée et comme électrisée.

Je rouvris les yeux. Victor me regardait sans ciller. Je me sentis un peu honteuse et voulus fermer mes cuisses mais il secoua la tête.

– Non. Continue. Tu me tues – il se mordit fortement la lèvre inférieure. Tu me fais trop kiffer quand tu jouis… Je suis… à toi.

Troublée, je reposai la main sur mon sexe et le titillai jusqu'à ce que je me sente repartie pour un tour. Les yeux de Victor ne se détachaient pas de moi, j'avais l'impression que tout son corps frémissait à chacun de mes gémissements. Je vis qu'il se touchait, sans hâte ; sa forme revenait.

Je faillis lui demander s'il voulait un coup de main, mais il y avait dans l'air quelque chose d'autre, de plus profond, que je ne voulais pas gâcher.

Il s'étendit à côté de moi et je me jetai sans réfléchir sur lui, sur son érection naissante. Son sexe était encore humide et quand je le pris dans ma bouche, son goût m'envahit le palais. Victor laissa échapper un gémissement. Je le fis ressortir et passai lentement la langue sur la pointe avant de le reprendre énergiquement entre mes lèvres.

– Bon Dieu !

Il ferma les yeux.

Il me saisit la tête et me caressa les cheveux tandis que je continuais de parcourir son sexe avec ma langue de bas en haut, puis de haut en bas, m'arrêtant quelques instants pour jouer de mes lèvres. Son érection revint en quelques minutes.

Je m'installai à califourchon sur lui, le fis entrer en moi le plus facilement du monde. Il rejeta la tête en arrière.

— J'aime te sentir en moi… articulai-je. Je n'en ai jamais assez…

Il ne répondit pas. Il ouvrit les yeux et me fixa du regard, les lèvres entrouvertes. Je le chevauchai en rythme, mes hanches ondulant sur lui. Je saisis mes cheveux, les rejetai sur le côté et mis les mains sur mes seins, par-dessus le déshabillé que je n'avais même pas pris la peine de retirer. Je gémis en sentant que j'allais jouir une fois de plus.

— Ne t'arrête pas, articulai-je.

À vrai dire, Victor ne faisait strictement rien. Il se contentait de profiter du spectacle. Je rejetai mes bras en arrière, agrippai le matelas et remuai rapidement sur lui jusqu'à ce que je sente le fourmillement qui annonçait l'orgasme.

— Vas-y mon cœur, jouis… jouis pour moi.

J'eus l'impression que mon corps se dispersait en mille morceaux sous la force d'un orgasme dévastateur. Quand je le regardai, Victor avait toujours les yeux fixés sur moi. J'arrêtai de remuer les hanches. J'avais un peu honte de cette sauvagerie qu'il révélait en moi. Je lui caressai le torse. Il n'avait rien perdu de son érection.

— Tu as joui ?

Il sourit.

— J'ai besoin d'un peu plus de temps, ma biche, répondit-il en me caressant les cheveux.

— C'est ce qu'on va voir…

Je basculai sur le côté et me penchai sur lui. Je goûtai sa peau humide et le regardai tandis que je prenais son membre dans ma bouche. Il ferma les yeux.

— Je ne suis pas sûr d'être en état…

Je procédai d'un geste régulier et rythmé, le sentant glisser sur ma langue, aussi profondément que je pouvais, et de nouveau vers les lèvres. Après quelques instants, Victor ne retint plus ses gémissements. Il agrippa entre ses doigts le drap en désordre. Il haletait. Tout son corps se tendit. Je continuai sans lâcher prise. Au bout de quelques minutes, il fut clair qu'il n'en pouvait plus. Son souffle se précipita et ses gémissements se firent plus saccadés.

— *Baby*, je viens…

Je le sentis palpiter et se déverser dans ma bouche, sur ma langue. Pour moi, c'était une grande première. Je ne l'avais jamais fait. Jamais.

Je couronnai le tout avec ce dont, à n'en pas douter, il avait envie : je le regardai droit dans les yeux et j'avalai.

Il ne me laissa pas le temps de souffler. Il se redressa et, me prenant le visage dans une main, m'embrassa comme il ne l'avait jamais fait. Et pas du tout comme vous croyez : un baiser long et tendre. Puis il appuya son front contre ma bouche et me lança :

— Val, t'es incroyable. Vraiment. Dis-moi que je ne t'ai pas rêvée.

Pour moi, c'était un des plus beaux compliments qu'on m'avait jamais faits. Je caressai sa barbe de trois jours.

— J'espère bien que non.

— C'est la première fois que je ressens quelque chose comme ça pour quelqu'un – il leva les yeux vers moi, les sourcils froncés. Qu'est-ce que tu m'as fait ?

Je ne sus quoi répondre. Je me contentai de me blottir contre lui et fermai les yeux.

Il nous fallut un bon moment pour récupérer. Après, nous prîmes une douche rapide. Il faisait très chaud… et nous en avions bien besoin de toute façon.

Victor sortit de la douche avant moi et m'incita à rester un moment sous le jet d'eau fraîche. Quand je sortis de la salle de bains, il était revenu dans la chambre avec une bouteille de lambrusco tout embuée et deux verres.

— Tu as faim ?

J'avais enfilé une chemise de nuit blanche à bretelles que j'avais apportée dans mon sac, beaucoup plus sobre que son cadeau.

— On commande des sushis ?

Il acquiesça, but une gorgée, reposa son verre sur la table et vint vers moi.

— J'ai un autre cadeau pour toi, annonça-t-il d'un ton sérieux.

— Encore ?

Je n'allais pas dire non à une autre partie de jambes en l'air, mais bon, une nuit de ce genre avec Victor risquait franchement de m'achever.

— Je ne parle pas de ce type de cadeau.

Il me colla sous le nez un porte-clefs auquel étaient accrochées deux clefs de couleur.

— Oh, les clefs de ton cœur ?

— Très drôle !

— Quoi, alors ? Tu m'as acheté une voiture ?

— Ce sont les clefs de chez moi. La verte, c'est pour l'entrée de l'immeuble. La bleue, c'est l'appartement.

— Qu'est-ce que ça veut dire ? demandai-je, un peu tendue.

— Que tu peux entrer ici quand tu veux. C'est logique, non ? C'est ce que font tous les couples.

Je le fixai sans rien dire, abasourdie.

— Victor, tu as une façon plutôt étrange de dire les trucs, tu ne trouves pas ?

— Possible.

— Pour moi c'est… c'est…

Je restai muette. Le silence prolongé lui fit froncer les sourcils.

— Quoi ? lança-t-il avec une touche d'irritation.

— Victor, tu comprends ce que ça veut dire pour moi, ce cadeau ?

— Oui – son sourire était revenu. C'est un geste de confiance. Un engagement d'adulte – je pris les clefs et jouai avec. Comme ça, tu pourras m'attendre ici si je n'y suis pas. Apporte ce dont tu as besoin.

Bon, on peut dire que la discussion avec Victor avait été fructueuse… il fallait remettre ça.

— Tu acceptes le cadeau ?

— Pourquoi pas…

Je me faisais prier.

— Et tu acceptes ce que veut dire avoir les clefs de chez moi ?

— Je ne suis pas sûre de savoir ce que ça veut dire, mais toi, tu l'acceptes ?

Il éclata de rire et acquiesça. Je le trouvais plus beau que jamais. En plus, il avait l'air super détendu.

— Val, ce n'est pas une demande en mariage.

— Ça y est, tu recommences…

J'étais blessée.

— Quoi ?

— À marquer ton territoire.

— Désolé – il eut un rire gêné. Ça sort tout seul. Bon, tu les acceptes ?

— Oui.

Je les fourrai dans mon sac.

— On va fêter ça. Sushis de saumon et makis californiens ?

— Oui, et une salade de *wakame* s'il te plaît.

Je souris.

22
Les joyeuses lavandières

J'ouvris un œil. Victor était en train de s'habiller. Le pantalon encore défait, il boutonnait sa chemise. Je remuai et il tourna la tête dans ma direction. Me voyant réveillée, il enfila sa chemise dans le pantalon, zippa sa braguette et s'approcha. Il se pencha sur le lit.

— Salut ma biche.

— Qu'est-ce que tu fais debout ? Il est hyper tôt. Ce n'est pas une heure pour sortir.

Je regardai le réveil : six heures et quart.

— J'ai un tas de choses à faire avant les vacances.

— Tu rentres déjeuner ?

— Non. Je pense rentrer vers les huit heures. Je dois aller voir un chantier que nous sommes en train de terminer, et ensuite je veux faire un saut à la salle de sport. Tu seras là ?

— Je ne sais pas. Je ne suis même pas sûre d'avoir tellement le droit de rester faire la grasse matinée pendant que toi, tu pars au boulot.

— Tu as les clefs. Tu entres et tu sors comme tu veux.

— Pas de petit-déj' ?

— Non. Je retrouve mon père pour un café au bistrot en face de l'agence. Ici, il n'y a rien d'autre qu'un citron rabougri et des chips rances. Pas terrible, comme petit- déjeuner.

Il lança un éclat de rire, et cela me rassura. Quand est-ce que j'allais enfin arriver à avoir assez confiance en moi, et en nous, pour ne pas me sentir menacée par le moindre mot, la moindre intonation ?

Il alluma la clim, la régla à la bonne température et me borda.

— Pique un petit roupillon pour moi, mon cœur.

Je me blottis contre son oreiller, et son odeur. Incroyable, j'avais déjà « mon » oreiller. Les autres nanas, c'était terminé. Plus de brunes, de blondes, de rousses batifolant avec lui en remuant les cheveux dans des draps toujours différents. Seulement son odeur et la mienne. Pas vrai ? Je me laissai emporter par une somnolence béate. Lorsqu'il ferma la porte, je dormais déjà du sommeil du juste. Pas lève-tôt pour deux sous, la Valeria !

Je me réveillai avec mal au dos et une crampe dans le ventre. Encore ensuquée, je me tournai dans le lit, entortillée dans les draps, et me sentis carrément mal. Je jetai un œil vers le réveil. Presque onze heures. Un instant, je pensai qu'Adrian n'avait pas totalement tort lorsqu'il m'accusait de vivre éternellement en vacances.

Je me tournai de nouveau, un peu moins dans les vapes, commençant à envisager l'idée de me lever. Je ressentais une douleur lancinante. Qu'est-ce que ça pouvait bien être ? Puis je me rappelai. J'avais terminé la plaquette deux, trois, non, quatre jours auparavant. Je me mis sur le dos et sentis mes cuisses humides. Je soulevai les draps avec appréhension. Non !

Une tache rouge vif maculait ma culotte. Du sang avait coulé sur mes jambes et sur ma chemise de nuit.

— Merde !

Je me levai d'un bond, me ruai dans la salle de bains et filai sous la douche. Une fois douchée, je pris une culotte de rechange et un Tampax dans mon sac, et fis face au paysage dévasté qu'offraient les draps de Victor tout tachés de sang. Pourquoi fallait-il que ça m'arrive à moi ? Grandiose, pour la première fois que j'étais seule chez lui ! Voilà comment je montrais que j'étais digne de sa confiance. Je me consolai en pensant que, de toute façon, après la nuit que nous avions passée, les draps avaient bien besoin d'être changés.

J'en fis un ballot que je fourrai dans la machine à laver. Il me fallut une bonne dizaine de minutes pour comprendre comment celle-ci fonctionnait, et dix autres pour trouver la lessive et l'adoucissant.

Il allait s'en rendre compte… évidemment.

J'empoignai mon jeu de clefs flambant neuf et descendis dans la rue. Je repérai le supermarché le plus proche. Mais auparavant, n'écoutant pas les protestations de ma carte de crédit, je fis un saut dans une boutique de lingerie et en ressortis avec un pyjama et quelques culottes de coton imprimé pas franchement sexy. Une super promo.

Bon… en fait, non, pas une super promo. Au final, je déboursai une cinquantaine d'euros que je n'aurais jamais dû dépenser. Mais vous conviendrez que c'était un cas de force majeure.

Ensuite je passai au supermarché comme toute maîtresse de maison qui se respecte, en me demandant ce qui pouvait manquer dans le frigo d'un célibataire. Un moment, j'eus l'impression d'être sa mère qui faisait ses courses… mais connaissant sa mère, elle était plutôt du genre à lui acheter un stock de préservatifs. Si ça se trouve, c'était elle qui était à l'origine de la quantité invraisemblable de capotes qui s'entassaient sur sa table de nuit. Probablement pas, réflexion faite.

Je remplis le chariot : pain, œufs, pâtes et sauces, légumes, salade… Puis je me pris à penser que Victor étant un homme, il n'avait pas les mêmes habitudes alimentaires que moi. Avec Adrian, la question ne se posait pas. Il faisait partie de ces gens pour qui manger n'est pas un plaisir mais une obligation. Je ne l'avais jamais vu s'empiffrer. Sur ce plan-là aussi, il était chiant comme la pluie, le pauvre !

Je pris mon portable et appelai la première personne qui, selon moi, pouvait me venir en aide. Elle mit longtemps à répondre et j'étais sur le point de raccrocher quand, enfin, elle répondit :

— Qui ose me déranger le matin de mon premier jour de vacances ?

— Désolée, Lolita – je mis dans le chariot une boîte de Tampax. Mais il est midi passé. Je ne pensais pas te réveiller.

— J'étais parfaitement réveillée. Je viens de m'envoyer en l'air avec mon vibromasseur. Nous sommes en train de fumer la clope d'après l'amour. T'es où ? Qu'est-ce que c'est que ce raffut ?

— Je fais les courses.

Je passai outre la description de ses activités matutinales. Avec Lola, j'ai l'habitude.

— Chiant…

— Non, non ; assez intéressant, au contraire.

— T'es en train d'acheter des *sex toys* ? Je peux t'aider à choisir. Et vas-y carrément. L'idée que la taille ne compte pas, c'est du pipeau.

— Arrête de déconner. Je suis en train de faire des courses pour Victor.

— Sans blague ! Mais qu'est-ce qu'il t'a fait ? Indigne-toi ! Il est monté comme un âne mais n'empêche qu'il peut quand même se trouver une femme de ménage pour faire ses courses !

— C'est une longue histoire. Au fait, un célibataire, ça mange quoi ?

— Pas la moindre idée. Peut-être que sur Discovery Channel il y a un documentaire sur eux ?

— Lola !

— Tu dis ça comme si c'était une espèce en voie de disparition.

— J'ai besoin de ton aide.

— Valeria, ils mangent comme toi et moi. Ils ne dévorent pas de jeunes filles, ne font pas rôtir de bonnes sœurs au four. Mais dis donc… Victor t'a filé les clefs de chez lui et il est parti au boulot ?

— Si tu viens, je te raconte tout…

— Trop cool ! J'arrive. Tant pis pour mon deuxième orgasme…

Elle raccrocha sans même un « ciao », comme d'hab.

J'avais à peine replacé le portable dans mon sac qu'il se mit à vibrer. Je crus que c'était Lola qui rappelait pour me dire que la tirer comme ça du lit, finalement non, pas question. Mais c'était un autre numéro, qui m'envoya immédiatement une décharge d'adrénaline.

— Valeria, c'est José.

Enfin ! C'était pas trop tôt.

— Salut, José, ça va ?

— Je t'appelle pour qu'on fixe un rendez-vous pour déjeuner ensemble cette semaine.

— C'est toi qui invites ?

— C'est la maison d'édition, comme toujours. Tu as lu la critique dans *Cuore* ?

— Non – je me sentais un peu honteuse d'avoir à ce point négligé la sortie de mon bouquin. Elle est bonne ? Si elle est mauvaise, ne me le dis pas.

— Ils conseillent le livre pour ne pas bronzer idiot. Ils le trouvent sincère et amusant.

— Super ! Mais c'est vrai, ou tu dis ça pour… ?

— Tu viens de me dire de la fermer si la critique est négative.

— Peu importe, je veux savoir.

— Je précise que c'est juste un article de deux lignes en lettres minuscules dans la dernière section. Ça, c'est la mauvaise nouvelle. Tu es rassurée ?

— Oui. Écoute, José, je voulais te parler d'autre chose.

— C'est ce que j'ai compris en lisant ton texto. C'est une question d'argent ?

— Comment ?

J'entendais mal.

— Je te demande si tu as un problème de fric.

— Eh bien… je t'en parle quand on déjeune ensemble.

Je me couvris le visage des mains. La honte ! Une femme qui faisait ses courses s'arrêta pour me regarder.

— Si on doit déjeuner ensemble uniquement pour parler de ça, je préfère qu'on reporte. Je vais bientôt partir en vacances et je n'ai pas très envie de passer mon temps avec tout un tas d'auteurs fauchés comme les blés. Parle maintenant.

Ça, c'était José, direct comme toujours. Mais au fond, à quoi bon tourner autour du pot ?

— Je me disais…

Je déglutis et poussai mon chariot vers un coin plus tranquille : le rayon bio.

— Je t'épargne l'embarras. OK. Je demanderai à quelques personnes que je connais si elles ont quelque chose pour toi. Ça marche ? Je ne peux pas faire plus. Tu t'es mise dans une situation difficile. Tes parents t'ont bien prévenue que lâcher son boulot, ce n'est pas… ?

— Oui, oui, pas la peine d'insister.

— Je t'appelle si j'entends parler de quelque chose.

Puis je me souvins de Lola et, après un très bref « salut », je raccrochai.

Lola était justement en train de s'approcher. Lunettes de soleil sublimes, et un chignon qui lui allait trop bien. Rapide, la meuf. Elle habitait dans le quartier, certes, mais la curiosité lui avait donné des ailes.

Elle portait une minijupe en jean et une chemise d'homme grise *oversize* avec des emmanchures super larges qui révélaient son soutien-gorge de dentelle noire au moindre mouvement. Je l'accueillis avec une bise sonore et elle, sans enlever ses lunettes de soleil, empoigna le chariot.

— Laisse-moi faire et raconte !

Elle commença à remplir le chariot.

— Hier soir, Victor m'a donné… Dis donc, qu'est-ce que c'est que toutes ces bières ?

— Victor boit comme un soldat russe qui se réchauffe pour la steppe sibérienne. Ne te laisse pas tromper par ses apparences de lord anglais.

— Arrête de dire des conneries.

J'étais quelque peu alarmée par la quantité de bouteilles qu'elle avait empilées dans le chariot.

— OK, tu verras bien. Qu'est-ce que tu disais ?

— Qu'hier soir il m'a donné…

— Ah oui, je sais, c'est moi qui l'ai choisi. Il est divin, non ?

Elle sourit.

— Dis-moi juste un truc. Tu l'as accompagné, ou tu l'as acheté toute seule ?

— C'est moi qui suis allée à la boutique, qui l'ai choisi, et qui l'ai fait mettre de côté en donnant le numéro de téléphone de Victor. Ensuite, ils l'ont appelé et il est passé le prendre. Je me suis bien marré, j'ai raconté aux vendeuses que j'étais son *personal shopper*.

— T'es complètement ouf !

— Mais il est trop beau, non ?

— Super élégant. Merci. Mais… ce n'est pas de ça que je voulais te parler.

— Le Victor, il doit gagner un paquet. Ce truc La Perla a coûté ce que je gagne en deux semaines !

— Il faut toujours que tu exagères, Miss – je plongeai la main dans de mon sac. Il m'a donné ça.

Je tirai les clefs et les lui mis sous le nez. Elle pigea immédiatement et stoppa net.

— Il t'a filé les clefs de chez lui ?

— Oui.

Lola s'appuya au chariot et resta comme deux ronds de flan.

— Tu dois lui faire des pipes d'enfer ! Un de ces jours, je te demanderai de me donner des leçons.

— Arrête un peu. Tu veux savoir comment je l'ai remercié ?

— Tu l'as attaché aux montants du lit ? Tu l'as sucé sous la douche ? Vu comme t'as l'air douée, le prochain truc qu'il va t'offrir c'est un chalet en Suisse.

— Lola, ça va.

Je mis de côté les souvenirs ultra coquins de la nuit précédente.

— Alors, comment ?

— Je lui ai foutu ses draps en l'air. Je me suis réveillée avec mes règles !

— Et merde ! Qu'est-ce qu'il t'a dit ? Si tu l'as taché lui aussi, je t'invite à déjeuner – elle éclata de rire. Je vois ça d'ici. Bordel, du sang partout !

Elle se mit à pousser des cris, avant de recommencer à se marrer.

— Il n'a rien dit, Lola. Il est parti au boulot à une heure inhumaine. J'ai mis les draps dans la machine en espérant que les taches partent.

— Il faut les laver à l'eau froide, sinon ça laisse des auréoles.

Je la regardai, préoccupée, pendant qu'elle remplissait le chariot à ras bord.

— Tu crois ? Ils ont l'air d'avoir coûté un bras, ces draps.

— N'importe quoi ! Comme si Victor aller dépenser un max pour des draps ! Il préfère investir dans les capotes.

Elle s'arrêta pour lire l'étiquette d'une bouteille de rhum. Je protestai, et elle la reposa sur le rayon.

— Victor n'a pas besoin de capotes, et oui, les draps sont top qualité. Super doux au toucher et…

— On y va et tu me montres tout ça ? Si tu veux vraiment m'expliquer pourquoi les draps de Victor sont absolument extraordinaires, tu dois au moins m'offrir un verre.

Nous entrâmes dans la cuisine chargées comme des mules. J'ouvris les placards et étudiai la méthode de rangement que Victor avait adoptée pour ses rares victuailles. Lola ouvrit le frigo et me lança un regard en coin.

— Oui, je sais.

Je devançai ses remarques.

— Sans blague, je ne comprends pas les mecs. Qu'est-ce qu'ils font quand ils ont faim ?

— Ils filent chez leur mère ou vont au resto. Allez, aide-moi.

À nous deux, il ne nous fallut pas plus de cinq minutes pour ranger toutes les courses. Lola, de sa propre initiative, avait acheté une brosse à dents fuchsia. Qui atterrit dans la salle de bains à côté du paquet de Tampax. Ça s'appelle « marquer son territoire ». Avec une touche d'élégance.

— T'es venue souvent ici ?

Il était clair qu'elle connaissait les lieux.

— Deux ou trois fois. Mais je n'ai pas vu grand-chose d'autre que le canapé et le lit.

Elle éclata de rire. Moi, je fis une grimace.

— J'ai encore du mal à m'habituer à l'idée que vous avez baisé ensemble.

— Si ça peut te consoler, pas grand-chose à voir avec ce que vous avez fait : nous, on a baisé comme des bêtes, vous, vous faites l'amour, nuance !

— Quand même… T'as été avec mon… avec le mec qui… – je n'arrivais à trouver le mot juste. Vous vous êtes connus comment ?

— À l'école de langues. Il s'apprêtait à partir à l'étranger pour son diplôme de troisième cycle. Ça fait des siècles.

— Il améliorait son anglais ?

— Non, son allemand. Il a passé un an à Munich.

— Je ne savais pas. On dirait que tu le connais bien.

Je scrutai son visage, mais elle jeta un coup d'œil autour d'elle, visiblement désireuse de changer de sujet.

— Basta. Victor est un ami très cher.

— Lolita, qu'est-ce que tu me caches ?

Elle se mordit la lèvre et secoua la tête.

— Rien du tout.

— C'était du sérieux, la baise ?

Elle se laissa tomber sur un tabouret de la cuisine et alluma une clope.

— Du sérieux, non.

— Lola, je te connais depuis toujours. À l'époque, tu portais des pantalons taille haute et tu avais les cheveux décolorés. Je sais quand tu me caches quelque chose, et quand tu nies, ça me fait encore plus flipper. Donc, raconte-moi une bonne fois pour toutes avant que je pète un câble.

— Mais tu vas te mettre en rogne, pour une broutille.

— Si c'est une broutille, je ne vais pas me mettre en rogne.

Elle soupira et prit son courage à deux mains.

— Comme tu veux, Val. Tu te souviens de ce mec dont je t'avais parlé ?

— Merde !

Je m'attendais au pire. Je m'assis à mon tour.

— Mais non… tu penses que ça craint, mais écoute-moi. Tu te souviens de ce mec avec lequel je m'envoyais en l'air de temps en temps, quand nous n'étions en couple ni l'une ni l'autre ? Avec lequel je me sentais super bien. C'est toi qui voulais me convaincre que c'était l'homme de ma vie…

— Je n'ai pas oublié. C'est bien lui qui a balancé son poing dans la gueule d'un con qui te draguait dans un bar ?

Je me sentais de plus en plus nerveuse.

— J’avais oublié ce petit détail. Bon, c’est possible. Le mec, c’était Victor.

Bordel !

— Allez, ne te prends pas la tête, Val. Ça fait plusieurs années que Victor et moi, on se voit sans qu’il ne se passe rien. Il s’est mis à sortir avec cette bêcheuse de Raquel, et moi avec l’autre… point barre !

— Mais vous avez eu une vraie liaison, pas une simple histoire de cul.

Et en plus, après il était sorti avec cette Raquel. Il avait mentionné son nom, en effet.

— Réfléchis un peu avant de te mettre à flipper. Une nana comme moi avec un mec comme Victor. Ce que ça donne, c’est comme deux trains qui se percuteraient à toute blinde. Bonjour les dégâts !

— Mais… pourquoi est-ce que vous l’avez caché ?

— On ne l’a pas caché, ma choute, c’est juste qu’on ne te l’a pas dit, ce n’est pas la même chose.

— Mais pourquoi ?

— Peut-être parce que… Mais qu’est-ce que j’en sais, moi ? Peut-être parce que quand vous vous êtes rencontrés, je ne me voyais pas trop annoncer qu’il y avait eu un truc entre Victor et moi. Je m’étais branchée sur un de ses potes et… ça nous gêne plus qu’autre chose de repenser à ce qui s’est passé entre nous. Maintenant, nous sommes très proches mais ça n’a rien à voir avec ce que c’était avant. Il ne me viendrait absolument pas à l’idée de baiser avec lui, même s’il n’était pas avec toi.

— Mais tu aurais dû au moins me donner une idée…

— Quand ça a commencé à devenir sérieux entre vous, je savais que ça ne t’aurait pas plu du tout de m’entendre raconter les talents de Victor pour le cunnilingus, où à quel point la sodomie l’excite.

— La sodomie ?

Je la regardai, absolument horrifiée.

— S'il ne te l'a pas encore demandé, c'est vraiment qu'il t'aime, mon chou.

Elle éclata de rire bruyamment.

— Ça suffit comme ça.

Je levai la main pour stopper net la conversation sur ce sujet. Quoi qu'il se soit passé, c'était fini, et je ne voulais pas en savoir davantage.

— Je sais ce qu'il aime… Tu veux quelques conseils ?

— Je veux que tu la fermes.

J'insistai, j'en avais vraiment ma claque.

— Non, vraiment, je parle sérieusement, Valeria. Victor et moi, on est potes. Super potes. Je n'ai pas envie que tu partes en vrille. Et je ne veux vous perdre ni l'un ni l'autre – je me mordis l'intérieur des joues et acquiesçai. En plus, tu l'as carrément dompté ! Mais ne t'avise pas d'en faire un toutou. Victor doit rester ce qu'il est, une bête sauvage.

— Laissons tomber la bête sauvage pour le moment. On s'en va. Je ne suis pas sûre que ce soit une bonne idée de te faire venir ici le premier jour que j'ai les clefs de chez lui. Et puis tu me parleras un peu de l'histoire avec cette Rachel…

— Mais qu'est-ce que tu racontes ? Moi j'ai envie de rester encore un peu à papoter. Elle lâcha un sourire en coin : je peux entrer dans son ordi et voir quel type de porno il mate, si ça te branche.

— Laisse tomber !

— T'es pas curieuse ? demanda-t-elle en me plantant un doigt dans une côte.

Je levai les yeux au ciel.

— Ça m'étonnerait que tu ne saches pas déjà ce qu'il mate.

— Bien sûr que oui, je le sais. Mais c'est mieux si je ne te le dis pas. Allez, on va se marrer un peu à ses dépens. Viens, on va jeter un œil dans les tiroirs.

— Non. On y va. Je t'invite à déjeuner.

— Dans laquelle de tes maisons ?

— Très drôle !

Je lui fis un doigt d'honneur.

— La machine à laver s'est arrêtée.

— Impec. Aide-moi, alors.

Nous sortîmes les draps de la machine et commençâmes à les étendre. Une énorme tache trônait en plein centre, encore plus visible qu'avant le lavage. Le sang avait fait une auréole sombre. Bravo. Franchement réussi !

— Merde !

J'étais atterrée devant ce désastre.

— Waouh le bordel ! Mais t'as égorgé qui, sur ce drap ?

Elle se foutait de moi, sans le moindre tact.

— Arrête de te marrer. Et moi, maintenant, je fais quoi ?

— T'as essayé la javel ?

— Non. J'aurais dû ?

— Non, jugea-t-elle après avoir regardé l'étiquette. Même moi je n'oserais pas la javel avec des draps de coton égyptien huit cents fils.

— Qu'est-ce que tu veux dire ? Ils coûtent cher ?

J'espérais qu'elle me répondrait qu'ils ne valaient rien et qu'on pouvait oublier toute cette affaire.

— Très. Désolée.

— Très, c'est-à-dire…

— Je ne sais pas exactement, disons dans les trois cents euros.

— Tu déconnes ? Trois cents euros pour une paire de draps ? Putain !

Vu l'état de mes finances... j'allais bientôt devoir porter mon CV au marchand de fruits en bas de chez moi !

— Eh bien dis donc, le Victor... À ce stade, ça ne m'étonnerait pas que tu me dises que son papier cul est fait avec de la soie et des pétales de roses.

— Arrête. Revenons aux draps. Qu'est-ce que je peux faire ?

— Trouve des draps de rechange et remets tout en ordre. Et puis attends-le à poil sur le lit avec les cuisses bien ouvertes.

— Tu me vois vraiment, moi, faire ce genre de mise en scène ?

— Bon, il te reste l'option de la pipe, où apparemment tu es championne.

— T'es vraiment une salope. Allez, viens m'aider.

— Hé là ! Tu te rappelles que c'est mon premier jour de vacances ? Arrête de faire le boss.

Dans l'armoire de la chambre, je trouvai des draps lilas parfaitement repassés avec lesquels Lola et moi refîmes le lit. Un petit coup d'œil à la composition : encore du coton égyptien huit cents fils. Carrément ! Avec qui diable étais-je en train de m'acoquiner ? Une version masculine de la princesse au petit pois ?

Je traînai Lola jusqu'au pressing, portant les draps tachés dans un sac en plastique. Bon sang ! Trois cents euros de linge de lit... Qui aurait pu imaginer ?

Puis nous envisageâmes d'aller chez moi. Le problème c'est que mon frigo était à peu près aussi vide que celui de Victor. Il devait me rester un carton de lait, quelques pommes et un peu de fromage. Je n'allais pas faire les courses d'une semaine et le remplir pour rien, non ? Finalement, nous retournâmes chez Victor. Après avoir confectionné deux sandwichs, nous nous installâmes au comptoir et allumâmes une clope en nous servant un jus de tomate. Bon, en fait, c'était un bloody mary, pas un jus de tomate… je ne sais pas qui j'essaie d'enfumer.

Lola me lança un coup d'œil en coin, et, écartant sa frange d'un geste, elle se mordit les lèvres, comme à chaque fois qu'elle s'apprête à poser une question délicate.

— Allez, accouche !

Je n'avais même pas besoin de la regarder pour savoir qu'elle avait quelque chose en tête.

— Je me demandais juste… cette histoire de clef t'a peut-être un peu perturbée, vu que la rupture avec Adrian, c'est encore tout frais…

— Non – je continuai de mastiquer. Trop bon, ce fromage !

— Pour toi, c'est clair, Val ?

— Qu'est-ce qui doit être clair, à ton avis ? Que j'ai envie d'être avec Victor ?

— Sur ce plan-là, il me semble qu'il n'y a pas photo. Mais je suis moins sûre que tu sois décidée à rompre définitivement avec Adrian.

J'en avalai de travers.

— Moi qui te prenais pour une supportrice inconditionnelle de Victor !

— Et c'est exactement ce que suis, même s'il lui arrive d'être un connard fini comme tous les bipèdes de sexe masculin. Mais tu dois savoir ce que tu fais, en connaissance de cause. Bref, pas comme moi. Parce qu'après, tout se complique et tu risques de te retrouver coincée dans une situation à laquelle tu ne t'attendais pas, sans pouvoir t'en dépatouiller. Victor, je le respecte. Je l'aime vraiment beaucoup. Je crois que vous pouvez construire quelque chose ensemble… une vraie histoire.

L'idée que Victor et moi pourrions construire une vraie histoire de couple me déconcentra. Il me fallut un moment pour arriver à formuler ce que je pensais au sujet d'Adrian.

— En fait… je ne crois pas qu'Adrian et moi, nous puissions être ensemble en ce moment.

— Tu « ne crois pas », « en ce moment »… Tu te rends compte de ce que tu dis ? Tu continues de t'accrocher bec et ongles à quelque chose dont tu sais pertinemment, au fond de toi, que c'est mort. Tu ne vois pas ?

Je mordis distraitement dans mon sandwich.

— C'est avec Victor que je veux être, répondis-je, la bouche pleine. C'est tout ce que je sais et c'est tout ce que je veux savoir. Parce que si je commence à réfléchir, j'ai juste envie de creuser un trou dans le sable pour y mettre la tête. De faire l'autruche, quoi.

Elle hocha la tête. Elle n'allait pas insister. Lola, je la connais comme si je l'avais faite.

— Au fait, tu sais quelque chose pour Nerea ? demandai-je.

— Oui, je l'ai appelée hier. Elle avait la voix tout enrouée, je crois qu'elle venait de pleurer.

— Quelle histoire ! La pauvre.

— Je ne comprends pas comment elle s'est débrouillée pour se mettre dans ce pétrin, elle qui ne laisse jamais rien au hasard. Elle va mal le vivre, Val.

— Mais c'est ce qu'elle a décidé.

— Et je la soutiens, ne va pas t'imaginer le contraire. Je suis d'accord avec elle. Ça n'aurait aucun sens pour elle d'avoir un môme maintenant. Adieu la carrière, adieu la *love story*, bonjour les emmerdes de la vie de famille ! En plus, tu connais ses parents…

— Oui, du genre à l'enterrer vivante, à peu de chose près. Mais si jamais elle changeait d'avis, le problème, ce ne serait pas eux. Tu sais déjà ce que j'en pense.

— Oui, je sais – elle prit son bloody mary. Carmen n'est pas au courant, heureusement ! Elle verrait ça d'un mauvais œil.

— Toi aussi, tu penses que c'est Dani qui devrait l'accompagner ?

— Bien sûr ! S'il ne voulait pas assumer les conséquences, il n'avait qu'à y penser avant de s'envoyer en l'air avec elle.

Lola partit à six heures. Elle m'annonça qu'elle allait faire un peu de shopping, mais mon intuition me soufflait qu'elle avait un tout autre programme. En effet, à sept heures moins le quart, elle arriva en bas de chez Sergio. Elle hésita plusieurs minutes avant d'appuyer sur la sonnette. Peut-être valait-il mieux faire demi-tour. Finalement, elle prit son courage à deux mains et sonna.

Sergio lui ouvrit immédiatement. Lola eut l'impression absurde qu'il l'attendait.

— Alors, ces vacances, ça se passe comment ? demanda-t-il en la suivant du regard tandis qu'elle entrait.

— Super. Et au bureau ?

— À ton avis ?

Il se mit à rire en lui indiquant un tabouret. Ils s'assirent dans la cuisine l'un en face de l'autre.

— T'as quelque chose à me dire, Lola ? Je sais que tu n'es pas venue pour que je te fasse un café.

— Je viens m'excuser. Ce n'est pas dans mes habitudes, je te signale, ajouta-t-elle avec un sourire gêné.

— T'excuser de quoi ?

— Pour vendredi dernier. D'avoir débarqué chez toi complètement murgée, tenté de te violer et gerbé tout ce que je pouvais. Voilà. Et de toutes les conneries que je t'ai sûrement balancées mais que j'ai totalement oubliées. De ça aussi, je m'excuse.

— Bon, bon – il sourit. Ce n'est rien.

— Et puis merci, t'as été super gentil. Je ne suis pas certaine que j'aurais été aussi cool si je m'étais trouvée à ta place. Tu te serais sans doute retrouvé en train de dégueuler au commissariat, avec les menottes aux poignets.

Sergio, toujours le sourire aux lèvres, croisa les bras.

— Pas de quoi.

Ils se regardèrent en silence pendant un moment. Puis Sergio respira un grand coup et reprit.

— Lola, pourquoi est-ce que tu t'es pointée ici à trois heures du mat' ?

— J'avais trop picolé. J'étais un peu à l'ouest et je ne pensais qu'à un truc. Que tu me prennes et basta.

Elle haussa les épaules.

— Tu voulais seulement une petite baise ?

— Il faut dire que tu fais ça très bien, admets-le. De toute façon, je ne savais pas trop ce que je voulais. J'aurais pu tout aussi bien partir à la recherche d'un kebab ou essayer de convaincre Nerea de s'envoyer en l'air avec moi.

— Mais c'est ici que t'es venue.

— Oui. Je suis venue et j'ai dégueulé comme une ado qui prend sa première cuite. Imagine un peu si j'étais allée chez Nerea pour tenter de la violer !

Ils éclatèrent de rire tous les deux.

— Lola, j'aimerais bien qu'on tire un peu les choses au clair.

— Qu'est-ce que tu veux tirer au clair ?

— D'abord, j'aimerais bien que tu comprennes que ce que tu fais, c'est ta façon à toi de me punir. Bon, je le mérite, mais je pense qu'il est temps qu'on se parle franchement.

— Je ne vois pas du tout ce que tu veux dire.

Lola jouait les connes.

— Tu vois très bien. Tu m'appelles pour un plan cul, et tu me fous dehors immédiatement après, quasiment avec la capote à la main.

— Je ne veux rien d'autre de toi.

Lola, pas aimable pour deux sous.

— Ah bon ? Permets-moi d'en douter.

Sergio, très sûr de lui.

— T'es qu'un connard vaniteux. Le problème, c'est que j'ai tendance à l'oublier.

Lola ne plaisantait pas.

— Peut-être, mais en attendant, si tout ce que tu veux, c'est t'envoyer en l'air, je ne suis pas le seul à pouvoir faire l'affaire.

— Tu fais ça mieux que les autres.

Lola pensait que cette réponse lui clouerait le bec, mais il continua :

— Et le blond qui te baladait à moto ? Il ne te convient pas ?

— C'est juste une question de taille. Il n'était pas à la hauteur.

— On a déjà parlé de ça, Lola. D'abord, tu as voulu me donner une leçon avec ce mec, et maintenant tu te sers de moi comme si j'étais une bite sur pattes. OK, j'accepte, mais ça me fait réagir. Je sais ce que je ressens. Je n'ai pas envie de continuer à me prendre la tête avec ça.

— Je me suis sans doute plantée en cherchant à te faire réagir. Il était déjà trop tard, ça ne valait plus la peine.

— Tu penses que ça ne vaut pas la peine d'être avec moi ? L'idée de réessayer, t'en as rien à foutre ?

— Je ne sais pas. Je n'y avais même pas pensé. Ce qu'on faisait avant, ça ressemblait presque à de la prostitution.

Sergio se rapprocha tout près de Lola et planta son regard dans le sien. Elle se mit à respirer nerveusement.

— OK, Sergio, je vais être franche. Je baisse la garde. Tu m'as toujours fait du mal, toujours. Notre relation est destructrice. Nous sommes attirés l'un vers l'autre, mais pour transformer ça en une vraie histoire, il faudrait une énergie que je n'ai plus. Tu m'as fait trop mal, je ne suis pas sûre de réussir à te pardonner. Et je ne sais pas si tu es capable de m'aimer comme je mérite d'être aimée. Tu n'imagines pas à quel point j'ai du mal à te dire tout ça. Ce serait tellement plus facile de se laisser emporter…

Sergio l'attira lentement vers lui et posa ses mains à plat dans son dos. Il l'embrassa. Lola ferma les yeux.

— Je n'ai pas envie que ça finisse comme ça. Laisse-moi au moins te dire au revoir…

Lola sourit, se détacha de lui et secoua la tête.

— Ciao, Sergio, murmura-t-elle. J'espère que tu trouveras la personne qui te convient.

Elle comprenait clairement qu'elle n'était pas prête à tenter de construire quelque chose avec lui, ou qu'elle l'avait été pendant trop longtemps. Elle pensa avec plaisir qu'elle garderait de Sergio le souvenir de ce baiser sucré.

Victor rentra à la maison à neuf heures moins le quart. Il entra dans la cuisine, où j'étais en train d'essayer de préparer à dîner, et déposa ses clefs sur la table. Nous nous regardâmes en souriant. Il dit dans un murmure qu'il adorait me trouver là quand il rentrait.

— Ça fait bizarre, ajouta-t-il en riant.

— Trop bizarre ?

— J'adore ce qui est bizarre – nous échangeâmes un baiser. Qu'est-ce que tu concoctes ?

— Une salade de pâtes. Je cuisine comme un pied. J'ai fait simple, histoire d'éviter de t'envoyer à l'hosto.

— Salade de pâtes, génial !

Il ouvrit le frigo et, surpris, fit un pas en arrière. Il laissa échapper une exclamation. Je m'approchai de lui et lui encerclai la taille.

— T'as fait les courses ?

Il n'en revenait pas.

— Non non. C'était là quand je me suis levée. Il doit y avoir une bande de lutins qui vivent en bas du frigo.

Il se tourna pour me regarder, un grand sourire aux lèvres.

— Tu sais, tu n'étais pas obligée…

— Je sais, mais j'en avais envie. Par pur égoïsme, ne va pas t'imaginer…

Il se remit à inspecter le frigo.

— Hum, des bières… commenta-t-il d'un air réjoui.

— Ne crois pas que je vais en faire une habitude. Je suis nulle comme maîtresse de maison.

— T'inquiète. Moi non plus, je ne suis pas top – il me prit dans ses bras. On peut dire merci à Estrellita qui fait le ménage trois fois par semaine.

— Je me disais bien…

Après le dîner, nous allâmes fumer une clope à la fenêtre du salon. La nuit était merveilleuse. Nous serions sortis si Victor n'avait pas été si crevé.

En entrant dans la chambre, il jeta un coup d'œil sur le lit refait et se tourna vers moi, étonné.

— Ah oui, après cette nuit…

Je piquai un fard. J'avais complètement oublié. La nuit passée, et le réveil ce matin avec les draps tachés. La nuit, oui, j'avais plaisir à me la remémorer. Le matin, nettement moins.

— Oui, je les ai changés parce que… j'ai eu un petit problème ce matin.

— T'as fait pipi au lit ?

Il se foutait de ma gueule tout en déboutonnant sa chemise.

— Non… mais j'ai dû porter les draps au pressing. Je les ai tachés…

— Et avec quoi ?

Il fronça les sourcils tout en continuant de se déshabiller.

Merde ! Il était trop sexy ! J'en louchais presque. Rien à faire, je ne m'habituais pas à le voir à poil. Bon, on se concentre :

— Tu ne veux pas savoir avec quoi.

— Mais si, au contraire.

Il sourit.

— Des trucs de meuf…

Je croisai les bras et pris un air assuré pendant qu'intérieurement je mourais de honte.

— Ah bon, pas de problème, ce sont des choses qui arrivent.

— Mouais, avec des draps de coton égyptien à trois cents euros, il y a peut-être un problème, articulai-je à contrecœur.

Il me regarda en haussant les sourcils.

— Comment ?

— Tes draps, Victor, tes draps de maharajah.

— Ces draps valent trois cents euros ?

— Tu ne sais pas combien coûtent les draps qui sont sur ton lit ?

— Ben non. Ce n'est pas moi qui les ai achetés.

J'enlevai mon jean et le balançai sur le fauteuil de cuir noir. Quand il me vit en sous-vêtements, Victor éclata de rire.

— On peut savoir ce qu'il y a de drôle ?

— Qu'est-ce que c'est que ce truc ? Ta culotte de première communiante ?

— Ça va, laisse tomber, protestai-je. Dis-moi plutôt qui t'achète tes draps.

— C'est moi qui les ai payés. Mais une décoratrice m'a aidé à choisir, pour l'appart. Les rideaux, le papier peint, les draps, les serviettes…

— C'est une autre femme qui choisit tes draps ?

Il acquiesça en se glissant entre les draps.

— Où est le problème ?

Mon bonhomme, pour toi il n'y a peut-être pas de problème, mais si, donc, nous sommes officiellement ensemble, ne t'imagine pas que nous allons nous envoyer en l'air dans des draps qu'une autre meuf aura choisis.

Je me gardai bien de dire tout haut ce que je pensais tout bas. Je décidai de biaiser :

— Pas de souci. Je pensais juste que le bon goût, c'était toi.

— J'ai très bon goût. Non mais !

J'enfilai mon pyjama et me lovai confortablement contre lui. Je caressai son torse du bout des doigts.

— Tu as acheté des draps à trois cents euros et tu ne le savais pas ? Sans blague !

— La décoratrice m'a fait une facture globale, et, à dire vrai, je n'ai pas vérifié dans le détail. Je préfère ne pas savoir combien les draps m'ont coûté. Enfin, oui, ça m'a paru un peu chérot mais… Merde ! Il y a quatre parures, si je me rappelle bien. Elle y est allée carrément, la meuf ! Je lui poserai la question demain.

Un soupçon me traversa l'esprit.

— Et cette décoratrice, elle s'est contentée d'acheter tes draps ou vous les avez aussi étrennés ensemble ?

Je ne le regardai pas, mais son silence me sembla éloquent. Je reposai la tête sur l'oreiller.

— C'est ça ?

— Oui.

— Et… ton père, ça ne le gênait pas que tu couches avec une collègue ?

— En fait, nous ne travaillons pas ensemble. C'est une sorte de consultante. De toute façon, ce n'est pas le genre de sujet que j'aborde quand je prends un café avec mon père. « Hé, papa, tu sais quoi ? Hier soir je me suis tapé Virginia, je l'ai prise en levrette, trop cool. »

Je fixai sur lui un regard peu amène, même si je savais qu'il ne me voyait pas.

— Qu'est-ce qu'il y a ?

— T'as vraiment besoin de me donner des détails ?

— Bof, c'est fini depuis un bail.

— Et… ça a duré longtemps ?

— Tu vois ? C'est toi qui es super lourde, maintenant.

— C'est vrai. Je suis relou, acceptai-je, mais réponds-moi.

— Oui, assez longtemps, je ne sais plus.

— Assez longtemps, ça veut dire quoi ?

— Disons un an et demi… peut-être deux ans.

— Peut-être deux ans !

Victor se redressa légèrement dans le lit. Nos yeux s'étaient accoutumés à l'obscurité et nous pouvions désormais deviner les expressions de nos visages. Je me tournai vers lui. Je ne voulais rien perdre de son langage corporel.

— Mais on n'était pas en couple. On… baisait bien ensemble, c'est tout. Ça ne lui posait pas de problème que je sorte avec d'autres femmes ou que je parte avant l'aube. Et moi, ce qu'elle faisait quand elle n'était pas avec moi, je m'en foutais.

— Et ça, c'était en même temps que l'histoire avec Lola ?

— Qu'est-ce que tu veux dire ?

Tout à coup, il était tendu.

— Ça va, Victor, je sais que Lola et toi vous avez eu une aventure tellement chaude que vous vous êtes envoyés en l'air dans tous les quartiers de Madrid, comme tout couple branché qui se respecte. Ce que je ne comprends pas, c'est pourquoi vous me l'avez caché – il respira un grand coup. Alors, tu es sorti avec toutes les deux en même temps ?

— Oui, reconnut-il, mais pas longtemps. Et elles se détestent, si tu veux tout savoir. Je préférerais d'ailleurs que tu n'en parles pas à Lola.

— Donc, d'abord Lola, puis la décoratrice, et après Raquel ?

— Non. Lola, la décoratrice, Lola, Raquel et la décoratrice.

Bon sang, Val, arrête de poser des questions ! Mais je ne pouvais pas m'arrêter.

— Et entre Raquel et toi, c'était sérieux ?

Je me tournai dans sa direction et le surpris en train de lever les yeux au ciel.

— C'est quoi cette mimique ? Je n'ai pas le droit de poser des questions ?

De nouveau, il respira un grand coup. C'est comme si j'étais en train de lui arracher une dent.

— Non, ce n'était pas sérieux. Au début, j'ai cru que ça pourrait le devenir, mais ça m'a duré deux mois. C'est une snobinarde prétentieuse qui se servait de son cul pour essayer de me manipuler. Du genre à refuser que tu la touches si tu ne l'emmènes pas dîner où elle veut et quand elle veut. J'en ai eu ma claque et je l'ai larguée. Et j'ai continué ma vie, un point c'est tout.

— Et tu n'as jamais pensé à démarrer une vraie histoire avec l'autre, la décoratrice ?

Il jeta un coup d'œil dans ma direction puis se tourna sur le côté, posant le visage sur sa main.

— Non. Ce n'était pas ça. C'était plus comme… Je sortais un vendredi soir, disons, et si à deux heures du mat je n'avais pas d'autre plan et que ça me disait, je l'appelais. Et si elle n'était pas en train de faire des galipettes dans le lit d'un autre, elle venait dans le mien, ou le contraire. On baisait en copains, c'est tout.

— Et ça ne te… dégoûtait pas ?

Moi, les yeux exorbités.

Victor se mit à rire. Il me répondit du tac au tac.

— Bien sûr que non ! Mais enfin, Val, est-ce que je te dégoûte ? Moi aussi, j'ai baisé avec plein d'autres femmes. Ne me dis pas que tu n'es pas au courant !

— Oui, oui, je sais, répondis-je pour me défendre. Mais moi…

— Ce n'était pas comme avec toi – il ferma les yeux, cherchant ses mots. Toi et moi, on partage une intimité. Ce n'est pas uniquement la baise. Alors qu'avec elle, c'était juste ça. Il n'y avait rien d'autre.

— Je ne sais pas… balbutiai-je.

— Bon, je vais être clair : je n'avais jamais eu de rapports non protégés. Ni avec elle ni avec les autres. Et avec Lola non plus. Pourtant, entre Lola et moi, il y a une vraie confiance. Mais ça, je ne le ferai jamais qu'avec toi. C'est… très intime, unique. C'est toi et moi. Sur ce plan-là, je peux dire que j'ai perdu ma virginité avec toi.

— Et pourquoi ?

Il se releva avec une expression amusée.

— Pourquoi quoi ?

— Pourquoi est-ce que tu ne l'as jamais fait avec une autre femme ?

Il laissa échapper un rire contenu.

— Valeria, je peux passer la nuit à répondre à tes questions sur ma vie sexuelle avant toi, si c'est ce que tu veux, mais… je ne comprends pas ce que tu attends de mes réponses.

— Tu étais amoureux d'elle ?

— De qui ?

— De la décoratrice.

— Virginia ?

Rien que le ton suraigu de sa voix me donna une idée de la réponse. Mais non, bien sûr que non.

— Bon sang, on voit que tu ne la connais pas ! C'est une meuf complètement égocentrique, qui la ramène tout le temps. Elle est insupportable. Voilà… on baisait. Beaucoup et souvent. Mais la seule chose qui m'intéressait avec elle, c'était de la prendre en levrette.

— Et pourquoi ça a fini ? Tu en as eu marre de la prendre en levrette ?

Je mis assez de sarcasme dans ma voix pour lui faire comprendre que je n'appréciais pas du tout l'expression.

— J'ai arrêté de l'appeler parce qu'un soir je suis sorti avec Lola et qu'elle m'a présenté une nana qui avait les plus beaux yeux du monde. Et des cheveux magnifiques qui sentaient merveilleusement bon.

Je lui lançai un regard en coin. C'était qui, celle-là ?

— J'ai essayé de la brancher mais je me suis pris un râteau. Et tu sais quoi ? J'ai appris qu'elle était mariée.

— Aïe aïe aïe, pas de bol ! m'exclamai-je, comprenant qu'il parlait de moi.

En mon for intérieur, je n'en revenais pas.

— Mais je n'ai pas jeté l'éponge, hein ? Je suis super têtu. La persévérance est la clef du succès. Je l'ai appelée et on est sortis ensemble deux ou trois fois, un café, un verre, un concert de jazz. Nous sommes même allés acheter des fringues ensemble.

Il m'adressa un sourire effronté.

— Mais si elle était mariée…

Je jouais son jeu.

— Elle était mariée, oui, mais avec un abruti qui la négligeait complètement. Au début, j'ai pensé qu'on allait s'amuser un peu, et qu'on en aurait vite marre… et puis peu à peu, ça a changé.

— Ça a changé, hein ?

— Quand je la touchais… Il se rapprocha et continua à voix basse : je sentais comme une décharge électrique. J'essayais d'expliquer à Lola : « Je ne comprends pas. Je ne sais pas ce qu'elle me fait. Je ne sais pas ce qu'elle a. Quand je suis avec elle, sa présence me remplit complètement au point que j'ai du mal à respirer. Et quand elle s'en va, je me sens vide. Comme le dernier des cons. » Lola, ça la faisait marrer. Elle me disait que Superman avait rencontré sa Kryptonite. Un soir, sur mon lit, je l'ai embrassée… j'étais cuit ! Elle se rapprochait, elle s'éloignait, m'embrassait, s'asseyait sur mes genoux avec la jupe relevée, mais ne me laissait jamais aller plus loin. Je mourais d'envie de la déshabiller, de l'embrasser partout… mais elle s'éloignait, c'était une torture.

— Et alors, tu t'es lassé d'elle ?

— Pas du tout. Au contraire, j'étais de plus en plus accro. Je la comprenais, et je la respectais. Un soir, elle s'est pointée à ma porte et elle m'a dit qu'elle voulait coucher avec moi. Je ne voulais pas qu'elle se serve de moi, mais je l'ai laissée venir. J'ai fait l'amour, comme ça ne m'était pas arrivé depuis des années. Tout avait un sens.

— Et ensuite ?

— Nous avons remis ça. Si je me souviens bien, dans la douche, sur le lit, debout dans la chambre, sur la table de la cuisine, une autre fois dans la douche, sur le canapé, sur le tapis, et une autre fois sur le lit. Plusieurs fois, sur le lit. Et puis une fois encore dans la douche… et sur ma table de travail à l'agence, et…

— Ah, je commence à me faire une idée…

J'éclatai de rire.

— Elle a quitté son mari, murmura-t-il.

— Ça a dû te flanquer la trouille, répliquai-je sur un ton sarcastique.

— Évidemment que j'avais la trouille. Je n'avais pas envie de tomber amoureux. Ça complique toujours tout.

— D'être amoureux ?

— Oui, ce qui est en train de nous arriver, là, maintenant.

J'en tombai presque dans les pommes, comme une héroïne de roman du XIXe siècle. Victor ne s'arrêta pas de parler.

— C'est vrai, ma vie est plus compliquée maintenant, mais ça me plaît. Même si je dois gérer un ex-mari, une ex-belle-sœur, une alliance… – je laissai échapper un bref éclat de rire. En tout cas, que tu changes les draps et que tu remplisses le frigo, franchement c'est top de chez top !

Je le traitai d'abruti et me pelotonnai dans le lit, la tête tournée vers l'armoire.

Victor se colla à moi, m'entoura de ses bras et m'embrassa dans les cheveux.

— C'est vrai que tu me fais peur, très peur. Parce que je te vois partout où je vais. Tout a changé. Tout. Depuis que j'ai compris, rien n'est plus comme avant.

Ces derniers mots me rappelèrent *Ode*, mon premier livre. En particulier le passage où mon personnage reconnaît qu'il est amoureux. Il s'avoue qu'il aime cette femme depuis toujours, mais il ne s'en rendait pas compte. Et un jour, en la regardant peler une orange, il comprend que ça ne sert à rien de lutter contre ce sentiment.

Tout à coup, ça m'attrista, parce qu'évidemment ça me rappelait le moment où j'avais compris que j'étais amoureuse d'Adrian. C'était un après-midi chez des amis, dans le jardin. Adrian avait renversé du Coca sur son pantalon, et tandis que nous plaisantions sur le mythe selon lequel la tache disparaît en séchant, il avait pris une goutte sur la cannette et me l'avait posée sur les lèvres.

— Peut-être que toi aussi tu es comme ça, que tu ne laisses pas de traces, avait-il dit en souriant. Mais peut-être que je dois trouver comment faire pour que tu ne t'évapores pas.

Cela faisait plus de dix ans. À l'époque, je croyais encore que si on aime quelqu'un, on ne peut pas lui faire de mal…

Je m'étais sentie aimée comme je n'aurais jamais cru que ce fût possible. Adrian s'était rendu compte immédiatement que sa vie allait changer parce qu'il m'avait rencontrée. Moi, je doutais qu'il pût m'arriver la même chose.

— Qu'est-ce qu'il y a ?

Victor me tourna vers lui.

— Je me rappelais un chapitre de ma vie antérieure.

— Un chapitre triste ?

— Oui, avouai-je.

— Mais il n'y a pas que des choses tristes, répliqua Victor avec une énergie qui me surprit. La première fois que nous avons été ensemble, c'était génial, pas triste. Quand tu m'as révélé que mon univers pouvait tourner autour de toi, ou quand tu me fais complètement craquer rien qu'en battant des cils. Ça m'embête, mais ce n'est pas triste.

Ça l'embêtait. Je laissai échapper un éclat de rire entre mes lèvres fermées. C'était vrai, et je le comprenais. Lui, si distant, parfois si froid, du genre

« on couche ensemble et j'aurai disparu avant que tu te réveilles », voilà qu'il était amoureux. J'imagine que même ses potes devaient bien se foutre de lui.

Malgré l'obscurité qui régnait dans la chambre, je vis qu'il souriait, et j'en fis autant. Je fermai les yeux. Je me le rappelai tel qu'il m'était apparu le soir où j'avais fait sa connaissance. Puis je le revis partant de chez moi en voiture, silencieux dans une cabine d'essayage, m'embrassant sur le divan de son salon, me faisant l'amour sur le carrelage du couloir…

— Parfois, je ne comprends pas comment tu gères les choses, Victor. Il y a quelques jours tu me disais que tu ne savais pas si tu voulais être avec quelqu'un, et maintenant, tu me traites comme si j'étais ce quelqu'un, et qu'il était clair qu'entre nous, c'est sérieux.

Il se retourna en soupirant.

— Je ne sais pas faire autrement. Je suis quelqu'un d'impulsif, et parfois mes impulsions ne sont pas très cohérentes.

— Du coup, je me sens… *insecure*.

— Tu es la seule femme capable de me faire venir un nœud à la gorge. Le reste viendra en son temps… l'amour, tous ces mots grandiloquents… ça viendra.

— Et quand pensez-vous que ça viendra, docteur ? plaisantai-je.

— Au moment où tu t'y attendras le moins.

— Tu m'as l'air bien sûr de toi.

Il éclata de rire.

— Évidemment. Toi, tu m'aimes déjà mais tu ne t'en rends pas compte.

Quand avions-nous commencé à parler d'amour, à dire les mots de l'amour ? Comment notre relation étrange, *a priori* éphémère, avait-elle pu nous conduire à cet instant ? Et surtout, est-ce qu'il avait raison ? Est-ce que je l'aimais ? Mais minute papillon ! Est-ce que ça voulait dire qu'il m'aimait aussi ?

23
Tu m'aimes déjà mais tu ne t'en rends pas compte

Le lendemain matin, Victor me réveilla en douceur. Il était assis au bord du lit. Je devais offrir un spectacle d'enfer, avec les cheveux en bataille qui me couvraient le visage et un filet de salive qui me sortait de la bouche ! Lui, impeccable, comme toujours. Costard bleu foncé et chemise blanche. Encore ensommeillée, je restai appuyée contre son épaule aussi longtemps que je pus tandis qu'il installait un oreiller dans mon dos. Je finis par écarter les cheveux de mon visage et lui dis bonjour. Il me posa sur les genoux un plateau avec le petit-déjeuner, puis s'apprêta à partir au boulot, en me promettant qu'il rentrerait déjeuner. Sur le plateau, je vis un petit mot :

> Avant toi, personne ne m'a fait ressentir
> ce que je ressens pour toi. Tu es la seule.

Je lus et relus le billet comme une idiote, incapable de détacher mon regard de ces quelques mots tracés d'une main ferme et assurée. C'était la première fois que je voyais son écriture. Cela faisait des années que je ne m'étais pas sentie aussi heureuse.

Après un bon moment, je rentrai chez moi. J'étais ivre de Victor. Je sentais sa présence partout, même dans l'arôme du café. Il y avait donc cette autre Valeria, la tête dans les étoiles, pleine d'espoir, complètement… amoureuse ? OK, je pouvais cohabiter avec elle si elle me laissait un peu d'espace.

Je passai la journée à la maison. Je me replongeai un peu dans l'écriture, par pur plaisir. Victor appela à deux heures et me raconta qu'il avait été très déçu de ne pas me trouver chez lui en rentrant. Mais au fond, je sentais qu'il était soulagé de savoir que le fait qu'il m'avait donné les clefs ne signifiait pas que nous étions obligés de vivre ensemble sept jours sur sept.

Nous bavardâmes de choses et d'autres comme n'importe quel couple. Victor ne pouvait pas prendre ses vacances dès mercredi, il devait attendre deux jours de plus, ce qui ne le réjouissait pas du tout. Je craignais qu'il n'ait organisé quelque chose pour nos vacances, qui risquait d'être mis à mal par ce contretemps. Mais si c'était le cas, il n'en dit rien, et je me gardai bien d'aborder le sujet.

Le vendredi, je téléphonai à Nerea vers midi. Je n'avais plus de nouvelles d'elle et normalement, c'était le jour fixé pour son IVG. Elle me répondit d'une voix fatiguée.

— J'allais justement t'appeler. La clinique m'a laissé un message sur mon répondeur. Il y a eu une erreur pour le rendez-vous, ils ne peuvent pas me prendre avant mercredi prochain.

— Mais Nerea, je ne suis même pas sûre d'être encore ici la semaine prochaine.

— Tu pars en voyage ?

— Je n'en suis pas certaine, mais je parierais que Victor a prévu de m'emmener quelque part et qu'il veut me faire la surprise. Si ça se trouve, je suis en train de me faire du cinéma et je vais me sentir comme la dernière des imbéciles, mais peut-être que…

— Ne te sens surtout pas obligée. Je n'ai pas l'intention de te demander de changer ta vie pour moi. Il faudra juste que j'en parle à quelqu'un d'autre.

Je sentis dans sa voix une tonalité déçue qui me sembla injuste.

— Nerea, mon chou, je suis vraiment désolée, mais j'avais prévu de…

— Non, non, pas de souci. Excuse-moi. Je suis un peu énervée aujourd'hui, ne m'en veux pas.

Nous convînmes de nous reparler le mardi suivant pour bavarder un peu, et nous en restâmes là.

Lorsque je raccrochai, je me rendis compte que ma sœur ne m'avait même pas envoyé un texto pour me dire que Mar était absolument adorable et qu'il fallait que je vienne la voir. Une petite lueur d'inquiétude s'alluma dans mon cerveau.

J'arrivai à deux heures à l'agence de Victor. Sapée, coiffée, maquillée. Je saluai la réceptionniste et lui demandai s'il était dans son bureau. Elle me dit que oui et je lui demandai si je pouvais entrer sans me faire annoncer, pour lui faire la surprise. Elle acquiesça, avec une certaine réticence.

J'avançai à pas lents vers le bureau et frappai à la porte. La plaque avec son nom me fit sourire. Ça lui donnait l'air important.

— Entrez.

Je pointai le visage à la porte du bureau. Victor était penché sur une table à dessin éclairée par une lampe puissante, un crayon à la main. Sa veste était suspendue au dossier de sa chaise. Les manches de sa chemise étaient retroussées jusqu'au coude et il avait déboutonné son col. Malgré la chaleur qui régnait dans le bureau, je refermai la porte sur moi.

— Vous avez un moment ?

Entendant ma voix, il se releva, surpris, et vint m'embrasser. Ses doigts étaient noircis par le fusain, et je vis sur la table l'ébauche d'un appartement.

— Excuse, il vaut mieux que je ne te touche pas. Ce n'est pas l'envie qui m'en manque, mais je ne veux pas te salir.

— Je dois te dire un truc.

— Qu'est-ce qui se passe ?

— Rien. C'est juste que je vais déjeuner chez ma sœur, pour voir la petite.

— Ah bon…

Je le regardai fixement, le sourire aux lèvres, espérant qu'il ajoute quelque chose. Comme il ne le faisait pas, je lançai :

— Tu en as encore pour longtemps ?

— Non, j'allais justement arrêter.

— Alors laisse ton dessin et viens, lui dis-je d'un ton assuré.

— Tu veux que je t'emmène ?

— Tu n'as pas envie de faire la connaissance de ma nièce, Mar ?

Il haussa les sourcils, se passa le dos de la main sous le nez et alla poser son crayon sur la table. Tout cela, je l'avais prévu.

— Bon, Val, tu sais, ce genre de truc, ce n'est pas mon fort.

Je m'esclaffai. Il se tourna vers moi.

— Qu'est-ce qui te fait rire ?

— C'est toi. Allez, prends ta veste et prends ça cool. Si je te le demande, c'est que je sais que ça te plaira. Parole d'honneur.

Il se contenta d'un sourire pour toute réponse.

Nous arrivâmes chez ma sœur après avoir tourné assez longtemps pour trouver à se garer. Une fois sorti de l'agence, Victor ne donna plus le moindre signe de nervosité. Bon, je ne le traînais pas chez mes parents pour l'obliger à demander ma main, quand même ! Et Rebeca, ma sœur, a le chic pour mettre tout le monde à l'aise.

C'est elle qui nous ouvrit la porte avec un grand sourire. Elle dévisagea Victor de la tête aux pieds avant de se présenter.

— Salut. Je m'appelle Rebeca.

— Enchanté, Rebeca. Tu es bien la sœur de Val, impossible de se méprendre.

— Ah bon, tu trouves ? Elle plaisantait. On se ressemble énormément, elle et moi.

— Aucun doute. Moi, c'est Victor. Il la gratifia de son sourire « pub pour dentifrice » qui produisit l'effet habituel.

Ma sœur attendait des explications, une expression amusée sur le visage.

— Un ami ? Elle allait à la pêche.

— C'est à elle qu'il faut le demander, répliqua Victor avec une grimace amicale.

— Et puis quoi encore ! Rebeca éclata de rire. Tu me plais déjà. Tu veux boire quelque chose ? Une petite bière ?

— Avec plaisir, merci.

Victor serra la main d'Eduardo, le mari de ma sœur, et se présenta. Il me regarda pendant que je prenais Mar dans mes bras.

— Tu as l'air très à ton aise.

— Non, je ne me vois pas du tout être mère. Je ne suis pas dotée de ce superpouvoir.

— Vrai. Totalement inapte au service ! commenta ma sœur en tendant des bières bien fraîches à Victor et à Eduardo.

— Je peux la prendre ? demanda Victor timidement.

— Bien sûr.

Il posa sa cannette sur le plateau, prit le bébé dans ses bras et s'assit en face de moi.

— Eh bien, on dirait qu'il sait très bien y faire avec les nouveau-nés, l'ami, observa ma sœur en voyant comment il tenait Mar.

— J'ai un neveu qui vient de naître. J'essaie de passer le voir tous les jours. J'adore les petits.

Il sourit, pendant que moi j'absorbais la nouvelle. Je n'étais pas au courant.

— Je ne savais pas que ta sœur… murmurai-je en lui passant la main dans les cheveux.

— Elle a accouché avec un peu d'avance. C'était quand – il leva les yeux vers moi – quand tu me donnais un peu d'air.

Je le traitai en aparté de champion des faux derches, ce qui nous fit rire tous les deux.

Victor s'installa confortablement, toujours avec le bébé dans les bras, et lui caressa le visage du bout de l'index. Moi, assise en face de lui, je le matais, complètement fascinée. Il avait les yeux baissés, et ses cils fournis faisaient de l'ombre sur ses joues tandis qu'il câlinait la petite. Mon rythme cardiaque s'accéléra et je fus prise de vertige. Victor mit sa main libre sur mon genou et me regarda.

— Elle est magnifique, dit-il à Rebeca en gardant les yeux fixés sur moi.

— Merci, entendis-je ma sœur répondre.

— Regarde, ça fait saliver Valeria.

Il poussa un bref éclat de rire.

— Elle le fait souvent, plaisanta-t-elle. Comme les chiens de Pavlov.

Comment ne pas saliver ? Existe-t-il quelque chose de plus sexy au monde qu'un mec trop beau qui tient un bébé dans les bras ? Pour moi, non.

— Ta sœur est très intelligente, murmura Victor quand nous fûmes sortis de la maison. Et super marrante.

— Oui, c'est vrai.

— Et toi, tu étais…

Il s'arrêta devant sa voiture et me regarda.

— J'étais quoi ?

— Super relax.

— J'avais envie que tu me voies en famille. Comme ça, sans en faire un plat. Et puis Rebeca a pu jeter un coup d'œil sur toi et constater que, comme toujours, j'ai très bon goût.

Il me flanqua une claque sur les fesses et s'apprêtait à monter à la place du conducteur lorsqu'il s'immobilisa et s'appuya à la carrosserie.

— Qu'est-ce que tu as à mater comme ça ? demandai-je en faisant la coquette.

— Je suis content que ça marche, entre nous.

— Allez, arrête ton char. Qu'est-ce que tu allais dire ?

— Mais si, je voulais que tu le saches.

Et, le sourire aux lèvres, il détacha son regard de moi.

Je continuai de l'observer. Il avait le soleil dans la figure, qui lui faisait cligner un peu des yeux. Il se mordit la lèvre en cherchant les clefs de la voiture dans la poche de sa veste. Le cou, la ligne parfaite du nez, les lèvres bien dessinées, l'ombre légère de sa classique barbe de trois jours, la façon dont il battait des paupières quand il perdait patience… Je trouvais tout adorable chez lui. Est-ce que j'étais en train de devenir complètement nunuche ?

Et puis ce n'était pas que ça. Il y avait aussi ce frémissement à l'estomac, cette sensation de plénitude qui me saisissait lorsque nous sortions ensemble. Cette voix, au plus profond de moi, qui me soufflait que j'aurais pu passer le reste de ma vie avec lui, seule avec lui.

Je me rendis compte en cet instant que Victor avait raison. J'étais amoureuse de lui… je l'aimais… Était-ce possible ? Si vite ? Mon cœur se mit à battre la chamade, j'avais le souffle court. Je l'aimais !

Victor et sa voix de velours. Victor et son torse velu, trop sexy… Victor et la peau de ses mains. Victor et la manière qu'il avait de m'embrasser comme s'il n'y avait pas de lendemain. Victor et ses éclats de rire. Victor et sa façon de me regarder en coin. Victor, quand il déboutonnait sa chemise et me déshabillait…

Je m'approchai de lui.

— Je ne trouve pas les clefs, marmonna-t-il sans me regarder. Tu n'as pas vu où je les ai mises, par hasard ?

Je saisis son visage et lui embrassai la bouche passionnément. Il sourit.

— Tu avais raison.

— Sur quoi ?

Il me fixa intensément.

— Je ne m'en rendais pas compte.

Il lui fallut quelques instants pour piger. Mais dès qu'il eut compris, un grand sourire de satisfaction se peignit sur ses lèvres. Il m'appuya contre la carrosserie et m'embrassa sur les lèvres, pressant sa bouche contre la mienne. Puis il me mordilla la lèvre inférieure.

— Avec toi, j'ai l'impression d'être un ado qui a le béguin.

Oui… c'était possible.

24
Il ne sert à rien d'avoir peur

Nerea inspira tout l'air qu'elle pouvait puis expira lentement. Elle se dit que ce n'était rien du tout. Pas le genre de situation où on cherche à se convaincre tout en sachant pertinemment, au fond de soi, qu'on a tort. Non, elle avait bel et bien raison. Il fallait qu'elle le fasse. Elle prit le téléphone sans fil et s'installa dans le canapé. Elle poussa quelques soupirs et appela le numéro enregistré dans la mémoire du téléphone. Elle entendit la sonnerie. Une première fois. Patience. Une deuxième fois, monotone. Puis une troisième, l'éternité. À la quatrième, elle se dit qu'elle allait raccrocher, mais à la cinquième sonnerie, elle entendit la voix chantante de Carmen.

— Salut ma belle !

— Salut, Carmen-chou, répondit Nerea affectueusement. J'appelle au mauvais moment ?

— Pas du tout. Avec la journée continue, je suis aux anges. Je sors à trois heures, c'est génial. Maintenant, j'ai une vie l'après-midi. J'ai même du temps pour voir Barto et tout et tout. Pour le voir et pour m'engueuler avec lui, ça va de soi.

Nerea hocha la tête, même si Carmen ne pouvait pas la voir.

— Dis-moi beauté, tu as besoin de quelque chose ?

— Non, non, juste bavarder un peu, mentit-elle.

— Vas-y, raconte. Quoi de neuf ? Mais ne me parle pas de cet abruti. Tu sais de qui je veux parler. Je sais qu'il va falloir que je commence à encaisser l'idée que, tôt ou tard, vous deux vous allez vous marier, mais laisse-moi un peu de temps. Ça me reste encore en travers de la gorge. Ce con ! Mais je te dis ça avec tout le respect du monde. Toi, je te respecte.

Nerea ne put s'empêcher de sourire. Au fond, cette haine déclarée à l'égard de Daniel ne lui posait aucun problème. Elle la comprenait presque. Si elle-même s'était trouvée dans la situation de Carmen, elle lui aurait fait ingurgiter de l'arsenic dès la première semaine. Son mec était super canon et séduisant en diable, mais il pouvait se montrer d'une froideur monstrueuse, pire que l'abominable homme des neiges. À ce stade, nous étions toutes fixées. Ce qui s'était passé entre Carmen et lui ne pouvait laisser aucun doute.

— C'est vrai qu'il n'y a rien ? insista Carmen.

— En fait…

— Qu'est-ce qui se passe ? Qu'est-ce qu'il t'a fait ? C'est ça ? Tu veux que je lui foute une raclée ? S'il a besoin d'une leçon, je pense qu'on devrait pouvoir trouver quelqu'un qui s'en charge. Pour quelques centaines d'euros…

— Carmen…

— Je ne charrie pas !
— Je sais, c'est justement ce qui me fait peur.
— Qu'est-ce que tu as ?
— Je suis enceinte.
— Merde, non !
— Je ne veux pas le garder. Je devais faire l'IVG hier, mais en fait la clinique s'est plantée sur la date… Elle soupira : j'y vais la semaine prochaine.
— Mais…
— Daniel n'est pas au courant, et je ne veux pas lui dire.
— Pourquoi ? Tu crains qu'il le prenne mal ?
Nerea haussa un sourcil. Elle n'y avait même pas pensé.
— Non, ce n'est pas ça. C'est juste que je sais ce que je fais, point barre. C'est comme ça. Lui, il va me dire que nous devrions bien réfléchir. Moi, tout ce que je veux, c'est que le problème soit réglé le plus vite possible. Tu comprends ?
— Non… Tu ne veux pas le garder ?
Carmen se toucha le ventre involontairement. Elle ne voyait pas du tout les choses de la même façon.
— Non. Quel sens ça a d'avoir un enfant qu'on n'a pas désiré ?
— Tu sais, tu risques de le regretter, Nerea. Donne-toi le temps de réfléchir sérieusement. Maintenant, tu penses que tu n'en veux pas, mais plus tard…
— Je ne le voudrai jamais. Je déteste ça. Je déteste…
— Et… l'adoption ?
— Et les neuf mois de grossesse, tu y as pensé ? Qu'est-ce que je vais faire avec le boulot ? Qu'est-ce qu'on va penser de moi ? Et ma mère ?
— OK, OK.

Carmen ferma les yeux et s'obligea à ne pas juger Nerea, à ne pas penser à ce qu'elle aurait fait à sa place. Elle respira profondément. Connaissant Nerea, elle ne pouvait mettre cela sur le compte de l'irresponsabilité ou de l'absence d'éducation sexuelle. C'était un accident qui ne lui ressemblait pas, indépendant de sa volonté. Nous n'étions plus des gamines. Il fallait qu'elle comprenne. Elle-même aurait pris une autre décision, mais elle devait respecter le choix de Nerea.

— Tu veux bien m'accompagner ? implora Nerea.

— Moi ?

Carmen tombait des nues.

— Oui, s'il te plaît.

— Et Lola, elle ne peut pas ?

— Lola, on n'arriverait pas à la traîner dans un hosto même dans une charrette pleine de beaux mecs à poil.

— Qui sait ? Peut-être que ça pourrait marcher ? Elles éclatèrent de rire toutes les deux, ce qui détendit un peu l'atmosphère. Nerea, tu connais mon point de vue sur l'avortement.

— Oui, et ça m'embête énormément de te demander ça, à toi.

— Bon, je ne veux pas te juger, mais j'aurais préféré ne jamais mettre les pieds dans ce genre de clinique.

Nerea ne répliqua pas. Elle se cacha le visage dans les mains et sanglota en silence. Elle n'en était pas fière, mais elle savait que c'était ce qu'elle devait faire.

— Parle, mon chou. Dis-moi que tu me comprends.

— Je te comprends, Carmen. Je suis désolée de te mettre dans cette situation. C'est de ma faute.

Carmen soupira et, à son tour, se mit les mains sur le visage. Toutes deux restèrent un moment sans parler. Le cerveau de Carmen turbinait à plein pot. Avorter. Ça, elle ne pourrait jamais le faire. Jamais de la vie. Nerea ne pouvait pas trouver une autre copine pour l'accompagner ? Pas elle, non. Mais… si Nerea se retrouvait toute seule, est-ce qu'elle irait quand même ? Et elle subirait tout ça sans personne pour lui tenir la main ? Nerea avait réfléchi. Elle avait pris sa décision sans aucun soutien, ce qui, déjà, n'était pas facile, c'est le moins qu'on puisse dire. Nerea toute seule, et elle, tranquille à la maison, qui ne savait rien du problème d'une de ses meilleures amies. Le hic, c'est qu'elle n'était pas d'accord avec sa décision. Grosse prise de tête. Mais quand même, le plus important n'était-il pas de rester solidaire de sa copine, comme nous l'étions pour elle ?

— OK, Nerea. C'est bon, je viens avec toi. Voilà ce qu'on fera. On y va, on règle ça et après on rentre chez toi et je te dorlote. Une soirée entre nanas, ça te va ? Toi et moi. On se tapera des glaces en regardant des films avec plein de beaux mecs torse nu et on jouera à un jeu vidéo. Mais pas un mot sur ton mec. Si tu me le promets, je te jure de la fermer sur le mien. D'accord ?

— Promis juré, répondit Nerea avec un demi-sourire. Mais tu peux parler de Barto si tu en as envie. Je l'aime bien.

Avant de raccrocher, Carmen ajouta.

— Nerea, je t'adore. Ne l'oublie pas, surtout quand je m'en prends à cet enfoiré.

Après coup, Nerea se dit que ça n'avait aucun sens d'avoir peur. Avec nous, elle pourrait toujours se sentir en sécurité. Sans avoir de secrets. Quant à sa mère, elle pouvait aller se faire voir et s'avaler un Valium.

Carmen descendit l'avenue les bras croisés. Elle réfléchissait à sa conversation avec Nerea. Comment avait-elle pu se retrouver enceinte ? Elle, si précautionneuse et, disons… si sérieuse ? Elle-même devait faire attention, pensa-t-elle. Bon, si ça lui arrivait, elle savait que Barto ne se tirerait pas à toutes jambes. Peut-être même qu'ils seraient contents. Ses parents auraient un peu plus de mal à avaler la pilule, si on peut dire, parce qu'ils venaient tout juste de faire la connaissance de Barto, mais au bout du compte, ils se réjouiraient à la perspective de faire les grands-parents gâteau. Par contre, la mère de Barto ? Elle se jetterait sans doute de son balcon. Eh bien… finalement, ce n'était pas une si mauvaise idée de tomber enceinte !

Elle aperçut Barto devant l'immeuble, qui fumait une clope appuyé au mur. L'idée de sa belle-mère se jetant du quatrième étage en hurlant « Geronimo » lui arracha un sourire. Barto se tourna, la vit, et la gratifia à son tour d'un sourire éclatant. Carmen se sentit parcourue d'un délicieux frémissement. Aucun doute possible. C'était ça, être amoureuse.

— Ça va, ma douce ? lui demanda-t-il en la prenant par la taille et en l'embrassant.

— Tu fumes trop.

— C'est parce que tu me manques.

Une femme avec un dossier dans les mains se planta devant eux et leur demanda si c'était eux qui avaient pris rendez-vous pour visiter un appartement.

— Oui, bonjour, je suis Barto, enchanté. Nous nous sommes parlé ce matin.

Tous les deux lui serrèrent la main et ils montèrent ensemble au troisième étage. La première chose qui les surprit fut l'ascenseur. Du genre pièce de musée mais assez grand, contrairement aux modèles du même genre que Carmen connaissait.

– Ne vous inquiétez pas pour l'ascenseur, lança la jeune femme. Il a été parfaitement modernisé. *Vintage.* Après une pause, elle ajouta : on peut y caser une poussette, au cas où vous auriez des projets de famille.

Barto laissa échapper un petit rire en fixant la pointe de ses chaussures et mit ses mains dans les poches. Carmen, *illico*, fut prise d'une légère panique. Poussette ? Projets de famille ? Depuis quand avait-on arrêté de parler mecs, baise, boulot, politique, littérature… pour passer au thème « bébés » ? Elle dut faire un effort pour avaler sa salive.

L'appartement faisait une soixantaine de mètres carrés, ce qui leur suffisait. Ils étaient deux, et sauf si belle-maman avait l'intention de s'installer avec eux, il n'était pas prévu que ce nombre augmente dans un avenir proche. La cuisine était de taille respectable, rien à voir avec le bloc minuscule sur lequel elle cuisinait. Un salon qu'on pouvait qualifier de spacieux en parlant vite, plus deux chambres et deux salles de bains. Ils l'inspectèrent soigneusement, histoire de ne pas avoir de mauvaises surprises.

– Il y a le chauffage ? demanda Barto.

– Oui, chauffage et climatisation.

– Au gaz ?

– Le chauffage et l'eau chaude sont au gaz. Tout le reste est électrique. Le four, les plaques à induction et la climatisation… Regardez, ici aussi vous avez des prises et un branchement pour le téléphone.

Elle leur indiqua trois emplacements dans la chambre principale.

Carmen ouvrit le placard et lâcha un sourire de satisfaction. Le rangement était parfait. Elle lança un regard à Barto occupé à prendre des notes sur un carnet et ils échangèrent un sourire.

Elle fit résonner ses talons sur le parquet et alla regarder de plus près la pièce qui pourrait leur servir de chambre. Leur chambre. Plus seulement sa chambre à elle. La sienne et celle de Barto. Un grand pas en avant. Une étape importante.

Elle vivait seule depuis quatre ans. Au début, elle avait partagé un appart avec d'autres filles, mais ça s'était passé très moyennement. Le monde était décidément plein de barges. Elle était partie, et avait décidé d'habiter seule plutôt que de risquer de trouver une coloc encore pire. Elle s'était trouvé un petit studio. La solitude lui plaisait, elle se moquait pas mal que chambre, bureau et salon soient une seule et même pièce. L'espace était tout entier pour elle, et de toute façon, elle ne pouvait pas se payer un logement plus cher. C'était déjà un luxe de pouvoir vivre seule. Mais depuis qu'elle sortait avec Barto, elle avait compris que cette période de sa vie serait bientôt révolue. Le studio était trop petit pour deux.

C'est comme ça. On rencontre un mec, peu à peu on tombe amoureuse de lui, et on finit par prendre des décisions ensemble. D'abord les baisers, puis les caresses, la baise et les mots d'amour. Viennent ensuite les promesses, les projets et, finalement, la vie en commun. C'était une évolution naturelle. Elle n'allait quand même pas avoir les jetons ?

Eh bien si ! Un peu.

Elle déglutit, traversa la chambre et se mit à la fenêtre. Elle entendait Barto et l'employée de l'agence bavarder, sans prêter attention à ce qu'ils disaient. Elle soupira, s'appuya contre l'encadrement de la fenêtre. Elle n'avait pas vu le temps passer. Il lui semblait qu'elle venait d'avoir son bac. Elle avait tout juste dix-huit ans et elle avait l'impression que cent mille aventures passionnantes l'attendaient au coin de la rue, prêtes à être vécues. Toutes les portes étaient ouvertes. Et voilà que tout à coup elle avait presque vingt-neuf ans. Déjà plusieurs portes s'étaient fermées, et elle était là, en train de visiter un appartement pour y vivre avec son compagnon. Déjà on lui parlait de projets de famille. Est-ce que c'était vraiment ce qu'elle voulait ? Si vite ?

Elle entendit des pas dans la chambre vide et se retourna. Barto venait la rejoindre, le sourire aux lèvres.

— Comment tu le trouves ?

— Sympa.

— Il te plaît ?

— Oui, en fait il me plaît beaucoup. C'est de loin le meilleur de ceux que nous avons visités.

— T'as maté le plafond ? demanda Barto en indiquant les moulures.

— Super.

Elle se pencha à la fenêtre, séduite par le spectacle qui s'offrait à ses yeux.

— C'est un bon quartier. L'appart a été rénové. Deux salles de bains… deux chambres… on ne trouvera pas mieux à ce prix – Carmen acquiesça en soupirant. Mais on n'est pas obligés de le prendre, tu sais. On peut continuer à chercher. On peut aussi essayer d'autres quartiers. Nous éloigner un peu du centre, pourquoi pas ?

Elle le regarda en face et lui sourit sans hésitation.

— Il me plaît. Il y a tout à fait la place de mettre une coiffeuse dans la chambre.

— Bien sû,r princesse ! répliqua Barto en pêchant son paquet de clopes dans la poche de son pantalon. Où est-ce que j'ai mis le briquet ?

— Dans la poche de ta chemise, répondit Carmen en pointant son torse du doigt.

Pendant quelques instants, il n'y eut d'autre bruit que le clic du briquet et de Barto qui aspirait une bouffée. La fumée arriva lentement aux narines de Carmen. Barto s'approcha dans son dos et lui prit la taille. Il appuya le menton sur sa nuque et murmura en soupirant.

— Tu sais, j'aurais préféré qu'on attende un peu, qu'on aille voir les banques et qu'on achète.

— Comme au bon vieux temps.

Elle lança un éclat de rire.

— Oui, peut-être.

Ils en avaient déjà parlé. Vu sa situation économique, Carmen n'osait pas franchir le pas. Barto continua :

— Mais c'est comme ça et pas autrement. Maintenant, c'est clair : tu peux faire de moi ce que tu veux.

— Ah bon ?

Elle le regarda en coin.

— Évidemment. Parce que je t'aime comme un fou.

Carmen sentit ses genoux qui cédaient sous elle, et son cœur prêt à exploser dans sa poitrine. Elle se rappela la première fois qu'elle avait dit bonjour à Barto, au boulot. Elle croyait que ce mec qu'on lui présentait s'appelait Enrique. Puis elle se rappela la première fois qu'elle était restée hypnotisée par ses yeux mordorés.

Elle inspira profondément, absorbant son odeur, un mélange de tabac, d'eau de toilette et de lui. Elle sourit.

Barto et Carmen étaient comme l'eau et le feu. Ils n'auraient pas pu être plus différents l'un de l'autre. Elle était d'une nature plutôt rebelle, ouverte, contestataire. Elle pouvait avoir un caractère de chien et la grossièreté ne lui faisait pas peur. À la fois très indépendante et très sensible. Barto, lui, était un grand timide, limite mutique, et plutôt conventionnel. Il pouvait se montrer cordial, mais sur certaines questions, il manifestait une froideur extrême. Parfois, leurs discussions s'envenimaient et ils étaient prêts à s'envoyer mutuellement au diable, mais l'amour est ainsi fait, aléatoire ; il concocte souvent des alliances improbables. Et on ne peut pas être d'accord sur tout, il faut être prêts à discuter. Carmen commençait de le comprendre.

Et comme si elle avait encore eu des doutes, Barto lui mit une main sur le ventre. Il se rapprocha et lui murmura à l'oreille.

— Depuis que je suis ici, je n'arrête pas de penser… que j'aimerais avoir des enfants avec toi. Et que tu es la femme de ma vie.

Carmen sourit sans répondre. Non. Il ne fallait pas avoir peur. C'était Barto, après tout.

Lola était fort occupée à faire tourner un fond de vin rouge dans un verre, regardant le liquide carmin se déposer sur les parois avant de retomber au fond. Elle ne savait pas depuis combien de temps elle jouait à ce petit jeu, elle avait perdu la notion du temps. Mais à en juger d'après le cendrier qui menaçait de déborder, ça devait faire un bon moment.

Elle était en pleine panique. Notre Lola, à nos yeux une super héroïne qui n'avait peur de rien, crevait de trouille à l'idée de se retrouver seule. Depuis quelques jours, elle se demandait si finalement, avec Sergio, le fait qu'ils se désirent ne suffisait pas. Ils pouvaient toujours essayer.

Elle essaya de s'imaginer avec lui, sans succès.

Elle finit par se demander si ce n'était pas elle, le problème. Peut-être était-elle affectée du complexe de Peter Pan, incapable de s'engager, en tout cas pour le moment. Elle tenta de se redonner du courage en se disant que la chose la plus difficile, c'était sans doute d'être bien avec soi-même. Elle se connaissait, et même si elle s'était menti plusieurs fois au sujet de Sergio, elle savait quels stratagèmes elle était capable de déployer pour éviter de se prendre la tête. Au fond, elle était incapable de se mentir à elle-même.

Elle passa en revue ses dernières histoires. Les histoires, pas les plans baise. Pour elle, il avait toujours été beaucoup plus facile de brancher un mec seul, de l'emmener chez elle et, après une bonne séance de cul, de lui demander de partir. Ça s'était toujours bien passé, même s'il avait pu lui arriver de le regretter. Comme avec Carlos. Baiser par dépit, ça ne fait qu'alimenter tous les sentiments malsains qu'on nourrit envers la personne qu'on cherche à punir. Et au bout du compte, ces sentiments, on se retrouve tout seul à les gérer.

Saul, elle l'avait bien kiffé, mais entre eux ça n'avait même pas duré un an. Ça n'avait pas marché parce qu'il se la jouait trop. Super content de lui, le mec. Et il ne pensait qu'à ses projets d'avenir. C'était quoi, ces projets ? Bof, aucune importance. Elle avait toujours su que c'était du pipeau, et qu'il finirait par épouser une fille de famille friquée et capricieuse, grâce à quoi il n'aurait plus besoin d'en faire une rame. Classique. Elle n'avait pas versé une larme sur lui. Elle avait vite compris comment l'histoire allait se terminer.

De fil en aiguille, Miguel lui revint en mémoire. Waouh, Miguel. Elle en était encore toute retournée quand elle pensait à lui. Son seul amour sincère. La seule vraie histoire, se répéta-t-elle. Avec lui, elle avait vraiment morflé. Surtout parce qu'à l'époque, elle était encore trop jeune pour savoir gérer ses sentiments. Elle avait seize ans, et Miguel trente-deux. Jamais ils ne se seraient embarqués dans cette histoire si Lola n'avait pas fait plus que son âge. Elle ne lui avait pas raconté de sornettes, mais quand elle s'était rendu compte qu'il croyait qu'elle était déjà à la fac, elle s'était bien gardée de le détromper. Lui, c'était tout sauf un dragueur, beaucoup trop sérieux pour ça. Quand il avait découvert son âge véritable… il s'était mis à pleurer. Il l'avait regardée, s'était assis et avait éclaté en sanglots. Lola, ça l'avait dévastée. Mais c'était trop tard, ils étaient amoureux.

Lola était certaine que lui aussi, il avait beaucoup souffert. Ça le torturait sans relâche d'être tombé amoureux d'une fille si jeune. C'était sûrement pour cette raison qu'il avait fini par rompre, brutalement. Ils auraient pu continuer de se voir en secret, attendre qu'elle soit majeure puis prétendre qu'ils venaient de se rencontrer et de tomber amoureux. Mais il y avait un autre problème. Miguel était marié. Lola se demanda si, avec Sergio, elle n'avait pas rejoué le même film.

Le jour où Miguel s'était pointé à la sortie de la fac pour lui faire une surprise, elle avait eu un pressentiment : soit il venait lui annoncer qu'il voulait être avec elle, soit il allait la quitter une bonne fois pour toutes. Elle eut vite fait de comprendre que c'était la seconde solution qu'il avait choisie.

Il lui avait proposé de la raccompagner chez elle, puis, à peine assis dans la voiture, sur ce parking immense, il lui avait déclaré qu'il l'aimerait toujours mais qu'il fallait en rester là.

— Je te jure que je fais ça pour toi, ce n'est pas un prétexte. Tu as la vie devant toi. Je n'ai pas le droit de continuer comme ça, Lola. Un jour, tu m'oublieras, mais moi je t'aimerai toujours.

Peu de temps après, Lola avait compris qu'il avait dit la vérité. Elle avait appris qu'il s'était séparé de sa femme et s'était fait muter dans une autre ville. Il était probablement le seul homme que Lola avait aimé. Miguel… il avait souffert horriblement de cette séparation, mais c'était la seule chose à faire, pour tous les deux. Avec le temps, elle l'avait compris.

Elle avait pleuré toutes les larmes de son corps. Elle pleurait, pleurait, pleurait… et pensait qu'elle allait mourir de chagrin. Leur histoire avait duré trois ans, ils avaient mille projets ensemble. Mais Miguel luttait sans cesse contre une obsession qui le rongeait intérieurement : l'idée qu'il faisait quelque chose de mal. Lola sourit en pensant à tout le temps qu'il avait attendu avant de coucher avec elle… parce que c'était mal. Et pourtant, quand ils avaient fini par faire l'amour, elle n'avait pas eu l'impression de faire quelque chose de mal, bien au contraire. Depuis, elle avait presque oublié que le sexe, ça peut aussi être ça. Heureusement, il lui restait le souvenir de Miguel. Elle avait eu de la chance. Son premier homme était un mec bien.

Elle reposa le verre sur la table basse et, tout d'un coup, se sentit totalement libérée. Non, elle n'était pas morte de chagrin à cause de cette histoire, et elle n'allait pas mourir maintenant qu'elle avait accepté l'idée qu'elle ne pourrait jamais faire sa vie avec Sergio.

Aucune raison de paniquer. Elle avait été capable d'aimer Miguel, et ensuite Sergio. Un jour, elle rencontrerait quelqu'un et, avec un peu de chance, ça marcherait. Maintenant, elle avait assez d'expérience pour que ça ne foire pas.

25
L'escapade

Le réveil de Victor indiquait neuf heures moins le quart quand il me réveilla.

— Debout, marmotte !

— Nooon…

Je tirai le drap sur ma tête.

— Allez…

— C'est samedi. T'es en vacances… Encore une demi-heure, répondis-je dans un demi-sommeil.

— Pas question. On a plein de choses à faire.

— Comment ?

— D'abord, un saut chez toi. Tu dois faire ta valise.

J'émergeai de dessous le drap et lui lançai un sourire somnolent.

— Comment, ma valise ? On va où ? Je suis encore fauchée, n'oublie pas.

— Tu le sauras en temps voulu. Lève-toi.

— Ne me regarde pas, je suis toute nue, plaisantai-je.

Il s'approcha.

— D'accord, je ferme les yeux et j'oublie que c'est moi qui t'ai déshabillée hier soir.

Après un bref passage chez moi, où je fourrai dans une valise quelques fringues au hasard, nous prîmes le taxi pour l'aéroport. Au moment de l'embarquement, je compris que nous allions à Minorque.

Victor, les yeux fermés et le sourire aux lèvres, répondit patiemment à toutes mes questions.

— Pourquoi Minorque ?

J'étais tout excitée.

— Mes parents y ont une maison, et ils n'y sont pas cette quinzaine. Je crois qu'ils vont à Vienne. J'aurais voulu organiser quelque chose d'un peu plus exotique, mais je n'ai pas eu le temps, et je me suis dit que Minorque, ce n'était pas une mauvaise idée.

— J'ai pris un maillot de bain ?

— Oui, au moins trois.

— Je crois que j'ai oublié mon pyjama.

— Tu es une vraie hippy, plaisanta-t-il – il ouvrit les yeux et me caressa les cheveux. Je veux que ce soit les plus belles vacances de ta vie.

— Trop tard. Les meilleures vacances, je les ai passées avec mes copines dans un village de la région de Castellón.

Je souris.

— Je vois ça d'ici. Des ados qui se lâchent, des étudiants étrangers et de la picole.

— Arrête de te foutre de moi !

— Je suis sûr que tu t'es bien marrée… mais quand tu rentreras de Minorque, tu ne te rappelleras même plus avec qui tu étais dans ce bled.

Il éclata de rire.

À dire vrai, j'ai un peu de mal aujourd'hui à me rappeler en détail ces fameuses vacances auxquelles je venais de faire allusion. Ce voyage que j'avais fait à vingt ans avec les copines s'était peu à peu effacé de ma mémoire. Mais de notre séjour à Minorque, je conserve jusqu'au souvenir précis des reflets du soleil sur la mer et de la texture du sable dans chaque crique. De ça, et de lui. Les odeurs, les saveurs, les plaisirs, les sons. Et la peau de Victor contre la mienne.

Ce fut un temps d'intimité. Fantastique. Le plus beau moment de ma vie jusque-là. Pour moi, ces vacances apportèrent la preuve qu'entre nous, ça pouvait marcher. Je pouvais être tranquille, sereine, sexy et douce à la fois. Quant à Victor, il savait être amusant, intrigant, exaspérant, affectueux, sensuel. Que demander de plus ?

Je fermai les yeux. Dans ma tête se déroulait le ciné de mes souvenirs, comme une vidéo en Super 8.

Soleil. Eaux cristallines. Douceur du sable. Des balades sur une vieille Vespa, moi agrippée à sa taille, la joue contre son épaule. Cala Mitjana et cala Mitjaneta, les baignades sans maillot. La nuit la plus noire du monde, la sensation de l'herbe sèche dans mon dos pendant que nous faisions l'amour. Les dîners sur la terrasse. Du vin blanc bien frais, une goutte qui glisse sur mon décolleté avant qu'il la cueille avec ses lèvres. La chambre immense, le lit aux draps blancs. Et encore du soleil, des plages, la mer d'azur transparent. D'autres balades, et de longues conversations sur notre vie d'avant. Une sieste bercée d'un léger ronflement. Une partie de jambes en l'air au réveil. Des souvenirs de quand nous étions jeunes, avant de nous connaître. Cala Macarella. Victor avec lequel je me sens incroyablement sereine tandis que nous cheminons sur le sentier abrupt et glissant qui mène à une plage reculée. Un après-midi à regarder la mer en silence, cherchant à deviner la ligne d'horizon. Un genou écorché, un bisou tendre sur la plaie et un autre, beaucoup moins chaste, un peu plus haut. Une soirée très coquine. Et puis, une étreinte dans la mer. Faire l'amour dans la mer, le soir, dans une crique isolée. Un plongeon dans la piscine à quatre heures du matin. Un dîner qui crame pendant que Victor et moi nous embrassons passionnément contre le frigo. Une journée très venteuse. Une matelote de poisson dont nous nous régalons. D'autres balades en scooter. Une journée entière passée au lit, avec un bouquet de lavande sur la table de nuit. Et puis encore le soleil, la mer, bavarder sur le sable en regardant le coucher du soleil dans la cala Galdana. Et Victor, mon Victor, tout près de moi, qui me dit « je t'aime ».

Je t'aime.

Je rentrai chez moi un mardi dans la soirée. Victor ne s'était pas trompé, ces vacances avaient été les meilleures de ma vie, il n'y avait pas photo. Même mon voyage de noces ne soutenait pas la comparaison. À Minorque, tout avait été infiniment plus romantique, plus tendre, plus riche de promesses.

Évidemment, j'étais d'une humeur massacrante. Non seulement je n'avais aucune envie de me retrouver dans mon petit appart qui n'avait pas la vue sur la mer, mais à peine étais-je sortie de l'aéroport que ma mère m'avait appelée pour me faire une crise d'enfer. Elle venait de piger que j'étais partie en vacances avec un homme qu'elle ne connaissait ni d'Ève ni d'Adam. Ma sœur est une vraie pipelette, incapable de la fermer. N'ayant aucune envie de m'engueuler avec ma mère, je répétai comme un mantra que Victor était seulement un ami, mais je commençai à bouillir quand elle se mit en tête de m'expliquer en long et en large que, vu ma situation, ce voyage était proprement scandaleux. Elle me balança d'emblée son argument massue, que je reçus comme un coup de pied à l'estomac : j'étais mariée.

Ah bon, j'étais mariée ? Avec Adrian qui baisait sa fidèle collaboratrice ?

Est-ce qu'ils allaient finir par comprendre ?

Mieux valait ne rien répondre à ma mère. La seule chose à faire était de parler avec Eduardo, mon beau-frère et ci-devant avocat, et officialiser la séparation. J'en avais ma claque. Je n'allais pas laisser mes parents me réprimander comme une gamine. De quel droit jugeaient-ils ma vie ? J'allais régler ça au plus vite.

Pour couronner le tout, j'étais encore plus fauchée qu'avant de partir. Victor avait payé les billets d'avion et nous étions logés gratuitement, mais j'avais insisté pour participer aux dépenses. Toutefois, en consultant mon compte en ligne, je me dis que j'aurais peut-être mieux fait de lui laisser jouer les grands princes.

Ça craignait. Je n'avais même pas de quoi faire les soldes. Et rien à me mettre !

Mais j'écoutai un message de Lola sur mon répondeur qui me mit de meilleure humeur : « Val, t'es une vraie salope. Je viens d'apprendre, et pas par toi, que t'es rentrée. Je suis à la maison et peut-être que Carmen va faire un saut. Viens nous raconter tes aventures de sirène, avec ton bronzage d'enfer qui nous fera crever d'envie. »

Je laissai ma valise au beau milieu de mon salon/chambre/salle à manger et me précipitai chez Lola sans même me changer.

Elle me prit sans ses bras. Je balayai le salon du regard et vis Carmen étendue sur le canapé, les pieds sur un coussin, et Nerea assise sur le tapis, un sourire débonnaire aux lèvres. Je n'avais pas de nouvelles d'elle depuis le soir qui avait suivi son IVG.

À peine la porte d'entrée refermée, Carmen me balança un coussin à la figure.

— T'es trop bronzée, salope !

— Normal ! Je n'ai rien fait d'autre que me mettre au soleil.

— Mouais. T'as sûrement fait autre chose aussi… murmura Lola.

— Et quoi ?

— Une petite bière ?

— Alors, raconte, dit Nerea, toujours assise sur le tapis, les genoux repliés.

— Non, non. Deux semaines sans vous, je veux tout savoir. Racontez-moi. Ça va ? demandai-je en dirigeant mon regard vers Nerea.

— Cool. Je t'ai déjà dit que ça s'était bien passé. Pas de quoi en faire un plat.

— T'es vraiment la meilleure.

— Bof, je t'avais bien dit que je savais ce que je voulais. Une simple formalité.

Lola émergea de la cuisine avec une bière et des chips.

— Et toi ? Ton appart ? demandai-je à Carmen, vu que Nerea n'avait visiblement pas envie de parler d'elle.

— Finalement, on a trouvé. On déménage bientôt.

— Super ! Je suis ravie pour vous.

— Un trois-pièces à deux pas de chez Nerea. Avec une super hauteur sous plafond.

— Bravo ! Tu dois faire une pendaison de crémaillère.

— La mère de Barto n'est pas encore au courant, donc…

— T'es pas obligée de l'inviter si t'as pas envie, observa Lola sarcastiquement.

— Arrête de déconner, je parle sérieusement.

— Bon – elle lâcha une grimace. Tôt ou tard, elle pigera. Un point c'est tout.

— Si ça se trouve, elle sera ravie et te fera des napperons au crochet pour toutes les tables, commenta Lola.

— Et pour les fauteuils, renchéris-je.

— Fermez-la une minute. Avec le bol que j'ai, elle est capable de s'installer dans le bureau.

— Ou de dormir entre vous deux pour que vous ne puissiez pas vous toucher… péché mortel, ajouta Nerea en faisant un clin d'œil.

— Et toi, Lola ? demandai-je.

— Calme plat. R.A.S.

Nous la fixâmes, étonnées.

— Elle a finalement tiré un trait sur l'histoire avec Sergio. Définitivement. Elle m'a juré sur la tête de Dior qu'elle ne l'appellerait plus jamais pour un plan baise.

— T'as juré sur la tête de Dior ?

Lola leva les yeux au ciel.

— Je n'avais pas le choix. Elle voulait à tout prix que je lui promette, continua-t-elle en montrant Nerea. Maintenant je suis obligée de tenir parole. Mais uniquement parce que je voue un culte à Christian.

— Quel Christian ?

Carmen n'avait pas percuté.

— Dior, bêtasse. Val, à toi, maintenant. Fais-nous envie, raconte !

Je soupirai avec un air béat.

— Des vacances absolument géniales. Sans déconner… magnifiques.

Lola se mit un doigt dans la gorge et fit semblant de gerber. Je me dis qu'elle attendait les détails croustillants mais décidai de la faire poireauter un peu. Je poursuivis.

— La seule ombre au tableau, c'est que ma mère vient de m'appeler et elle m'est tombée dessus plein pot. Pour elle, que je sois partie sur une île de la Méditerranée avec un homme qui n'est pas mon mari, c'est totalement immoral.

— C'est juste parce qu'elle n'a pas encore vu Victor. Ce qui est immoral, c'est qu'il soit tellement canon ! En attendant, c'est de ta faute, ma belle. Pourquoi tu lui as dit ? demanda Lola.

— Mais je ne lui ai rien dit ! C'est ma frangine, elle ne sait pas fermer sa gueule.

— Bon, si l'histoire avec Victor, c'est du sérieux, il va bien falloir qu'ils s'y fassent, non ? remarqua Nerea.

— Tu crois ça ! Ils ne s'y feront jamais. Je suis certaine qu'en ce moment ma mère pense que je les ai déshonorés, ou quelque chose dans le genre.

— Laisse tomber ta mère. Et les vacances ?

Je me laissai tomber dans un fauteuil en face des copines, sans pouvoir refréner un sourire de contentement béat.

— Incroyables. Les parents de Victor ont une super baraque avec vue sur la mer et une terrasse gigantesque.

Pas loin, il y a une petite crique isolée où nous allions tous les jours en Vespa.

Je battis des paupières plusieurs fois d'affilée, l'air rêveur.

– C'est Hollywood, tes vacances, dit Carmen. Tu me fais tellement envie que je te déteste. Je te hais.

– Sympa, dis donc, observai-je ironiquement.

– Et avec Victor, ça s'est passé comment ?

Nerea voulait en savoir plus.

Je soupirai. Je me sentais idiote d'être aussi heureuse. Je finis par répondre.

– Je ne sais même pas quoi dire. J'avais peur qu'il en ait marre de me voir pendant quinze jours à plein temps, mais ça a été cool du début à la fin. Nous avons eu le temps de parler, de mieux nous connaître…

– … de baiser comme des lapins.

C'était Lola, qui prenait les copines à témoin.

– Hé, Lola, on se calme.

– Oui, oui, ça aussi – j'éclatai de rire. Avec Victor, on sait à quoi s'attendre, non ?

– Il t'a demandé s'il pouvait te la mettre par-derrière ?

Nerea sursauta. La grossièreté de Lola passait mal avec elle. J'éclatai de rire, en même temps que Carmen.

– Non. Ma réponse était catégorique.

– Tu ne sais pas ce que tu as raté.

– Bon, parlons d'autre chose. Vous avez posté des photos sur Facebook ? demanda Carmen.

– Non – je ris, un peu gênée. Nous n'avons pas pris beaucoup de photos et celles que nous avons faites, on ne peut pas les mettre sur Facebook, crois-moi ! elles sifflèrent à l'unisson, mais je les ignorai et poursuivis : sans déconner, ça a été des vacances parfaites. J'ai pu y voir plus clair, au calme, tous les deux seuls… On a même passé une journée entière au plumard. On avait ouvert la fenêtre et on est restés là, à bavarder, à nous embrasser…

— Sans blague… lâcha Nerea, impressionnée.

— Et…

Je fis une pause, les regardant tandis que le souvenir se ravivait en moi.

— Et… ? répétèrent-elles en chœur.

— Allez, nom de Dior ! raconte enfin quelque chose d'intéressant, lança Lola, les mains croisées sur la poitrine et les yeux au ciel.

— Victor m'a dit qu'il m'aimait, avouai-je sur un ton de triomphe.

Lola se leva comme mue par un ressort.

— Quoi ? cria-t-elle.

— Il m'a dit « je t'aime ».

Je souris.

— Où, quand et comment ? voulut savoir Carmen.

— C'était après le coucher du soleil, on faisait l'amour, les draps étaient frais et sentaient la lavande, et il m'a dit : « Je t'aime, mon cœur. »

— « Je t'aime, mon cœur » ? Vous baisiez dans quelle position ?

Lola exigeait des détails.

— Tu crois vraiment que ça a la moindre importance ?

— Évidemment.

— J'étais sur lui.

— Pénétration vaginale ou anale ?

— Lola, arrête ton char ! Je te dis que nous étions en train de faire l'amour, ça suffit.

— Oh oui, trop romantique.

Lola, super sérieuse.

— Et toi, t'as répondu quoi ?

— « Moi aussi. » Normal, non ?

Nerea et Carmen lâchèrent un « Oooooh » à l'unisson qui me fit éclater de rire. Entre-temps, Lola tirait sur sa clope, le regard halluciné.

— On croirait que tu as vu un fantôme, remarquai-je.

— Ouais, c'est à peu près ça. Imagine un peu qu'on te dise que j'ai trouvé Dieu et que je suis entrée dans un couvent de carmélites.

— Franchement, t'exagères !

— Valeria, ce mec, je l'ai vu sortir en même temps avec deux sœurs sans qu'elles le sachent. Une fois, il s'est tapé la nana d'un collègue dans les toilettes d'un resto pendant que l'autre, il était tranquillement à table en train de bouffer. Son collègue de boulot ! Elle tira une taffe et sourit : au fond, tu sais, je suis morte de jalousie. Moi, ça n'a pas marché avec lui. Tu es l'exception qui confirme la règle.

Cet aveu me surprit.

— Quelle règle ? Celle qui consiste à ne pas sortir boire des verres avec sa copine Lola quand on est mariée ? demanda Carmen, prise d'un fou rire.

— Non, celle qui veut qu'aucune femme ne peut changer un homme. Nous avons toutes fantasmé au moins une fois d'être la femme qui arriverait à métamorphoser un dragueur fini en toutou fidèle, non ? intervint Nerea.

— Victor n'est pas mon toutou.

Je souris.

— Tant mieux. C'est un mec d'enfer, qui est amoureux de toi.

— Eh oui – je battis des cils. C'est génial.

— Il est trop beau, il a un super boulot, une bite d'acier, une langue agile, je veux dire vraiment agile, des abdos en béton et un compte en banque idem. En plus, il adore les mômes, et tu te retrouverais avec une belle-mère super cool. Parce que je la connais, sa mère, précisa Lola, et je te jure qu'elle vaut mieux que ce qu'elle paraît.

— Putain, celle de Barts, j'aimerais l'étrangler ! lança Carmen en serrant les poings.

Je conservai mon sourire béat. Oui, j'avais vraiment de la chance. Trop de chance ? Non. On n'est jamais trop heureux.

Je n'en avais rien à faire des discours moralisateurs de ma mère. Victor et moi, ça roulait. Ça ne faisait pas longtemps qu'on était ensemble, à peine trois mois, mais on semblait bien partis. C'était peut-être un rêve qui allait s'évanouir en fumée, mais peu importe. Ce qui comptait, c'est ce que je vivais avec lui. Et pourquoi Victor se serait-il amusé à me mener en bateau avec des mots doux ?

Avant d'aller me coucher, je reçus un texto de lui. Il me disait qu'il était triste de se retrouver tout seul dans son lit, sans mon corps à ses côtés. Et il concluait avec un « je t'aime ».

Le nirvana. Tout était parfait. Trop parfait sans doute…

26
Trop parfait…

Il était dix-neuf heures trente, et il faisait toujours une chaleur d'enfer. C'était une de ces journées de canicule, étouffante et humide. Il était prévu que j'accompagne Lola faire du shopping pour l'aider à choisir ses nouvelles fringues de célibattante, mais j'avais annulé. Mieux valait rester chez moi avec la clim au maximum. Si je sortais, je risquais l'insolation.

Victor savait se montrer très insistant. Il avait réservé une table en terrasse pour vingt et une heures dans un resto où il avait envie d'aller depuis un moment. Dans une villa des environs, avec un jardin immense où, sûrement, j'allais me faire dévorer par les moustiques. Mais je n'avais pas pu dire non. Nous devions nous retrouver dans une heure chez lui. Moi, très organisée comme toujours, je courais partout dans l'appartement pour ne pas être en retard.

J'allais sortir lorsque la sonnette retentit. J'ouvris sans me méfier parce que je ne suis pas dotée de superpouvoirs qui permettent de voir à travers les portes, même si ça me plairait beaucoup. Et avec qui me trouvai-je nez à nez ? Avec Adrian, bien sûr. Eh oui, Adrian, mon ex-mari. Adrian, l'homme que j'avais épousé à vingt-deux ans et que j'avais quasiment oublié. Et ce n'était pas un Adrian aimable. Non. Ce n'était pas un Adrian disposé à rétablir des relations, disons, correctes, ct à discuter des formalités du divorce. C'était un Adrian qui ne me plaisait pas du tout.

Le visage hagard, les yeux cernés, dépeigné, on pouvait dire qu'il avait l'air dans un sale état. Il tenait à la main la vraie raison de sa visite : mon bouquin aux pages froissées, visiblement lu et relu. Ça se présentait mal.

Il me regarda de la tête aux pieds et fit la grimace.

— Tu sortais ? demanda-t-il d'un ton méprisant en s'appuyant au chambranle.

— Allez, j'ai dix minutes.

— Oh, dix minutes, génial !

Il entra, resta debout et, en me regardant, jeta le bouquin sur le lit.

— Il y a longtemps que je t'ai dit de le lire, tu te souviens ? observai-je.

Je ne l'avais jamais vu si en colère.

— T'avais parfaitement raison. J'avais peur de le lire. En fait, je l'ai lu deux fois, pour être sûr que j'avais bien pigé. Je voulais passer te voir après l'avoir lu la première fois, mais j'ai parlé avec Natalia qui m'a raconté qu'elle t'avait vue en train de te tripoter avec un mec dans la file d'attente d'un cinoche… Grand, brun, beau gosse. J'imagine que c'est Victor. Même si ça ne m'étonnerait pas que maintenant tu fasses ça avec un autre – il soupira. Et donc, je l'ai relu. La première fois, j'avais tellement envie de me flinguer que quelques détails m'avaient peut-être échappé.

Je ne sus quoi répondre. Je n'étais pas habituée à voir Adrian dans cet état. J'en avais les jambes qui tremblaient. Je me mis pieds nus et me pelotonnai dans le fauteuil.

— Concrètement, tu as des questions, Adrian ?

— Oui, concrètement, j'ai mille questions.

— Bon, alors il vaut peut-être mieux que tu commences sans attendre.

— La publication de ce truc, c'est la pire chose que tu as faite de ta vie. Je ne porte pas plainte contre toi pour ne pas te faire de pub – je hochai la tête sans répondre ; il poursuivit : si tu voulais me faire mal, tu pouvais toujours me balancer un coup de pied dans les couilles. Tu m'as ridiculisé et humilié.

— Ce n'était pas le but recherché. J'ai juste voulu raconter une histoire vraie, et elle est aussi vraie que la vie.

— C'est surtout une vraie merde, éructa-t-il, les yeux exorbités. Tu n'es plus écrivaine, tu es – il jeta un regard vers le livre – une pute fière de l'être, et qui en plus se croit super cool.

— Adrian, ce n'est pas la peine d'en rajouter.

Je réussis à feindre le calme avec un certain succès.

— Tu m'as humilié.

— Non, je ne t'ai pas humilié.

— Je suis cocu, et qui plus est, parfaitement informé des merveilles que fait le crétin qui baise ma femme. Pour toi, ce n'est pas humiliant ?

Je baissai la tête. Je n'avais rien à répondre à cela. Mais moi aussi, j'étais cocue.

— Tu crois vraiment que tu devais me raconter à moi comment ce mec te touche ? demanda-t-il en pointant l'index sur son torse.

— Adrian, tu n'as rien appris de ce livre ?

— Que si ! répliqua-t-il avec violence. Que j'ai épousé une salope, et le pire, c'est qu'au fond je l'ai toujours su.

Je ne pipai mot. Adrian ne m'avait jamais manqué de respect. Je ne sus pas comment réagir pendant un long moment. Comme un KO sur le ring, avec l'arbitre qui compte jusqu'à dix.

— Et toi, tu es quoi, Adrian ? finis-je par articuler.

— D'après ton roman de gare, je suis un prétentieux qui se la joue artiste, un mec ennuyeux, un mauvais amant et un connard de première. Et en plus, éjaculateur précoce. C'est ça, non, bordel ?

— Je n'ai menti sur rien. Je n'ai pas exagéré. Tu as baisé avec une autre !

Je ne pus me retenir de crier.

— Avant ou après que tu expérimentes le Kama Soutra avec cet enfoiré ? Avant ou après que tu fantasmes comme une folle qu'il te touche ? Avant ou après que tu te foutes à moitié à poil avec lui dans une cabine d'essayage ? Ou que tu couches avec lui, ou qu'il t'embrasse et te…

— N'essaie pas de noyer le poisson. Hypocrite. Tu es resté des mois sans me toucher ! Je t'ai entendu gémir dans les bras d'une autre, tu te souviens ? Ça faisait combien de temps que tu la baisais dans mon dos ? Tu débarques ici en furie pour me balancer mon livre à la figure, mais je ne te demande rien. Je ne me suis pas jetée à tes pieds pour te quémander une nouvelle chance, que je sache. Qu'est-ce que tu cherches ? Je ne t'aime plus, et je ne t'aimais déjà plus quand j'ai fait tout ce que je raconte.

Il se tourna vers le mur et se prit le visage dans les mains. À ce moment, mon portable se mit à vibrer.

— Tu as un appel, dit-il en se tournant vers moi.

Je ne répondis pas, espérant qu'il laisserait tomber. Je savais que c'était Victor. Mais Adrian se rapprocha de la table sur laquelle le portable était posé, le prit et dit.

— C'est Victor. Tu ne le prends pas ?

— Repose le téléphone, Adrian.

— Tu n'as pas envie de lui raconter que ton connard de mari est venu te demander des explications ?

— Tu n'es plus mon mari.

Il balança le portable à l'autre bout de la pièce. Le téléphone heurta un mur et tomba par terre. La batterie se détacha et glissa sur le carrelage.

— Mais qu'est-ce que tu fous ?

Je bondis de mon siège en criant.

– T'inquiète. Il t'appellera sur le fixe ou il viendra à ta rescousse, en bon prince charmant. Et il me rencontrera, moi l'abruti qui ne te touche pas, ne te baise pas et ne te comprend pas, pauvre chérie.

– Tu n'es plus mon mari, je te l'ai déjà dit et redit.

– Ah bon ?

– Non, tu ne l'es plus depuis des années. Tu découvres que tu m'aimes quand je suis déjà avec un autre. Tu es pathétique.

– Probablement, je ne te baisais pas assez souvent à ton goût, non ? Les femmes comme toi, elles ne peuvent pas s'en passer, et elles ont besoin de variété.

– Adrian, va te faire foutre. Va donc te vautrer dans ta merde, pauvre con.

– Dans ma merde ? Et où j'étais toutes ces années ? Dans la merde ! Il était rouge de colère.

– Non, arrête de te faire un film. Ça n'a pas toujours été comme ça, répondis-je pour tenter de le calmer. Avant, nous nous aimions.

– Et à ton avis, j'ai tout bousillé ? Il s'appuya contre le mur, haletant.

– Non, nous avons tout bousillé. Toi et moi. Inconsciemment. Si nous n'avions pas laissé faire, ça ne se serait pas passé de la même façon.

Il ne répondit pas immédiatement. Il se retourna et appuya le front contre le mur. Puis il haussa les épaules en poussant un soupir.

– Je t'ai aimée comme un fou…

Il se passa la main dans les cheveux.

– Je crois que nous sommes assez adultes pour trouver une solution. Mais pas là, pas maintenant, Adrian. Va-t'en.

— Il n'y a pas de solution. Il se tourna vers moi, décomposé : tu as tout bousillé.

La sonnerie du téléphone fixe retentit. Insistante. Nous l'écoutâmes tous les deux en silence. Finalement, Adrian s'approcha de l'appareil. D'un geste brutal, il le débrancha en arrachant le fil, décollant un peu de peinture par la même occasion.

— Arrête ! Arrête, bordel ! Il va venir. C'est ce que tu cherches ? hurlai-je, hors de moi.

— Au moins, maintenant tu as une bonne raison de m'avoir dépeint comme un abruti.

— Tu ne m'aimes pas, Adrian. Vis ta vie ! Vis ta putain de vie et laisse-moi vivre la mienne. Ma seule erreur, c'est de ne pas t'avoir quitté plus tôt. Tu m'entends ? J'aurais dû te quitter avant, comme ça tu n'aurais rien à me reprocher.

— T'aimer, ça veut dire tout encaisser et basta, petite salope ? Tu crois vraiment que ça va durer ? Tu crois vraiment qu'il va t'aimer un dixième de ce que je t'aime moi ?

— Laisse tomber, Adrian. Maintenant, tu te montres sous ton vrai jour – j'avais envie de m'asseoir par terre et de me boucher les oreilles. Il me prend dans ses bras, si tu veux savoir. Et quand il le fait, rien d'autre n'existe, et surtout pas toi.

— Ferme ta gueule, bordel !

— C'est à toi de la fermer. Et casse-toi de chez moi !

— Ne me fais pas chier, je fais ce que je veux. Je fais ce que je veux !

Il beuglait de plus en plus fort.

— Depuis quand tu es comme ça ?

Je le fixai, pleine de ressentiment.

— Tu veux dire quand est-ce que tu m'as fait devenir comme ça ?

— Moi ? J'éclatai d'un rire acerbe. Oui, évidemment, c'est à cause de moi que tu es devenu ce tas de merde, qui d'abord me trompe allègrement avec une nana à peine sortie de l'adolescence, et ensuite pète un câble parce que je fais pareil, mais avec un mec adulte. Si tu préfères, on peut dire que tu es devenu comme ça peu à peu. Ouais, mec ! Toutes ces nuits où on dormait dans le même lit chacun de son côté, sans même s'embrasser. Toutes ces soirées où tu prétendais avoir du boulot plutôt que passer ton temps avec moi, toutes les fois où tu t'es débrouillé pour que je décide ce que toi, tu voulais !

— Je suis un fils de pute, c'est ça ? C'est bien ça ? J'ai tout faux ?

— Non ! Nous avons tout faux. Nous !

— Le jour où tu en auras marre de lui et que tu reviendras ramper vers moi, rien que de voir ta gueule ça me dégoûtera.

— Adrian, je ne viendrai sûrement pas ramper vers toi.

— Ouais c'est ça, vous vous aimerez éternellement et ce sera le paradis.

— Si demain ça se terminait avec Victor, tu es la dernière personne avec qui j'aurais envie d'être. Moi aussi ça me dégoûte de te voir. Et Alexandra ? Elle t'a planté ?

Silence. Il me lança un regard venimeux, accompagné d'un rictus qui ne se déguisait même pas en sourire.

— Tu sais quoi ? Ce que tu appelles ta licence poétique, ça m'a bien fait marrer. Tu n'as pas la moindre idée de ce qui s'est passé entre Alex et moi, mais tu racontes ça comme si tu avais été assise en face de nous en train de prendre des notes.

— Tu ne m'as jamais expliqué ce qui s'était passé dans cette chambre. Le mieux que je puisse faire, c'est l'imaginer.

— Tu es loin du compte – il me lança un regard plein de colère. Tu es très loin du compte, tu n'as pas la moindre idée de ce qui s'est passé entre nous…

— Mais tu te rends compte de ce que tu es en train de me raconter ? Tu viens beugler que je t'ai fait lire ce que j'avais vécu avec Victor, et maintenant tu te vantes de tes aventures avec une gamine. Félicitations ! Qu'est-ce que tu veux que je te dise ? Bravo ! Si tu espères me faire du mal, tu peux garder les détails pour toi parce que c'est raté. Je n'en ai strictement rien à foutre !

J'étais encore plus en rage.

— Si moi j'ai dû lire le récit de tes parties de baise géniales avec Victor, alors autant que tu saches que si je baisais avec Alex et pas avec toi, c'est parce qu'elle me faisait bander. Je l'ai toujours fait jouir. Je ne vois pas pourquoi j'aurais baisé avec toi – il me regarda avec dédain. Pour quoi faire ? Pour m'échiner entre tes cuisses pendant que tu regardais le plafond et m'imaginer que j'étais avec elle ?

Waouh ! Là, je me pris une claque. Une méga claque.

— Je pourrais te répondre que Victor ne voit pas les choses de la même façon quand il me fait l'amour toutes les nuits, mais là, je pense que je vais juste te demander de te barrer de chez moi. Ne me force pas à te foutre dehors. Casse-toi.

— Non, je veux attendre ton jules. Ton amoureux… insista-t-il en se fichant de moi.

— Fous le camp !

La sonnette retentit. Puis on frappa du poing sur la porte. Victor. Il avait décidé de passer me prendre.

— Valeria, c'est moi. Ouvre.

— Eh bien voilà, t'es content ! lançai-je à Adrian, qui me regarda sans changer d'expression, figé dans sa colère comme un mannequin de cire.

J'ouvris la porte et sortis sur le palier.

— Victor…

— Qu'est-ce qui se passe ? Je t'ai appelée, mais…

Il avait l'air hyper inquiet.

— Adrian est ici – Victor ne réagit pas. Il est très… barré. Dans le genre agressif. Il vaut mieux que tu t'en ailles. Je t'appelle plus tard.

J'avais à peine prononcé le mot « agressif » que Victor passa devant moi et entra dans l'appartement. Il regarda Adrian, puis mon portable qui gisait par terre, puis le fil du téléphone fixe arraché. Je me mis derrière lui et le pris par le bras en tentant de le retenir.

— Non, Val, laisse-moi. T'inquiète, je ne vais pas péter un câble. Je veux juste qu'il me dise ce qu'il a envie de me dire depuis longtemps, et qu'il se casse.

— Victor, non… implorai-je.

— Lâche-moi, s'il te plaît.

— Qu'est-ce que tu veux que je te dise ? lança Adrian. Que tu as foutu ma vie en l'air ? Que tu es un enfant gâté qui doit absolument avoir tout ce qu'il veut ? Qu'un jour, même si tu ne t'y attends pas, tout ça ce sera trop pour toi et, en bon trouillard de merde que tu es, tu te barreras en courant ? Je me trompe, Superman ?

Victor se pinça le nez entre le pouce et l'index.

— Écoute, je n'ai rien foutu en l'air. Tu l'as fait tout seul. Personne ne peut détruire un couple de dix ans si ça marche bien, reconnais-le. Il ne restait plus rien à détruire. Donc, s'il te plaît, fiche la paix à Valeria et vis ta vie. Je n'ai rien d'autre à dire.

— Victor, va-t'en s'il te plaît.

— Oui, Victor, casse-toi. C'est un problème entre ma femme et moi.

— Ta femme… plus pour très longtemps, il me semble, répondit Victor en faisant demi-tour.

— Tu vas lui tenir la main pour signer les papiers du divorce ? J'aurais plutôt tendance à croire que tu seras déjà avec une autre salope.

— Je ne serai pas avec une autre, et arrête de l'insulter. Traite-la avec respect, sinon c'est moi qui vais arrêter d'être gentil.

Je n'avais jamais entendu Victor parler sur ce ton. C'était comme un grondement qui sortait de sa gorge.

— Tu me menaces ?

— Mais non. Je te demande gentiment de t'en aller. Crache ton morceau et va-t'en.

— Tu la baises tranquille ? Hein, Victor ? Elle aime ça, non ? C'est ça ? Elle te laisse faire tout ce que tu veux ?

Victor fit volte-face. Il fixa brièvement Adrian, mais finalement leva les avant-bras, paumes ouvertes, et se dirigea vers la porte.

— Je sors. J'attends dehors qu'il se barre. Avec ce mec, c'est juste pas possible.

— Trouillard !

Adrian ne lâchait pas prise.

— Je ne suis pas un trouillard. Tu attends que je te défonce la gueule, mais avec l'envie que j'en ai, ça se terminerait au commissariat.

— C'est ça, super mec ! ironisa Adrian.

Je commençai à me dire qu'il était peut-être bourré. Heureusement, Victor ne tomba pas dans le piège et se dirigea vers la sortie.

— Pauvre type ! asséna-t-il en claquant la porte.

— Barre-toi, Adrian. Je n'ai aucune envie d'avoir un problème avec lui.

— Tu sais très bien qu'il va te planter.

— Comme toi ? Il me plantera comme tu m'as plantée ? T'inquiète pas pour moi.

— Moi, je ne t'ai pas plantée. Tu as baisé avec lui ! J'ai la haine, merde, j'ai vraiment la haine… répéta-t-il avant d'éclater en sanglots.

J'en restai bouche bée. Pas possible. Adrian, c'était pas le mec qui hurle, qui pleure, ou qui a la haine. À le voir comme ça, écarlate, tremblant de haine et sanglotant, je fus envahie d'une puissante sensation de dégoût. Ça ne me plaisait pas du tout. Ça ne me plaisait pas de le voir dans cet état, même si notre histoire m'avait fait beaucoup souffrir. Adrian était ravagé. Et moi aussi, au fond. Je pris soudain conscience de la douleur que j'avais portée en moi. J'avais négligé ce que je ressentais face au naufrage de cette relation dans laquelle j'avais investi tous mes désirs.

Je m'assis dans le fauteuil et me mis à pleurer à mon tour, le visage tourné contre le mur. Victor ? Et lui, qui était-il ? J'avais couché avec Victor et rompu avec Adrian. Lui, il avait été avec Alexandra pendant des mois. Je le savais. Et au fond, je l'avais toujours su. Immédiatement la douleur me saisit de nouveau.

Adrian vint vers moi, s'assit par terre et appuya sa tête sur mes genoux, encore agité de sanglots. Au bout d'un moment, il murmura qu'il m'aimait tellement qu'il avait envie de mourir.

Je fixai le plafond en pleurant. Pourquoi fallait-il que ce soit si difficile ? Nous ne nous aimions plus. C'était fini. Pourquoi s'accrocher bec et ongles à quelque chose qui n'existait plus, alors qu'on s'en était fichu quand ça existait ? Nous devions en faire le deuil et aller de l'avant chacun de notre côté. Pas ce genre de scène.

– Écoute, Adrian, tu ne vas pas mourir. Tu ne m'aimes plus, et moi c'est pareil. Je n'ai plus envie que tu me regardes, que tu me touches… je n'ai plus envie de te voir. Je ne veux plus…

Sans rien dire, Adrian essuya ses larmes brutalement d'un revers de la main, se leva et s'en alla, le regard baissé. Il n'échangea pas même un mot avec Victor, qui attendait à la porte.

C'était moi, ça ? Une femme de vingt-huit ans qui se promenait main dans la main avec sa nouvelle conquête sans réfléchir un seul instant au fait qu'elle venait d'envoyer balader son mariage ? C'est ce que nous allions être éternellement, Victor et moi, des amoureux éternellement post-adolescents ? Mais au fond, est-ce que je connaissais Victor ? Si Adrian, après plus de dix ans, avait pu changer à ce point, et être prêt à me faire du mal, avec Victor aussi, ça pouvait mal se terminer. J'étais terrorisée. Les mots d'Adrian m'avaient blessée, certes, mais si un jour, c'était Victor qui décidait de me faire souffrir, je n'étais pas sûre de pouvoir le supporter.

J'étais en proie à une multitude de sentiments contradictoires que je n'arrivais pas à démêler. Je devais prendre un peu de temps pour réfléchir. Et je devais prendre soin de moi.

Victor entra dans l'appartement et referma la porte. Il avança lentement vers moi et s'assit sur l'accoudoir du fauteuil. Il mit une main sur mon dos.

— Ne te fais pas de souci, murmura-t-il. Signe les papiers du divorce. Et s'il se pointe une nouvelle fois, appelle la police.

— Tu finiras par en avoir marre de tout ça. Je te complique la vie, chuchotai-je.

— Ne dis pas n'importe quoi.

— Tu en auras marre de tout ça, de moi, et d'être en couple avec une meuf qui ne sait pas…

J'étais tellement angoissée que je ne me rendais pas compte du ton agressif avec lequel je m'étais mise à lui parler.

— Non, c'est totalement faux, répliqua-t-il avec brusquerie.

— Je ne sais pas pourquoi nous en sommes là, Victor. Nous… perdons notre temps.

— Non, pas pour moi. Si tu as l'impression que c'est du temps perdu, il y a un problème.

— Je n'en sais rien, j'ai l'impression d'avancer à l'aveuglette.

Je me cachai le visage dans les mains.

— Valeria ? Qu'est-ce que tu as ? Qu'est-ce que tu veux dire ?

Il haussa les sourcils, étonné.

— Je crois que je n'aurais pas dû commencer quelque chose… avec toi.

En fait, je voulais dire que je n'aurais pas dû commencer aussi vite, mais les deux derniers mots m'étaient restés dans la gorge. Je repris.

— Je n'ai pas confiance en toi.

— Comment, tu n'as pas confiance en moi ? Tu me dis ça après l'engueulade avec ton mari ? Et maintenant quoi ? Tu vas me dire que c'est lui qui a raison et que tu regrettes de m'avoir connu ?

— Oui.

J'éclatai en larmes sans pouvoir lui expliquer que non, je ne regrettais pas de l'avoir connu, mais que je regrettais que les choses se soient passées de cette façon. Je me contentai de pleurer en silence, très dignement.

— Je me casse. Tu ne dis que des conneries.

Il se leva.

— Ce n'est pas des conneries, Victor. Tu me quitteras – je le regardai. Tu me feras souffrir encore plus que lui. Je ne pourrai pas le supporter – Victor se dirigeait vers la porte. Tu peux me jurer que tu ne me quitteras pas ?

Il fit demi-tour, et me regarda en se mordant la lèvre inférieure.

— Valeria, ne joue pas à ce jeu-là avec moi.

— Réponds. Tu peux me jurer que tu ne me quitteras pas ? Tu peux me promettre qu'on est ensemble pour de bon et que je ne vais pas me retrouver comme une pauvre merde ?

— Non, bien sûr que non. Personne ne peut te promettre une chose pareille, moi pas plus qu'un autre. Je ne t'ai jamais menti, Valeria. Je crois que j'ai toujours été hyper sincère avec toi.

— Justement. Je sais quel genre d'homme tu es, Victor.

— Ah bon ? Et je suis quel genre d'homme, exactement ?

— Du genre à me faire souffrir. Va-t'en, s'il te plaît.

Il continua de me regarder d'un air surpris.

— Mais qu'est-ce qui te prend ?

— Je dois prendre soin de moi. Va-t'en, je te le demande.

Je haussai les épaules. Il se dirigea vers la porte mais s'immobilisa à mi-chemin et poussa un soupir.

— J'attendrai quelques jours, le temps que tu te calmes. Pas plus.

— Non, ne fais pas ça.

— Mais c'est exactement ce qui va arriver si on arrête là, Valeria. Réfléchis – le visage dans les mains, je sentis l'air me manquer. J'attendrai quelques jours, mais quand tu reviendras, je veux voir un document signé qui me prouvera que ces conneries, c'est terminé. J'en ai ma claque de ces scènes.

— Quelles scènes ?

— Comme celle qu'on est en train de faire, maintenant.

— Ne me mets pas la pression.

Je fermai les yeux.

— Je ne te voulais pas avec la bague au doigt, et je ne veux plus que tu sois mariée avec ce mec. Regarde un peu ce que ça nous fait ! J'en ai marre de ce feuilleton à la noix ! Marre ! Entendre Victor crier était exactement ce qu'il fallait pour m'achever. Et non, je ne vais pas te larguer pour aller avec une autre salope, comme dit ton mari. Pourquoi est-ce que tu t'imagines des choses pareilles ? Pourquoi est-ce que tu ne peux pas penser qu'entre nous, c'est le début, et que nous pouvons…

— Parce que tu n'es pas ce genre de mec, Victor. Parce que tu meurs de trouille et tu recules à la moindre occasion. J'ai besoin de quelqu'un qui me fasse me sentir forte, après toute cette histoire. Je n'ai pas envie de flipper sans arrêt à me demander ce qui risque de te paniquer et de te faire partir en courant. Tu me demandes de m'engager ? Mais c'est toi qui ne sais pas ce que tu veux !

— Je ne suis pas en train de te demander de m'épouser, bon sang ! Mais soit tu es avec moi pour de bon, soit tu me quittes, merde !

— Tu vois ? Tu vois, Victor, c'est toi qui me demandes de m'engager. D'après toi, je ne l'ai pas déjà fait ? Tu n'as pas eu ce que tu voulais ? Il t'a manqué quelque chose, ces derniers mois ?

— Non, absolument rien. Mais il y a toujours eu quelque chose en trop.

Il ouvrit la porte et avança d'un pas puis stoppa net et fit volte-face. J'essuyai une larme discrètement et le regardai dans les yeux.

— Qu'est-ce qu'il y a ?

— Fais gaffe, Valeria, je n'ai aucune envie de commencer à te détester parce que tu me fais souffrir… je ne trouve pas ça marrant.

— Quand on est avec quelqu'un, il n'y a pas que du marrant. Deviens adulte, une bonne fois pour toutes.

— Ne me dis pas que je dois devenir adulte, parce que je vais avoir envie de te répondre qu'avec toi, je deviens vieux.

Avec moi il devient vieux ? J'eus soudain l'impression qu'Adrian finirait par avoir raison. Ce n'était plus une vague menace. Victor n'était pas prêt à me donner ce dont j'avais besoin, et je n'avais pas la force de me battre sans cesse avec lui. J'en avais assez de mendier.

Je le voyais se lassant de moi, en embrassant une autre. Je me vis moi-même seule et ridiculisée… À vrai dire, je me sentais déjà ridicule. Très.

Peut-être avais-je encore le temps de me montrer… forte.

— C'est bon, va-t'en. J'essuyai mes larmes. Va-t'en, si tu veux. Mais ne reviens pas.

— Tu es complètement énervée. Et je suis hyper patient, mais…

— Arrête d'être hyper patient. Va-t'en et vis ta vie. De toute façon, il est clair que tu ne m'aimes pas. Nous savons tous les deux comment ça va se terminer. Autant s'éviter ça.

Victor recula de deux pas sans cesser de me regarder. Puis il disparut.

27
Les complications

Nerea rentra à dix heures. Elle se dépêcha de ranger et de se changer avant l'arrivée de Daniel. Il venait dîner.

À peine arrivé, il l'embrassa avec fougue.

— Tu m'as manqué, lui dit-il en la regardant dans les yeux.

— Toi aussi.

Nerea sentit une pointe de remords. Est-ce que, comme elle, il disait ça pour la forme, ou est-ce qu'elle lui avait vraiment manqué ?

— J'ai hâte que les vacances arrivent.

— Tu as une idée d'où nous pourrions aller ?

— J'y pense. Tellement que ça me donne mal à la tête.

Il se massa les tempes.

— T'exagères un peu, non ?

— Non, non. J'ai eu une réunion avec l'équipe qui m'a mis de mauvaise humeur.

— Imagine un peu s'il y avait encore Carmen !

— Si elle avait été là, ça se serait terminé en bagarre !

— Tu veux une aspirine ?

— Oui, merci mon cœur.

— Je me mets aux fourneaux, tu peux aller la prendre ? Dans le placard de la salle de bains.

Nerea commença à préparer le dîner. Daniel ne revenait pas de la salle de bains, elle ne l'entendait pas.

— Que se passe-t-il ? Tu as trouvé ?

— Nerea…

Elle se retourna. Daniel tenait dans la main les boîtes des médicaments qu'elle avait dû prendre pendant quelques jours après l'avortement.

— Oui… ?

Elle tenta de feindre l'indifférence.

— Qu'est-ce que c'est que tous ces trucs ? Tu es malade ?

— Mais non, juste deux trois trucs prescrits pas un spécialiste.

— Ça m'a l'air un peu plus sérieux que ça – il avait déplié une notice. C'est contre les saignements, et les hémorragies.

— Entre autres. Qu'est-ce qui te tente pour le dîner ?

— Nerea, qu'est-ce que tu as ?

— Rien. Si j'avais quelque chose, tu penses bien que je ne serais pas aussi tranquille, non ?

Elle s'appuya contre le plan de travail de la cuisine et reprit.

— Il y a deux semaines, j'ai subi une petite intervention sans importance, et j'ai dû prendre ces trucs en post-opératoire.

— Quelle petite intervention ?

— Dentaire…

Elle dit la première chose qui lui passa par la tête.

— On s'est vus il y a deux semaines, et tu n'as eu aucune intervention dentaire.

Daniel était quelque peu abasourdi.

— Dani... n'y attache pas plus d'importance que ça en a...

Nerea ferma les yeux et écarta les cheveux de son visage avec les deux mains, respira un grand coup et lâcha le morceau :

— Daniel, j'ai fait une IVG. J'étais enceinte de presque neuf semaines ; de toi, bien sûr. La gynéco m'a dit que ma plaquette de pilules était probablement périmée.

Il resta un long moment à la regarder sans rien dire. Nerea pensa avec tristesse que le moment qu'elle avait tant cherché à retarder avait fini par arriver. Ils allaient devoir parler... Mais Daniel haussa les épaules et ouvrit la bouche.

— Bon, et toi, ça va ?

Nerea pâlit. De toutes les réactions auxquelles elle aurait pu s'attendre, celle-là était la plus étrange.

— Oui. Je pense que oui.

— Bien... Tu veux un coup de main pour le dîner ?

Nerea ne répondit pas et ne laissa rien paraître. Son visage était parfaitement entraîné à ne montrer aucune émotion, mais intérieurement, elle se sentit très déstabilisée et une foule de questions se bousculèrent en désordre dans sa tête. Que venait-il de se passer exactement ? Qu'aurait-elle dû faire ? Qu'attendait-elle de Daniel ? Et pourquoi était-elle si déçue ?

Même si elle ne lui montra en rien la tempête qui faisait rage sous son crâne, elle ne put s'empêcher de demander à Daniel de rentrer chez lui après le dîner. Elle inventa avec un naturel parfait qu'elle avait une réunion qu'elle devait préparer, et pour cela elle devait être seule. Quand ils s'embrassèrent à la porte, Nerea ne sentit rien, absolument rien.

Barto et Carmen échangèrent un regard de part et d'autre de la table. Ils dînaient chez les parents de Barto, théoriquement pour leur annoncer qu'ils avaient loué un appartement ensemble et qu'ils prévoyaient d'emménager rapidement. Mais rien n'avait encore été dit. Le temps passait et Barto n'arrivait pas à se décider. Il bavardait avec son père à propos d'une campagne qui avait été un franc succès, et sa mère était en train de donner une recette de ragoût à Carmen, laquelle commençait à péter un câble intérieurement.

Elle avait beau s'efforcer tant et plus, elle n'arrivait pas à dissimuler ses sentiments. Elle ne supportait pas de se retrouver dans ce musée de napperons et de bibelots de porcelaine. Elle étouffait. Même chez ses parents à elle, elle ne tenait pas plus deux heures. Elle finissait toujours par avoir envie de s'enfuir à toutes jambes.

Là, c'était mille fois pire. Ce qui, chez sa mère, la faisait sourire devenait carrément flippant chez les parents de Barto. Pendant tout le dîner, elle avait eu sous les yeux un clown de porcelaine, souriant, perché sur une roue de bicyclette. Si, en se réveillant chez elle, elle s'était trouvée nez à nez avec un bibelot semblable, elle serait immédiatement tombée dans le coma.

Elle jeta un regard en coin vers Barto, concentré sur son assiette, occupé à découper sa viande en petits morceaux. Il était clair que lui non plus n'était pas à son aise. Pour lui aussi, c'était une galère, mais il cédait toujours au chantage affectif de sa mère. Carmen se rappelait qu'il lui avait dit qu'une histoire, ça se vivait entre deux personnes et pas plus. Elle avait envie de prendre un mégaphone pour le lui hurler en pleine figure.

Puri continuait de déblatérer sur le temps qu'il fallait laisser mijoter la viande. Bon sang… les aiguilles de la pendule semblaient figées. Barto leva les yeux de son assiette, regarda Carmen et leva les yeux au ciel, sans savoir qu'au même moment elle le maudissait pour son incapacité d'aborder le vrai sujet, la raison pour laquelle ils se trouvaient là. Nous, qui la connaissons depuis des lustres, nous savons comment elle réagit quand une situation est tendue, mais Barto, lui, ne devina pas qu'en cet instant précis, Carmen décida que ça suffisait comme ça, et qu'elle allait cracher le morceau à ses risques et périls.

Elle croisa les jambes, se redressa sur sa chaise et, levant le sourcil gauche, elle s'éclaircit la voix et demanda.

— Au fait, Barto… Tu les as mis au courant ?

Le silence qui suivit était éloquent. C'était non. Barto la regarda en biais tandis qu'il posait sa fourchette et prenait son paquet de cigarettes dans la poche de son pantalon.

— Ce n'est pas le moment, répondit-il sèchement.

— Quoi, tu es enceinte ? lança la mère, alarmée.

— Non, je suis géniale… répliqua-t-elle d'un ton désinvolte.

Le père de Barto dissimula un gloussement dans sa serviette.

— Ouf, tu m'as fait peur. J'ai craint le pire ! lança Puri.

— En fait – Barto se mordit les lèvres –, nous avons décidé de vivre ensemble.

La mère fit retomber sa cuillère bruyamment dans l'assiette.

— Pas de précipitation, mon fils. Ça ne fait pas longtemps que vous vous connaissez…

Elle avait la voix altérée.

— Ben, c'est décidé. Nous avons déjà trouvé un appartement.

Carmen balança l'info comme si de rien n'était.

Le père de Barto les félicita. Il demanda si un mariage était programmé dans la foulée, sans insister. Il sourit à Carmen et commença à parler, d'un ton empreint de tendresse, des difficultés de la vie commune, au début.

— Même quand on s'est disputés, on ne s'endort jamais sans s'être embrassés, conseilla-t-il.

Pour une personne normale, c'était seulement un pas de plus sur le chemin de la vie. Un pas qui avait déjà été accompli, en l'occurrence. Pour une mère dominatrice, c'était comme un coup de pied dans le ventre. Sans un mot, la belle-maman se leva de table, ramassa les assiettes et alla se réfugier à la cuisine. Carmen se demandait comment Barto, un homme parfaitement normal, déterminé et plein d'énergie, pouvait se muer devant sa mère en fils soumis et obéissant. Surtout avec un père aussi affable et compréhensif…

— T'es contente, maintenant ? maugréa Barto entre ses dents, coupant court à ses cogitations.

— Absolument ! répondit-elle sur un ton encore plus exaspéré.

Une fois le repas terminé dans une ambiance d'une lourdeur à couper au couteau, Carmen annonça qu'elle rentrait. Elle prit Barto à part un instant et lui dit qu'elle ne voulait pas qu'il la raccompagne chez elle.

— Je prendrai un taxi. Là, maintenant, tu n'es pas de bonne compagnie.

Barto, le visage fermé, était en pétard. Carmen était certaine que c'était une mauvaise idée de se retrouver en voiture avec lui. Il dit qu'il descendait avec elle en bas de l'immeuble. Vu son air résolu, inutile de chercher à l'en dissuader. Il n'était pas du genre à lâcher prise, et encore moins avec l'humeur qui était la sienne.

Ils prirent l'ascenseur en silence. Une fois dans l'entrée de l'immeuble, ils se regardèrent. Carmen espérait qu'il parlerait le premier. Elle était armée jusqu'aux dents d'arguments tous plus valables les uns que les autres, des arguments logiques, d'adulte, mais elle ne savait pas ce qu'il avait dans la tête et elle craignait un peu sa réaction.

Il s'éclaircit la gorge et commença :

— Pourquoi est-ce que tu te comportes toujours de la même façon ? Tu ne comprends pas qu'il y a des fois où ça ne marche pas ? Ce n'est pas ta mère ! Et ce n'est pas si facile. Laisse-moi faire, merde !

— Si je dois attendre que tu t'arraches, on fêtera mes quarante ans chez moi !

— C'est ma mère, merde ! Laisse-moi me débrouiller à mon rythme. Arrête de la ramener tout le temps. C'est de l'orgueil. Je dirais même que… tu l'as fait exprès.

— Barto, on doit emménager dans quinze jours, on doit faire brancher l'eau, le gaz et l'électricité. Tu ne crois pas qu'on a déjà assez attendu ? En plus, tu as vu ton père ! Il est content.

— Laisse tomber, Carmen, tu ne piges rien.

Barto repartit vers l'ascenseur.

— Non, Barto, celui qui ne pige rien, c'est toi. Je ne supporte pas cette situation. Si je tiens, c'est pour toi.

Carmen réussit à capter son attention.

— Qu'est-ce que c'est que tu ne supportes plus ?
Barto fit demi-tour et s'approcha d'elle à grands pas.

— Déjà que je ne supporte pas les déjeuners avec ma propre famille !

— Mais qu'est-ce qui te prend ? Qu'est-ce que c'est que cette bizarrerie ?

— Il ne manquait plus que ça ! Maintenant, c'est moi le problème, Barto ! On a tous nos limites, et moi, c'est la famille. C'est comme ça. Le problème, c'est ton attitude face à ta mère. Si tu la laisses faire, tu l'auras toujours sur le dos.

— C'est juste qu'elle s'inquiète pour moi, ce qui est parfaitement normal. Ce qui est moins normal, par contre, c'est ton comportement, Carmen. Que ça te plaise ou non, c'est ma famille. Si on va de l'avant, ils finiront par être de ton côté. Sinon, on fait quoi ?

— Il y a une différence entre s'inquiéter pour son fils et se mêler de ses affaires. Tes parents ne seront jamais les miens. Ce sont les tiens, et je sais parfaitement que je devrai toujours être aimable avec eux, et leur rendre visite de temps en temps, dans ce temple du napperon au crochet. Mais ce n'est pas ma mère, et je ne vois pas pourquoi je devrais tout avaler ! Si maintenant tu veux te mettre en colère, je te préviens, je me casse. Parce que même si c'est ta mère, tu dois reconnaître que j'ai raison sur toute la ligne.

— Ce n'est pas en réagissant comme ça que tu vas faire avancer le schmilblick, Carmen.

Mais il va bien falloir qu'on se décide. Déménage, Barto, arrache-toi. Tu sais quoi ? C'était une erreur de venir. Une erreur de faire la connaissance de tes parents. C'est avec toi que j'ai envie de vivre, pas avec eux !

— Carmen, je suis désolé, mais ce n'est pas comme ça que ça fonctionne, tu le sais bien.

— Et d'ailleurs, toi aussi, tu détestes l'avoir sur le dos ! lança-t-elle, exaspérée.

— Bien évidemment que j'en ai marre qu'elle me casse les couilles. Bon sang, Carmen, tu ne crois pas que j'ai envie de faire ce que je veux ?

— Eh bien fais-le ! Tu as trente-deux ans !

— Carmen, tu ne comprends pas.

— Barto, je ne suis pas mère, mais je pense que quand on donne naissance à un enfant, on doit savoir qu'un jour ou l'autre il voudra vivre sa vie.

Barto sortit dans la rue et alluma une clope.

— Ça n'a aucun sens de discuter si tu ne veux pas regarder la réalité en face, conclut Carmen calmement.

— Ça n'a aucun sens de discuter parce que tu aurais dû la fermer quand on était là-haut.

Carmen repéra un taxi en maraude et avança sur la chaussée pour le héler. Le taxi s'arrêta juste devant elle.

— Tant que tu n'auras pas compris, ce n'est pas la peine de m'appeler. Si tu ne comprends pas, je ne veux pas vivre avec toi.

28
Des conséquences d'être une trouillarde

Je ne fermai pas l'œil de la nuit. Après le départ de Victor, je me mis sous la douche et y restai une éternité, tentant de me convaincre moi-même que j'avais pris la bonne décision. Il fallait que je veille à ma tranquillité d'esprit, à mon équilibre émotionnel… et autres conneries dans ce genre.

Finalement, je me levai en me disant que je devais être cohérente avec ce que j'avais fait et dit la veille, et régler les derniers détails. Après quoi je pourrais tout oublier et tomber dans le coma si ça me chantait.

Je devais d'abord m'occuper des papiers du divorce. Ensuite, faire comprendre à ma mère qu'il fallait qu'elle arrête de s'arroger le droit de juger ce que je faisais de ma vie.

Je sonnai à la porte de ma sœur vers onze heures. J'eus de la chance, mes parents avaient profité du samedi pour venir voir leur petite-fille, je pouvais faire d'une pierre deux coups. Ma mère allait devoir m'entendre dire deux ou trois choses qui risquaient de ne pas lui plaire, mais qu'elle serait bien obligée d'accepter, qu'elle le veuille ou non.

À peine entrée, je me dirigeai vers Eduardo et lui demandai devant tout le monde s'il voulait bien s'occuper de mon divorce, rapidement.

Ma mère entama sa rengaine.

— Ne fais pas cette bêtise, Valeria. Tu te comportes comme une gamine et…

— Tais-toi ! criai-je en lui coupant la parole.

Grand silence dans la salle à manger. Ils me regardaient tous bouche bée. Je repris à l'adresse de mon beau-frère :

— Je veux que l'affaire soit réglée le plus vite possible.

— J'aurais besoin d'une attestation d'état civil pour vous deux. Nous allons procéder par consentement mutuel, c'est beaucoup plus rapide.

— Et s'il n'est pas d'accord ?

— Alors il faudra passer par une procédure pour altération des liens du mariage, c'est plus compliqué. Bon, heureusement vous n'avez pas d'enfants, donc pas de problème de pension alimentaire ou de garde alternée… Je contacterai Adrian dès que possible et, ne t'inquiète pas, Valeria, je me charge de tout.

— Tu fais une erreur – ma mère insistait.

— Arrête de juger quand tu ne sais rien. Adrian couchait avec une autre ! Tu penses que je devrais juste la fermer comme une brave petite épouse ? Eh bien non, figure-toi. Il s'envoyait en l'air avec son assistante pendant que moi, je me sentais comme une merde à la maison ! Ça, c'est terminé ! Il est venu chez moi hier, il m'a hurlé dessus, il m'a traitée de pute et il a cassé mon téléphone. Je ne veux plus entendre parler de lui !

— Mais, Valeria…

— Non ! Terminé ! Point final ! Ma vie m'appartient, j'en fais ce que je veux.

Ma nièce se mit à pleurer bruyamment. Je fermai les yeux.

— Merde, Rebeca, excuse-moi. Je ne voulais pas la réveiller.

— T'inquiète ! Elle m'embrassa sur la joue. Règle ça le plus vite possible et oublie le reste.

Je respirai un bon coup, me passai une main dans les cheveux et m'en allai. J'avais encore quelque chose à faire.

Devant la porte de Victor, j'inspirai profondément. J'avais les clefs dans ma poche droite, mais j'appuyai sur la sonnette. À ma grande surprise, ce ne fut pas lui qui ouvrit. Je me sentis gênée.

— Salut Alina.

— Hé, Valeria ! Salut, ça va ? Entre.

Au ton de sa voix, je compris qu'elle était au courant de la situation.

Je me demandais comment j'aurais été reçue par Natalia, la sœur d'Adrian…

— Je venais juste rendre quelque chose à Victor. Tu veux bien t'en charger ?

— Franchement, je préférerais que tu le fasses toi-même.

— Non, s'il te plaît. Tu veux bien les prendre ?

Je lui tendis le jeu de clefs d'un air suppliant.

Les clefs atterrirent dans sa main, et elle referma les doigts dessus. J'entendis la voix de Victor. Il était au téléphone.

— Allez, donne-les-lui toi, c'est moi qui te le demande.

— Non, je ne peux pas.

— Ne le quitte pas, chuchota-t-elle d'un ton ému.

— Je suis désolée.

J'allais partir lorsque Alina appela son frère. Il accourut du salon en deux enjambées et elle disparut dans l'appartement.

— Je t'appelle un peu plus tard, OK ? entendis-je Victor dire.

Je me tournai lentement. Il était en train de reposer le combiné sur son socle et il tenait le jeu de clefs que sa sœur venait de lui remettre.

— Je suis venue te rendre tes clefs, articulai-je dans un filet de voix.

— Je vois ça.

Je hochai la tête. Nous restâmes tous les deux sans mot dire.

— Il vaut mieux que je m'en aille

— Tu ne veux toujours pas entendre raison ?

Il fronça les sourcils mais il n'avait pas l'air en colère. Plutôt déçu.

— Non – je secouai la tête. Je ne peux pas.

— Donc, c'est définitif ? Tu me quittes pour de bon ?

— Oui.

Victor s'adossa au chambranle et appuya la tête contre le bois. Je fus sur le point de flancher.

— Je me fiche de tout ce que raconte Adrian. Tout ce que je sais, c'est que je suis désolé pour toi… avoua-t-il à voix basse, comme s'il avait honte de ce qu'il disait.

— Parce que je te fais devenir vieux ?

— Tu ne dois pas faire attention quand je raconte n'importe quoi.

Il se passa la main sur les yeux et sur le front.

— Victor, ce n'est pas n'importe quoi… C'est ce que tu penses.

— Entre.

— Non – je secouai énergiquement la tête. Je ne veux pas entrer.

— Entre, s'il te plaît. Qu'on puisse au moins se parler en adultes.

— En adultes ?

Victor fit claquer sa langue contre son palais avant de répondre.

— Je t'aime.

— Non ! Je luttai héroïquement contre l'envie de pleurer. Tu ne m'aimes pas, Victor, ne commence pas…

— Je sais pourquoi tu me fais ça.

— Non, je crois que tu n'en as pas la moindre idée.

— J'accepte la responsabilité – il sourit vaguement. C'est plus facile comme ça, non ?

— Ce n'est pas plus facile pour moi. Tu devrais le savoir. Mais toi… tu ne peux pas…

Je fermai les yeux en essayant de toutes mes forces de ne pas m'effondrer. Quand j'eus retrouvé un semblant de calme, j'ajoutai :

— Je m'en vais.

— Tu vois, tu me donnes raison. Et Adrian va être super content, entre parenthèses.

— Laisse tomber Adrian, Victor.

— Tu te barres ? Vraiment ? Tu me quittes ?

— Oui.

— Tu ne m'aimes pas ?

Il baissa les yeux. Je ne répondis pas.

— Tu me démolis, en partant comme ça, Valeria, murmura-t-il.

— Je ne peux pas…

— Reste.

— Je ne peux pas.

Je le regardai dans les yeux.

— Si tu pars, alors ne reviens pas, s'il te plaît.

Il parlait d'une voix calme, presque sereine.

— De toute façon je n'en ai pas l'intention.

— Je te l'ai déjà dit hier soir. Je ne veux pas en arriver à te détester. Je préfère me rappeler que moi, au moins, j'ai essayé. C'est toi qui as jeté l'éponge.

Je regardai la pointe de mes chaussures. J'avais honte. Comme je ne commentais pas, Victor ajouta :

— Bon. Si c'est ce que tu veux, au moins autant faire ça bien.

Je tournai les talons. Au moment où je descendais la première marche, j'entendis la porte se refermer doucement dans mon dos.

Victor allait reprendre sa vie d'avant. Le soir même, il sortirait et si ça se trouve, il rentrerait chez lui en bonne compagnie. Il pourrait coucher avec une autre meuf, juste comme ça, et m'oublier en moins de deux. Feuilleter son carnet d'adresses, rappeler une de ses conquêtes pour un soir, peut-être deux… Un jour, bientôt, il retomberait amoureux. Et ce jour-là, je sourirais en pensant qu'il ne m'avait jamais aimée, que tout cela n'avait été qu'un mirage.

Quand je me retrouvai dans la rue, je pleurai à chaudes larmes. Moi qui avais toujours détesté les pleurnicheries ! Je ne me reconnaissais plus. Ces derniers temps, je ressemblais de plus en plus à une ado en plein âge bête qui se met à chialer pour un oui, pour un non.

Je me dis qu'il fallait que je respire à fond, que je me calme, mais rien à faire. Plus j'essayais, moins je réussissais à me contrôler.

Je montai dans un taxi en sanglotant. Morte de honte. J'étais certaine qu'il ne faudrait à Victor que quelques jours pour se remettre, qu'il m'oublierait et que j'allais me retrouver toute seule. En ce moment précis, il devait déjà avoir compris qu'avec moi, il s'était trompé.

Toujours en larmes, je frappai à la porte de Lola. Il était environ quatorze heures. Elle m'ouvrit. En me voyant dans cet état, elle prit peur. Elle me servit un verre, je vis que ses mains tremblaient. J'eus du mal à lui faire piger que je ne reviendrais jamais vers Victor, que la rupture était définitive. Elle comprit très facilement, en revanche, que la procédure de divorce allait être lancée dès la semaine suivante.

Dans ce genre de situation, Lola n'est pas une grande bavarde. Elle pense que quand on est impuissant face à une situation, la meilleure chose à faire, c'est de la fermer. Fidèle à ce principe, elle commença par se taire. Elle me prit par la main, moi toujours en larmes, m'installa sur le canapé et s'assit par terre juste à côté de moi. Son silence me réconforta. Elle me caressa le bras, une clope au bec. Finalement, elle se décida à parler.

— Ce n'est pas normal que tu réagisses comme ça, Val. Tu es comme moi, tu ne pleures jamais. Tu n'as même pas chialé pour Adrian, alors que c'était un mariage de dix ans qui était foutu. Tu crois vraiment que tu as raison de rompre avec Victor ?

— Oui.

— Mais pourquoi ?

— Parce que mieux vaut maintenant, avant qu'il ne soit trop tard.

— Tu sais, il n'y a aucune raison que ça lui passe. Il n'a jamais été comme ça… avant toi.

— Mais s'il ne m'aime plus, j'en crèverai, sanglotai-je.

Philosophe, Lola soupira et garda le silence.

29
Le grand ménage

Lundi à midi, Eduardo, mon avocat et ci-devant beau-frère, m'appela pour me dire qu'il avait déjà contacté Adrian et que le divorce pourrait se faire par consentement mutuel sans qu'il soit nécessaire de tout compliquer. Le soir même, Adrian me téléphona et, sur un ton sérieux mais cordial, me proposa que nous nous voyions dans un café du centre. C'était la seule chose qu'il demandait avant de signer le divorce. Pas chez lui, pas dans son atelier, ni dans un resto où nous aurions eu des souvenirs. Un bistrot gris et anonyme, sans souvenirs collés à nous comme des sangsues.

Nous nous retrouvâmes avec un sourire contraint. Ni lui ni moi n'avions oublié les choses horribles que nous nous étions dites. Nous nous étions déjà engueulés pas mal de fois par le passé, mais jamais comme l'autre soir.

Nous nous installâmes à une table au fond du café. Je remarquai qu'il ne portait déjà plus son alliance. Ce qui me chagrina, à ma grande surprise. Au fond, je ne le haïssais pas. Ça n'allait pas être si facile, de me séparer de lui.

Nous passâmes froidement en revue quelques points que, selon Eduardo, il valait mieux tirer au clair. À ce stade, des points plutôt désagréables. Mon appart, les comptes en banque, le scooter, les quelques objets de valeur que nous possédions. Eduardo se chargerait de tout. Adrian n'avait même pas besoin de prendre un avocat. Nous pourrions signer les papiers rapidement et cesser officiellement d'être mari et femme.

Tandis qu'Adrian, sérieux comme un pape, m'expliquait en gribouillant des chiffres sur un carnet comment nous allions procéder pour les comptes joints, je me rappelai le jour où, à la cafétéria de mon université, nous avions dressé la liste des invités à notre mariage et fait les plans de table. Je me rappelai l'espoir mêlé de crainte que j'avais ressenti alors. Les gens qui nous connaissaient pensaient que cette union était une folie. Au fond, nous avions fini par leur donner raison.

Adrian prit les extraits de compte et, stylo en main, se livra à un calcul précis. Ça, c'est à toi, ça, c'est à moi… Le tout sur un ton parfaitement froid.

— C'est toi qui as payé la Vespa, donc…

Et il continua de déblatérer. Je vis le casque sur une chaise. Nous étions montés sur ce scooter en habits de mariés. J'avais voulu l'acheter pour que, ce jour-là, nous ayons quelque chose à nous. Je l'avais payé avec tout l'argent que j'avais réussi à mettre de côté en bossant dans une pâtisserie.

Nous nous étions mariés dans un jardin magnifique, un jour d'avril. Une cérémonie intime, pas plus d'une quarantaine de personnes. Je portais une robe ivoire avec des souliers marron, et lui un pantalon taupe avec des bretelles beiges, une chemise écrue et des chaussures grises. Nous avions trinqué avec des cannettes de coca à la place de coupes de champagne.

La nuit venue, je m'étais déshabillée lentement, et nous l'avions fait pour la première fois sans préservatif. Comme si c'était notre façon à nous de perdre notre virginité. Plus tard, nous nous étions levés et, en pyjama, nous avions dévoré les restes du gâteau de noces…

Je déglutis et frictionnai la phalange qui portait encore la marque de l'alliance. En levant les yeux, je rencontrai le regard d'Adrian.

— Garde le scooter. C'était mon cadeau de mariage – je me massai les tempes. Toi, tu m'avais offert les escarpins…

L'expression d'Adrian changea. Elle devint un tantinet plus chaleureuse.

— Tu es sûre ?

— Oui. Jure-moi seulement que tu seras prudent.

J'eus soudain un nœud à la gorge, et me mis à me malaxer nerveusement le front.

Il hocha la tête et reprit la feuille sur laquelle il avait noté tout ce dont nous étions convenus.

— Je croyais que ce serait plus facile, lançai-je tout à coup.

— Eduardo s'occupe de tout, répliqua-t-il sans lever les yeux du papier sur lequel il écrivait avec concentration.

— Je ne parlais pas de ça.

De nouveau, j'avais la gorge nouée. Je souris en tâchant de pas trop ciller et continuai :

— J'étais en train de me rappeler le jour de notre mariage. J'ai décidé que c'est ce souvenir que je souhaite conserver.

Adrian inspira profondément puis relâcha peu à peu l'air de ses poumons.

— Moi… si seulement je pouvais effacer tout ce qui est allé de travers, Val… Je suis en colère, mais je sais qu'un beau jour ça me passera. Je n'aurais jamais dû dire toutes les conneries que je t'ai balancées, ni te manquer de respect. Je ne me rendais pas compte de ce que je faisais.

— Je suis désolée que ça se soit passé comme ça. Vraiment, je suis désolée…

Je tripotai une serviette en papier.

— Moi aussi. Mais tu as raison. Entre nous, c'est foutu. On pourrait peut-être essayer de reconstruire, mais je ne sais pas si… Il se passa la main dans les cheveux et la laissa retomber sur la table : tu as refait ta vie, et…

Non, non. Je fermai les yeux et déglutis.

— Excuse-moi auprès de Victor. Je continue de penser qu'il a franchi la ligne rouge, mais quand même, j'ai exagéré. Je ne me rappelle même pas la moitié des choses que je lui ai dites. J'étais… comme fou.

— Adrian, Victor et moi, ce n'est plus…

Je ne pensais pas avoir l'occasion de lui annoncer une chose pareille :

— Nous avons rompu.

Il soutint mon regard.

— Il t'a larguée ? demanda-t-il d'un ton neutre, s'attendant à un « oui » pour pouvoir faire celui qui avait eu raison.

— Non, non. C'était trop tôt et… c'est moi qui ai rompu.

Un ange passa. Ce qui ne m'empêcha pas de remarquer qu'Adrian se passait le doigt sur l'annulaire de la main gauche, là où il y avait eu son alliance.

— C'est à cause de moi ? À cause de ce que j'ai…

— Tu as sorti deux ou trois trucs… Merde, c'était carrément pas facile à avouer ! Tu as dit des trucs qui pourraient ne pas être faux. Et je ne suis pas prête pour une autre rupture traumatisante. Ça suffit avec celle-ci, merci !

— Traumatisante ?

J'appuyai les coudes sur la table et posai le visage dans mes mains. Je souris douloureusement.

— Ce n'est pas si facile de ne plus t'aimer, tu sais ? Évidemment que c'est traumatisant.

Il se mordit la lèvre inférieure et regarda la table.

— Pour moi aussi, ça a été assez dur…

Je hochai la tête. Il m'imita.

Il remua sur sa chaise et je compris qu'il allait me sortit quelque chose sur nous, et à quel point j'avais été importante dans sa vie. Il était toujours mal à l'aise quand il s'apprêtait à exprimer ses émotions. Pour lui, les sentiments, c'était dur dur. Il avait beau être artiste, c'était un homme très réservé.

À la fin, il soupira et lâcha :

— Si je ne t'ai pas dit plus souvent que je t'aimais, c'est parce que je ne suis pas doué pour ce genre de déclaration. Je sais que jamais je ne pourrai aimer une autre femme – ma gorge se noua et je sentis les larmes me monter aux yeux ; je dissimulai. Quand nous nous sommes séparés, il m'a suffi de quelques jours avec Alex pour le comprendre. Ce… ce n'était pas la même chose. Tu te souviens de l'époque où tu couchais chez moi et tu devais te lever super tôt pour aller à la fac ?

— Oui.

J'éclatai de rire en repensant à tous les mensonges que j'avais dû raconter à ma mère pour pouvoir dormir avec lui.

— Quand tu partais, tu laissais le lit plein du souvenir de toi, de tant de belles choses. C'est pour ça que j'ai fait toute une série de photos de notre lit en désordre. Mais quand Alex s'en allait, rien, juste du vide. Moi aussi, je me sentais vide. Je ne sais pas pourquoi j'ai bousillé tout ça pour coucher avec elle… Tout ce que je sais, c'est que tu es la seule femme que j'aurai aimée. Je ne pourrai plus retomber amoureux de la même façon. Jamais.

— Mais si, tu pourras. Tu verras bien… dis-je en guise de conclusion.

— Non. Je l'ai su au moment même où j'ai compris que je t'aimais.

Il fallait qu'il me dise ça maintenant, après tant d'années…

— Et quand l'as-tu compris ?

Je ne pus réprimer le tremblement de mes lèvres.

— Chez Jaime, dans le jardin, une fin d'après-midi. Tu avais le soleil en plein visage. Tes cheveux brillaient d'une façon incroyable. Je voulais que la nuit ne tombe jamais, que le temps s'arrête. Je t'ai dit quelque chose – il lança un éclat de rire –, qu'il ne fallait pas que tu disparaisses, ou quelque chose dans ce genre-là. Tu as sûrement oublié… ça fait tant d'années.

— Tu avais renversé du coca sur ton pantalon, et nous avons plaisanté sur la façon de faire disparaître la tache.

Une larme tomba sur la serviette en papier et je soupirai bruyamment.

— Tu as toujours su exprimer tes sentiments mieux que moi – je me séchai les joues en silence. Finalement nous arrivons à ne pas trop merder. Allez, Val, en fin de compte, il nous restera un bon feeling quand tout cela sera derrière nous, reprit-il d'un ton plus décidé. Laissons de côté les sentiments et réglons les aspects pratiques. Au fait, il faut que je te dise, je pars pour un moment. Un collègue m'a trouvé un boulot ailleurs…

— Sans blague !

— Oui. Il faut que je m'en aille. Que je reparte à zéro.

— Je comprends.

— Je ne t'appellerai pas. Je pars pour plusieurs mois. Il faut que je laisse passer du temps pour ne plus avoir besoin d'entendre ta voix, de te voir… tu me comprends. Pour prendre pied dans une réalité dont tu ne fais pas partie. Un grand changement après tant d'années… Je ne vais pas tenter de recoller les pots cassés, tu me connais. Mais je veux qu'on finisse ça bien. On a tourné la page, c'est clair. C'est juste qu'avec le temps… je sais que je t'appellerai, et je serai super content d'apprendre que tu t'es remariée, que tu as des enfants – il sourit tristement. Tu as toujours voulu avoir des mômes… Mais il va falloir beaucoup de temps pour que je sois heureux pour toi et que j'arrête d'avoir mal.

Je souris et séchai mes larmes.

— Je peux te poser une question ?

— Bien sûr.

— C'est vrai que le bouquin t'a semblé…

— En fait, m'interrompit-il, je ne peux pas dire qu'il m'ait plu, mais je suis incapable de le juger objectivement. Moi, je ne peux pas te faire de mal avec mes photos. Les mots, par contre, c'est dangereux.

— Je n'avais aucune intention de te faire du mal.

— OK, mais n'empêche, tu as toujours aimé raconter des saletés, conclut-il en souriant.

En sortant du café, nous nous dîmes au revoir. Nous nous reverrions à la signature des papiers du divorce. Ensuite, ce serait adieu et, connaissant Adrian, adieu pour de bon.

Bien, on était en train de résoudre les derniers détails. Il ne me restait plus qu'à rentrer chez moi pour panser mes blessures.

30
On devient adulte

Carmen avait décidé que Barto et elle avaient besoin d'un peu d'air. Si ça se trouve, pensa-t-elle, c'était seulement le stress qui les faisait partir en vrille au quart de tour. Depuis leur engueulade en bas de chez les parents de Barto, ils ne s'étaient revus qu'une fois, en ville, pour prendre un verre et parler calmement, histoire de poser les bases d'une relation adulte.

Même si elle était rentrée chez elle un peu plus calme, Carmen flippait. Entre eux, c'était resté très froid. Jamais auparavant Barto ne s'était comporté comme ça avec elle. Ils s'étaient à peine touchés. Ils ne s'étaient pas tenu la main en marchant, ne s'étaient pas pris dans les bras l'un de l'autre et, en guise d'au revoir, s'étaient contentés d'un baiser distrait, indifférent. Elle commençait à connaître sa façon de fonctionner. Peut-être valait-il mieux lui donner le temps d'oublier cette maudite engueulade, la plus grave en date. Il s'agissait de leur vie commune et des rapports avec leurs belles familles respectives. En somme, de leur avenir ensemble.

Du coup, vu la situation, elle décida de profiter de ses vacances d'été pour faire la gentille fille et rendre visite à sa famille au village. C'était aussi une façon de montrer à Barto qu'elle n'était pas une créature monstrueuse et dénaturée, mais que le problème, c'était Puri, qui était particulièrement désagréable avec elle. Elle l'invita à passer une journée avec sa famille. Il accepta.

— Je peux venir mercredi. Ça marche ?

— Si tu restes dormir, je rentre avec toi en voiture jeudi.

Le mercredi, une fois Barto arrivé, Carmen se montra particulièrement attentionnée envers ses parents. Elle était toujours gentille avec eux mais là, elle mit le paquet. Elle aida même sa mère à la cuisine. Une première. La pauvre femme se demanda quelle mouche avait bien pu piquer sa petite Carmen.

Au grand étonnement de Barto, ça ne posait aucun problème aux parents de Carmen qu'il dorme avec elle. Ils avaient compris ce qu'il en était, et de toute façon cela faisait plusieurs années qu'elle était indépendante. Et puis ils trouvaient Barto charmant.

Quand Carmen vit Barto se mettre au lit, son imagination s'enflamma. Elle se mit en mode séductrice… peine perdue. Ils se firent quelques bisous, mais quand Carmen se mit à califourchon sur lui en espérant qu'il réagirait au quart de tour, Barto lui prit le visage entre ses mains, la regarda droit dans les yeux et lui demanda :

— Carmen, tu m'aimes ?

— Bien sûr répondit-elle distraitement.

Elle s'intéressait plus à l'érection de Barto qu'à sa question.

— Est-ce que tu penses quelquefois à l'avenir ?

Le ton de Barto la ramena vite fait à la réalité. La chambre était plongée dans l'obscurité mais les lumières du village filtraient entre les lames des volets. Carmen haussa les épaules, descendit de Barto et s'assit face à lui, les jambes repliées. Elle craignait le pire.

— On y pense tous, non ? Pourquoi est-ce que tu me poses cette question ?

— Tu… tu te vois vraiment passer toute ta vie avec moi ? Réponds-moi franchement. Tu es sûre que tu n'auras jamais envie d'être avec un autre ?

Carmen s'étrangla à demi. Merde…

— Bon… je ne peux pas parler de moi dans dix ans. Mais pour ce qui est d'ici et maintenant, une chose est sûre : je ne peux pas arrêter de penser à toi depuis que je te connais.

— Ce n'est pas ça que je te demande, murmura-t-il. Tu ne t'engages pas.

— Mais qu'est-ce que tu veux savoir ?

— Pour moi, l'engagement, c'est essentiel. Et ça veut dire que même si ma mère est super désagréable, tu la tolères parce que c'est ma mère. Et moi je ne ferai pas d'histoires si un samedi tu me réveilles à six heures du mat pour que je t'accompagne au village parce que tu as envie de voir tes parents. Moi, je m'engage avec toi. Peut-être que je vois un peu trop loin, mais je pense déjà au moment où tes parents auront besoin d'aide, dans de nombreuses années. Et je sais que je ferai tout mon possible pour que tu puisses faire ce qu'il faut. Mais j'ai l'impression que tu ne t'es jamais donné la peine de réfléchir à ce que ça signifie, d'être ensemble pour toujours. Il y a pas mal de choses qu'il va falloir apprendre à gérer. Mes parents sont âgés…

— Tu as sans doute raison. J'ai toujours vécu au jour le jour. Sur ce plan, toi et moi, on est différents.

— On est différents sur des milliers de plans, mon cœur, mais c'est précisément ce qui me rassure. Je n'avais jamais imaginé me retrouver avec une femme comme toi. Je suis tombé amoureux, point barre. Rien à ajouter. Il y a des trucs qui ne me plaisent pas chez toi, Carmen, mais je t'aime et je dois te laisser faire quand pour toi c'est nécessaire. Par exemple, je suis certain qu'avec tes copines, tu racontes tous les détails de notre relation… un peu trop à mon goût. Pas de problème ! Je sais que je suis un peu ringard par certains côtés. J'accepte. Mais toi ? Qu'est-ce que tu acceptes ?

— On fait tous des concessions. Je ne me suis jamais plainte qu'on doive aller dîner chez tes parents tous les vendredis au lieu de réserver une table dans un resto sympa, boire quelques cocktails et une bonne bouteille et rentrer chez moi pour baiser comme des fous – elle haussa les épaules. Mais j'accepte parce que ce que je veux, c'est être avec toi, même chez tes parents avec ta mère.

Barto acquiesça. Il lui laissa entendre qu'il comprenait.

— Écoute, mon amour, je vais être très clair. Tu sais très bien où j'en suis avec toi. Et moi, j'ai besoin de savoir où tu en es.

— Tu n'es pas clair du tout. De quoi tu parles ?

— De nous.

— Tout ça, c'est au sujet de ta mère ?

— Non. Tout ça, c'est au sujet de notre histoire. Parce que je ne suis pas certain qu'on ait envie de la même chose.

En effet. Cette conversation avait eu sur Carmen un puissant effet anti-érotique. Son désir s'était envolé. Elle était sûre que Barto n'avait lui aussi aucune envie d'une partie de jambes en l'air. Et puis, il fallait qu'elle réfléchisse. Elle ne comprenait pas bien où Barto voulait en venir. Mais comme elle se sentait un peu gênée, elle se tut, comme à son habitude.

Le premier week-end où je compris que Victor n'allait pas débarquer chez moi, je déprimai grave. Je tâchai de me résigner. Je me répétai comme un mantra que c'était mieux comme ça.

J'avais fait une fixation sur tout ce que je percevais comme des signes de réticence de sa part. Des riens. Des petits gestes involontaires avec lesquels il marquait son territoire, son espace vital. Je me persuadai qu'ils révélaient clairement que Victor ne voulait pas s'engager. Ce qui ne veut pas dire que j'attendais de lui qu'il se mette à genoux devant moi en me tendant un énorme diamant, surtout après mon expérience matrimoniale qui, est-il besoin de le rappeler, était encore toute fraîche. Non. Je voulais seulement être calme, parler avec calme, agir avec calme. Je ne voulais plus faire gaffe à tout ce que je disais, m'autocensurer en permanence de peur de l'épouvanter et qu'il se barre. Ce n'était pas non plus le flip total. Comme on dit, « mieux vaut être seule que mal accompagnée ». Je n'avais jamais compris qu'on puisse préférer un couple foireux à la solitude. On avait parfaitement le droit de ne pas se marier. Même chose pour le divorce. J'aurais dû faire abstraction de tout, l'absence de vie sexuelle et même d'affection, l'infidélité, et les sentiments que m'inspirait un autre homme, tout ça pour préserver à tout prix le projet commun ? Un peu lourd à porter, comme fardeau, non ? En fait, je n'aurais jamais dû me marier avec Adrian.

Avec Victor, c'était différent, mais qu'importe ! Victor et moi, c'était fini. Il n'y avait plus de Victor et moi. Juste deux personnes indépendantes qui ne partageaient plus que le souvenir d'avoir été ensemble pendant quelques mois.

Je tentai sans relâche de me convaincre de tout cela : que mieux valait ne pas être avec lui. Que je l'avais quitté au bon moment, avant que nous ne soyons trop habitués l'un à l'autre, avant que ça ne devienne vraiment sérieux entre nous. Mais ma mémoire était sélective. J'oubliais, comme par un fait exprès, les clefs de chez lui qu'il m'avait données, nos merveilleuses vacances à Minorque, et lui, les yeux fermés, me murmurant « je t'aime, mon cœur », avec sur le visage une expression tourmentée comme si aimer le rendait vulnérable. Et j'oubliais tout ça parce que, au fond, je savais bien que Victor n'était pas du genre à se répandre en déclarations d'amour. Il n'avait pas dit ces mots à une autre femme depuis au moins dix ans, j'en aurais mis ma main au feu.

Victor se protégeait par une indifférence apparente, c'était clair. Derrière ses histoires de cul dénuées de sentiments, il n'y avait rien d'autre qu'une absence totale d'empathie pour le sexe féminin. Dans ces termes, ça a l'air terrible, presque sociopathe, en fait. Mais ce que je cherche à dire, c'est que si Victor ne voulait que la baise avec toutes ces femmes, c'est parce qu'il n'en avait rencontré aucune qui corresponde à ses aspirations. Le pire, c'est que je pensais que ces aspirations relevaient du pur fantasme, et que personne, absolument personne, n'était en mesure de les satisfaire. Moi non plus, je ne correspondais pas à ses attentes, mais au moins, je lui posais un défi intéressant. Le film n'avait pas pris la tournure prévue : c'était lui, finalement, qui s'était retrouvé embringué. Il avait perdu le contrôle de la situation. Le défi s'était transformé en une émotion nouvelle qu'il ne savait pas gérer.

Après m'être bien pris la tête avec toutes les foutaises que je me racontais, comme quoi je devais ménager ma tranquillité émotionnelle, ne pas perdre mon temps dans des histoires sans avenir, et ainsi de suite, j'entrai dans une nouvelle phase. Le deuxième week-end sans lui, sans appel, sans message, sans le moindre signe de vie, je passai mon temps à me remémorer avec mélancolie tout ce que ces quelques mois m'avaient apporté.

J'étais tombée amoureuse d'Adrian avec l'aveuglement d'une post-adolescente, et m'étais mariée dans un état de délire mental passager. Ou plutôt, de délire émotionnel passager. Si j'avais été capable de réfléchir une minute, j'aurais compris que les petits détails qui n'allaient pas entre nous auraient tôt fait de se métamorphoser en un méga problème d'incompatibilité qui ne pouvait que nous mener tout droit à l'échec. Et puis, alors que je savais depuis des mois que j'étais enfermée dans une histoire de couple qui battait de l'aile, j'avais rencontré Victor. Mes années de mariage ne m'avaient quasiment rien appris. On pourrait dire qu'en quelques semaines, j'avais vraiment découvert ce que c'est qu'un homme, alors que normalement, une femme a dix ans, disons entre l'âge de vingt et trente ans, pour faire cet apprentissage.

Pendant quelques mois, ça avait très bien marché.

À la fin de la troisième semaine, quand je me rendis compte que je n'avais pas vu Victor depuis trois semaines et que j'étais absolument sans nouvelles de lui, j'eus la rage. Au fond de moi, sans doute, j'espérais toujours qu'il finirait par revenir, en criant mon nom sous la pluie en pleine nuit. Les meufs sont un peu connes mais ce n'est pas de leur faute. Le coupable, c'est le ciné, les contes de fées à la Disney. Et les romans à la noix qui finissent toujours avec un *happy end*.

Je n'avouai à personne que j'étais déçue que Victor n'ait pas fait un retour fracassant dans une de ces scènes mémorables que nous aurions pu raconter à nos petits-enfants. Je continuai de jouer les dures.

Après ma crise de larmes chez Lola, je m'étais enfermée dans ma tour d'ivoire de trente mètres carrés, et j'avais chialé toute seule, parce que pour ça, je préférais ne pas avoir de public. La première semaine, je pris deux kilos. La deuxième, je les reperdis. La troisième, je me débattis entre une déprime existentielle qui me clouait au lit et une angoisse qui me faisait me lever pour me faire livrer un énorme dîner hypercalorique qu'ensuite, prise de remords, je faisais durer plusieurs jours. Au moins, comme ça, j'économisais. Moi ! Faire des économies !

J'étais en train de devenir quelqu'un d'autre ! Dans ma vie antérieure, j'aurais fait les boutiques comme une malade à la recherche de la bonne affaire. Adrian et moi avions partagé l'argent du compte joint et il m'avait envoyé ce qui me revenait, en liquide et en petites coupures. Rien à voir avec un chèque mirobolant. Je recomptai et filai déposer le tout à ma banque. Je savais que si je ne trouvais pas un job, mes économies ne tiendraient pas plus de sept ou huit mois. Ça me motivait à fond. Enfin, ça aurait dû.

Je me demandai combien de temps ça allait durer. En regardant un épisode de *Sex and the City*, je me dis que Charlotte avait raison quand elle affirmait que pour se remettre d'une rupture, il faut la moitié du temps qu'a duré l'histoire. Victor et moi étions restés ensemble quatre mois. Seulement quatre mois, y compris nos premiers rendez-vous. Ça faisait beaucoup de drames pour une histoire aussi brève, non ? En tout cas, si Charlotte voyait juste, j'en étais à peu près à la moitié de ma phase de deuil. Est-ce que je renaîtrais tel le phénix ? Est-ce que j'allais changer la couleur de mes cheveux et m'acheter des fringues rouges moulantes pour partir à la chasse ?

Une pensée en entraîne une autre. Un mois après la rupture, je fondis en larmes alors que j'étais en train de faire du repassage. J'essayais d'imaginer ma nouvelle vie. Me mettre à draguer des mecs ? Même si j'en avais eu envie, j'en aurais été complètement incapable. Pour moi, les rencontres devaient venir toutes seules. L'idée de faire la séductrice pour brancher un mec, non merci. Et puis de toute façon, je n'avais aucune envie de rencontrer quelqu'un. Je voulais être avec Victor, ou rester seule.

Comme ça au moins, j'étais sûre d'une chose. J'allais rester seule…

31
En attendant une table dans le restaurant préféré de Lolita

Carmen et Nerea, c'est comme le jour et la nuit. Leur seul point commun, c'est qu'elles sont toutes les deux des femmes. Pour le reste, tout les sépare. L'une arbore des ongles longs et une French manucure, l'autre les garde courts, vernis de teintes sombres. L'une pense que la minceur est une bénédiction, l'autre s'en balance complètement, même si elle s'inquiète si elle a du mal à boutonner ses jeans. L'une est classique, traditionnelle et un rien ringarde (désolée Nerea, ma choute, mais tu sais que c'est vrai), l'autre est super branchée et vit avec son temps. Elle a son caractère et n'obéira jamais à un ordre qu'elle considère injuste. En principe, elles ne sont jamais d'accord sur rien.

Mais voilà que depuis quelque temps, elles s'entendaient comme larrons en foire. Elles se donnaient mutuellement raison, l'une acquiesçant avec conviction aux affirmations de l'autre. Par exemple, qu'il est impossible de comprendre les hommes. Ils font semblant de nous encourager à être indépendantes, à prendre des décisions, à vivre notre vie, et affirment même que rien ne nous oblige à être en couple. Alors qu'en fait, ce qui les effraie, c'est une femme qui déclare ouvertement qu'elle veut se marier, avoir des enfants, et se voit très bien dans le rôle d'épouse et mère.

Nerea avait pris toute seule une grave décision, croyant qu'elle allait préserver son histoire avec Daniel, et maintenant elle se rendait compte qu'en fait, il s'en fichait complètement. Elle lui avait tout avoué. La grossesse qu'elle avait choisi de lui cacher, l'avortement qu'elle avait décidé toute seule, et il était resté de marbre ! Elle s'était bien gardée de nous raconter ça parce qu'elle savait comment nous aurions réagi face à l'indifférence de son mec. Et puis elle voulait comprendre ce qui l'angoissait le plus dans cette affaire. Mais entre-temps, à notre stupéfaction, elle s'était mise à vitupérer contre les mecs en général, comme ont tendance à le faire toutes les femmes blessées. En guise d'explication, elle se contentait de lancer « nous en avons parlé », ou « je ne le comprendrai jamais ».

Carmen, elle, n'est pas fana de la vie de famille, je pense que nous l'avons compris. Elle adorait son petit studio, mais elle avait décidé qu'il était temps de penser à la vie à deux, de renoncer à sa liberté de femme indépendante pour un « nous » qu'elle imaginait idyllique. Mais de là à vouloir devenir la parfaite maîtresse de maison qui va tricoter des chaussettes chez sa belle-mère… c'était trop ! Puri était la mère de Barto, d'accord, et à ce titre, elle lui devait tout le respect du monde. Mais pas la soumission. Elle n'allait quand même pas encourager une situation qu'elle trouvait parfaitement absurde et pathétique. Le problème, c'est que son attitude semblait trop radicale. Barto s'était mis en colère, beaucoup plus que ce qu'elle aurait imaginé. Ils se voyaient moins souvent. Et quand ils se retrouvaient, ce n'était pas pour se faire des câlins sur le canapé ou parler de leur appartement. Ils avaient réussi à reporter d'un mois la signature du bail et en étaient restés là. Et tout d'un coup, ils se déclaraient tous les deux terriblement occupés, ou beaucoup trop fatigués pour avoir envie de s'envoyer en l'air.

Et moi ? Qu'est-ce que je peux bien raconter ? Non, je n'avais pas de nouvelles de Victor, et non, je ne l'avais pas oublié. Je passais les journées chez moi, marchant de long et en large dans mon petit appart ou assise sur le rebord de la fenêtre, une clope au bec. Je ne supportais plus mon incapacité à reprendre pied dans la vie, à laisser cette histoire derrière moi. Jamais je n'aurais imaginé qu'elle me donnerait une telle sensation de vide intérieur. Si au moins j'avais pu bosser… mais non, j'étais en panne d'inspiration. Tout ce qui sortait de mon cerveau, c'était des lamentations et des sornettes en tout genre que je n'avais aucune envie de coucher sur le papier.

Le coup de fil de José annonçant une offre de boulot qui aurait remédié, au moins pour un temps, à ma situation économique précaire se faisait attendre. Je ne voulais pas le harceler au téléphone et qu'il finisse par m'envoyer paître. S'il était disposé à m'aider, c'est parce qu'il m'aimait bien, pas du tout parce qu'il était obligé.

Lola en avait carrément marre de me voir errer comme une âme en peine. L'état dans lequel j'étais l'étonnait. Elle le trouvait même un peu pathétique, malgré ses dénégations véhémentes. Plusieurs fois, elle me déclara qu'elle n'aurait jamais pensé qu'une nana comme moi puisse se terrer chez elle, loin du monde, pendant si longtemps. Elle espérait sans doute me faire réagir. Mais quand j'étais mariée avec Adrian, j'en étais arrivée au point où il m'arrivait de sortir de la maison en pyjama, pas coiffée, pas maquillée. Avec moi, tout était possible.

Je voulais lui demander des nouvelles de Victor, mais je n'osais pas. Ils étaient amis. Super amis. Des amis qui avaient baisé ensemble pendant des années sans l'ombre d'un engagement, sans malentendus. Et, si je me rappelais à peu près ce que Lola avait fini par admettre, après la baise, ils avaient partagé plein de bons moments, des fous rires, des projets, des clopes… Horreur ! Lola avait plus de souvenirs avec Victor que moi !

Concrètement, je ne voulais pas la mêler à tout ça.

Malgré tout, elle sentait la lourdeur de l'atmosphère, le poids de toutes les questions que je ne posais pas. Un jour, fatiguée de tous ces points d'interrogation qui flottaient dans l'air, elle me lança tout de go qu'elle n'avait pas de nouvelles de lui depuis plusieurs semaines. Juan lui avait dit qu'il était probablement parti en voyage.

Je me résignai. Désormais, c'était comme ça. Il n'avait même pas envie de me voir, et c'était moi qui avais décidé de rompre, donc… Rideau !

Lola est pleine de qualités, mais la patience n'a jamais été sa vertu première. Elle avait déjà supporté ma litanie pendant toutes ses vacances : « je n'ai pas envie », « je suis mieux chez moi », « ne m'oblige pas à sortir »… Elle me quittait le vendredi soir en me disant qu'elle n'avait pas envie de se métamorphoser en octogénaire dans la chaleur étouffante de mon appart, même si elle ressuscitait le troisième jour en arborant un rouge à lèvres d'enfer ! Elle avait le droit de profiter de son temps libre, et même si je lui avais dit de vivre sa vie sans s'occuper de moi, elle était restée en ville en prétextant qu'elle avait claqué trop de fric en fringues et en sorties pour se permettre de partir en vacances.

Bon, sa patience était à bout. Elle l'avait étirée au maximum comme un chewing-gum. Elle explosa un vendredi midi en sortant du boulot. Carmen avait encore une semaine de congé, elle était libre et n'avait rien prévu. Elle nous avait appelées cent fois pour savoir si on avait un plan. En plus, Nerea démarrait ses vacances l'après-midi même. La conjonction idéale pour un de ces déjeuners qui se prolongent par un dîner et se terminent à l'aube…

Mais moi… je restais prostrée sur mon lit. Selon Lola, j'offrais un tableau qu'on aurait pu intituler : *Regardez-moi, pauvre éplorée, seule et inconsolée.*

— Carmen a envie d'aller au japonais, sur la place… je ne me rappelle plus le nom de la place, mais il y a cette boutique de chaussures géniales à l'angle, tu n'as sûrement pas oublié, annonça Lola assise au bord de mon lit en se limant les ongles.

— Je ne sais pas, Lola… j'ai la flemme. Et je n'ai pas un rond.

— Le fric, le fric, le fric. Tu ne peux pas dépenser cinquante euros ? Allez, merde ! T'es en pleine dépression. Je suis sûre que tu ne t'es même pas épilée depuis que tu ne vois plus Victor.

Elle essaya de relever une jambe de mon pyjama.

— Laisse tomber l'épilation.

Je lui flanquai une claque sur la main.

— Le prochain mec que tu brancheras va croire qu'il a rencontré le yéti.

— Connasse !

J'éclatai de rire.

— Il prendra une photo et il va l'envoyer à Iker Jiménez.

— Iker qui ?

— Tu sais, l'animateur télé qui s'intéresse aux trucs paranormaux... Au fait ! Tu ne trouves pas qu'il a quelque chose de sexy ?

— Qui, Iker Jiménez ou le yéti ?

— T'es trop débile. Douche-toi, mets un top cool et des sandales à talons. On essaiera des chaussures dans la boutique, et après on ira se gaver de sushis en picolant du saké à mort. Mais épile-toi avant.

— Je ne sais pas...

Je restai allongée sur le dos à fixer le plafond.

— Je vais te faire mal.

— Quoi de neuf ?

— Tu commences vraiment à me gonfler – elle sourit, mais elle parlait sérieusement. Sors de chez toi. T'as vraiment un look à faire peur. Même tes nichons ont rétréci. Et tout le monde sait que tes nichons sont une composante essentielle de ton charme, ma biche.

— Arrête, Lola. N'insiste pas, je vous gâcherais la soirée.

— Valeria, nous sommes toutes dans la même galère – elle fit la moue. En plus... ils ont des chaussures sublimes, avec des méga réducs – elle me mit un coussin sur la figure. J'en ai vu qui iraient trop bien avec ta robe bleue…

– Non. Je ne peux pas, balbutiai-je.

– Des réduc' de soixante-dix pour cent. Des fins de série. Et comme tu as des petits pieds, tu trouveras sûrement…

– De quelle couleur ?

J'émergeai de sous le coussin.

Lola avait gagné.

Les copines furent étonnées de me voir débarquer bien sapée, parfaitement maquillée, et avec de jolies sandales aux pieds. Mais j'avais bien appris ma leçon en matant d'affilée les six saisons de *Sex and the City*. Je savais qu'une nana doit toujours être impeccable quand elle sort, parce que, n'importe où, elle peut tomber sur un ex en embuscade. En l'occurrence, j'avais un ex super canon et je ne tenais pas du tout à ce qu'il me voie dans ma version pauvre loque.

Trimballant nos boîtes de chaussures (une seule pour moi, je ne voulais pas avoir trop de remords) nous débarquâmes au restaurant à l'heure du déjeuner. C'était bondé. D'après Nerea, qui savait tout, il était super branché depuis qu'une revue snob l'avait classé parmi les dix meilleurs de Madrid. Ça m'étonna. Je pensais que pour les lecteurs de ce type de revue, un resto devait pratiquer des prix astronomiques pour être digne de leur hit-parade. Sans compter que, vu de l'extérieur, il avait l'air d'un bouge.

Il y avait un bar sur la droite en entrant. Après qu'on nous eut inscrites sur la liste d'attente, nous nous y assîmes pour boire un verre en attendant qu'une table se libère.

— Il paraît que la famille royale y est venue dîner un soir, annonça Nerea tout émue.

— Dans ce trou ? rétorqua Carmen. Moi, franchement, si j'avais autant de fric qu'eux, ce n'est pas dans ce genre d'endroit que j'irais bouffer.

— Tu sais, ils reçoivent un salaire comme toi et moi, remarqua Nerea qui est plus royaliste que le roi.

— Ouais, c'est ça, exactement comme toi et moi !

— Ils gagnent plus, mais ils portent une énorme responsabilité sur leurs épaules.

— Et quelle responsabilité au juste ?

Carmen haussa les sourcils, étonnée.

— Ils représentent le Royaume d'Espagne.

Nous ne pûmes nous empêcher d'éclater de rire toutes les trois. Je savais bien que Carmen et Nerea ne pouvaient pas être d'accord sur tout.

Lola était encore en train de se marrer devant la solennité avec laquelle Nerea parlait de la monarchie lorsqu'elle changea de visage.

— Qu'est-ce qui se passe ? demanda Carmen.

— Houla, les filles, je crève de faim. Si on allait ailleurs ? Au fond… on a déjà acheté les godasses…

— Mais qu'est-ce qui te prend ? demandai-je en me tournant vers elle.

Je le vis du coin de l'œil. Impossible de ne pas le voir. Il tranchait sur tous les autres, et pas uniquement du fait de sa grande taille. Victor dégageait une telle énergie sensuelle que toutes les femmes qui poireautaient en attendant une table l'avaient remarqué et le mataient. Il était parfait, comme toujours. En jean et polo bleu marine. Il avait le visage tourné vers quelqu'un que je n'arrivais pas à voir. Il souriait. Soudain, il éclata de rire. Même si je ne l'avais pas vu, je l'aurais reconnu à son rire.

Quel manque de bol, quand même ! Avec tous les restaurants qu'il y a Madrid, il fallait qu'il choisisse celui-là !

Les copines s'étaient rendu compte de la situation. Elles me regardaient, perplexes.

— Merde, articulai-je entre mes dents. Putain de manque de bol ! Qu'est-ce qui m'attend maintenant ? Une crise d'hémorroïdes ?

Carmen éclata de rire, mais quand je lui lançai un regard noir, elle se calma aussitôt et s'excusa.

— On dégage ? C'était plus une proposition qu'une question.

— Non, pas question. Si nous bougeons, il nous verra. Nous devons passer devant lui pour sortir. Le mieux… c'est de ne rien faire.

Je soupirai, vidai mon verre et en commandai un autre.

— Putain de merde… lança Lola.

— Qu'est-ce qu'il y a ?

— Il est avec cette salope de Virginia, répondit Lola en regardant ailleurs.

Un instant… Virginia… la meuf des draps à trois cents euros ?

— Lola… je fermai les yeux. Tu es en train de me dire qu'il est avec cette décoratrice ?

— Oui. Tu la connais ?

— Non, je ne la connais pas. Les filles, on s'arrache ! Je ne veux rien savoir d'elle.

Nerea, arborant son plus beau sourire, arrêta un serveur.

— Excusez-moi, est-ce qu'il y a une autre sortie ?

— Uniquement la sortie de secours, répondit le jeune homme. En cas d'urgence.

— Nous pouvons l'utiliser ? Nous avons une urgence. Mon amie vient d'apercevoir son ex avec une autre, et elle doit absolument sortir d'ici.

Je faillis l'étrangler. Le serveur fronça les sourcils, refusa, et s'éloigna en marmonnant quelques mots dans sa langue que j'étais heureuse de ne pas comprendre… En plein centre-ville, j'étais coincée dans un resto avec Victor et sa décoratrice aux goûts de luxe. Le pied !

— Elle est jolie ? demandai-je sans me retourner en prenant le verre qu'on venait de me servir.

— Tu n'as qu'à la regarder toi-même, lança Lola. C'est une poufiasse immonde.

Faisant mine de rien, je regardai par-dessus mon épaule. Carmen et Nerea s'écartèrent discrètement pour dégager mon champ de vision.

OK !

J'eus envie de me flinguer.

Virginia était plutôt petite, avec un corps mince mais délié, plein de courbes sensuelles. Cheveux longs, noirs, impeccablement bouclés au fer. Elle portait une robe blanche minuscule qui mettait en valeur sa peau dorée, et des sandales à talons vertigineux, blanches également. Le tout agrémenté d'une pochette de raphia bordée de blanc. Elle se tourna dans notre direction en écartant les cheveux, dévoilant des yeux noisette aux cils longs et fournis, un nez parfait et une petite bouche de poupée.

Elle était ravissante.

Ravissante, menue, et sans aucun doute ceinture noire dans toutes les techniques sexuelles susceptibles d'offrir à Victor des orgasmes mémorables.

— Elle aurait pu se maquiller un peu plus… susurra Carmen ironiquement.

— On s'en fout, laissez tomber, les filles, suppliai-je.

Je regardai de nouveau par-dessus mon épaule. Elle parlait avec animation, en gesticulant. Lui la regardait avec les yeux à demi fermés et il riait. C'était clair. Après le dîner, direction chez lui pour baiser comme des bêtes.

Un serveur s'approcha pour nous annoncer que notre table était prête. Puis il se tourna vers la file d'attente et demanda s'il y avait quelqu'un qui attendait une table pour deux. Il ne manquait plus que ça !

Victor fit signe au serveur. Virginia et lui se frayèrent un chemin dans la file et finirent par se trouver à deux mètres de nous, juste au moment où elle lui caressait le bas du dos, enfin, là où ça ne s'appelle déjà plus le bas du dos. Sans que je le fasse exprès, mes yeux se posèrent directement sur cette petite main qui pelotait les fesses de celui qui, il n'y a pas si longtemps, était mon mec. Il écarta la main d'un geste vif.

— Les filles, ça ne vous dérange pas si je rentre ? lançai-je en extirpant de mon portefeuille un billet froissé.

— Arrête, Val, ce soir, on t'invite, répliqua Nerea en arrêtant mon geste.

— Merde, les chagrins d'amour, ça paye !

Lola devait évidemment mettre son grain de sel :

— Invite-moi Nerea. Moi aussi je suis triste à mourir !

Je fis quelques pas vers la sortie sans prêter attention à la remarque de Lola. Je croisai Victor. Nous échangeâmes un sourire timide.

— Tu t'en vas ? demanda-t-il en mettant les mains dans ses poches.

— Oui.

— J'espère que ce n'est pas à cause de moi.

— Bien sûr que non. Ça me fait plaisir de te voir.

Gros mensonge.

— Moi aussi.

— Ciao.

— Ciao.

Une fois dans la rue, j'inspirai profondément, mais il faisait une chaleur d'enfer et ça ne m'aida pas beaucoup. Je m'aperçus que j'avais oublié le sac avec les chaussures que je venais d'acheter. Je rentrai dans le resto. Je pouvais être dans la merde jusqu'au cou, il était hors de question que je parte sans mes nouvelles chaussures qui m'avaient coûté un max !

À peine entrée, je me trouvai nez à nez avec Victor qui s'apprêtait à sortir.

— Valeria…

Il tenait mon sac à la main.

Il avança, me fit reculer et ferma la porte du resto derrière lui.

— Merci. Je suis super distraite…

— De rien. Ça va ?

Il me tendit mes chaussures.

— Oui, oui, ça va bien.

Je pris le sac en évitant de toucher sa main.

— Ça va bien, c'est tout ?

Je souris et, pour éviter de répondre, demandai à mon tour.

— Et toi ?

— Ça va bien aussi. J'ai repris le boulot cette semaine. La routine, tu vois le genre.

J'acquiesçai. Je ne pus m'empêcher de mater son menton, son cou, son torse qui se dessinait sous son polo… Non, Val, ne commence pas… ça va mal se terminer…

— Bon, je ne veux pas te retenir. Tu n'es pas seul… ajoutai-je dans un filet de voix.

— Pas de souci. Virginia est en train de bavarder avec Lola.

— Virginia ? répétai-je malicieusement.

— Hé oui.

— J'avais cru comprendre que Lola et ta décoratrice n'étaient pas les meilleures amies du monde…

« Ta décoratrice », n'importe quoi ! Je me sentis nulle de n'avoir pas trouvé mieux.

— Oui mais, tu sais…

— C'est bon !

J'esquissai une grimace sarcastique et tournai les yeux vers la rue presque déserte.

— Oui. Valeria…

Nos yeux se rencontrèrent une fois de plus. La Valeria fragile, celle que je voulais oublier, se souvint du soir où il m'avait dit qu'il m'aimait pendant que nous faisions l'amour. Je rentrai en moi-même et, tout à coup, me demandai pourquoi nous avions rompu. Il m'avait dit qu'il m'aimait. Et moi aussi je l'aimais. Avec lui, le sexe avait toujours été super intense, une expérience importante pour moi.

J'avais envie de le toucher, de tendre la main pour lui caresser le bras. Je soupirai, retins mon geste et me rendis compte qu'il était lui aussi en train de me regarder. Mais une meuf l'attendait dans ce foutu resto. Voilà pourquoi nous avions rompu.

— Prends soin de toi.

Je réussis à sourire, coupant court à ce qu'il était sur le point de me dire.

— Toi aussi.

Je fis quelques pas, sans entendre s'ouvrir la porte du restaurant. Victor était resté là sans bouger, mais la vérité, c'est que désormais il couchait avec une autre.

32
À ma façon

Carmen était inquiète. Elle était certaine qu'il y avait quelque chose qui clochait entre Barto et elle, et ça la faisait flipper. On a toujours peur de ce qu'on ne comprend pas, mais quand même, Barto restait fermé comme une huître chaque fois qu'ils se voyaient. Il répondait par monosyllabes et repoussait baisers et caresses. Il était maussade. Ce n'était pas normal. Est-ce qu'il envisageait de tout envoyer valdinguer ?

Carmen passa par toutes les phases classiques dans ce genre de situation. D'abord : « Oh, mon Dieu, s'il me largue, qu'est-ce que je vais devenir ? » Puis le déni : « Me larguer, moi ? N'importe quoi ! » Ensuite l'exaspération et les menaces : « C'est moi qui vais le larguer. On va voir ce qu'on va voir ! » Enfin, la résignation : « S'il doit en être ainsi, c'est le destin. »

Elle en avait assez de cette valse-hésitation, un jour oui, un jour non. Elle avait l'impression de devoir faire attention en permanence comme si elle avançait sur un champ de mines. Je la comprenais, et comment !

Ils avaient reporté plusieurs fois la signature du bail avec diverses excuses. C'était toujours elle qui appelait l'agence pour leur demander de patienter. Les proprios devaient être vraiment cool, parce que jusque-là ils avaient accepté.

Mais… elle était prête à tout sauf à s'asseoir avec Barto pour aborder la question. Elle ne voulait pas déclencher une guerre nucléaire. Ils allaient pourtant devoir se décider. On ne pouvait pas reporter indéfiniment.

Trois jours avant la signature du bail, Barto l'appela et lui dit qu'ils devaient se parler. Carmen n'était plus angoissée. Elle était dans la phase « laissons faire le destin ». Il avait réservé dans un resto pour neuf heures et demie.

— Tu veux que je passe te prendre ?

— Pas la peine. On se retrouve directement au resto.

Elle nous envoya un texto, plantée devant son placard et ne sachant pas comment se fringuer pour son rencard avec Barto.

> Je pense que je devrais porter une robe noire, comme à un enterrement… J'aurais dû commander une couronne funéraire avec marqué « Toutes les bonnes choses ont une fin »…

Nous lui répondîmes d'une seule voix qu'elle voyait tout en noir, qu'elle était trop pessimiste, mais en réalité nous avions des doutes. Nous ne connaissions pas Barto si bien que ça. Peut-être qu'il était capable de tout détruire uniquement parce que sa mère lui foutait les jetons.

Quand Carmen arriva, Barto était déjà installé. Généralement, il l'attendait à la porte du resto. Carmen eut comme un coup à l'estomac. Il était trop beau. Accoudé à la table, il fumait une clope en regardant dans le vide. Devant lui, deux verres de vin. Elle prit place et lui sourit. Elle n'osa même pas l'embrasser de peur que ce soit leur dernier baiser. Un millier de souvenirs lui revinrent à l'esprit, comme un diaporama. La première fois qu'il avait essayé de lui prendre la main, leurs conversations en voiture, le frémissement dans son estomac quand il s'approchait d'elle sans crier gare, la fois où il lui avait dit qu'il l'aimait, son premier baiser, la première fois qu'ils avaient fait l'amour…

Elle sentit ses jambes se mettre à trembler.

Barto aussi semblait très nerveux. Elle hésita, ne sachant si elle devait pleurer ou se mettre en colère. Pourquoi toute cette mise en scène pour une rupture ? Un simple coup de téléphone aurait suffi. Le classique « tu n'y es pour rien, c'est de ma faute », ou bien « nous resterons amis, n'est-ce pas ? ». Finalement, elle perdit patience et se jeta à l'eau.

— Bon, Barto… tu as quelque chose à me dire, non ? Vas-y.

— Je cherche les mots justes, mais je n'arrive pas à les trouver.

Carmen se sentit presque défaillir et elle eut très envie de dégager en fanfare. Mais elle se dit qu'elle avait passé l'âge de faire des scènes et de se mettre à hurler, et qu'il valait mieux affronter la rupture avec un minimum de maturité affective.

— Vas-y, parle.

— Je ne sais pas si tu es d'accord avec moi, mais j'ai l'impression qu'entre nous, ça part dans tous les sens. Je n'ai pas réussi à gérer ça comme j'aurais dû. Je me trouve mal dans cette situation. C'est de ma faute, je sais. Je n'ai rien dit et j'ai fait profil bas. Je n'ai pas été totalement sincère avec toi à propos de nos projets.

— Qu'est-ce que tu veux dire exactement ?

— Je ne veux pas cohabiter avec toi.

Carmen sentit sa salive se congeler au fond de sa gorge et son estomac se nouer. Elle aurait préféré une excuse polie plutôt que cette baffe en plein visage, si sincère soit-elle.

— Tu n'avais qu'à me le dire, tu sais.

— Oui, tu as raison, excuse-moi.

Il baissa la tête.

— Je peux te demander pourquoi ?

— Parce que, si bizarre que ça puisse paraître, ce n'est pas comme ça que je fais les choses.

Elle acquiesça sans comprendre de quoi il voulait parler.

Soudain, Barto lâcha un sourire. Carmen en fut profondément blessée. Et s'il en avait une autre ? C'était ça ? Sa mère avait dû lui présenter la fille ou la nièce d'une de ses amies, et il l'avait trouvée plus séduisante qu'elle.

Il interrompit ses cogitations en lui prenant la main.

— Tu comprends ce que ça signifie ? demanda-t-il.

— Je pense que oui.

Elle sourit timidement.

— Je dois agir en accord avec ce que je suis. Si ça ne te convient pas, on peut en parler, mais il fallait que je te dise où j'en suis.

— Logique.

À ce stade, la conversation faiblit nettement. Carmen voulait rentrer chez elle le plus vite possible. Elle ne voyait pas pourquoi elle aurait dû rester là à avaler des lasagnes alors qu'elle n'avait qu'une envie : se réfugier dans son nid douillet, enfiler un pyjama et écouter Elton John en pleurant toutes les larmes de son corps. C'était fini, point barre. À quoi bon s'éterniser ?

Elle réfléchit quelques instants à cette rupture. En fait, pensa-t-elle, de nombreuses histoires finissent de cette façon, au moment où s'amorce un virage important. Ça passe ou ça casse. Elle n'avait jamais voulu poser un ultimatum, mais elle savait qu'elle attendait plus de cette relation. Elle n'était pas du genre à se satisfaire d'une demi-mesure.

Ils sortirent du restaurant. Barto avait un comportement étrange, un peu exalté, nerveux, ému. Incompréhensible pour Carmen. La seule explication, c'est qu'il avait vraiment rencontré une autre femme et qu'il se sentait très soulagé d'avoir réglé le problème.

— Carmen, on fait quelques pas ?

La proposition la prit au dépourvu et elle accepta sans réfléchir, ne sachant pas quoi répondre. Ils se promenèrent en silence jusqu'à un jardin qui embaumait le jasmin et l'herbe mouillée de rosée. Ces senteurs estivales marquèrent son esprit à jamais. Une plante grimpante couvrait à demi un mur de briques rouges, un lampadaire éclairait une pelouse et un chemin de gravier. Il n'y avait personne dans les parages. Carmen se dit que s'il ne s'était pas agi d'une scène d'adieux mais d'un premier rendez-vous, cela aurait constitué un cadre merveilleux, de ceux dont on se souvient toute sa vie.

Barto fit une halte et se tourna vers elle.

— Tu crois en nous, Carmen ?

Là, elle ne pigeait plus rien.

— Moi, oui, Barto. Mais si tu ne veux pas…

Barto plongea une main dans sa poche pour prendre quelque chose qu'il tendit à Carmen sans cérémonie. Elle pensa qu'il lui rendait quelque cadeau qu'elle avait pu lui faire, mais elle ne voyait pas ce que ça pouvait être.

— Qu'est-ce que c'est ?

Barto, entre le pouce et l'index, saisit l'objet qui scintilla à la lumière du lampadaire. Non… ce n'était pas possible…

— Carmen, je suis un mec à l'ancienne…

Elle resta bouche bée, incapable d'articuler le moindre mot. Jamais elle ne s'était imaginée dans cette situation. Barto continua.

— Le problème, ce n'est pas ma mère, ou ma famille, ou Dieu sait quoi… Le problème, c'est que je voulais que ça se passe comme ça.

— Je… non… mais…

Impossible d'articuler une phrase.

Barto respira un grand coup, se mit à genoux et leva les yeux vers elle.

— Carmen, épouse-moi.

Elle allait prendre la bague pour la regarder de plus près et s'assurer qu'il ne s'agissait pas d'un mirage lorsqu'il la lui glissa tout simplement à l'annulaire. Elle lui allait à la perfection. Magnifique, classique, simple. Un diamant taillé en brillant monté sur or blanc. Carmen le regarda de plus près.

Il y avait dix ans, plus ou moins, qu'elle avait cessé de croire dans ce type de *happy end* digne du pire mélo hollywoodien. Pour elle, le mariage était chargé de connotations négatives. Se marier, c'était rester dans son bled comme plusieurs de ses copines d'enfance, c'était renoncer à sa carrière, c'était se retrouver coincée dans le train-train routinier…

Mais là…

La robe blanche, ça, elle n'en avait jamais rêvé. Elle n'était pas comme Nerea qui de temps en temps achetait *Vogue Mariages* et marquait les modèles qui lui plaisaient en vue de ses noces futures, pensait au gâteau, se renseignait sur les traiteurs… Elle n'était pas non plus comme moi. J'avais fait les choses à ma façon, mais j'avais vraiment cru au mariage.

Lola, elle, n'avait jamais pensé qu'elle était destinée à une vie plutôt qu'à une autre. Tout pouvait advenir. Quant à Nerea, elle aimait son boulot, mais elle affirmait que son destin c'était d'être épouse et mère. Moi, pendant de nombreuses années j'avais entretenu l'illusion qu'un jour Adrian aurait envie d'avoir des enfants. Lola niait catégoriquement cette éventualité. Jamais elle ne l'avait envisagée.

Barto attendait, la regardant hésiter. Enfin Carmen comprit. La question n'était pas d'y croire ou de ne pas y croire, d'être destinée à ceci ou à cela. Elle savait seulement qu'elle avait besoin de lui. Et si c'est ce qu'il voulait, qu'il en soit ainsi.

— Oui.

— Oui ?

— Oui, c'est OK, mais relève-toi.

Elle éclata de rire.

Cette nuit-là, il resta dormir chez elle sans qu'elle ait besoin de lui demander. Ils entrèrent dans le studio en se dévorant de baisers. Ils se jetèrent sur le canapé, roulèrent sur le sol et se déshabillèrent frénétiquement. Plus ils se calmèrent et firent l'amour lentement. Ensuite, ils parlèrent presque toute la nuit, jusqu'à ce que Carmen s'endorme.

Carmen allait se marier.

33
La jalousie de Nerea

J'ai une foule de souvenirs qui commencent tous avec le même décor : nous sommes ensemble dans notre resto favori, dans un angle un à part, attendant un carpaccio. Toutes chargées de pensées qui nous pèsent mais qui, à la fin de la soirée, nous sembleront plus légères. Même si nous taisons toujours certaines de nos angoisses pour ne pas nous sentir trop vulnérables.

Une fois nos verres remplis, Carmen s'éclaircit la gorge. C'est elle qui démarrait la séance de thérapie par le bon vin.

— Les filles, j'ai quelque chose à vous dire.

N'importe quelle autre nana aurait vibrionné d'excitation. Raconter à ses copines qu'on va franchir le grand pas, c'est un moment spécial pour toute fille normalement constituée, mais Carmen avait affreusement peur notre réaction et de nos commentaires. Lola allait se foutre de sa gueule et lui balancer qu'elle ne s'était jamais attendue à autre chose de sa part. Moi, je la féliciterais, malgré ma propre expérience matrimoniale plutôt ratée. Quant à Nerea, elle allait applaudir en hurlant de joie.

— Vous avez rompu ? demanda Nerea d'une voix triste.

— Pas exactement.

— Il a envoyé la vieille se faire foutre ?

Question de Lola, est-il besoin de préciser.

— Hé, laissons-la parler, OK ? proposais-je en m'allumant une clope.

— Bon… je ne sais pas par où commencer.

Elle posa sa main gauche sur la table et le diamant scintilla à la lumière de la lampe qui l'éclairait. Nous en eûmes toutes le souffle coupé.

Carmen allait se marier ? En cet instant, j'aurais pu me renverser de l'eau bouillante sur la main, je n'aurais rien senti. Lola poussa un cri mais, contrairement à ce à quoi nous aurions pu nous attendre, c'était un cri de joie.

– Aaahhh ! Je rêve ! Carmen, fille de pute, tu te maries !

– Eh oui…

Elle esquissa un sourire.

J'éteignis ma clope et mis une main sur ma bouche. J'hallucinais. Carmen, mariée…

– Carmen, ma chérie, toutes mes félicitations, réussis-je à articuler en lui prenant la main.

– Merci.

Elle haussa les épaules.

– Il faut qu'on t'organise une super teuf pour enterrer ta vie de jeune fille. Si t'aimes pas les strip-teaseurs, t'inquiète. On leur dira que c'est moi qui me marie.

Lola pensait à tout !

– Vous avez fixé une date ?

– Dis-moi que tu n'as pas besoin de demoiselles d'honneur. Si tu nous obliges à mettre des robes à crinoline, je bousille ta noce en baisant le curé sur l'autel.

Lola était très en verve…

– Vous avez choisi un lieu ?

– Tu vas te déguiser en première communiante ?

– Tu seras sublime en robe de mariée.

– N'oublie pas d'acheter des dessous coquins pour la nuit de noces.

Toujours Lola, évidemment…

Et Nerea ? Elle était pourtant assise avec nous, je n'avais pas rêvé.

Oui, elle était bien là, mais elle ne pipait mot. Nous la fixâmes toutes les trois, attendant qu'elle réagisse comme nous, en criant, en sautant dans tous les sens et en proposant son aide à Carmen pour les préparatifs. Elle lança un sourire un tantinet contraint et lâcha un « félicitations » sans enthousiasme.

Elle resta quasiment muette pendant tout le dîner. Carmen expliqua qu'ils envisageaient la fin du printemps de l'année suivante, début juin. Ils se marieraient à l'église, dans une petite chapelle des environs. Ils souhaitaient que la cérémonie ait lieu en fin d'après-midi, et que le dîner de noces se passe dans un jardin. Pour la robe, elle préférait la simplicité. Tout devait s'organiser assez rapidement afin de ne pas perdre trop de temps à régler les détails.

Nous nous fîmes la bise à la porte du resto. Carmen retrouvait Barto pour qu'ils célèbrent leur amour, comme elle nous l'expliqua. Ils étaient comme deux tourtereaux et Carmen avait les yeux incroyablement brillants.

Lola et moi décidâmes d'aller boire un dernier verre dans un bar du centre, pas un de ceux qui ferment tard. Nerea ne voulut pas se joindre à nous et prit un taxi pour rentrer chez elle. À dire vrai, moi non plus je n'étais pas en super forme. Au fond, j'aurais préféré retrouver ma tanière et me glisser entre les draps sans même me démaquiller, mais il fallait bien fêter l'occasion. Nerea se révélait sous un jour nouveau.

Lola et moi pensions exactement la même chose, et nous étions toutes les deux déçues. Nerea, visiblement, était jalouse. Mais enfin, c'était une de ses meilleures amies qui se mariait ! Elle nous attristait.

Nerea rentra chez elle en sanglotant. Elle ne comprenait même pas pourquoi elle était en larmes. Elle se sentait horriblement mal. Elle n'était pas fière du tout de la façon dont elle avait réagi à l'annonce du mariage de son amie mais elle n'arrivait pas à se réjouir pour elle.

Elle avait toujours pensé qu'elle se marierait avant Carmen. Qu'elle rencontrerait l'homme de sa vie et que nous serions toutes vertes de jalousie. Elle était sûre qu'elle deviendrait mère rapidement. Et qu'elle aurait les plus beaux enfants du monde, et que tous s'extasieraient et diraient qu'ils étaient aussi beaux que leur mère.

Elle n'était pas non plus tellement à plaindre : elle était officiellement avec un mec. Lola, elle, c'était tout vu : le genre de meuf destinée à rester célib' éternellement. Quant à moi… j'étais divorcée.

Elle pouvait épouser Daniel…

Silence dans sa tête. Pas la moindre émotion dans ses veines.

En pensant à lui, tout ce qu'elle se rappelait, c'est le dernier moment qu'ils avaient passé au lit. Une séance de travaux pratiques sans passion. Daniel était un homme avec ses désirs, elle une femme avec les siens, même si elle les contrôlait. Quinze minutes maxi, quinze minutes d'ennui. On ne pouvait pas appeler ça faire l'amour. Elle s'était mise sur lui sans même enlever son soutien-gorge et, gardant les yeux fermés, avait bougé en rythme jusqu'à l'orgasme. Comme s'ils faisaient ça par obligation et non pour le plaisir. Puis Daniel s'était rhabillé et était rentré chez lui. Le lendemain, il avait une réunion. Du moins c'est ce qu'il avait prétexté.

Mais c'était un mec sympa, et entre eux, c'était du sérieux. Nerea savait que Daniel était de ces hommes qui se marient. Ils en avaient même parlé. Il ne fallait pas se précipiter, étaient-ils convenus, mais tôt ou tard arriverait le jour où, après une parfaite soirée romantique, il s'agenouillerait devant elle et lui glisserait à l'annulaire un énorme solitaire qui aurait coûté au moins le cinquième de ce qu'il gagnait en un an, comme le veut la règle. Et même si ça pouvait sembler vaniteux, elle savait qu'elle ferait une mariée ravissante. Son mariage serait le plus parfait du monde…

Daniel était un mec sympa, entre eux c'était du sérieux ? Et donc, mariage ?

Elle s'installa dans le canapé et se servit un verre de vin, sans le boire. Puis elle réfléchit. Nerea était peut-être un peu froide, mais une chose est sûre, elle ne manquait pas d'intelligence. Il ne lui fallut pas longtemps pour arriver à la même conclusion que nous : elle ne cherchait pas l'homme idéal, mais le mari idéal. Un homme qui a envie de se marier, qui gagne bien sa vie et plutôt beau gosse. Qui soit compatible avec elle et s'insère parfaitement dans sa vie, comme la pièce d'un puzzle. Quelqu'un qui lui permette de vivre la vie qu'elle souhaitait. Elle se sentit snob, vide intérieurement, et elle se rendit compte que pour elle, Daniel était seulement un mec qui cochait toutes les cases.

C'est là qu'elle comprit ce qui l'avait le plus perturbée quand il avait réagi avec une telle indifférence en apprenant qu'elle avait avorté : en fait, c'était exactement pareil pour lui. Il voulait une nana jolie et un peu vaniteuse, de bonne famille, bien élevée, avec un bon boulot, disposée à tout laisser tomber pour l'épouser et lui donner de beaux enfants.

Nerea se prit la tête. Plusieurs options s'offraient à elle. Elle pouvait réagir comme elle le faisait toujours quand quelque chose ne lui plaisait pas : la fuite.

Attendre que ses nerfs se soient calmés, aller voir Daniel et le larguer avant qu'il ne la largue. Elle rencontrerait quelqu'un d'autre. Daniel n'était pas le seul mec potable de la planète.

La deuxième solution ressemblait davantage à la façon de faire de Carmen. Lui expliquer sincèrement ce qu'elle voulait faire de sa vie, et lui demander qu'il fasse preuve de la même franchise. Qu'il lui dise ce qu'il souhaitait.

Elle pouvait aussi s'inspirer de ce que Lola et moi avions tendance à faire après une soirée très arrosée : débouler chez Daniel et déverser le torrent d'émotions qu'elle ressentait, battre le fer pendant qu'il était chaud pour être sûre de ne rien oublier.

Comment se comporter ? Être elle-même ou prendre exemple sur l'une d'entre nous ?

Ça ne lui avait pas tellement réussi de rester elle-même à tout prix. Toutes les décisions qu'elle avait prises froidement, elle aurait peut-être mieux fait de les réchauffer quelques minutes au micro-ondes. La vie de Carmen lui semblait trop tourmentée, avec ses hauts et ses bas. Quant à nous imiter, Lola et moi… rien que d'y penser elle en avait la chair de poule. Nerea avait beau nous adorer et éprouver pour nous tout le respect du monde, jamais elle ne serait heureuse en multipliant les plans d'un soir, ou divorcée, avec un ex qui était sur le point de disparaître définitivement du paysage.

Aucune des options ne lui convenait, au fond. Prise d'une impulsion subite, elle se précipita dans un taxi.

Daniel eut l'air étonné en lui ouvrant. Il en était arrivé à la conclusion que le comportement de Nerea correspondait à un schéma conforme à sa mentalité : réservée, bien élevée, toujours impeccable et faisant montre d'une indépendance à laquelle, en réalité, il ne croyait guère. Leur relation s'était construite sur ces bases depuis le début. Qu'elle débarque chez lui à minuit sans préavis ne correspondait pas du tout au schéma.

— Qu'est-ce qu'il y a ?

— L'autre soir, ça ne m'a pas plu du tout. Je n'ai rien dit, comme d'habitude. Ma mère m'a toujours répété que les hommes n'aiment pas les femmes qui râlent. Mais tu sais quoi ? J'ai toujours pensé qu'elle est complètement soumise au pouvoir masculin, et qu'elle nous a fait étudier uniquement dans le but de nous rendre plus séduisantes, parce qu'aujourd'hui les hommes ne veulent plus de femmes ignorantes. Nous ne sommes que des images dans son catalogue de nanas parfaites.

— Mais de quoi tu parles ? demanda Daniel en se passant une main dans les cheveux.

— J'ai avorté, et quand tu l'as appris, ça ne t'a fait ni chaud ni froid, même en sachant que j'avais voulu te le cacher. Désolée, mais ça me reste en travers de la gorge. Oui, je ne te l'ai pas dit parce que j'avais honte à mort. Ce genre de chose ne pouvait pas m'arriver, à moi. Ça n'aurait jamais dû m'arriver. Et puis ça m'est tombé dessus… et boum, j'ai pris ma décision. C'était juste la réaction logique dans ma vie logique. Je ne le regrette pas, je voulais le faire, mais maintenant je pense que j'aurais dû te le dire avant. Et puis, toi… rien. « Tu veux un coup de main pour le dîner ? » Tu crois vraiment que c'était la réaction que j'attendais ?

Daniel ne répondit pas. Il s'assit sur le canapé. Nerea continua.

— Je ne comprends pas ce qui m'arrive, si je suis en train de devenir une autre personne ou si j'ai toujours été comme ça. En tout cas, ça ne me plaît pas. Et puis, tu sais quoi ? Si ça se trouve, j'ai organisé ma vie de façon rationnelle pour faire plaisir à mes parents, et toi, t'es beau gosse, t'as un bon boulot et une super bagnole, tu m'invites dans des restos gastronomiques et tu m'offres des sacs de marque. Mais franchement, Daniel, je me demande si nous sommes ensemble parce que c'est ce que nous voulons, ou parce que nos parents nous ont programmés pour ça.

Elle s'arrêta un instant pour respirer et Daniel se leva.

— Nerea... je croyais que tu ne voulais pas en parler. Je me suis dit que si tu me l'avais caché, tu avais tes raisons, en tant que femme...

— Mais je ne voulais pas !

— Dans ce cas, je ne comprends pas pourquoi tu te mets dans tous tes états et tu te pointes chez moi pour péter un câble.

Nerea se laissa tomber sur le canapé et le regarda. Sa mère aurait totalement désapprouvé cette conversation. Pour cette parfaite épouse et mère, Nerea aurait dû se faire désirer, faire attendre son amoureux, mais à ce compte-là elle risquait de rester vieille fille. Elle faisait comme si cela n'avait aucune importance, mais tous les préceptes qu'on lui avait inculqués depuis l'enfance restaient gravés dans son esprit : « si tu t'habilles comme ça, on va jaser », « n'étudie pas ça, qu'est-ce qu'on va penser de toi ? », et ainsi de suite. Elle soupira.

— Il t'est arrivé quelque chose ce soir, ma chérie ? demanda Daniel d'une voix douce.

— Ce soir, je me suis regardée dans le miroir et je n'ai pas aimé ce que j'ai vu.

Elle secoua ses cheveux.

— Et pourquoi ?

— Parce que Carmen et Barto se marient et que je n'arrive pas à m'en réjouir.

Daniel sourit, se pencha et appuya les mains sur ses genoux.

— Tu es jalouse ?

— Non, mais… Ça t'effraie ?

Daniel éclata de rire.

— Ça ne m'effraie pas du tout. Au début, tu m'as plu parce que tu es super belle, mais maintenant c'est autre chose. Je sais qu'un jour tu seras ma femme.

Nerea le regarda d'un air méfiant, mais il confirma ses propos d'un hochement de tête. Elle inspira profondément. Daniel se releva et dit qu'il allait lui chercher un verre d'eau à la cuisine. Seule sur le canapé, elle essaya de repenser à son état d'esprit quand elle était sortie de chez elle dans un accès de rage. Se voir en femme mariée… l'idée la bloquait et elle ne réussit plus à se concentrer.

Quelle mouche l'avait piquée pour qu'elle se précipite chez Daniel comme elle l'avait fait ?

Pas facile de changer. Mais au moins, elle avait appuyé sur la touche « réflexion critique ».

34
J'ai envie de te voir

Lola retourna au bureau en arborant un bronzage spectaculaire. Tout le monde la complimenta sur sa mine superbe. Personne ne savait qu'elle n'avait pas mis les pieds à la plage. Elle s'était savamment tartinée d'autobronzant, le résultat était probant. Si des taches apparaissaient, elle pourrait toujours les couvrir avec un peu de Terre de soleil. Avant tout, elle devait surfer sur son succès.

Sergio la reçut avec un grand sourire, mais légèrement distant. Quand elle ne ressentit aucun frémissement à l'estomac, Lola comprit que c'était presque gagné. Un jour, elle ne se le rappellerait plus que comme le mec avec lequel elle avait eu une histoire un peu compliquée.

Je regardai le téléphone et déglutis. J'avais l'impression d'avaler des cailloux. Je voulais l'appeler. Je voulais l'appeler et lui dire que j'avais envie de le voir. Je voulais l'appeler, lui dire que j'avais envie de le voir et de l'embrasser. Et je voulais lui dire de ne pas en aimer une autre. Non, pas lui dire, lui demander. Mais je n'y arrivais pas.

Nous nous sentons tous vulnérables de temps en temps, de même que nous n'arrêtons pas de faire des erreurs. Moi, je pense depuis toujours qu'il y a des personnes avec lesquelles on peut se permettre de baisser la garde, et d'autres avec lesquelles mieux vaut conserver ses défenses. Lola appartient au premier groupe, du moins selon moi. Mais ses ennemis et ses amants d'un soir doivent se garder de montrer leurs faiblesses devant elle, parce qu'avec eux elle est féroce. Du coup, même si nous nous adorons et que je sais qu'elle me comprend, j'avais un peu honte d'aller pleurer chez elle parce que je mourais d'envie de voir Victor. Avec son côté viking, elle allait vouloir me rentrer dans le lard.

Évidemment, Lola n'a rien d'une Viking. Mais en matière de sentiment, elle peut se montrer dangereusement coincée. Imagine d'aller raconter à ta mère comment ton amoureux se débrouille au lit. Bon, j'exagère un peu, mais la dernière chose dont j'avais besoin, là, c'était qu'elle me fasse la morale sur ce que peut faire ou non une jeune femme bien sous tous rapports. Maintenant que je n'étais plus mariée, j'allais entrer dans le cercle de ses copines qui avaient besoin de son coaching sentimental. Mais pour l'instant, je préférais m'en passer.

Je débarquai donc chez Carmen. J'avais un prétexte : lui demander qu'elle me raconte les détails du mariage. Un peu nul…

Carmen ouvrit la porte énergiquement avec un large sourire. Elle est comme ça, pleine de vitalité. Son expression me rasséréna, mais j'aperçus Barto qui enfilait sa veste et me sentis sur-le-champ dans la peau du trouble-fête.

— Oh, mon chou, tu es occupée ?

— Pas de problème. Barto doit partir. Pas vrai, mon amour ?

— Oui, oui, Valeria, ne t'inquiète pas – il me lança un sourire. Mon cœur, t'as pas vu mon paquet de clopes ?

— Sur la table de nuit. Entre, Val. Qu'est-ce que je te sers ? Bière, thé, coca light, gin tonic, un verre de vin ?

Je lui lançai un regard complice en souriant. Elle avait clairement souligné l'une de ses propositions. Je vous laisse le soin de deviner laquelle.

— Comme tu veux, je te laisse choisir, répondis-je avec un clin d'œil.

Barto émergea de l'alcôve qui servait de chambre, déposa un baiser sur les lèvres de Carmen et vint vers moi.

— Ce fut bref, mais comme toujours, un plaisir, lança-t-il de sa belle voix de baryton.

— Pareil pour moi. Et toutes mes félicitations. Je n'avais pas encore eu l'occasion de te le dire.

— Merci, merci. J'ai touché le gros lot !

Il sourit et ses yeux mordorés brillèrent de joie.

Quand il fut sorti, je me sentis encore plus déprimée qu'avant. Je n'étais ni jalouse ni envieuse, non. Mais personne ne m'avait jamais regardée comme il la regardait.

Dès que la porte se fut refermée, Carmen, comme par magie, apporta deux gin tonics dans de grands verres remplis de glaçons.

— Nous sommes de vraies alcoolos.

— Tu as besoin d'un bon remontant. Tu viens ici pour pleurer sur tes peines de cœur.

— Qu'est-ce que tu en sais ?

— Tu me prends pour qui ? Je te connais, ma belle. Allez, accouche.

— Mais avant, il faut que je te dise un truc. Je la regardai, pris mon verre et, écarquillant les yeux, je repris : Barto a une mine d'enfer. Il est trop canon. Qu'est-ce que tu lui as fait ?

— Rien de tel que les exercices au plumard. La meilleure gym du monde. Il a minci et moi, maintenant, j'ai des fesses en acier.

Nous éclatâmes de rire et je me sentis beaucoup plus détendue. Carmen avait ce pouvoir. Solaire, cool jusqu'au bout des ongles, sa sérénité était contagieuse. Elle but une gorgée de gin tonic, s'installa confortablement dans le canapé, et il n'en fallut pas plus pour que je me mette à parler.

— Je n'arrive pas à me concentrer. Ton diamant m'aveugle.

— Allez, arrête de tourner autour du pot. Crache le morceau.

Je me mordillai les lèvres, puis les ongles, et finis par avouer.

— Il me manque. Il me manque horriblement et je ne sais pas quoi faire. Il n'y a pas de solution.

— Il y a une solution à tout sauf à la mort.

— Mais non, il sort déjà avec une autre meuf, et je ne peux pas lui en vouloir. C'est moi qui ai rompu parce que j'étais morte de trouille. Je l'ai traité de lâche, je me croyais courageuse. Mais en fait, je suis juste téméraire et inconsciente. C'est par inconscience que je me suis mariée, que j'ai divorcé, que j'ai laissé durer l'histoire avec Victor, que j'ai écrit le bouquin. De l'inconscience, et rien d'autre !

— Mais non – elle secoua la tête énergiquement, faisant danser ses boucles autour de son beau visage. Tu étais hyper amoureuse quand tu t'es mariée, tu avais vingt-deux ans. Nous, nous étions romantiques à mort et nous ne connaissions rien de rien. Tu as épousé le premier homme dont tu étais tombée amoureuse, le rêve, non ? Maintenant, en ce qui concerne Victor… Ton mariage battait de l'aile, Adrian te faisait souffrir et Victor est apparu au bon moment. Tu as divorcé pour être cohérente avec toi-même. Tu n'aimais plus Adrian. Et le bouquin, tu l'as écrit parce que tu es écrivaine. Point barre.

Je la regardai sans protester.

— Tu sais ? Au fond je me fous bien de tout ça. La seule chose qui compte, c'est que Victor me manque et que je ne peux rien faire.

— Bien sûr que si ! Tu n'as que l'embarras du choix. Je ne dis pas que c'est facile, mais les options ne manquent pas. Elle regarda attentivement ses ongles laqués de rose, de pourpre et de doré : qu'est-ce que tu penses de ma nouvelle manucure, t'aimes bien ou tu trouves ça un peu kitsch ?

— Un peu kitsch. Allez, dis-moi ce que je peux faire.

— Tu peux lui téléphoner. Lui écrire un mail – elle comptait sur ses doigts. Ouvrir un compte Facebook et l'ajouter à tes amis. Ça me plairait bien, je pourrais vous espionner. Tu peux aussi te mettre dans le groupe des amis barges de Lola, et qui sait, sa flamme se rallumera. Et pourquoi ne pas te pointer chez lui super tourmentée et lui avouer que tu ne peux pas arrêter de penser à lui ? Ou bien, tout simplement, t'excuser, lui dire que tu ne savais pas ce que tu faisais, et lui expliquer comment tu te sens. Si tu demandes à Lola, elle te donnera sûrement plein d'autres options, pas toutes légales, mais…

— Non. Je ne peux rien faire. Ce serait complètement ridicule.

Je me renfonçai dans le canapé.

— Valeria. Moi, je suis incapable de contrôler mes émotions. Nerea est froide et calculatrice, et Lola… bon, pas besoin d'explications. Mais toi, tu as toujours été celle qui faisait ce qu'il fallait, qui trouvait le moyen de tout équilibrer. Parce que tu es toujours restée sincère et naturelle. Tu ne vas pas t'arrêter maintenant ?

— Je ne comprends pas ce que tu veux dire.

— Tu dis que tu as épousé Adrian parce que tu étais une foldingue irresponsable, mais n'oublie pas que ce mariage, qui aujourd'hui te semble absurde, a quand même duré six ans. Et pourquoi ? Parce que dans ce couple, il y avait quelqu'un qui ramait dans la bonne direction. Moi, j'ai toujours eu l'impression que c'était Adrian qui était à la traîne.

Je me passai la main dans les cheveux. Je ne savais plus quoi penser.

— Mais pourquoi est-ce que j'ai largué Victor ? Je ne me l'explique toujours pas.

— Tu veux que je te le dise ? Pourquoi tu as envoyé Victor se faire voir ?

Carmen reposa son verre sur la table et s'assit sur l'accoudoir du canapé.

— Ça va faire mal ?

— Sans doute un peu, mais ce qui ne te tue pas te rend plus fort, comme dit ma mère.

— Vas-y.

— Tu as rompu avec Victor parce que tu pensais que tu ne serais jamais assez bien pour lui. Tout ce qu'on fait, tout ce qu'on dit, la façon dont on se regarde, l'intonation qu'on donne aux mots qu'on prononce, tout ça, c'est de la communication. Et toi, tu as probablement communiqué à Victor la sensation que tu étais trop fragile, dépendante, alors que nous savons parfaitement que ce n'est pas vrai. Et comme tu n'es ni fragile ni dépendante, bien sûr qu'il y avait quelque chose qui clochait. Comme quand tu achètes des godasses géniales, qui te vont trop bien, mais tu sais que si tu les portes, tôt ou tard tu te casseras la gueule. Le moindre nid-de-poule, et boum ! Non ?

Je la fixai sans savoir quoi répondre. Elle continua :

— La scène qu'Adrian t'a faite en débarquant chez toi n'a été que la goutte d'eau qui fait déborder le vase.

Mais c'était un vase que tu avais rempli toi-même, au moins à moitié. À mon avis, tu n'as rien fait d'autre que reprendre le contrôle de ta vie.

— Merde, Carmen-chou. Je poussai un énorme soupir.

— Je t'ai blessée. Désolée.

Elle me prit la main.

— Non – je secouai la tête. Pas du tout. Mais j'ai l'impression d'être chez le psy.

— Je sais que ce n'est pas facile d'entendre quelqu'un d'autre parler comme ça de ta vie et de tes émotions, mais…

Je l'interrompis et levai le visage vers elle.

— Mais c'est toi qui parles, Carmen, pas n'importe qui.

Elle sourit et je me pelotonnai à côté d'elle. Elle passa son bras autour de mes épaules et m'embrassa les cheveux.

— T'as jamais pensé à te faire des reflets ? Ça t'irait super bien.

Elle changeait de sujet.

— Si ça se trouve, il est raide dingue amoureux d'elle. Si ça se trouve, j'ai juste été un passe-temps pour lui.

— Hé, mon chou, arrête d'angoisser comme une malade. Tu ne vas pas te prendre la tête avec ça. Tu as tout ce qu'il faut pour résoudre le problème. Emploie ta magie.

Sur ces mots, elle mit sa main sur un de mes nichons et éclata de rire. Carmen, c'était ça.

35
La magie

Dans une comédie romantique hollywoodienne, l'un des deux aurait évidemment fini par céder. Il aurait clamé son amour, de préférence dans un contexte où il pouvait prendre toute une foule à témoin. Mais bon, nous n'étions pas dans une comédie romantique hollywoodienne.

M'inspirant de tout ce que j'avais pu lire et voir sur le sujet, ainsi que des conseils unanimes de Lola, Nerea et Carmen, je m'offris une journée de soins corporels, pour moi toute seule. Je savais que mes réserves fondaient comme neige au soleil et que bientôt, j'allais devoir me consacrer à la recherche d'un boulot. J'avais quelques idées en tête, je ne voulais pas qu'elles s'évanouissent à force de rester clouée au lit à fixer le plafond. C'était le moment idéal pour dépenser le superflu que je n'avais pas, pour laisser derrière moi une période sombre et me tourner vers l'avenir.

C'était un mardi tout à fait ordinaire.

Je mis le réveil à neuf heures, parce que pour moi, c'est l'heure idéale pour bien commencer la journée.

Je n'avais rien de spécial à faire mais je me levai et me préparai un bon petit-déjeuner. Rien à voir avec le café à jeun, debout dans la cuisine. Un grand bol de salade de fruits frais, un café noir sans sucre, et quelques tranches de pain grillé avec des rondelles de tomate et du fromage blanc. Je le dégustai sans me presser en feuilletant une revue que j'avais reçue la veille, et que je n'avais pas eu envie d'ouvrir. Le petit-déjeuner dura quasiment une heure, cigarette comprise. Puis je remis tout en ordre et me sentis fière de laisser mon chez-moi dans un état aussi impeccable. Au moins, mon état dépressif m'avait permis de renouer avec mon côté « fée du logis ».

Ensuite, je pris une douche bien chaude, sans me presser. Puis je m'enduisis de crème hydratante, m'épilai les sourcils, me fis une queue-de-cheval et appliquai soigneusement sur mes cils un mascara que je gardais au frigo pour une occasion spéciale. Et pourquoi pas pour ce jour-là ?

Je m'allongeai, histoire de laisser la crème faire son effet, et réfléchis à ce que j'allais faire de ma journée. Au bout de vingt minutes, je me levai, essuyai l'excédent de crème, m'habillai et sortis en ville, contente et relax.

J'allai dans le centre et me rendis tout droit chez mon coiffeur préféré, où je n'avais pas mis les pieds depuis des siècles. J'eus droit à un traitement nourrissant. Il rafraîchit ma coupe et appliqua un reflet cuivré sur mes cheveux châtains. Après quoi, j'optai pour une manucure et une pédicure avec massage des jambes. En l'absence de vie sexuelle, c'était ce que je pouvais rêver de mieux. L'atmosphère du salon me faisait me sentir super détendue et, contaminée par l'hédonisme ambiant, je me laissai tenter par une extension de cils : c'était franchement pas cher. Une fois sortie, un peu de shopping s'imposait. Pas pour remplir le frigo, soyons clairs, même si ça n'aurait pas été une mauvaise idée. Je me payai deux ou trois bricoles qui me faisaient envie, sans exagérer. Je savais que le lendemain, je devais revenir à une réalité beaucoup plus prosaïque.

Je rentrai chez moi, me préparai un sandwich avec les quelques victuailles qui me restaient et enfilai mes nouvelles fringues. Puis je ressortis, direction le *Corte*

Inglés, où je me dirigeai direct vers le stand des cosmétiques Benefit. J'adore cette marque ! Je serais prête à tuer père et mère pour quelques pots de leurs sublimes crèmes. Et là, j'achetai. J'achetai en quantité. Comme une malade. Avec ce que j'avais dépensé, la vendeuse avait dû doubler son salaire en bonus. Du coup, prise d'amour pour moi, elle m'offrit une séance de maquillage. Elle se répandit en compliments sur mes longs cils qui semblaient tellement naturels. Je lui avouai que c'étaient les miens uniquement parce que j'avais payé pour les avoir.

Et c'est précisément au moment où je ressortais, après un passage rapide au rayon La Perla, que je le vis.

Nom d'un chien ! Dans une ville aussi grande que Madrid, il fallait qu'on se rencontre à tous les coins de rue !

La magie du hasard.

Bon, le fait est qu'il habitait dans le coin.

Il marchait dans l'avenue, les yeux fixés sur son smartphone. Pendant quelques secondes, je restai figée sur place, ne sachant pas quoi faire. Une femme qui marchait derrière moi me demanda sans la moindre courtoisie de m'écarter. Tout à coup, je repensai à tout ce que m'avait dit Carmen. Selon elle, ce que je voulais, c'était reprendre le contrôle de ma propre vie. Je l'avais fait. Seulement, je m'y étais mal prise, et au bout du compte, je me retrouvais sans lui.

Je n'avais rien à perdre. Tout bien considéré, le rencontrer après cette journée que je venais de consacrer à ma petite personne, c'était l'idéal. J'étais bien coiffée, maquillée, dans un état d'exaltation passagère après mon accès de fièvre acheteuse. J'étais habillée simplement mais avec un look qui me faisait me sentir sexy: T-shirt blanc un peu destroy, jean cigarette, veste aux manches retroussées et sandales *peep toes* noires à talons. En plus, je portais à la main un sac La Perla… très suggestif.

Ainsi, sans réfléchir, je m'engouffrai dans une rue de traverse dans l'intention de me retrouver devant lui, pour le croiser comme par hasard en me cognant contre lui. Je me rappelai l'eau de toilette qu'il portait et que j'adorais. Ça m'aida à oublier le point de côté douloureux qui m'était venu en accélérant l'allure. J'étais super *cute*, ça oui, mais dans une forme physique déplorable.

La chance était de mon côté. Je n'avais pas couru assez longtemps pour être en sueur, et malgré mes talons hauts, je réussis à ne pas me casser la figure. En plus, j'avais mal calculé, et je me heurtai contre lui sans l'avoir cherché.

Je sursautai pour de bon, ce qui rendait la scène et notre rencontre fortuite parfaitement crédibles. Mon sac tomba par terre et s'ouvrit, laissant échapper un rouge à lèvres d'une teinte assez originale.

Je me penchai pour le ramasser et il en fit autant, avant de s'apercevoir que c'était moi.

— Excusez-moi.

— Ce n'est rien.

Nous retrouvant ainsi nez à nez, nous échangeâmes un sourire.

— Valeria !

Je me relevai tandis qu'il gardait un genou à terre. J'imagine que vues en contre-plongée, mes jambes devaient lui paraître très longues. Cela renforça ma confiance en moi. Et lui, même à genoux, était super séduisant. Canon à en mourir. Il avait les cheveux en bataille, portait un pull noir à col en V sous lequel on apercevait un T-shirt blanc, et pantalons treillis noirs. Mais je suis une femme forte. Je résistai.

— Ça va, Victor ? Quelle coïncidence !

Je pris le sac qu'il me tendait avec empressement. Je le fermai et me le calai sous le bras.

— Et où allais-tu d'un si bon pas ? demanda-t-il en se relevant.

Il jeta un œil sur le sac La Perla, puis se passa la langue sur les lèvres et me sourit. Où allais-je donc d'un si bon pas ? En fait, j'allais à sa rencontre depuis que je m'étais levée ce matin, même si je ne le savais pas. Je souris encore plus largement.

— C'est toi qui m'es rentré dedans, donc c'est toi qui courais, pas moi !

— Absolument pas. C'est juste que j'étais distrait avec ce machin à la noix, répliqua-t-il en me montrant le smartphone qu'il tenait fermement dans sa main droite.

Il me mata discrètement de la tête aux pieds et, se mordillant la lèvre inférieure, me demanda de nouveau où j'allais.

— Je rentrais chez moi. Et toi ?

— Moi aussi, je rentre. J'étais sur un chantier, je devais vérifier deux ou trois trucs.

— Ça se voit.

Je ris en retirant une parcelle de plâtre qui s'était collée à son pull noir.

— J'étais absorbé par la lecture de mes mails. Tu es – il semblait légèrement gêné – … t'es super belle.

Je sentis un frémissement me parcourir les veines, et mes joues qui rougissaient.

— Merci.

— Dis donc – il fixait mon visage, mes cheveux, mes lèvres, mon cou –, tu as fait quelque chose ?

— Un reflet dans les cheveux, répondis-je en lissant une mèche entre mes doigts.

— Il me semblait bien qu'il y avait quelque chose de changé.

— Ça te plaît ?

— Beaucoup.

Mes cheveux lui plaisaient beaucoup ? Et moi j'adorais les siens, leur toucher soyeux. Et la toison de son torse m'avait toujours mise dans tous mes états. Lui. C'est lui que j'adorais. Comment diable avais-je pu l'envoyer paître ?

— Bon… je rompis le silence.

— Oui…

Il était clair que si, à ce stade, nous restions muets l'un comme l'autre, nous allions nous dire au revoir et nous en resterions là. Je me remuai la cervelle pour trouver quelque chose à dire et prolonger cet instant, mais je restais là comme la dernière des idiotes à le regarder dans les yeux. Ses yeux verts, si verts… Bon sang qu'il était beau. Victor, lui aussi, me regardait en silence. J'eus comme l'impression qu'il n'était pas pressé de s'en aller.

— Ça m'a fait plaisir de te croiser comme ça, hasardai-je.

— Tu sais, le plaisir, il faut le cultiver, pas le chasser ou le condamner.

— Pardon ?

— Tu disais que ça t'a fait plaisir et…

— Ah oui, je vois !

J'éclatai de rire.

— On devrait… on ne devrait pas… laisser passer tant de temps sans se voir.

Je me sentais intrépide. M'appuyant sur ma jambe droite, je répliquai :

— Quand on se quitte, c'est normal, non ?

— Vu que c'est toi qui m'as quitté, observa-t-il en haussant les sourcils, est-ce que je dois comprendre que tu n'as plus envie de me voir ? Parce que moi, si…

— Mais non ! Je l'interrompis. C'est juste bizarre. En tout cas, l'autre jour ça m'a fait bizarre.

— L'autre jour, tu n'étais pas seule, et moi non plus – il consulta sa montre. Écoute, tu as un moment ? Je connais un endroit à deux pas où on pourrait manger un morceau. Ce serait sympa de bavarder un peu.

Je pris mon souffle, prête à accepter, coquette et sûre de moi, mais à mon grand étonnement, ma langue se colla contre mon palais et je dis exactement le contraire de ce que je pensais.

— Non – pendant quelques secondes horribles, nous gardâmes un silence que je me hâtai de combler. Excuse-moi. Pour certaines choses, je suis une vraie gourde.

— Quelles choses ? demanda-t-il en s'appuyant contre le mur.

— Est-ce que je peux être totalement sincère avec toi ?

— Bien sûr.

— Si nous dînons ensemble ce soir, je sais comment ça pourrait se terminer.

Je le regardai. Un sourire super sexy se dessinait sur ses lèvres.

— D'un côté, ça me tente, ne va pas t'imaginer le contraire, mais…

Victor leva les yeux au ciel et éclata d'un rire sonore.

— Qu'est-ce qui t'amuse ? J'ai dit une bêtise ?

Je commençais à avoir honte de ce que je venais d'avouer. Peut-être que mon accès d'hédonisme ne me réussissait pas si bien que ça, en fin de compte.

— Mais non, pas du tout. C'est juste que… vraiment, il n'y en a pas deux comme toi.

— Comme moi, ça veut dire quoi ?

— Tu es adorable. Allez viens. Allons dîner, je te promets qu'il ne se passera rien.

Je haussai un sourcil, méfiante.

— Tu promets ?

— Promis juré.

Et ce fut incroyable. Jamais je ne m'étais sentie aussi à l'aise que pendant ce dîner avec lui. Nous trouvâmes une table dans un bistrot branché du quartier et commandâmes deux verres de vin rouge et quelques tapas à grignoter. Nous parlâmes de choses et d'autres, de ce que nous faisions, rappelant au passage quelques épisodes de ce que nous avions vécu ensemble, en en riant, sans que ce soit douloureux. Bon, oui, ça me faisait un peu souffrir, mais en même temps c'était agréable. Comme quand, enfant, j'allais titiller avec la langue une dent de lait sur le point de tomber. Exactement comme ça.

Nous parlâmes de la fois où je m'étais cassé la figure à Minorque, sur le chemin qui menait à une petite crique. Je m'étais retrouvée avec un genou écorché et un gros bleu. Une fois rentrés à la villa, il avait soigné les écorchures et m'avait embrassé le genou, puis la cuisse, puis… Nous éclatâmes de rire en nous rappelant le soir où, chez lui, j'avais fait la connaissance de sa sœur Alina. Après le troisième verre, Victor me lança.

— On était super bien ensemble. Dis-moi, pourquoi est-ce que nous nous sommes quittés ?

— Tu as oublié ?

— Je crois que je ne l'ai jamais su.

— Ça ne fait pourtant pas si longtemps, je ne vois pas comment tu aurais pu oublier.

Sur ces mots, je bus une nouvelle gorgée.

— Non, même pas deux mois.

Du bout d'un doigt, il essuya une goutte de vin sur mon menton.

— Je t'ai manqué ? lui demandai-je d'un ton désinvolte, faisant ma coquette.

— Beaucoup. Trop.

— Tu as eu le temps ?

— Bien sûr. Tu as commencé à me manquer dès que je suis rentré chez moi.

Sans déconner… Trop bien ! On se calme.

— Il me semble que tu as été assez occupé…

Je haussai un sourcil en faisant tourner le vin dans mon verre.

— Si tu veux parler de Virginia…

Je le regardai droit dans les yeux et, secouant la tête en signe de dénégation, je lançai.

— Ça ne m'intéresse pas.

Nous rentrâmes à pied. À un moment donné, nous nous retrouvâmes à peu près à mi-chemin entre chez lui et chez moi. Le juste milieu, pour ainsi dire.

À ce stade, nous nous rendîmes compte que nos chemins se séparaient. Victor me demanda si je voulais l'accompagner jusqu'à sa voiture.

— Comme ça, je peux te raccompagner.

— Pas la peine. La nuit est splendide, je peux très bien rentrer à pied.

En même temps, je nous imaginais nous embrassant comme des fous dans sa voiture…

— D'ici, ça prend au moins une vingtaine de minutes. Tu es certaine de pouvoir marcher avec ces chaussures ?

— T'inquiète, pas de problème, assurai-je en riant.

— Je t'accompagne ? À cette heure-ci, ce n'est pas très sûr de se balader toute seule.

— Mais alors, c'est toi qui devras rentrer tout seul, pareil…

Je sentis la chaleur de la main de Victor qui se rapprochait de la mienne, et je paniquai. Je crus qu'il voulait m'embrasser et même si, jusqu'à présent, j'avais agi avec une parfaite assurance, je ne savais pas comment réagir si c'est ce qu'il avait en tête. Mais sa main s'arrêta sur la cordelette du sac de La Perla.

— C'est pour une occasion spéciale ?

— Qui sait ? N'importe quel moment peut être spécial, non ?

— Évidemment. Je peux… ?

Je lui tendis le sac de carton et le laissai jeter un coup d'œil à l'intérieur. Il plongea la main, écarta délicatement le papier de soie où était imprimé le nom de la marque et regarda, quelques secondes de plus que nécessaire. Puis il leva les yeux vers moi et déclara en souriant.

— Je suis parfaitement d'accord. Avec ça, n'importe quelle situation devient spéciale.

Je repris le sac et reculai d'un pas pour lui faire comprendre que je m'en allais.

— Tu as raison, je n'ai pas besoin de te raccompagner.

— Non.

Je continuai de reculer, puis, après quelques pas, lui tournai le dos pour reprendre ma route.

— Valeria.

Je l'entendis m'appeler dans mon dos. Je fis volte-face.

— Oui ?

— Appelle-moi.

— Je ne le ferai pas, sache-le.

Victor resta planté là à me regarder, les sourcils froncés. Il devait se demander ce qu'il avait bien pu se passer pour que je change autant en si peu de temps. Avant de me tourner de nouveau pour suivre ma route, il me sembla apercevoir sur ses lèvres un sourire ironique.

36
Maman me gâte… ou ma femme me gâte ?

Barto et Carmen arrivèrent chez les parents de Barto en s'attendant à les trouver, pour leur annoncer qu'ils se mariaient. Le père serait probablement content, mais pour la mère, aucun doute n'était possible : elle serait en état de choc. Ils voulaient y aller en douceur, avec une assiette de choux à la crème pour faire passer la pilule. Cela ne faisait que quelques mois qu'ils étaient ensemble, mais ils savaient parfaitement ce qu'ils faisaient. Plus ils y pensaient, plus ils étaient certains qu'ils avaient fait le bon choix. Carmen n'avait jamais considéré le mariage comme une étape nécessaire, mais puisqu'ils l'avaient décidé, au moins sa mère à elle serait contente.

En posant les pâtisseries sur la table de la cuisine, ils se rendirent compte qu'ils étaient seuls dans l'appartement.

— Où peuvent-ils bien être ?

— Ta mère doit être en train de jouer toutes ses pièces au Bingo, ironisa Carmen.

Barto lui lança un regard peu amène, ce qui ne l'empêcha pas de rire sous cape.

— Tu crois que les choux, ça va le faire ?

— Au moins, nous éviterons la crise d'hypoglycémie, répliqua-t-il en lui lançant un clin d'œil.

— J'ai faim, annonça Carmen en regardant le plateau.

— Tiens.

Il prit un chou et le lui tendit. Puis il réarrangea le tout pour ne pas laisser de vide.

— Voilà, ni vu ni connu.

Il se tourna et vit Carmen qui regardait par la fenêtre, occupée à déguster le chou à la crème avec un plaisir évident. Il eut d'abord envie de rire, puis, penchant légèrement la tête de côté, il se rendit compte que ce spectacle lui plaisait pour des raisons moins avouables.

— Quelle bouche agile, mon amour, plaisanta-t-il.

— Jaloux ?

— Un peu.

Carmen engloutit le chou en moins de deux sans faire attention à Barto et alla se laver les mains dans la salle de bains. Elle l'entendit qui parlait au téléphone avec sa mère. Puis il apparut, remettant le portable dans sa poche.

— Ils sont chez des amis. Ils rentrent dans cinq minutes.

— Tu ne crois pas que ça les inquiète de nous laisser seuls ? Qui sait ce que nous pourrions faire en leur absence… répliqua Carmen avec une lueur malicieuse dans le regard.

— Ma mère s'inquiète déjà de ce que pourront penser les voisines si elles nous ont vus entrer alors qu'elles savent qu'ils ne sont pas là.

— Elles croiront évidemment que nous sommes en train de forniquer comme des bêtes, et que nous faisons tout un tas de choses cochonnes qui n'ont pas du tout pour but d'assurer une descendance à la famille.

— Quoi, par exemple ?

— Je ne sais pas, une petite pipe…

— Si tu continues sur ce ton, je ne suis pas sûr de pouvoir continuer à me contrôler.

— Ah bon ? Parce que tu essaies ?

— Depuis un bon moment.

Barto mit ses mains dans les poches de son pantalon et la fixa du regard.

— Hummm…

En deux temps trois mouvements, ils se retrouvèrent dans la chambre de Barto, entortillés l'un à l'autre et s'embrassant avidement. Ils tombèrent sur le lit à demi dénudés, toujours enlacés. Carmen insista pour que Barto mette un préservatif, mais il n'en avait pas sur lui.

— Comment, tu n'en as pas ?

— Je les laisse chez toi, là où ils servent.

— Tu n'en as pas un seul ici ?

— Non. Ici, je n'en ai pas besoin. Si ma mère en trouvait, elle ferait un arrêt cardiaque…

— Et dans la voiture ? demanda Carmen sans s'arrêter sur l'arrêt cardiaque de la mère.

— Tu veux me faire descendre à la voiture ?

— Je ne vois pas d'autre solution.

— Enfin, Carmen, protesta-t-il en l'embrassant amoureusement dans le cou. Pour une fois, c'est pas grave…

— Tu veux te retrouver avec des quadruplés ?
— Non, mais je peux me contrôler…
— Pas question.
Barto se mit à lui mordiller doucement le cou, les épaules et le lobe des oreilles, sachant qu'elle ne pouvait résister à ce type de caresses. Sans compter qu'ils étaient nus, peau contre peau, sur un lit. Finalement, elle glapit d'impatience et lui demanda un calendrier.
— Carmen, ma biche, tu veux un calendrier ?
— Oui ! Un calendrier ! s'exclama-t-elle, une main entre les jambes de Barto.
— Mais pour quoi faire ?
— Méthode Ogino.
Elle n'en dit pas plus.
Quelques minutes plus tard, Carmen donna le feu vert et ils se mirent à l'œuvre. Il s'allongea sur elle, écarta ses jambes et les enroula autour de ses hanches. Le premier assaut la fit gémir, et les suivants la catapultèrent dans un état de semi-inconscience. Elle sentait seulement qu'elle appuyait ses talons sur les fesses de Barto. Ils se donnaient avec une telle intensité qu'ils savaient tous les deux que c'était une question de minutes.
Les gémissements rauques et graves de Barto firent comprendre à Carmen qu'il était sur le point de jouir. Elle agrippa l'oreiller, tandis qu'il saisit à deux mains la tête du lit. Ce geste excita Carmen et lui fit venir un orgasme dévastateur qui la laissa inerte sur le couvre-lit.
— Je viens, articula-t-il.
— Aaah oui… haleta-t-elle, reprenant ses sens.
Une sensation de chaleur lui fit comprendre que Barto avait joui.

En cet instant précis, alors qu'il était encore en elle, la porte de la chambre s'ouvrit et belle-maman pointa le bout de son nez. Elle lança un cri perçant, invoqua la Vierge et tous les saints et s'enfuit dans le couloir en claquant la porte.

37
Résolution

Nerea, impassible, regardait Lola se tordre de rire. Moi, j'avais réprimé mon hilarité par respect pour Carmen, en simulant un accès de toux. Mais Nerea ne trouvait pas ça drôle du tout. Elle était horrifiée.

— T'as le droit de te marrer, Nerea, je ne vais pas me mettre en pétard.

Carmen soupira en remplissant son verre à ras bord.

— Je n'ai pas du tout envie de rire. C'est affreux. Je ne comprends pas pourquoi elles sont là à se gondoler, répliqua-t-elle en secouant ses cheveux.

— Mais si, au fond c'est franchement marrant. Et si je n'avais pas été complètement à poil sur le lit, moi aussi je me serais bidonnée.

— Mais c'est horrible, répéta Nerea. Affreux.

Lola se tenait le ventre en essayant de respirer à fond pour se calmer. Je lâchai un sourire.

— Et ça s'est terminé comment ? demandai-je en remplissant mon verre à mon tour.

— L'enfer ! Je n'ai pas retrouvé mon soutif et ses hurlements m'ont suivie jusque sur le palier, où j'ai enfilé ma culotte en quatrième vitesse. Elle beuglait qu'elle allait mourir de honte et de chagrin. De chagrin !

— De chagrin parce qu'elle aimerait bien qu'on la baise un peu plus, commenta Lola avec un ricanement.

— Arrête ! Elle a dit qu'elle ne s'attendait pas à ça de son fils. Que jamais il ne s'était conduit de façon indécente. Qu'il était totalement dévergondé, et que tout ça, c'est des saletés !

— Devant toi ?

— Non, c'est Barto qui me l'a raconté ce matin au téléphone. Elle lui a sûrement sorti que j'avais une mauvaise influence, ajouta Carmen d'un air faussement contrit.

— Et elle a appelé le curé de la paroisse pour exorciser le lit.

Lola se marra une fois de plus.

— Vas-y, gondole-toi, marmonna Carmen avant de vider son verre.

— Mais pourquoi ça te perturbe autant ? Elle est complètement barge !

— Elle est peut-être super barge, mais n'empêche qu'elle est ma future belle-mère, autrement dit la mère du mec que je vais épouser, et la future grand-mère de mes enfants. Ce n'est pas rien, quand même !

— J'imagine que vous avez décidé d'attendre une autre occasion pour leur parler du mariage, non ? plaisanta Lola.

— Barto leur a balancé la nouvelle, en plein milieu de la scène. Moi, je ne m'en mêle plus, affirma-t-elle en se passant la main dans ses beaux cheveux couleur caramel.

— Et le père ?

— D'abord il lui a donné une bourrade dans le dos et a dit qu'il était un grand garçon, avant de lui conseiller de garder sa quéquette au frais en attendant d'être dans ses meubles.

Le fou rire nous reprit, Lola et moi, et Carmen sourit avec une mine de circonstance.

— Je sais, c'est surréaliste. Je tendis la main et caressai le bras de Carmen, qui poussa un soupir : on change de sujet, *please* !

— Demandons à Valeria si elle a quelque chose à nous raconter, proposa Lola, un tantinet malveillante.

Je la regardai, étonnée.

— Pardon ?

— Un petit oiseau m'a dit que l'autre jour, tu es allée boire des verres avec un certain ex...

— Adrian ? s'exclama Nerea.

— Et qui t'a raconté ça ? demandai-je à Lola en ignorant la réaction de Nerea.

— À ton avis ?

— Vous vous parlez souvent ?

Je me sentais un peu contrariée.

— Jalouse ?

— Préoccupée. Je ne savais pas que tu me taisais autant de choses.

— Allez, Val ! Tu aurais aimé que je te parle de lui quand tu étais prostrée sur ton lit comme une loque ? Bien sûr qu'on se cause.

— Je n'y comprends rien, déclara Carmen en se levant.

Elle alla prendre une nouvelle bouteille de blanc dans le frigo.

Je soupirai, me passai la main dans les cheveux et clamai d'une voix haute et forte pour que Carmen m'entende :

— Je suis tombée sur Victor l'autre jour en sortant du *Corte Inglés*.

— Dis-moi que tu avais un look d'enfer ! s'exclama Nerea en battant des mains.

— En tout cas, d'après lui, oui, répondit Lola.

Elle prit la bouteille des mains de Carmen et la déboucha en un clin d'œil.

— Ah bon, il a dit ça ?

J'étais curieuse.

— Il m'a raconté qu'il avait halluciné en te voyant. Il t'a trouvée vachement changée, en bien, a-t-il précisé. Et puis il a ajouté deux ou trois trucs, que tes oreilles n'ont peut-être pas envie d'entendre mais que moi, vu que nous parlons la même langue, je trouve plutôt sympas.

— Quoi, par exemple ?

— Que rien qu'à respirer le parfum de tes cheveux, il l'avait en béton.

Je la regardai de travers. Cette Lola... Carmen vint s'asseoir à côté de moi.

— Tu étais nerveuse ?

— Non. Très sûre de moi au contraire. Comme on peut l'être à dix-sept ans dans une disco. Je crois que...

La sonnerie du téléphone fixe m'interrompit. Je tendis le bras, décrochai et lançai sans autre forme de cérémonie.

— Oui ?

— Tu es une femme de parole !

— Pardon ?

Je n'arrivais pas à croire que c'était lui et qu'il démarrait la conversation sur ce ton.

— Oui, tu tiens parole. Tu m'avais dit que tu ne reviendrais pas et tu n'es pas revenue.

Je mis le téléphone en mode haut-parleur. Stupéfaites, les filles écarquillèrent les yeux.

— Puis tu m'as dit que tu n'appellerais pas et tu n'as pas appelé.

— À t'entendre, on croirait que je devrais avoir honte de tenir parole.

Il éclata d'un rire sensuel et, allant droit au but, demanda :

— On se voit ?

— Quand ?

— Maintenant. Tout de suite.

— Je ne peux pas.

Les trois Grâces se mirent à gesticuler, pour des raisons différentes. Lola parce qu'elle voulait que je sorte avec lui, Nerea parce qu'elle pensait que je devais rester à la maison, et Carmen parce qu'elle m'intimait de garder mon calme.

— Je dois te demander quand tu as une disponibilité ?

J'avais l'impression d'avoir un gamin capricieux au bout du fil.

— Oui, contacte mon secrétaire au moins vingt-quatre heures à l'avance.

— Bon, je vais te présenter ça différemment… un peu gênant pour moi mais peu importe. Voilà, je me retrouve comme un con. Je suis dans ma bagnole, juste en bas de chez toi. J'attends ta réponse.

— Je ne peux pas.

— Tu ne peux pas ou tu ne veux pas ?

Je lançai un bref éclat de rire. Toutes les trois levèrent le pouce, comme d'un commun accord, pour me pousser à accepter.

— Descends, on fumera une cigarette.

— Tu as arrêté de fumer, objectai-je.

— Si tu descends, j'en grille une avec toi.

— Alors il ne faut pas que je descende.

— Mais… si tu ne descends pas, je me remets à fumer. Peut-être même que je vais passer au crack.

Je regardai les copines en faisant une grimace, indécise. Lola m'indiqua la porte, Carmen me passa son brillant à lèvres et Nerea secoua la tête vigoureusement. Je claquai la langue.

— Tu es très insistant.

— Je sais. Tu descends ?

— Juste une minute. Tu me prends au mauvais moment et…

— Je ne vais pas te faire chier. Descends, c'est tout, juste pour que je te voie. Je n'arrive toujours pas à croire ce qui s'est passé l'autre jour.

— Qu'est-ce que tu n'arrives pas à croire ?

— Merde, Valeria – il éclata de rire. Depuis que je t'ai revue, je ne dors plus.

Carmen et Nerea applaudirent silencieusement. Lola, pour sa part, esquissa un geste très grossier de la main droite en chuchotant « branleur ».

— Je n'en reviens pas que tu sois assis dans ta bagnole en bas de chez moi comme le dernier des harceleurs. Donne-moi dix minutes.

Pendant que les copines continuaient de vider mes bouteilles, je descendis tranquillement les escaliers. Je n'étais pas du tout d'humeur à me précipiter frénétiquement au rez-de-chaussée, en reprenant à peine mon souffle pour qu'il ne se rende pas compte de ma nervosité. Je n'en revenais toujours pas qu'il soit venu et j'avais besoin d'un peu de temps pour réfléchir au comportement à adopter.

Je m'étais repeignée en vitesse mais je ne pense pas que j'étais aussi glamour que lors de notre dernière rencontre. J'avais les cheveux dénoués avec la raie au milieu, je portais une marinière rayée bleu et blanc à encolure bateau et jean à patte d'éléphant style rétro. À peine maquillée, juste une touche de fard à joues, un trait d'eye-liner et du mascara.

Il était dans l'entrée, appuyé contre la porte. En jean et T-shirt blanc. Grands dieux ! Le simple fait d'évoquer cette image me met l'eau à la bouche. Il avait les bras croisés. Quand il me vit, il les laissa retomber le long du corps et se redressa.

— Salut.

— Salut.

Nous restâmes quelques instants sans rien dire. Il me sourit et je fis de même, par mimétisme. Je tirai de la poche arrière de mon jean un paquet de Lucky Strike tout fripé et m'allumai une clope.

— Tu m'accordes le temps d'une cigarette ? Je souris. T'es super mignonne.

— Merci.

— C'était sympa l'autre jour.

— Oui, moi aussi j'ai bien aimé.

De nouveau, silence. Je tirai une taffe.

— Tu me laisses en tirer une ?

— Tu veux une clope ?

— Non, juste une taffe.

Je tendis ma main avec la cigarette coincée entre l'index et le majeur, il la prit et aspira une bouffée.

— Bon, quoi de neuf ? demandai-je pour rompre le silence.

— Et toi ?

— Pas grand-chose.

— Tu as recommencé à travailler ?

— Non. Je me donne encore quelques jours de vacances avant de démarrer mon nouveau projet.

— Tu veux dire la deuxième partie de… ?

— Ça te plairait, qu'il y ait une deuxième partie ?

— J'adorerais lire comment tu me flanques un savon.

Il mit les mains dans ses poches et s'appuya contre le mur.

— Et quelle raison aurais-je de te passer un savon ?

— Pas la moindre idée. Tout ce que je sais, c'est que les femmes ont tendance à faire ça quand une histoire ne marche pas. Elles s'en prennent aux mecs. Sûrement, tu mettras une dose de fiction et tu feras de mon personnage un dragueur impénitent que tu finis par surprendre au lit avec deux belles Russes.

Je haussai les sourcils, étonnée.

— Deux belles Russes ? C'est quoi, ça, un de tes vieux fantasmes ?

Il hocha la tête.

— Deux belles Russes et toi, précisa-t-il. Toutes les nuits, je me branle en y pensant.

— Ah oui ? Je ne pensais pas que tu avais besoin de te branler. Je te voyais plutôt fantasmant là-dessus pendant que tu te fais sucer par ta copine de baise, la décoratrice.

Vlan dans les dents !

— Oh, oh, quelle imagination – ses sourcils dessinèrent un arc parfait. Changeons de sujet ou je vais finir par t'avouer que oui, je pense à toi au moment où je ne devrais pas, mais sans les Russes. Et donc ? Pas de deuxième partie ? Tu nous laisses tous tomber et basta ?

— Je ne suis plus tellement sûre que ce soit une bonne idée d'écrire de l'autofiction.

Entre nous, évidemment qu'il y allait avoir une deuxième partie !

— Tu as eu des problèmes ?

— Deux ou trois.

— Tu n'es pas très loquace.

— Je ne m'attendais pas à ce que tu appelles, c'est tout.

Victor sourit. Je compris qu'il était très sûr de lui. Impossible qu'il en soit autrement. Avec le look qu'il avait et ce qu'il dégageait, il savait pertinemment quel type de réaction il provoquait chez les femmes. Et je ne vais pas me lancer dans une énumération circonstanciée de toutes les sensations qu'il éveillait en moi en ce moment précis.

À ma grande surprise, il tendit la main et me saisit le poignet. Je regardai ses doigts se refermer et me laissai attirer vers lui. Quand je me rendis compte de ce qui m'arrivait, j'étais déjà contre lui. Je sentis les effluves de son eau de toilette se mêler à l'odeur de la cigarette. Je jetai la clope au moment où Victor approcha ses lèvres des miennes.

Je suppose que j'aurais pu l'éviter, mais je n'en fis rien parce que je mourais d'envie de sentir sa bouche se coller à la mienne avec la violence qui caractérisait ses baisers. Sur ce point, j'étais d'accord avec lui. Quand on s'embrasse, il faut le faire comme s'il ne devait jamais y avoir de lendemain, comme si c'était le dernier baiser de sa vie. Un baiser, ce n'est pas rien. Et celui-là était particulièrement chargé de désir.

Nos lèvres se rencontrèrent avec passion. Je pris Victor par le cou et l'attirai à moi, tandis qu'il agrippa mes fesses. Sa langue s'enroula autour de la mienne et je gémis silencieusement, presque comme un ronronnement.

Un toussotement dans le hall d'entrée nous fit nous détacher brusquement. La voisine du premier, une quinquagénaire toujours vêtue de noir, nous regardait avec un sourire bienveillant, et nous lui souhaitâmes bonne nuit. Lorsqu'elle eut refermé sa porte, Victor me plaqua contre le mur et me souleva de façon à ce que mes jambes encerclent sa taille.

Nous recommençâmes à nous embrasser comme des fous. Victor me supplia, haletant, de le laisser monter chez moi.

— Non, répondis-je en retombant les pieds sur terre, dans tous les sens du terme. Je ne peux pas.

— Valeria…

Je souris et passai ma main sur ses lèvres.

— Je ne peux pas. Ce n'est pas une excuse. Maintenant, ce n'est pas possible. Il faut que je monte.

— Mais… balbutia-t-il tandis que je m'éloignais.

Je montai trois marches, il me tira par le bras et m'embrassa de nouveau. Les mouvements de sa langue étaient passionnés, très explicitement érotiques. Je réussis à ne pas flancher et m'agrippai de nouveau à la rampe.

Je n'étais pas arrivée au premier que je l'entendis me demander de l'appeler.

— Je ne le ferai pas, répondis-je sans le regarder.

— Alors, moi je t'appellerai.

Quand j'entrai dans l'appart, Lola et Carmen avaient déjà sifflé la bouteille et Nerea continuait de siroter son verre à petites gorgées délicates. Elles étaient en pleine conversation à mon sujet.

— Tu crois qu'elle peut lui faire confiance ? demandait Carmen, les sourcils froncés.

— Ciao les filles.

— Ciao – à l'unisson.

Leurs yeux se posèrent sur mes lèvres rougies. Carmen réprima un gloussement. Nerea me lança un regard chargé de reproches et Lola s'esclaffa.

Mais qu'est-ce que tout cela signifiait, au fond ?

38
Un dernier pas dans ta direction

Après avoir supporté héroïquement pendant une heure le sermon de Nerea, je dus ensuite écouter toutes les raisons que me donna Carmen pour m'inciter à la prudence. Quant à Lola, elle se contenta de hausser les sourcils, de sourire et de les taxer de frigides.

– Baise avec lui. Beaucoup, sans retenue et jusqu'à l'évanouissement. On n'a qu'une vie. Ça dure un instant, et pffft, plus rien. Dans la vie, il faut baiser !

Au bout du compte, nous passâmes une heure et demie à nous remuer les méninges sur les mois qui venaient de s'écouler et ma relation avec Victor. Nous aimons tous parler de nous, surtout quand nous sommes plongés dans des situations confuses et compliquées mais, à vrai dire, je n'avais absolument aucune envie d'analyser sans fin avec les copines ce que j'aurais dû faire ou ne pas faire, passer des heures à définir ce qui était du cul et ce qui était de l'amour. Je ne voulais qu'une chose, me retrouver dans les bras de Victor et le laisser me déshabiller comme il savait le faire.

Du coup, quand elles s'en allèrent, je me sentis soulagée. Je pensais que j'avais besoin d'être un peu seule. Je me disais que maintenant qu'elles étaient parties, j'allais me doucher, écouter de la musique et penser à autre chose.

Erreur.

Deux minutes après leur départ, la sonnette retentit. Je sortis de la cuisine où j'étais allée jeter les bouteilles dans la poubelle pour le verre, et allai ouvrir la porte. Sur la table basse de l'espace exigu qui me servait de salon trônaient quatre verres vides et un cendrier à moitié plein. Ça sentait l'automne, la clope et le parfum, plus précisément celui de Carmen. Mais par la porte, je sentis également celui de Victor, puissamment boisé.

Le voir me déstabilisa quelque peu. Ne sachant quoi dire, je le fis entrer et refermai la porte.

Quand je me tournai, Victor avait déjà retiré sa veste.

— Tu es revenu ? demandai-je, déroutée.

— Je ne suis pas parti.

— Tu es resté une heure et demie dans ta voiture ?

— Oui.

Je me touchai les lèvres, en proie à une grande nervosité. Victor saisit mon T-shirt et m'attira à lui.

— Pourquoi ?

— J'attendais qu'elles se barrent, répondit-il d'un ton très assuré.

— Tu savais qu'elles étaient ici ?

— Évidemment.

— Tu as une taupe dans le groupe ?

— Non. J'ai installé des caméras et des micros.

Sans poser de questions, sans parler de quoi que ce soit, Victor enleva mon T-shirt et je fis de même avec le sien. Mais ça m'énervait un peu qu'il soit si certain que j'allais baiser avec lui.

— Pour toi, c'est évident que toutes les femmes ont envie de coucher avec toi ?

— Je ne vois qu'une femme ici.

— Et qui te dit que…

La conversation s'arrêta là. Nous nous embrassâmes avidement et Victor me déposa sur le lit. Je me laissai tomber à la renverse tandis qu'il m'embrassait le ventre et déboutonnai mon jean.

— Tu as des capotes ? articulai-je.

— Depuis quand… ?

— Je ne sais pas où tu as traîné ces derniers mois. Ni où, ni avec qui.

Je tentai de parler d'une voix ferme.

— Si tu veux savoir, le plus simple est de demander.

Je me redressai et décidai de lui donner raison.

— Tu as été avec quelqu'un ces derniers temps ?

— Sois plus précise.

— Tu sais très bien de quoi je veux parler.

— Mais je veux voir si tu réussis à le dire, ou si tu vas exploser en mille morceaux après avoir prononcé un mot obscène, expliqua-t-il sur un ton légèrement sadique.

— T'as baisé à droite et à gauche, Victor ?

— Tu veux vraiment savoir la vérité, Valeria ?

Il imitait le ton de ma voix.

— Pourquoi ? Je ne devrais pas la savoir, selon toi ?

Je le vis se gratter le front. Il me caressa la taille avec ses doigts, puis descendit doucement, essayant visiblement de détourner mon attention, mais il m'avait provoquée, et maintenant il fallait qu'il réponde. Courage, le moment de vérité arrivait.

— Oui, je veux savoir. Tu as baisé à droite et à gauche ?

— Oui. Tu t'attendais à quoi, au juste ?

— Avec Virginia ?

— Oui, avec Virginia, entre autres.

Entre autres ? J'eus envie d'empoigner un coussin et de le lui faire avaler. Espèce de salaud. C'est ça... « Valeria, ma biche, ça a été un peu dur pour toi, mais moi entre-temps je n'ai pas chômé. »

— C'est bon. Je ne veux pas en savoir plus.

Je me levai en grommelant. La main de Victor se referma sur mon poignet et il m'attira doucement vers lui.

— Val...

— Non. On n'est pas ensemble, toi et moi. Tu peux faire ce qui te chante, je m'en fiche.

Énorme mensonge, mais qui sonnait vrai.

— Viens ici un instant.

— Non. Je préfère être seule... et je ne suis pas sûre d'avoir envie que tu restes ici. Je ne t'ai pas invité, au cas où tu l'aurais oublié.

— Tu viens de me demander si j'avais un préservatif... observa-t-il, interdit.

— J'ai changé d'avis.

— Tu as changé d'avis parce que j'ai couché avec d'autres femmes depuis que tu m'as largué ? Mais tu entends ce que tu dis ? C'est toi qui m'as envoyé paître, Valeria, toi ! Il se leva et s'approcha de moi : écoute-moi une seconde, tu veux bien ? Comme tu l'as très bien dit, nous ne sommes pas ensemble. Tu m'as largué. La baise, c'est la baise. Point barre.

— Pour toi, la baise, c'est la baise !

Je repérai mon T-shirt qui gisait par terre. Je préférais ne pas avoir ce genre de discussion en jean et soutien-gorge.

— Tu ne veux pas comprendre. La baise, c'est seulement de la baise quand ce n'est pas avec toi.

Je haussai un sourcil. J'avais du mal à m'abstraire de la courbe de ses lèvres, de ses yeux verts qui brillaient entre ses cils drus… Je me forçai à me concentrer. « Quand ce n'est pas avec toi… » Ça changeait tout. Mais alors, pourquoi est-ce que tout semblait si compliqué ?

— Je pense qu'il vaudrait mieux que tu t'en ailles, assénai-je sans bouger d'un millimètre.

— Val, je n'ai pas envie de m'en aller.

Il se rapprocha un peu plus.

— Le problème, c'est que tu es plus fort que moi et…

Je ne savais pas comment finir ma phrase. Silence. Je fermai les yeux, regrettant ce que je venais de dire. Mais je l'entendis s'éclaircir la voix.

— Toi aussi, tu es plus forte que moi. Et tu m'as manqué terriblement. Ta présence…

Il me caressa le bas du dos. Son autre main se posa sur mon cou et m'attira vers sa bouche. Que dire de ce baiser ? Une merveille. Tendre, érotique, il était plus éloquent que mille discours.

Je n'opposai plus aucune résistance. Je jetai mes bras autour de son cou et nous nous embrassâmes comme des fous sans pouvoir nous arrêter. Victor se laissa tomber sur le lit et je me mis à califourchon sur lui. Je sentis son excitation, son sexe qui palpitait entre mes cuisses.

Il posa ses lèvres entrouvertes sur mon décolleté tandis qu'il déboutonnait mon jean. Nous étions partis pour une séance de sexe pur. Valeria, privée de toute force de volonté, avait abdiqué.

Pas bien du tout.

Je me levai, retirai mon pantalon et ma culotte et me remis sur Victor, le dévorant de baisers. Je me dis qu'il devait me prendre pour une folle. Mais lui ne semblait franchement pas se poser de questions, et il se contenta de dégrafer mon soutien-gorge. La pensée qu'il s'était envoyé en l'air cent fois pendant que moi, je me sentais seule et ridicule me traversa l'esprit… J'étais quasiment sur le point de piquer une nouvelle crise quand nous nous retrouvâmes peau contre peau. Il empoigna mes seins. Je me laissai emporter.

Victor se désapa puis m'enleva les quelques vêtements que je portais encore. Nous fûmes bientôt totalement nus, l'un sur l'autre. Dans la chambre, on n'entendit plus que halètements, soupirs et gémissements.

Je lui embrassai le torse et descendis vers son ventre, les mains posées sur ses abdominaux qui se soulevaient au rythme de sa respiration saccadée.

— Où vas-tu ? demanda-t-il malicieusement.

— À ton avis ?

— Dis-le-moi, intima-t-il.

— Je vais te prendre dans ma bouche… et te faire souffrir.

Je me mis à genoux sur le lit.

Je saisis son sexe érigé et y posai mes lèvres fermées. Puis je les entrouvris et caressai le gland avec ma langue avant de descendre jusqu'à la base. Il poussa un gémissement.

— Les autres n'existent pas, ma biche. Ce que je ressens, là, tu es la seule à me le donner.

Il ne m'en fallait pas plus pour aiguillonner ma libido. Je le mis dans ma bouche et le ressortis rapidement. Il se tordit de plaisir dans un râle. Je continuai mon mouvement rythmé, faisant aller et venir ma bouche, l'engloutissant à chaque fois plus profondément. Comme il faisait toujours, il mit sa main dans mes cheveux, entrelaçant ses doigts dans mes mèches désordonnées. Ses gémissements s'intensifièrent. J'étais dans un état d'excitation maximum…

— Arrête, supplia-t-il.

Je continuai.

— Non, Valeria, s'il te plaît.

Sa respiration était de plus en plus saccadée, ses gémissements devaient sûrement être audibles de l'autre côté du mur. Il agrippa les draps en murmurant quelques mots incompréhensibles. Je l'ignorai. Il leva la tête de l'oreiller, me regarda, puis laissa sa tête retomber en arrière. Il appuya sa main dans mes cheveux et se mit à exercer une pression tandis que je continuais de l'engloutir, ivre de sexe.

— Valeria – j'adorais entendre mon nom prononcé par sa bouche, une bouche à faire damner tous les saints du paradis. Arrête, arrête… stop…

Je m'arrêtai quand je sentis son sexe palpiter sur ma langue. Il sourit entre deux halètements. Je me rapprochai de son visage et nous nous embrassâmes.

— Tu as failli me faire jouir, me reprocha-t-il. Si je n'avais pas réussi à me contrôler, tu serais restée sur ta faim…

— Je ne serais pas restée pas sur ma faim… même si tu n'avais pas réussi.

Il prit l'initiative, me plaqua sur son sexe encore humecté de ma salive et me pénétra brutalement d'une seule poussée qui me fit me cambrer et m'arracha un cri. Au fond de moi, une certaine peur se mêlait à l'excitation et au plaisir, mais je n'y prêtai pas garde. Je craignais qu'il ne s'agisse que de baise et rien d'autre, et de me retrouver de nouveau avec une méga prise de tête. De toute façon, il était trop tard pour tirer sur les rênes. Quand nous aurions fini, j'aurais tout le temps de réfléchir au sens de ce que nous étions en train de faire.

– Arrête et mets une capote, lui dis-je.

– Je n'en ai pas, ma douce.

– Arrête… insistai-je, les yeux fermés.

Il posa ses mains sur mes hanches et continua ses mouvements en rythme, me soulevant et me laissant retomber sur lui. Des gémissements rauques s'échappaient de sa bouche.

– Je ne peux pas arrêter… et tu n'as pas envie que j'arrête.

– Et les autres ? Les autres meufs ?

– Toujours protégé. Toujours. Il n'y a qu'avec toi. Jamais je ne le ferais sans capote, Valeria. Avec toi c'est… autre chose, plus fort.

Plus fort, plus fort, plus fort.

Nous roulâmes sur le matelas et il se mit sur moi. J'encerclai ses hanches de mes jambes. Il maintint mes bras contre l'oreiller et, allant et venant en moi, trouva le point qui me rendait folle. Il me pénétra avec force une fois, deux fois, trois fois. En moins de deux minutes, je jouis sans pouvoir contrôler les mots qui sortaient de ma bouche.

– Viens, bordel, criai-je. Viens ! Viens !

Quand je commençai à reprendre mon souffle, Victor agrippa la tête de lit et me pénétra une dernière fois brutalement. Il jouit dans un cri.

Nous restâmes haletants sans rien dire, reprenant nos esprits.

On n'entendait que notre respiration saccadée. Par la fenêtre ouverte, en même temps que les parfums de ce début d'automne, entraient la rumeur de la circulation et les voix des passants dans la rue.

Mais dans la chambre, rien. Silence.

Silence.

Victor resta encore en moi quelques instants, reprenant haleine. Puis il se laissa retomber sur le matelas. Nous regardâmes le plafond sans rien dire. Nous n'avions guère envie de parler. De toute façon, il était clair que quelque chose de nouveau s'était produit. Une tension gênante, brutale.

L'atmosphère se chargea d'une électricité étrange. Une fois passé le moment de passion effrénée, ne restait que le souvenir des mots prononcés dans le feu de l'action. Victor respirait profondément, le regard tourné vers le plafond, l'abdomen se soulevant au rythme de son souffle. Muet. Trop muet. Les sourcils froncés. La bouche nerveuse, se mordillant les lèvres.

Quand la situation devint trop tendue pour nous deux, Victor se leva, remit son caleçon, ramassa le reste de ses vêtements et se dirigea vers la salle de bains.

Je l'attendis enroulée dans les draps, appuyée contre le mur. C'est ainsi qu'il me vit lorsqu'il revint dans la chambre. Il sourit, mais je le connaissais assez pour savoir que c'était un sourire contraint qui n'avait rien de spontané.

— Tu t'en vas ?

— Oui. Je dois me lever super tôt demain matin.

— Je vois, répondis-je, un rien contrariée.

Victor récupéra son pull qui était tombé par terre et me sourit une nouvelle fois. Mon expression était passée du plaisir de l'orgasme à l'incertitude, puis à la crainte et maintenant à une déception mêlée de colère. Je me sentais… comme une parmi tant d'autres. Et si je m'étais toujours trompée, quand j'étais avec Victor ? Et si nous nous étions trouvés dans cette situation depuis le début ? Je me sentis tellement idiote que toute ma rage se retourna contre moi. Pauvre conne, imbécile et crédule.

Victor se dirigea vers la porte et mit une main sur la poignée. Mais avant de sortir, il fit volte-face et me regarda. Il s'immobilisa un instant, soupira, baissa les yeux, puis, faisant un pas dans ma direction, lança :

– Valeria, ce n'est pas ce que tu crois… vraiment.

– Va-t'en, lui répliquai-je d'un ton mauvais.

– Je sais ce que tu penses. Non, je ne suis pas en train de me venger, ou quelque chose dans ce genre-là. Mais…

– Mais quoi ? demandai-je en serrant le drap contre moi.

– Essaye de te mettre à ma place. Je sais que ça n'a pas été facile pour toi, mais pour moi non plus.

– Tout ça m'a l'air tellement…

Je ne finis pas ma phrase, fermai les yeux et m'assis au bord du lit.

– Non. Je suis totalement sincère avec toi, Valeria. Je… ce n'est pas que je n'ai pas envie de rester avec toi. Au contraire. Je n'ai pas arrêté de penser à toi pendant deux mois. Mais… je ne veux pas d'une histoire sérieuse. Rien de sérieux.

– Tu… ne veux rien de sérieux ?

– Non. Je crois que ça vaut mieux.

– Qu'est-ce que tu as en tête exactement ?

– Nous pouvons… rester en contact, tu vois ? Mais je ne veux pas que nous soyons en couple. J'ai trop souffert. Je préfère savoir à quoi m'en tenir.

— C'est sûr ! Comme ça il n'y a que toi qui décides avec qui tu passes ton temps libre !

Je soupirai.

— C'est plus compliqué – il haussa les épaules. Je préfère ne pas te raconter de salades. Ou te faire des promesses que je n'arriverai pas à tenir. Mais… il n'y a pas que toi qui n'as pas trouvé ça cool.

— Eh bien…

Je baissai les yeux, sans savoir quoi faire, quoi dire, comment réagir.

Victor se passa la main sur le visage.

— Tu m'as largué au moment même où je faisais tout mon possible pour que notre histoire se construise. Maintenant, je ne vois plus du tout comment arranger les choses.

— Et donc ?

— Pas d'explications, dit-il d'une voix ferme. Tu ne m'en donnes pas, et je ne t'en donne pas. Mais si tu as toujours envie de me voir, je te promets qu'il n'y aura pas d'autre femme pour moi.

Je le regardai, étonnée. Quelle différence entre ce qu'il proposait et une histoire de couple ?

— Je ne comprends pas.

— On comprendra avec le temps. Mais je ne veux pas m'engager.

Je ne savais pas s'il avait voulu ce genre de situation dès le début, mais j'étais certaine que c'était celle dans laquelle il se sentait le plus à son aise. Comme un poisson dans l'eau.

Qu'est-ce que tu vas faire, Valeria ? Lui laisser les commandes ?

— OK. On en reparlera, lançai-je dans un filet de voix, m'en voulant d'avoir capitulé.

C'est bon. Je l'avais récupéré. J'avais récupéré Victor. Mais comment ? Accroché avec la plus fine des épingles… et un grand vent était en train de se lever.

39
Je dis non

Carmen entra chez les parents de Barto disposée à arranger les choses. Elle savait qu'au fond, elle n'avait pas été assez accommodante avec eux. Elle avait défendu sa position bec et ongles de crainte que Barto ne réussisse jamais à s'arracher au cocon familial. Mais maintenant qu'elle portait sa bague de fiançailles à l'annulaire, dans moins d'un an ils feraient partie de sa famille. Elle savait qu'elle devait jouer ses cartes avec habileté pour établir les bases d'une relation vivable avec tous ses proches, ce qui incluait autant sa belle-mère que ses propres parents.

Elle entra dans la cuisine avec un sourire contrit. Aucune mère n'apprécie de surprendre son fiston chéri en pleine partie de jambes en l'air sur le couvre-lit. Elle fit donc de son mieux pour être aimable.

– Bonjour, Puri…

Elle sentit qu'elle piquait un fard.

– Bonjour.

Le ton sur lequel la mère de Barto lui répondit indiqua très clairement que ça n'allait pas être de la tarte !

Barto apparut dans l'encadrement de la porte et lui sourit, comme pour l'encourager à monter sur le ring ! Ils en avaient parlé. Et avaient conclu qu'ils devaient trouver une solution, même superficielle, pour faciliter leurs rapports, surtout maintenant qu'ils allaient se lancer dans les préparatifs du mariage. Elle se donna du cœur au ventre et, comme ils l'avaient plus ou moins répété avec Barto, lança :

— Je voulais m'excuser pour l'autre jour. Même si au fond, nous n'avons rien fait de mal. Votre fils et moi, nous nous aimons et nous allons nous marier. Nous espérons fonder une famille et, si Dieu le veut, vous donner des petits-enfants… Bref, nous entretenons une relation normale, saine, ce qui inclut la scène dont vous avez été témoin. Mais nous n'aurions pas dû le faire ici. Surtout si nous avions eu la moindre idée que vous y verriez un manque de respect. Nous ne voulions pas du tout vous contrarier, ou que vous pensiez que nous avons manqué de respect à votre égard. Nous n'avons rien prémédité et…

Puri la fit taire d'un geste et, levant le menton d'un air très digne, marmonna :

— Tais-toi, ça vaut mieux. Ne viens pas me raconter que vous avez une relation saine et normale, à moi qui suis mariée depuis cinquante ans et ai eu deux fils. Et l'un des deux, c'est Barto, ne t'avise pas de l'oublier. Mon fils a beaucoup de qualités, mais s'il y a une chose qu'il fait mal, c'est choisir. La preuve. Bon, j'accepte parce que je n'ai pas le choix, mais en ce qui concerne les petits-enfants, sache bien une chose : les enfants de mes filles sont mes petits-enfants, ça oui. Mais les enfants de mes fils, peut-être bien que oui, peut-être bien que non !

Carmen resta bouche bée. Elle croyait avoir envisagé toutes les réactions possibles et imaginables, mais pas celle-là ! Elle ne devait pas répliquer. Ça la démangeait, mais elle savait que c'est Barto qui en aurait fait les frais au bout du compte. C'est lui qui aurait souffert. Elle s'abstint donc de tout commentaire et sortit de la cuisine. Elle se sentait envahie d'une colère de plus en plus irrépressible. Un nœud se forma dans sa gorge. Tôt ou tard, elle allait fondre en larmes. Elle aurait voulu que sa mère soit à ses côtés mais même cette réaction, pourtant si naturelle, ne fit qu'empirer son état. Elle entra dans le salon, où se trouvaient Barto et son père, et se força à sourire.

— Barto, mon cœur, tu peux venir un instant ?

Il écrasa sa cigarette dans le cendrier et la rejoignit. Ils se postèrent dans un coin de l'entrée.

— Ça s'est bien passé ?

— Je m'en vais.

— Comment ?

Il fronça les sourcils.

— Je rentre. Je dois rentrer. J'ai un tas de choses à faire, j'avais oublié.

— C'est à cause de ma mère ? Elle a mal réagi ?

— Mais non, pas du tout. On s'est parlé entre femmes – elle éclata d'un rire forcé, tout en essayant de dominer sa voix. Mais il faut que j'y aille. Je l'ai prévenue, ne t'inquiète pas.

— Écoute, si ça ne va pas, on peut très bien rentrer ensemble.

— Mais non, reste. J'ai à faire, tu t'ennuierais.

— Tu es sûre que ça va ?

Il baissa la tête, essayant de la regarder dans les yeux. Déjà, elle était sur le point de pleurer.

— Mais oui, mon chéri. Je suis désolée de ne pas pouvoir rester.

— Bon… Attends une minute, je te raccompagne.

— Non, non, s'il te plaît – sa voix tremblait. Reste. Je…

— Carmen, qu'est-ce qui se passe ?

— Rien, mon cœur. Rien du tout – elle lui caressa la joue. Je t'aime.

— Moi aussi.

Elle ouvrit la porte et sortit sur le palier. La porte se referma lentement dans son dos. Elle pensait que Barto était allé prendre sa veste et les clefs de sa voiture et qu'il allait la rejoindre en bas. Mais l'attitude de Carmen lui avait mis la puce à l'oreille et il fila directement à la cuisine.

— Maman…

— J'ai entendu la porte ?

— Oui. Carmen est partie. Elle avait à faire.

— Très bien. Comme ça nous pourrons dîner en famille.

Barto garda le silence. Après quelques instants, il s'appuya au chambranle de la porte, s'éclaircit la voix et lança :

— Carmen est sur le point de devenir ma femme. Elle fait partie de la famille.

— Très bien, très bien. J'y croirai quand je vous verrai tous les deux devant l'autel. On sait comment vous êtes, vous les jeunes. Un jour c'est oui, le lendemain c'est non… Bon, celle-là, elle te chauffe les sangs… Mais quand tu seras calmé, tu y verras plus clair – visiblement, Puri attendait ce moment avec impatience. C'est dommage que tu aies dépensé autant d'argent pour cette bague…

— Maman… tu lui as dit quelque chose qui aurait pu la blesser ?

— Mais non. Si ça la blesse d'entendre la vérité, c'est elle qui a un problème.

Barto inspira à fond. Malgré la rage qu'il éprouvait, il répondit avec son flegme habituel de garçon bien élevé. Il ne savait pas gérer ses émotions autrement.

— Si elle ne fait pas partie de la famille, alors moi non plus.

— Tu vois ? Elle est en train de te monter contre moi ! pleurnicha Puri.

— Tu fais ça très bien toute seule, marmonna-t-il avec tristesse.

— Elle ne me plaît pas ! rétorqua la mère en haussant la voix. Elle ne me plaît pas du tout. Elle a tout d'une grue. Une de ces petites malines qui savent y faire. Tu peux être sûr que tu n'es pas le premier. Pas vrai ? Celle-là, il n'y a que le train qui ne lui est pas passé dessus !

Barto ferma les yeux et se frotta les paupières du bout des doigts.

— Si tu ne la respectes pas, c'est à moi que tu manques de respect. Je n'ai rien d'autre à te dire.

— Mon chéri, cette fille est…

Barto entra calmement dans sa chambre, prit un sac, y fourra quelques affaires et ressortit dans le couloir.

— Où vas-tu ?

— Je vais vivre avec ma femme.

Il mit fin à la discussion en claquant la porte derrière lui.

Carmen était déjà rentrée chez elle quand Barto débarqua, les lèvres serrées. Ils ne se dirent rien, ne parlèrent pas de ce qui s'était passé chez les parents. Ils s'étreignirent, s'embrassèrent et s'endormirent dans les bras l'un de l'autre.

Nerea était assise dans le salon, les jambes croisées. Si quelqu'un était entré à ce moment-là, il aurait eu l'impression de se trouver dans une de ces séries anglaises des années 1980 où une famille riche prend le petit-déjeuner, mise sur son trente-et-un, l'étole de renard au cou. Nerea portait une robe noire à col Claudine blanc d'où émergeaient ses jambes bronzées, et des chaussures chics à talon avec autour de la cheville une bride ornée de cristaux Swarovski. Ses cheveux retombaient en ondulations impeccables, style Hollywood des années 1950. Sans oublier le collier de perles. Son éternel collier de perles, qu'elle tripotait nerveusement de sa main parfaitement manucurée.

Elle gardait les yeux fixés sur Daniel, qui vérifiait sur son ordi les derniers détails d'un exposé pour un client. Lui aussi bien sapé, il n'était pas en reste. Le moment était venu de le présenter officiellement à la famille de Nerea.

Voilà qui aurait dû procurer à celle-ci un sentiment de satisfaction, de contentement. L'homme qui était à ses côtés était parfaitement à la hauteur, du moins selon les critères de sa mère, qu'elle-même partageait, d'ailleurs. Un bon boulot, un poste assez élevé dans son entreprise avec d'excellentes perspectives de carrière d'ici quelques années. Mignon. Super mignon. Elle pensa aux enfants qu'elle pourrait avoir avec lui. Grands, blonds, aux yeux clairs et vifs. Des bambins élégants en culottes courtes et chaussettes à pompons qui l'appelleraient « Maman ». Et elle, éternellement jeune. Du moins, tel était son fantasme. À chaque fois qu'elle s'imaginait avec lui, elle se voyait comme une femme de vingt-cinq ans maximum, alors que déjà elle approchait de la trentaine.

La trentaine. Bon... Une autre qualité de Daniel, c'est qu'il avait trente-quatre ans et qu'il était disposé à se marier. Nerea sentait que les fiançailles de Carmen allaient donner le coup d'envoi. Daniel ne tarderait pas à s'agenouiller devant elle en lui tendant une bague splendide. Un an au maximum. Et elle serait la mariée la plus belle qu'on n'aurait jamais vue.

Pourtant, Nerea n'était ni prétentieuse ni vaniteuse. Absolument pas. Elle était objective. Au fond, nous connaissons tous plus ou moins nos qualités et nos défauts. Et Nerea savait qu'elle serait ravissante le jour de son mariage.

Daniel, beau gosse, de bonne famille, avec un bon boulot, qui avait du style et était prêt à aller jusqu'au bout avec elle. C'était son intention depuis le début.

Hum… une petite sonnette d'alarme retentit dans la tête de Nerea. Est-ce qu'il avait eu le coup de foudre pour elle ? Ou avaient-ils compris, comme par osmose, qu'ils étaient faits l'un pour l'autre ? Ou… étaient-ils simplement pragmatiques ? Chacun répondait assez bien aux attentes de l'autre. Reprenons : tous deux beaux, de bonne famille, avec un bon boulot, de l'allure, et l'envie de se marier et d'avoir des enfants. Ils semblaient donc faits l'un pour l'autre… théoriquement. Mais concrètement ?

Nerea poussa un soupir et continua de tripoter son collier. Daniel la regarda en souriant. Elle pensa à la chanson sur laquelle ils danseraient ensemble à leur mariage. Un vieux classique, très certainement. Et ils se regarderaient dans les yeux et ils se diraient « je t'aime ». Je t'aime ?

Ils passeraient le reste de leur vie ensemble. Côte à côte. Il n'y aurait plus de Nerea, il y aurait Nerea et Daniel, et les mômes qui ne tarderaient pas. Elle n'aurait sûrement plus envie de sortir avec nous, de se marrer sans penser au lendemain. Elle voudrait… une vie d'adulte, dans sa maison, avec ses enfants, un grand jardin où elle pourrait avoir un gros chien, un labrador, dont quelqu'un s'occuperait à sa place pour qu'elle puisse être toujours pomponnée et parfumée.

Elle se rendit compte que sa respiration s'était accélérée. Elle se dit que c'était l'émotion. Elle allait présenter un homme à sa famille. C'était la première fois depuis Jaime. Depuis Jaime, qui lui aussi était beau gosse, de bonne famille, et la respectait. Il la respectait tellement qu'il s'envoyait en l'air avec une autre, en cachette. C'est ce que sa sœur lui avait expliqué : c'est parce qu'il la respectait trop qu'il était allé en voir une autre. Elle, il l'aimait, l'autre, il la baisait. Maintenant, ces deux-là étaient mariés…

Mais…

Daniel se mit debout et lui sourit d'un air débonnaire.

— Ça y est, j'ai fini.

— Moi aussi, dit Nerea en se levant du canapé.

— Comment ?

Elle ne répondit pas, se contentant de battre des paupières d'un air absent.

— Je viens de te dire que nous pouvons y aller.

— Non.

— Il te manque quelque chose ?

— Je ne veux pas y aller. En fait… je ne t'aime pas.

Daniel écarquilla les yeux, puis il s'esclaffa.

— Enfin, Nerea, qu'est-ce qui se passe ?

— Il se passe que je ne t'aime pas et que je ne veux plus perdre de temps à faire ce que je ne veux pas.

Elle alla chez ses parents comme convenu. Sauf que la soirée prit un tour nettement moins idyllique

que prévu. Elle entra comme un tourbillon et déversa tout ce qu'elle avait sur le cœur : sa grossesse due à un contraceptif défectueux, son avortement, sa peur, son sentiment de solitude.

– De ne pas pouvoir se confier à sa propre famille dans un cas comme ça, c'est affligeant. Affligeant ! Vous devriez vous faire soigner.

Sur ces mots, elle ressortit en claquant la porte.

40
Le monde à l'envers

À mon réveil, quand j'appris que Nerea avait largué Daniel dans un accès passionné de sincérité et d'estime de soi, je ne pus m'empêcher de penser que le monde était devenu fou. Le monde à l'envers, comme dans la chanson. À quoi pouvions-nous nous attendre désormais ? Que Lola se découvre une vocation de religieuse et fasse vœu de chasteté ?

Non. Heureusement, tout n'était pas sens dessus dessous.

Le fait que Lola ait définitivement renoncé à sa relation destructrice avec Sergio, par exemple, n'avait rien d'absurde. C'était sans doute la seule chose sensée à faire et, quelque part, elle nous montrait la voie. Toutes les quatre, nous étions en train de mûrir dans un monde qui tournait toujours dans le même sens. Mais pour le reste…

Que Carmen et Barto se marient, ça, c'était une bonne nouvelle. Quand ils avaient commencé à sortir ensemble, bien peu auraient parié sur leur avenir commun. Carmen devant monsieur le maire ? À dire

« oui », pour « toute la vie » ? Franchement, ce n'était pas rien. Pas parce que Carmen était du genre à avoir du mal à s'engager. Elle avait toujours été claire, depuis la première fois qu'elle nous avait parlé de lui. « C'est lui », avait-elle répété à l'envi, les yeux brillants d'espoir, la bouche pleine de cette expression que beaucoup emploient en vain. « C'est lui. » Jamais elle n'avait dit ça au sujet des autres hommes qu'elle avait connus. Barto avait déclenché chez elle comme une décharge électrique la première fois qu'ils avaient échangé une poignée de main, au bureau. Quelque chose dans ses yeux couleur de miel, et dans sa façon subtile de considérer la vie sous toutes ses facettes… Bref, c'était notre Carmen qui allait se marier, qui allait franchir le pas. La vie réserve bien des surprises.

Et maintenant, voilà que Nerea, la froide Nerea, s'était rebellée… Ça, c'était fort ! Plus encore, carrément impensable. Qui aurait pu croire qu'un jour elle enverrait paître tous les principes rigides avec lesquels elle avait été élevée et qu'elle sortirait de sa zone de confort ? J'étais très fière d'elle. Elle avait osé. Nous en étions restées baba, et elle était bien contente de nous avoir étonnées. Peut-être était-ce seulement une phase passagère et que tout rentrerait rapidement dans l'ordre. Qui sait ? Nerea rencontrerait peut-être un autre chevalier monté sur son destrier blanc qui la mènerait jusqu'au château du mariage, et avec lequel elle ferait une ribambelle de beaux enfants. Mais rien n'était moins sûr. Une fois que la rébellion commence, elle a tendance à s'étendre tant et plus, au point que plus rien ne peut l'arrêter. À peine a-t-elle remporté une bataille qu'elle espère les remporter toutes…

Autour de nous, tout commençait à faire sens. Lola, trop forte pour quasiment tous les hommes qu'elle croisait sur son chemin, avait décidé de laisser tomber les coups d'un soir. Carmen, passionnée comme elle l'était, allait épouser Barto, l'homme qui craquait complètement dès qu'il posait les yeux sur elle et qui avait dans le regard cette fierté des hommes amoureux. Nerea, froide et précautionneuse, avait fini par ruer dans les brancards et renoncé à tout ce qu'elle avait, parce qu'elle avait compris que ce n'était pas ce qu'elle voulait. Tout bien réfléchi, c'était logique, non ? Et moi… ?

Reprenons. Un beau jour, il y avait à peine six mois, j'avais ouvert ma porte à Lola qui faisait une escapade du bureau. Je portais un vieux short vintage et étais en pleine panne d'inspiration. À l'époque, j'étais mariée et (peut-être) amoureuse de mon mari. En l'espace de six mois, six mois étranges, je m'étais rendu compte que quelque chose n'allait pas du tout dans ma vie, j'avais soulevé le voile et regardé le problème en face. J'avais découvert que si mon mari ne me touchait pas, c'est parce qu'il en touchait une autre. Et j'avais connu Victor, VICTOR en lettres majuscules ! J'étais devenue folle de lui. Je m'étais redécouverte, surgissant de son lit en désordre en cachant ma nudité telle la *Vénus* de Botticelli.

Je m'étais séparée, j'avais démarré avec Victor une histoire qui semblait saine et adulte, bien que compliquée. Et maintenant qu'octobre était arrivé, je savais que m'attendait un hiver glacial, parce qu'en tentant de mettre de l'ordre sur l'échiquier de ma vie, j'avais envoyé balader toutes les pièces. La partie d'échecs s'était muée en jeu de l'oie, où seul règne le hasard. Tu lances les dés parce que c'est ton tour, c'est la règle.

Et tandis que, échouée dans la case « prison », j'attendais qu'on vienne à ma rescousse, Victor avait repris le cours de sa vie, sa vie d'avant moi.

Je me retrouvais à presque vingt-neuf ans, avec une expérience très limitée et un Victor qui ne voulait plus rien d'autre que des liaisons sensuelles et sans suite. Ça se présentait mal. N'oublions pas que j'étais follement amoureuse. Autrement dit, je savais que j'allais avaler toutes les couleuvres, traverser tous les cercles de feux pour, en fin de compte, être cantonnée au rôle de geisha, sinon pire.

Est-ce que c'était vraiment ce qui m'attendait ?

Nous les femmes, nous n'arrêtons pas de nous dévaloriser alors que si nous le voulions, le monde nous appartiendrait. Quant à moi, je ne savais pas ce qui m'attendait : allais-je disparaître dans le miroir ou reprendre prise sur le monde ?

Épilogue
Courriel reçu à 16:47

Salut Valeria,

Non, je ne t'ai pas oublié, mais tu sais comment ça se passe, je suis débordé. J'ai demandé à la maison d'édition si je pouvais te prendre comme collaboratrice… désolé, je vais devoir me contenter d'un jeune diplômé. Pauvre de moi…

J'ai contacté plusieurs personnes susceptibles d'avoir besoin de collaborateurs freelance. Un boulot que tu pourrais mener de front avec l'écriture. On verra.

Et puis, je ne veux pas te mettre la pression mais… où en es-tu avec la suite ? J'aimerais savoir comment l'histoire évolue, comme éditeur mais aussi comme lecteur.

Appelle-moi quand tu auras le temps, ce serait sympa qu'on en parle.

Bises

José

— Tu as de quoi écrire une deuxième partie ? demanda Lola en croquant une carotte qu'elle venait de prendre dans mon frigo.

Je la regardai, légèrement mortifiée. Si j'avais de quoi ? À commencer par elle, d'ailleurs. Avait-elle oublié tout ce qu'il s'était passé avec Sergio depuis qu'elle avait décidé de le garder sous le coude pour un plan baise quand elle en aurait envie ?

Carmen était passée du stade d'avoir un mec à celui d'être officiellement fiancée. En prime, elle allait devoir supporter une belle-mère infernale, une de celles qu'on pouvait avoir envie de brûler sur la grand-place pour sorcellerie.

Et Nerea ? Même Nerea, qui était la plus prévisible d'entre nous, m'avait donné du grain à moudre. Elle s'était retrouvée enceinte, avait avorté et avait fini par se rendre compte que Daniel avait joué dans sa vie le même rôle que le CD des Spice Girls que son père lui avait offert quand elle avait quinze ans.

Et moi… je divorçais pour de bon et Adrian était sorti de ma vie ; en même temps, j'entretenais une liaison post-moderne avec l'homme qui avait précipité la fin de mon mariage.

Je m'ébrouai, lâchai l'ordi et assénai une bourrade à Lola, qui continuait de mastiquer en me regardant.

— J'ai même largement assez de matériau pour une troisième partie.

— Et après ?

— Après… qui sait ?

Remerciements

Quand j'essaie d'expliquer que le plus difficile à écrire, dans un roman, ce sont les remerciements, on peine à me croire. Et pourtant c'est vrai. Exprimer en quelques lignes ma gratitude envers ceux qui m'ont soutenue, ont partagé mes espoirs et se sont associés à mes efforts n'est pas chose facile. J'ai eu la grande chance d'être très bien entourée pour ce projet.

Tout a commencé lors d'une soirée d'été chez mes chers amis Alvaro et Bea. Mon mari Oscar et moi avions passé la journée avec eux dans cette atmosphère reposante que permet la compagnie des vrais amis. Nous étions là à nous demander si nous allions descendre dîner au restaurant chinois ou nous faire livrer des pizzas lorsque Alvaro me lança : « Explique-moi pourquoi tu ne publies pas tes romans. » La conversation qui s'ensuivit donna le coup d'envoi de ce que j'ai vécu depuis, et qui a permis que mon rêve devienne réalité.

Je tiens à remercier tous ceux qui, après avoir lu mon premier roman, m'ont donné leur avis. J'en connais certains, mais pas tous. Je remercie toutes les femmes qui sont entrées en contact avec moi sur les réseaux sociaux pour me dire qu'elles avaient dévoré mon livre et passé un bon moment avec lui. Et merci, bien sûr, aux amies qui m'ont réveillée au milieu de la nuit avec des rafales de messages enflammés et très politiquement incorrects pour me dire qu'elles adoraient l'intrigue, et le personnage de Victor en particulier.

La même chose vaut pour tous les abonnés à ma page Beta Coqueta sur Facebook, pour ceux qui ont écrit sur cette page et sur Twitter. Et toute la bande de #SinFiltros, qui s'est dépensée sans compter pour m'aider par tous les moyens dont elle disposait. Merci aussi à ma mère, à mon père et ma sœur, qui se sont mués en spécialistes de relations publiques et parlent de mon roman partout où ils vont. Merci à mon mari qui rit, pleure, et sue sang et eau quand il s'assied pour lire mes livres. Et merci à toutes mes copines (de fac, d'enfance, de travail) qui ont parlé de ce projet, qui sont tombées amoureuses de Victor, se sont marrées avec Lola, m'ont envoyé des messages pour me dire que mon héroïne me ressemblait… ou qu'elles avaient assailli le lit de leur partenaire avec un désir renouvelé !

Merci enfin à la maison d'édition Suma de Letras, et à toute l'équipe qui a œuvré pour que le rêve de ma vie devienne réalité. Et surtout à Ana, sans laquelle rien de tout cela n'aurait été possible.

C'est à vous tous que je dois d'avoir pu entreprendre ce voyage.

Découvrez en exclusivité
les premiers chapitres
du tome 3 de la saga Valeria

ELÍSABET BENAVENT

LES HAUTS ET LES BAS DE VALERIA

traduit de l'espagnol
par Catherine Delaruelle

1
Ça commence très fort

Victor était à genoux sur le lit. Nu, splendide. Les cheveux en bataille, les tempes luisantes de sueur sous l'effort. Ses bras et ses cuisses se soulevaient en rythme, leur mouvement accompagnait ses gémissements qui devenaient de plus en plus saccadés et violents. Son torse se gonflait… Ce torse si masculin, parfaitement dessiné, puissant, velu mais pas trop, avec sa toison qui s'achevait par une ligne mince sur l'estomac. Et son va-et-vient entre mes hanches.

Il me tenait par les cuisses et me soulevait à son gré pour entrer en moi plus profondément. Je me cambrai, m'abandonnant entre ses bras, à sa merci. Allez savoir pourquoi, cette position me faisait toujours oublier tous mes soucis, et en particulier la nouvelle tournure qu'avait prise notre histoire. Un petit rappel: nous n'étions pas ensemble, aucun des deux n'avait de comptes à rendre, nous ne savions de l'autre que ce qu'il daignait dire. Bref, pas terrible! En tout cas pour moi. Je voulais autre chose: une vraie histoire de couple, de celles où après la baise on se jure un amour éternel.

N'empêche que quand il me prenait comme ça, il aurait pu me dire que désormais il se contenterait de m'envoyer des télégrammes en morse, je m'en balançais totalement.

Haletant, Victor rejeta la tête en arrière et lança un gémissement sourd entre ses dents serrées. Il ne m'en fallut pas plus pour allumer mon interrupteur interne. Je sentis un frémissement me parcourir des pieds à la tête. Je me retins, je ne voulais pas que ça se finisse si vite. Je fis onduler mes hanches contre lui, pour mieux le sentir en moi.

— Tu me rends fou, articula-t-il. C'est comme une drogue, putain ! Je passerais ma vie à te baiser.

Je laissai échapper ce que je pensais être un soupir retenu, mais qui sortit plutôt comme un hurlement et j'agrippai les draps.

— Encore, encore… ne t'arrête pas, le suppliai-je.

Victor accéléra le mouvement. Je sentis mes mamelons se durcir et fus parcourue d'une décharge électrique qui irradiait depuis mon sexe. Je ne pus même pas crier quand mon corps explosa dans un orgasme intense et dévastateur. Je restai affalée sur le lit dans un état semi-comateux, laissant Victor aller et venir en moi. Quand il sentit qu'il allait jouir, il ralentit le rythme.

— Putain ! gronda-t-il.

Et ce fut fini. Victor s'immobilisa en moi, les yeux fermés. Dans ces moments-là, il me donnait toujours l'impression qu'il savourait l'instant comme si nous étions un vrai couple en train de faire l'amour, pas seulement un homme et une femme qui se payaient une partie de baise. Puis, comme toujours, cette sensation s'évanouit. Il se laissa retomber sur le dos et regarda le plafond.

Parfois, Victor se tournait vers moi et me disait quelque chose. Une bêtise, parce que, à part « je t'aime », je ne vois pas très bien ce qu'on peut dire dans ces moments-là. Par exemple, « waouh ! », « c'était génial », ou « donne-moi une demi-heure et on remet ça ». En fait, moi, j'aimais mieux qu'il se taise. En général, c'est ce que nous préférons, nous les femmes. Le silence nous convient parce que nous pouvons y mettre tout ce que nous voudrions que les hommes pensent, ou ressentent. Plutôt rester dans l'incertitude que de savoir qu'ils fredonnent mentalement la dernière chanson qu'ils ont entendue ou rêvent d'une bière bien fraîche.

Victor se tourna vers moi et cala sa tête contre l'oreiller. Il me fit une caresse, m'embrassa dans le cou et me demanda si j'avais envie de prendre une douche en sa compagnie. Victor et sa fichue douche d'après la baise. Cette douche fraîche et longue qui, généralement, se terminait par une deuxième séance.

— Non, non. Je m'en vais. J'ai plein de choses à faire demain, répondis-je tandis que je reprenais mon souffle.

— Quoi, par exemple ?

— Ma valise. Et puis envoyer un article à mon éditeur, ou agent, ou Dieu sait comment je devrais l'appeler.

— Un article ?

Il fronça les sourcils et me regarda d'un air très intéressé.

— Oui, pour une éventuelle collaboration avec une revue. Je ne sais pas si ça va marcher mais, vu l'état de mes finances, j'espère bien que oui !

— Super ! (Il se redressa dans le lit et se couvrit à demi avec le drap.) Tu t'en vas quand ?

Pendant un millième de seconde, je crus qu'il parlait du moment présent et qu'il me demandait ce que je faisais encore dans son lit. Le rouge commença à me monter aux joues mais je compris qu'en fait, il se référait à mon voyage imminent.

— Après-demain.

— Ton vol est à quelle heure ?

— Six heures vingt, si je me souviens bien. Je ne suis plus très sûre, je dois vérifier.

— Je t'emmène à l'aéroport ? proposa-t-il en me caressant le bras.

— Pas la peine, je prendrai un taxi.

— Un taxi à cette heure-là ? Ce n'est pas marrant. Non, je passe te prendre. Ou je reste dormir chez toi, si tu n'as rien contre. Comme ça je pourrai t'accompagner avant d'aller au boulot, et je porterai ta valise.

— Ça marche.

Je souris.

Au fond, nous étions toujours connectés, à notre façon. Moi, cette connerie de pseudo-couple post-moderne, ça ne me convenait pas. Mais je devais jouer les dures, lui donner l'impression que je ne voulais pas qu'il fasse partie de ma vie, et qu'entre nous c'était seulement une histoire de cul, point barre. En réalité, le moindre geste un peu tendre de sa part me transportait. Pour moi, c'était plus intime que le sexe, même si, au fond, rien ne disait que c'était un signe d'amour.

Lui aussi jouait sans cesse avec lui-même. Pour Victor, nous étions dans une position idéale. Et je ne parle pas de nos travaux pratiques au lit. Simplement, aucun des deux ne devait la moindre explication à l'autre, et il n'était pas question de couple. C'est ce à quoi il était habitué. J'imagine que, comme ça, il se sentait libéré de l'obligation de se comporter en mec responsable.

On sortait dîner, on allait boire des verres ensemble, on se retrouvait au lit. Parfois, aussi, il m'appelait et venait passer le dimanche chez moi, pas forcément pour s'envoyer en l'air. Pour ce genre de truc, pas de problème ! Il racontait sûrement à ses potes que oui, j'étais la meuf avec laquelle il baisait. Je trouvais ça complètement immature et absurde, parce que pour rester dans le cadre qu'il avait imposé, il n'arrêtait pas de lutter contre lui-même. Il devait sans cesse censurer des gestes qui lui venaient sans réfléchir et qui contredisaient clairement sa doctrine du « non-engagement ». Au fond, nous luttions tous les deux pour maintenir nos rapports dans les limites qu'il avait fixées. Sauf que moi, je commençais franchement à en avoir ma claque.

Je tendis la main, attrapai ma culotte qui avait atterri sur la table de nuit et l'enfilai. Je me levai, récupérai mon jean, mais avant que j'aie eu le temps de le mettre, Victor me saisit le poignet, me fit retomber sur le matelas et me colla un baiser sur les lèvres.

— Ne pars pas, tête de mule. Reste dormir ici.

Il frotta la pointe de son nez contre le mien.

— Mais demain, je dois…

— Je te réveillerai avant de partir au boulot. Tu t'en vas après-demain, on va rester des jours sans pouvoir dormir ensemble.

Étrange, vous ne trouvez pas, pour quelqu'un qui prétendait laisser les sentiments à la porte de la chambre ?

2
Et qu'est-ce que vous dites de ça ?

J'entendis le réveil au loin… c'est-à-dire de l'autre côté du lit. Bon, mon corps était bien là, mais j'étais encore complètement plongée dans mon rêve : c'était les soldes chez *Bimba y Lola*, et je me battais comme une chiffonnière avec une femme sans visage pour un petit sac sublime.

La main de Victor appuya sur le réveil et le bip-bip infernal cessa. Je me pelotonnai tandis que lui s'assit au bord du lit. Je l'entendis toussoter. Je me tournai vers le réveil et réussis à soulever mollement une paupière. Six heures et demie. L'acheteuse de mon rêve avait finalement réussi son coup, le super sac soldé était à elle.

Victor se leva et se dirigea à pas lents vers la salle de bains. J'ai toujours été fascinée par la facilité avec laquelle il se lève. C'est l'heure, un point c'est tout. Il ne ronchonne pas le moins du monde, ne demande jamais « encore cinq petites minutes ».

Tout le contraire de moi !

Quand il passa devant le lit, je ne pus m'empêcher de mater ses jambes, et son cul. C'était mon petit plaisir matinal… J'adorais l'habitude qu'il avait de dormir avec juste son boxer, alors qu'il faisait un froid de canard.

J'entendis la douche couler. Mes paupières pesaient des tonnes.

Je me rendormis quelques instants.

La porte de l'armoire s'ouvrit, un doux bruissement de cintres en bois qu'on remue. J'ouvris un œil.

Victor était en train d'enfiler sa chemise dans la taille de son pantalon. Il serra la ceinture. Je refermai les yeux. Trop canon !

Il se pencha et m'embrassa dans le cou. Je laissai échapper un petit gémissement. Dehors, il faisait encore nuit noire.

— Valeria, il est sept heures et demie. Le café t'attend dans la cuisine.

— Donne-moi cinq minutes de plus, cinq petites minutes, balbutiai-je.

— Tu m'as dit que tu voulais rentrer tôt chez toi.

— J'ai dit tôt, pas avant l'aube, protestai-je.

— Allez ! (Il me flanqua une claque sonore sur les fesses.) Je t'appelle dans la journée.

Le couloir résonna du son de ses pas, des clefs qui tombaient au fond de sa poche, puis de la porte qui se fermait. Je fixai le plafond. J'étais beaucoup plus heureuse quand il me câlinait et m'apportait le petit-déjeuner au lit. Aucun doute possible. Qu'est-ce qu'il m'avait pris de balancer tout ça aux orties ?

Inutile de gamberger. C'était comme ça, et si ça ne me plaisait pas, je n'avais qu'à prendre mes cliques et mes claques. Mais l'idée de laisser le champ libre à toutes les salopes qui ne demandaient pas mieux que de réchauffer ses draps ne me remontait pas franchement le moral. Il m'avait promis que, tant que nous continuerions à nous voir, il n'y aurait que moi et moi seule. Aucune pimbêche parfaitement roulée disposée à réaliser ses fantasmes les plus chauds n'occuperait dans ce lit une place que je revendiquais comme m'appartenant. En y réfléchissant, je me dis que la différence entre elles et moi, c'est qu'elles s'y connaissaient beaucoup mieux en la matière. Moi, j'étais presque une débutante. La cerise sur le gâteau, un peu l'équivalent d'un doudou sur le plan érotique.

Je jugeai préférable de stopper net mes cogitations et me levai. J'empruntai une chemise dans l'armoire et allai me servir un café à la cuisine. Comme je n'étais plus autorisée à laisser mes affaires chez lui, j'avais le choix entre me balader avec un grand sac, chargée comme une mule, ou m'habituer à n'avoir avec moi que l'indispensable en sacrifiant mon confort. Le confort, en l'occurrence, ça aurait été un pyjama, un baume démêlant et des sous-vêtements de rechange.

Je sirotai mon café, rinçai la tasse, regagnai la chambre et fis le lit. J'aurais dû le laisser tel quel, y compris avec une culotte entre les draps, juste pour l'emmerder. Mais j'étais un peu lâche. Je ramassai consciencieusement mes vêtements épars dans la chambre.

En fait, la veille, nous étions juste censés passer chez lui pour prendre les clefs de sa voiture avant d'aller dîner. Mais, pris d'une impulsion passionnée, Victor m'avait plaquée contre un mur, et adieu la table réservée pour deux ! Nous nous étions désapés l'un l'autre dans le feu de l'action, envoyant balader les vêtements un peu partout. Je n'étais donc pas très étonnée de ne pas retrouver mon soutien-gorge. Je finis par le dénicher sous les coussins d'un fauteuil dans un coin de la chambre, plutôt bien plié, étonnamment.

La première chose qui me surprit, ce fut le tissu. Puis quand je tentai de le mettre, je m'aperçus qu'il était trop petit. Je haussai un sourcil et me dis que ces derniers temps, je bouffais trop. Mais, attends… minute, papillon ! Certes, j'exagérais un peu avec les dîners en ville, mais de là à prendre une taille de soutif du jour au lendemain… Je l'enlevai et l'étudiai attentivement.

Par où commencer ? D'abord, c'était une marque que je ne portais jamais. Ensuite, ce n'était pas ma taille. En plus, il n'était pas de la même couleur que celui que je portais la veille. Assortir une culotte de dentelle blanche avec un soutien-gorge de satin synthétique noir ? Du satin synthétique, je répète !

Bon, inutile de faire durer le suspense. Ce n'était pas le mien.

Avant de partir en claquant la porte, je fouinai un peu partout jusqu'à ce que je trouve un rouleau de scotch. Je fixai le maudit soutif sur le miroir de l'entrée avec un petit message :

N'essaie pas de me faire croire que c'est celui de ta sœur, connard d'enfoiré !

Oui, connard d'enfoiré. Quand on me cherche, on me trouve !

3
Je la ferme

Nous les femmes, nous savons très bien mettre sous le tapis les détails qui nous blessent et nous humilient parce qu'on n'a pas su rendre coup pour coup. En fait, nous nous comportons ainsi parce que nous ne voulons pas regarder en face ce que nous tolérons. Comment aurais-je pu raconter cette histoire de soutien-gorge ? Je ne dis rien. Je la fermai, comme si je n'étais qu'une salope de plus, et que tout cela aurait dû être parfaitement normal pour moi. Même quand Lola m'appela pour s'assurer que j'avais bien imprimé les cartes d'embarquement. Pareil quand Carmen téléphona et demanda pour la énième fois où on allait, « allez, dis-le, enfin ! ». Nerea m'avait laissé un message sur le répondeur, elle voulait que je la rappelle.

Bon, quand même, quand j'étais rentrée chez moi, prise d'un accès de rage, je m'étais défoulée sur le premier truc que j'avais trouvé en travers de mon chemin. Le porte-revues. Je l'avais démoli à coups de pied et envoyé valser tous les magazines qui, désormais, jonchaient le sol du coin salon. Après, je m'étais assise par terre et m'étais mise à chialer. Oui, à pleurer! Moi ! Enfoiré de Victor. Quelle année de merde ! J'aurais donné cher pour me téléporter au mois d'avril et rejouer ma rencontre avec lui !

Mais j'aurais sûrement refait les mêmes conneries, sans en oublier une seule !

Au fond, je savais qu'il avait parfaitement le droit de faire ce qu'il voulait mais… sa promesse de ne pas baiser avec d'autres meufs ? Et pourquoi est-ce que, sexuellement, je ne lui suffisais pas ?

Les joues rouges de colère, je tirai la valise de dessous le lit. Je me repassai le film de la semaine qui venait de s'écouler. Vendredi, j'étais allée boire des bières avec les copines, Victor était passé me prendre, de sa propre initiative, pour me raccompagner chez moi. Mais nous avions fini par aller chez lui, et nous avions baisé sur le canapé. Et, comme d'hab, ça avait été génial. Sauvage. Selon toutes probabilités, Victor portait encore l'empreinte de mes dents sur son épaule gauche.

Samedi, nous avions déjeuné ensemble. Ensuite, j'étais rentrée chez moi. Le soir, nous étions sortis boire des verres. On avait bien picolé et on s'était affalés sur mon lit à peine rentrés. Dimanche, on était allés au ciné, puis retour chez moi où on s'était fait toutes sortes de choses cochonnes, à la française ou, plutôt, à l'espagnole. Et, comme toujours, on avait recommencé dans la douche. Là, c'était carrément le film porno. Un rien bestial et absolument torride. Lundi, il était passé chez moi, on avait remis ça dans la cuisine. Après, nous avions dîné de sushis que nous avions préparés nous-mêmes: saumon, avocat, papouilles et chatouilles. Mardi… Mardi, c'était la veille au soir. Voyons: soit ses jours faisaient plus de vingt-quatre heures, soit le samedi après-midi, entre une chose et l'autre, il avait trouvé le temps de baiser avec une pétasse qui avait des petits seins et portait un soutien-gorge en satin synthétique.

Merde! Le fils de pute! Ça le démangeait donc tout le temps! C'était quoi, son problème, la peur de la monotonie? Il avait besoin de baiser un max de nanas toutes fraîches et super bandantes pour se sentir toujours jeune?

Logiquement, j'aurais dû lui téléphoner pour lui demander des explications, mais je me sentais trop humiliée, et trop idiote… Et puis je me disais que mon installation artistique – soutien-gorge et scotch sur miroir – allait tôt ou tard susciter une réaction. J'imaginais déjà des titres, comme pour une sculpture d'art contemporain. Une belle métaphore de la connerie féminine, en somme.

Je me concentrai, il fallait que je fasse ma valise. Au fait, j'ai oublié de dire pourquoi je devais faire mes bagages. Où avais-je la tête?

Carmen enterrait sa vie de jeune fille. Elle se mariait au printemps, dans six mois. Oui, je sais, nous fêtions ça avec beaucoup d'avance, mais nous craignions une tuile: une chute de vélo, un bras ou une jambe cassée, bref, la galère! Au cas où, nous voulions être certaines que la mariée aurait le temps de se rétablir et ne se pointerait pas à l'autel en fauteuil roulant. Nous allions à Amsterdam.

Lola nous avait trouvé un vol à un prix super *low cost*, et elle avait pris les billets sans nous demander notre avis, ni à moi ni à Nerea… et encore moins à Carmen, qui ne devait connaître la destination qu'au dernier moment.

Lola avait vécu une année à Amsterdam avec une bourse Erasmus, il y avait des siècles. Elle adorait la ville, surtout en hiver, et nous étions en décembre. Son amour de la ville faisait d'elle un guide idéal.

Revenons à la valise : je réussis à entasser quatre pulls à col roulé, trois jeans, des collants épais, des sous-vêtements, un pyjama, une trousse de toilette et quelques colliers. Comment ? Je n'en ai pas la moindre idée. Peut-être que ma colère me rendait plus méticuleuse que d'habitude. Bon, j'allais devoir me débrouiller pour assortir le tout avec une seule paire de bottes.

Ensuite, je m'installai un moment à l'ordi. J'avais l'intention d'écrire un peu, mais je réussis seulement à fumer une clope et à me traiter d'imbécile sur tous les tons. Je rêvassai en regardant par la fenêtre, et la journée passa comme par enchantement.

Saleté de Victor.

(à suivre…)

Cet ouvrage a été composé
par Atlant'Communication au Bernard (Vendée)

Impression réalisée par
CPI France
en août 2020
pour le compte des Éditions Archipoche

Imprimé en France
N° d'édition : 646
N° d'impression : 3039320
Dépôt légal : septembre 2020